L'ÉPOUSE INCONNUE

DU MÊME AUTEUR

Un Russe candide, Gaïa éditions, 1997.
La Chanteuse russe, Gaïa éditions, 1999.
La Photo de Lime, Gaïa éditions, 2000.
Le Danois serbe, Gaïa éditions, 2001 ; "Folio Policier", Gallimard, 2007.
Le Dernier Espion, Gaïa éditions, 2002.
La Femme de Bratislava, Gaïa éditions, 2004 ; "Folio Policier", Gallimard, 2006.
L'Ennemi dans le miroir, Gaïa éditions, 2006 ; "Folio Policier", Gallimard, 2008.
L'Epouse inconnue, Gaïa éditions, 2007.

Titre original :
Den ukendte hustru

ISBN 978-2-7427-8211-6

LEIF DAVIDSEN

L'ÉPOUSE INCONNUE

roman traduit du danois
par Monique Christiansen

BABEL NOIR

La place Rouge était vide
Devant moi marchait Nathalie
Il avait un joli nom, mon guide
Nathalie

PIERRE DELANOË
Extrait de la chanson *Nathalie*,
musique de Gilbert Bécaud.

1

On dit que leur vie durant, tous les hommes gardent des secrets qu'ils ne révèlent jamais, même à ceux qui leur sont le plus proches. C'est peut-être une banalité, mais la banalité n'est-elle pas la première caractéristique des hommes ? Il se peut que notre vie mémorisée nous apparaisse comme un film plein de "moments forts", mais au bout du compte, c'est le train-train quotidien qui en a rempli la majeure partie. J'aimais le train-train quotidien et je ne me considérais pas comme spécialement profond, mystérieux ou secret. Mais l'idée qu'on se fait de soi-même diffère sans doute de celle qu'en ont les autres. Autrefois, étant chercheur, j'essayais de me cantonner aux faits. Homme d'affaires, je m'en tenais aux éléments concrets que l'on pouvait coucher sur une feuille de papier. A ce dont on pouvait présenter une preuve scientifique, laissant aux psychologues, aux prêtres ou aux artistes, plus impulsifs que moi, les soucis de l'âme et de l'esprit. C'était toujours plus simple quand on pouvait, en négociant, préciser les divers points dans un contrat dont le texte et les implications avaient reçu l'accord de toutes les parties. Mon besoin de sécurité, de vie bourgeoise et de prévisibilité résultait peut-être aussi de la vie chaotique menée par mon père. Mais la vie n'a pas de solution. L'histoire m'a peut-être appris que l'équation de l'existence est rarement résolue.

Comme les pays pleins de secrets et de mystères qui l'avaient formée et qu'elle tentait en vain d'oublier, mon épouse dissimulait plus que sa part d'inconnu. Je postulais que je ne connaîtrais jamais ni les tréfonds de son esprit ni ses souvenirs les plus lointains et cachés, cependant, après dix années de mariage, je croyais avoir réussi à la comprendre autant qu'il est possible de comprendre un autre être humain. Peut-être n'aurais-je pas dû être étonné, mais je l'ai été, en cette matinée d'avril, quand elle a posé devant moi, sur notre table de cuisine, la brochure haute en couleurs qui m'a donné ma première impression de ce bateau blanc appelé le *Rossiya*, amarré au soleil, innocent et accueillant, sur un large fleuve entouré de grasses prairies verdoyantes.

"J'aimerais faire une croisière sur ce bateau", m'a dit ma Nathalie, nous embarquant tous deux dès cet instant, devant notre table de cuisine, pour le voyage fatal qui a transformé notre vie pour toujours, même si ce changement avait déjà commencé de longue date sans que je m'en sois aperçu.

Ai-je le souvenir de ce matin-là, ou ma mémoire reste-t-elle si colorée par ce qui s'est passé que je ne peux pas me fier à ce que j'écris ? Les mots sont-ils aussi infidèles et indéfinissables que les sentiments qu'ils s'efforcent de refléter ? Je me souviens du temps qu'il faisait, cela va sans dire, mais comme la météo était mon dada, cela ne compte guère. Le temps qu'il fait est une dimension calculable et descriptible avec des formules mathématiques. Contrairement à l'homme. Il faisait froid : six degrés Celsius, de gros cumulus apportaient la pluie que j'avais correctement prévue et une brise fraîche à forte du sud-ouest ployait dangereusement les branches du tilleul de la cour.

Le seul fait qu'elle veuille partir m'a surpris. Qu'elle veuille partir pour la Russie m'a surpris encore plus.

Elle avait consacré des années de sa vie à se détacher de ce pays, allant jusqu'à refuser de pratiquer sa langue maternelle pour ne la lire que dans le contexte professionnel. Elle parlait le danois avec un accent si léger qu'on ne sentait pas qu'elle ne le possédait pas depuis toujours. Jamais elle n'avait exprimé le désir de partir. Elle ne sortait pas de son trou, était plus danoise que les Danois de naissance et nos congés s'étaient toujours passés dans la maison de vacances de l'île de Møn que je partageais avec mon père, ce dernier y allant rarement. Autrement, elle adorait l'appartement impersonnel que nous occupions dans la capitale, avec sa cour fermée et nos voisins inconnus qui lui donnaient l'impression de n'être qu'une femme parmi beaucoup d'autres, c'est-à-dire de jouir de la tranquillité et de la sécurité dont elle avait besoin.

Je partageais son désir de rester au Danemark en période de vacances. Mon travail exigeait beaucoup trop souvent que je prenne un avion. J'étais absent près de cent cinquante jours par an et j'avais souvent le sentiment de mieux connaître les coussins de la classe affaires des compagnies aériennes que ceux de mon propre canapé. Je prenais l'avion pour les Etats-Unis et le Canada, la Grande-Bretagne, le Japon et l'Afrique du Sud. Je faisais partie de ces nomades modernes de la mondialisation, qui vont à San Francisco pour diriger une réunion ou participer à un symposium et qui reprennent l'avion pour rentrer en Europe. Seize heures d'avion pour participer à une réunion de quatre heures ou pour présenter un papier lors d'un nouveau congrès. Je me rendais régulièrement dans les grandes villes du monde moderne, sans jamais rien voir d'autre que des aéroports et des salles de conférence pratiques et anonymes ainsi que les chambres fonctionnelles des grands hôtels. Le courrier électronique et le fax n'avaient rien changé à la nécessité des rencontres personnelles, lorsque les clauses les plus minimes des contrats exigeaient que les parties se regardent dans les yeux et en comprennent les plus petites nuances. J'étais un voyageur moderne, mais jamais un touriste. Au cours de la dernière décennie, j'avais "consommé" des centaines d'heures de vol sans avoir vu autant de curiosités dans le monde que le touriste moyen des voyages charter.

Je m'en moquais, car c'était chez moi, dans le traintrain quotidien, que je retrouvais le calme et rechargeais mes batteries. Et je m'estimais heureux et privilégié parce que Nathalie était comme moi. Le Danemark était son port d'attache, l'endroit où elle avait trouvé un asile et une nouvelle nationalité, qui avait repoussé les cauchemars que j'ignorais dans les profondeurs de son esprit et posé un pansement lénifiant sur les blessures dont elle laissait à peine entrevoir que la Russie en était la cause.

J'ai donc été étonné, en ce matin d'avril, dans notre cuisine. Mon sac de voyage était prêt. Je devais d'abord passer au bureau, puis partir pour un ou deux jours à Nice, et elle n'avait qu'une séance d'interprétariat au tribunal ce matin-là, avant de se rendre au petit atelier avec boutique d'orfèvrerie qu'elle partageait avec Lisa, son amie et partenaire commerciale. Nous avions pris ensemble notre petit déjeuner et échangions, comme d'habitude, les phrases banales et des commentaires sur le journal du jour, quand elle a posé devant moi la photo de ce bateau en prononçant cette phrase surprenante.

J'ai regardé la brochure. Rédigée en anglais, elle orthographiait dans cette langue le nom du *Rossiya*, inscrit sur le fin bateau de croisière blanc qui fendait un fleuve bleu aux rives vertes attrayantes. On y voyait les photos d'une cabine, de deux solides femmes russes en costume national et, au gouvernail, celle d'un capitaine qui inspirait confiance et dirigeait le bateau sur la Volga en toute sécurité. Cet "hôtel flottant", comme le qualifiait la brochure, semblait très plaisant et reposant. J'ai parcouru le texte. Le bateau avait deux bars, un restaurant, une bibliothèque, un salon de télévision et promettait une croisière délassante, entre des mains compétentes, sur de grands fleuves russes mystérieux, de Moscou à Saint-Pétersbourg.

J'ai bu un peu de café et déclaré, avant d'entamer mon petit pain :

"Cela paraît tentant, n'est-ce pas, Nathalie. Mais pourquoi ? Et pourquoi là-bas ?"

Elle m'a regardé. Elle avait des yeux très foncés, bruns, presque noirs comme ses cheveux bouclés relevés sur la nuque avec des barrettes. Comme elle devait, ce jour-là, servir d'interprète au tribunal, elle portait une jupe noire et un gilet de la même couleur sur un chemisier blanc. Elle restait, malgré tout, sobre et élégante, mais quelle que soit sa tenue, elle ne pouvait dissimuler une sensualité permanente qui m'avait attiré, la première fois que je l'avais rencontrée, comme la confiture attire les guêpes au mois d'août.

"Je crois que cela nous ferait du bien. A moi en tout cas, m'a-t-elle répondu.

— Est-ce qu'il y aurait des problèmes entre nous ?"

Elle a souri. Elle avait des dents blanches, bien qu'un peu irrégulières. A son arrivée au Danemark, cela avait coûté cher, en argent et en souffrance, de lui donner de si belles dents. Elle ne ressemblait pas à l'image que la plupart des gens se font d'une femme russe. Elle avait une belle peau foncée merveilleusement assortie à ses cheveux noirs. A la fois européenne et asiatique, elle devait à sa mère russe les plus visibles de ses gènes, mais on devinait des ancêtres japonais à ses yeux légèrement bridés, à la couleur de sa peau, à ses cheveux noirs et à sa minceur. Heureusement, elle ne se maquillait plus outrageusement, comme elle avait tendance à le faire lorsque je l'avais rencontrée, à l'instar de tant d'autres femmes russes. Je ne sais pourquoi les régimes communistes avaient engendré ce besoin d'exagérer l'usage du rouge, mais c'était un fait. Malgré ses pommettes un peu hautes, on la prenait souvent pour une Italienne ou une Espagnole. On eût dit qu'elle portait le soleil et les parfums épicés du Midi sur son visage et son corps alerte. Je l'avais aimée dès notre première rencontre et mon amour pour elle, en plus de mon travail, donnait un sens à ma vie.

"Il n'y a pas de problème entre nous, espèce d'idiot, m'a-t-elle dit. Mais ça me ferait du bien. J'y pense depuis un certain temps. On pourrait se faire mutuellement ce cadeau. Pour fêter nos noces de cuivre.

— Qu'est-ce qui t'a donné l'idée d'une croisière sur un fleuve russe ?

— Je n'en sais rien. Si, je le sais. J'ai vu dans le journal une toute petite annonce pour une croisière sur la Volga. Sur le moment, je n'y ai pas pensé, mais l'idée a continué à me trotter dans la tête. La nuit suivante, inconsciemment, j'ai rêvé d'un bateau blanc, et je me suis souvenue du numéro de téléphone. Tu ne trouves pas ça drôle ? Je m'en suis souvenue alors même que je ne l'avais vu qu'une seule fois. Alors, j'ai appelé l'agence. Et ils m'ont envoyé ça..."

Quand elle s'animait, elle parlait avec ses mains comme si elle interprétait pour un mal-entendant. Elle avait de belles mains éloquentes. Qu'il y reste en général des traces de son travail d'orfèvre importait peu ; cela faisait partie de sa personnalité.

Elle a posé la main fine qui portait sa discrète alliance sur le bateau de la brochure et m'a regardé dans les yeux. Y ai-je lu quelque chose, ce matin-là ? Ou est-ce seulement à présent, après coup, que je me souviens d'avoir vu une prière, ainsi qu'une angoisse et un manque d'assurance dans le regard de Nathalie ?

"Je croyais que tu t'étais détachée de ce pays ?

— C'est mon pays d'origine.

— Justement. Ce pays ne t'a jamais fait que du mal.

— Quelquefois, il faut se confronter au mal. Le regarder dans les yeux pour avoir la paix. Sinon, il continue à revenir la nuit comme un cauchemar."

J'ai mis ma main sur la sienne.

"Tu es sûre qu'il n'y a pas de problème ?

— Oui, mon chéri. J'en suis sûre." Il y avait un peu d'irritation dans sa voix.

"Si c'est ce que tu veux…" Je ne la comprenais pas, mais je me figurais aussi que nous en parlerions plus tard. Je devais partir. Je pensais déjà à la réunion qui m'attendait dans l'après-midi. En outre, je me pliais autant que possible à ses volontés. Elle était rarement difficile et n'avait pas de grandes exigences.

"Je crois que c'est ça.

— Alors, on le fera, naturellement.

— Tu es un bon mari, Marcus. Un brave homme." Elle avait dit ces mots sans détour et avec un tel sérieux que je m'en souviens encore aujourd'hui.

"Oh, pas plus que ça. Mais cette fois, il faut que j'y aille", lui ai-je répondu avec ce soupçon de distance ironique qui caractérise ma génération. La part de cet esprit danois que les étrangers ont peut-être le plus de mal à interpréter, et encore plus à utiliser. Mais elle avait aussi maîtrisé, avec une rapidité stupéfiante, ce trait de sa nouvelle patrie.

“A quelle heure est ton avion ?
— A onze heures. Je serai de retour jeudi après-midi.
— Très bien. Tu n’as pas oublié que Camilla et Nikolaj viennent dîner.
— Oui, c’est vrai.”
Je me suis levé et j’ai pris le sac qui contenait mes papiers et mon ordinateur portable : mes armes dans le milieu d’affaires international où je menais mes combats.
“Au fait, est-ce qu’on en a les moyens ? ai-je alors demandé.
— Oui. On a une quantité de moyens. Mais tu es toujours tellement prudent.
— Tu veux dire précautionneux, c’est le mot juste.
— Tu n’as pas à m’apprendre le danois. Les deux mots sont justes. Je pourrais aussi dire circonspect, si je voulais.
— OK. J’abandonne”, ai-je répliqué en riant.
Elle a ri avec moi :
“Et hier, qui plus est, j’ai vendu deux de mes chaînes en or, de celles qui sont chères. On a les moyens.
— OK. Regarde ce que tu peux faire. On en parlera à mon retour.”
Je me suis penché pour l’embrasser sur la bouche et elle m’a caressé la joue comme si j’avais été un enfant.
“Prends soin de toi, Marcus. Je t’aime, Marcus.”
Ce n’est qu’une fois installé dans l’avion de Nice que je me suis autorisé à réfléchir davantage à cette conversation. S’il y avait un trait de mon caractère qui énervait vraiment Nathalie, c’était ma faculté de faire abstraction de ma vie privée dès que j’arrivais au travail. Mais mon activité professionnelle avait toujours donné son sens à ma vie. J’étais ambitieux et discipliné et j’aimais travailler. Sinon, comment aurais-je fait passer le temps ? De plus, étant rationnel, je trouvais qu’il n’y avait aucune raison

de se poser des questions sur les choses qu'à première vue, on ne pouvait pas changer. Que la vie est plus facile et meilleure si l'on se concentre sur l'instant présent et les tâches pratiques qui, au fond, constituent la vie quotidienne. J'aimais Nathalie. Je la respectais et je la laissais conduire sa vie, en vivant parallèlement la mienne, qui restait néanmoins indissolublement liée à la sienne. Je ne pouvais pas imaginer une vie sans elle, une existence différente de celle que nous menions. Je manquais peut-être d'imagination, tout simplement ? J'étais un être rigide qui ne passait pas son temps à réfléchir aux choses inutiles, sentimentales, métaphysiques. Je restais en retrait et mes rapports avec l'emphase étaient les mêmes que ceux des trois hommes d'affaires danois assis derrière moi, dont j'entendais la conversation.

Ils tenaient une petite réunion stratégique. Je n'ai pas pu m'empêcher de sourire à part moi. On dirait qu'en avion, les gens se croient dans un espace privé et non public. Ils parlent de toutes sortes de choses, peut-être parce qu'ils pensent que le bruit des moteurs couvre leur conversation. Le type placé près du hublot, le chef, de toute évidence, dans leur mini-hiérarchie, a répété à plusieurs reprises que leur avant-projet était confidentiel. Leur conversation dominait sans peine le cliquetis de leur ordinateur portable, que l'on entendait nettement quand l'un d'eux modifiait le projet de base qu'ils discutaient de toute évidence. Ce qu'ils vendaient n'avait pas d'importance. Nous appartenions à la même tribu : celle des hommes d'affaires internationaux qui prennent l'avion comme on prend l'autobus. Tous les trois, entendais-je, devaient repartir un de ces jours prochains.

Ils ont lâché leur ordinateur quand la SAS nous a servi un léger en-cas et j'ai entendu le chef demander sur un ton différent, plus jovial, et qu'il considérait sûrement lui-même comme viril : “Bon, vous contrôlez bien tout ça, Knud Jacobsen ?” Knud Jacobsen a répondu sur le même ton : “Oui. Pas de problème.” Le troisième s’est interposé : “Et qu’est-ce que tu contrôles, Knud ?” Knud a répondu du tac au tac : “La vie et la mort, l’infini de l’univers et autres broutilles.”

J’avais les mêmes sentiments que Knud, en ce mois d’avril d’un millénaire relativement neuf, où l’on commettait les mêmes erreurs qu’au cours du précédent en pratiquant la terreur et la guerre. Je contrôlais, moi aussi, la vie et la mort, l’infini de l’univers et autres broutilles. L’horizon était sans nuages et aucun concept bancal ne pouvait troubler ma tranquillité et ma satisfaction peut-être un peu trop arrogante. En allant à Nice, je me réjouissais déjà à l’idée de rentrer chez moi. Je comptais que le vendredi, je serais libre vers l’heure du déjeuner, et que si le temps restait beau, je suggérerais à Nathalie d’aller passer le week-end dans notre maison de vacances. La plupart du temps, je n’avais pas besoin d’insister. Elle l’aimait autant que moi, cette maisonnette à colombages et toit de chaume, blottie à l’est de l’île de Møn, où nous ne passions que les vacances, bien que ce soit, en réalité, une maison habitable toute l’année. Mais la municipalité se montrait généreuse et n’imposait pas aux occupants d’en faire leur résidence principale, préférant empocher des rentrées fiscales plutôt que de s’en passer en laissant les maisons vides. Le locataire en titre, mon père, était écrivain, mais comme il résidait en Provence avec sa troisième femme, il occupait rarement cette maison.

J’ai avalé mon menu-avion sans penser à ce que je mangeais, en buvant de l’eau minérale. C’était contraire à ma nature de manger la tête ailleurs, mais j’avais un peu faim et quoi qu’il en soit, dans un avion, les plats ont toujours le même goût. Je voulais simplement en finir rapidement pour ressortir mes papiers et continuer mon travail. La place à côté de moi étant libre, j'y ai étalé mes papiers et mon portable. A travers le petit hublot, à dix mille mètres d'altitude, on ne voyait que des nuages. L'Allemagne était quelque part, en bas, mais je ne distinguais qu'une seule chose : les montagnes blanches et grises de l'espace aérien. Les voûtes des gros cumulus s'élevaient, gorgées de glace, vers le bleu profond du ciel.

J'ai allongé mon genou raide, qui ne s'accommodait guère des nombreuses heures passées sur des sièges d'avion, mais c'était le prix de mon travail et il fallait l'accepter. Dieu merci, ma société n'était pas mesquine. Je voyageais presque toujours en classe affaires. Il n'y avait pas énormément de place, mais mon genou démoli n'aurait pas supporté de passer huit longues heures au-dessus de l'Atlantique en classe économique, à l'arrière de l'appareil.

J'avais fait la connaissance de Nathalie à Moscou, pendant ces bizarres années de transition entre le monde d'autrefois et le nouveau, quand les régimes s'effondraient en chaîne. Je l'avais rencontrée au cours d'une réception à l'ambassade du Danemark. Elle était avec un autre homme, un Danois que je connaissais vaguement. Il travaillait pour une grosse société exportatrice qui possédait des abattoirs et essayait sans succès de vendre des jambons et des saucisses aux Russes misérables, en passant par les fonctionnaires corrompus des ministères du Commerce. Je l'ai vue tout de suite. Debout à côté du Danois, elle regardait ailleurs dans la pièce tandis que mon compatriote, qui s'appelait Erik, parlait avec l'ambassadeur, que je connaissais à peine. Ce n'était que mon troisième voyage dans cette capitale d'une Russie délabrée, malpropre et déprimante. Je vendais de l'insuline, à l'époque – mon premier job depuis la fin de mes études d'ingénieur. J'avais décroché mon diplôme en un temps record, peut-être parce que j'étais furieux et bravache, après l'accident qui m'empêchait de continuer, dans l'armée, une carrière qui venait tout juste de commencer. J'avais vingt-cinq ans et je devais me marier un mois plus tard, mais en voyant cette petite femme brune au bras d'Erik, j'ai eu le coup de foudre. Elle paraissait âgée de vingt ans tout au plus. Elle m'a regardé de loin et a soutenu mon regard. Elle a souri, et son regard a souri aussi. Ç'avait été l'amour au premier regard. Non, pas exactement l'amour, mais un attrait sexuel immédiat, d'une telle violence érotique que tout de suite, j'avais eu une érection. Un désir bestial, pur et naturel. Je m'étais approché d'elle, gauchement à cause de mon état soudain et de mon genou toujours raide, bien que j'aie abandonné ma canne deux ans plus tôt. Erik, à ce moment-là, conversait avec je ne sais quel diplomate suédois que je ne connaissais pas. Elle est venue à ma rencontre et a levé la tête pour me regarder :

"Salut. Qu'est-ce qui vous arrive ? m'a-t-elle demandé en anglais.

— J'ai eu une apparition", ai-je répliqué. Erik a tourné la tête, mais il est vite retourné à son diplomate. "Vraiment ? Laquelle ?

— Comment vous appelez-vous ?

— Nathalie.

— Elle s'appelle Nathalie.

— Etes-vous toujours aussi rapide… et sujet à vous enflammer ?

— Non.

— Je suis sûre que vous dites ça chaque fois.

— Non. Vous m'accompagnez ?

— Où ?

— Loin d'ici, tout simplement."

Elle m'a regardé une fois de plus, d'un œil la fois moqueur et interrogateur, et un peu frondeur, en ayant l'air d'une enfant qui s'apprête à faire une grosse sottise.

"Je ne sais même pas votre nom.

— Je m'appelle Marcus.

— Quel drôle de nom.

— Mon père est écrivain et il aime beaucoup l'Empire romain."

Elle a ri.

"Où irions-nous, Marcus ?

— Peu importe. Loin d'ici, c'est tout.

— Je ne crois pas que ce soit possible.

— Mais vous aimeriez venir ?

— Je n'ai pas dit ça.

— Vous n'osez pas."

Elle m'a regardé une fois de plus. "Attendez-moi dehors", a-t-elle répliqué après une petite pause.

Je me souvenais de cette conversation dans l'avion qui m'emmenait à Nice, parce que, naturellement, nous nous l'étions répétée maintes fois depuis. Nathalie m'avait remarqué dès l'instant où j'avais franchi le seuil de la pièce et suivi des yeux en espérant que je l'apercevrais et que j'engagerais la conversation avec elle. Elle ne s'était pas attendue, ou plutôt, comme elle le dirait plus tard, elle n'avait pas cru que les choses iraient si vite. Elle avait vingt et un ans et comptait épouser Erik. Il lui avait demandé sa main et elle voulait réfléchir. J'avais vingt-cinq ans et je devais épouser Kirsten, originaire d'Århus, même si je la trompais souvent. Ma vie sexuelle était la soupape de sûreté qui atténuait la frustration causée par l'injustice de cette vie qui avait démoli ma jambe et mes rêves, alors que j'étais encore si jeune. La date de mon mariage était fixée, les invitations expédiées, la salle des fêtes retenue. Quand notre liaison a commencé, le soir même, dans ma chambre d'hôtel, notre trahison était double. Quand je pense à tout ce que nous nous sommes dit depuis, et à quel point Nathalie est vraiment bavarde, c'est étrange de penser au silence qui a régné entre nous ce soir-là. A quel point nous nous sommes labourés, physiquement et passionnément, dès la première nuit et pendant la semaine suivante, jusqu'à mon retour à la maison. On eût dit que nos corps étaient faits l'un pour l'autre, même si c'est un cliché. Que Notre-Seigneur, à chaque bout du continent européen, avait formé deux êtres pour qu'ils se rencontrent pendant qu'ils étaient jeunes et forts, et qu'ils s'aiment d'un amour si follement satisfaisant que dès cette première nuit, je lui ai demandé de m'épouser. J'ai eu envie d'elle dans l'avion, rien qu'en repensant à cette première fois. Je l'ai revue devant moi, sur moi, me mordant la lèvre inférieure, glissant sur moi et miraculeusement, de sa bouche, me donnant une nouvelle érection. Le monde avait disparu pendant cette longue nuit, comme il peut disparaître seulement lorsque le temps n'existe plus parce qu'il n'a plus de sens.

"Voulez-vous du café ?"

J'ai regardé l'hôtesse qui me tendait le thermos en souriant.

"Pardon, oui, merci, ai-je dit avec un sourire.

— Vous étiez loin d'ici, a-t-elle remarqué dans la langue dano-suédoise de la SAS.

— Oui, c'est vrai.

— Vous faisiez un rêve agréable, à ce qu'il semblait.

— Tout à fait. Le meilleur qui soit."

Elle a ri. Nathalie me parlait souvent de ce don : "Tu as un sourire qui ferait fondre un iceberg. Les femmes n'y résistent pas." Je tiens cela de mon père, mais alors qu'il en est à sa troisième femme, qui n'est peut-être pas la dernière, à ce moment-là, tandis que les nuages se dissipaient et que je survolais les sommets neigeux des Alpes, j'étais convaincu que Nathalie était la première et la seule épouse que je voulais. Que toutes les autres femmes que j'avais connues avant elle resteraient à jamais des ombres vagues dans ma mémoire. Je nous voyais finir notre vie ensemble, gris et fragiles, assis sur un banc à contempler la mer sur la côte de Møn, toujours aussi heureux que nous l'étions à l'heure actuelle.

2

J'ai chassé mes réflexions concernant Nathalie, sorti les papiers nécessaires à mes négociations, et je me suis plongé dans leur logique rationnelle et les détails essentiels de l'affaire jusqu'à ce que Nice soit en vue, sur la gauche : une ville ensoleillée sur le littoral d'une Méditerranée au bleu éclatant. J'y étais venu maintes fois, pour affaires et pour rendre visite à mon père et pourtant chaque fois, au moment de l'atterrissage, je sentais un petit coup dans l'estomac. On a toujours l'impression d'atterrir en pleine mer. En bas, on voit la Promenade des Anglais, tandis que sous l'avion, il n'y a que la mer, et soudain, paf, les roues touchent la terre ferme. D'ailleurs, même en prenant souvent l'avion, j'étais toujours un peu inquiet au moment du décollage et de l'atterrissage. Malgré mon approche raisonnable de la vie, il me semblait inexplicable qu'un si gros appareil puisse décoller, voler et se poser sans s'écraser sur l'asphalte.

Je suis descendu, comme de coutume, à l'hôtel Sheraton, sur la Promenade des Anglais, et j'ai eu ma première réunion avec notre agent français. Je vendais des composants aux industries pharmaceutique et alimentaire. Ma société s'était spécialisée dans les enzymes et autres additifs destinés au nouveau marché des colorants et des produits aromatiques naturels qui entrent dans la fabrication croissante des plats cuisinés. Notre affaire marchait très bien, le travail était intéressant et bien rémunéré. Mon artiste de père, qui pensait que je perdais mon temps et que je devais m'ennuyer, n'avait jamais envie de m'écouter parler de mon job. Il s'étonnait plutôt d'avoir mis au monde un enfant qui niait à ce point les humanités pour se consacrer uniquement aux sciences naturelles. Descendu de son village idyllique de Fayence, ce soir-là, il s'est comporté comme d'habitude, quand nous avons dîné ensemble. Après l'apéritif – pour lui un gin-tonic, pour moi un verre de vin blanc – dans un petit restaurant qui donnait sur la Promenade et sur la mer, il m'a demandé :

"Alors, comment va la charmante Nathalie ?" Il prononçait son nom d'une façon très française.

"Très bien. Ses bijoux se vendent de mieux en mieux. Elle va peut-être pouvoir se passer de son travail d'interprète.

— Tu m'en vois ravi. N'oublie pas de la saluer de ma part.

— Ce sera fait à mon retour.

— Ah ah, parce que vous ne vous appelez pas, entre-temps ?

— Je suis si souvent loin. Ce n'est pas nécessaire. Je me concentre sur mon travail.

— Comme toujours, Marcus. Mais n'oublie pas que les femmes exigent qu'on s'occupe d'elles. Il faut toujours leur rappeler qu'elles sont au centre des pensées de leur époux.

— Je ne crois pas que ce soit le cas de Nathalie.

— Peut-être pas. Mais tu es très souvent loin, n'est-ce pas ? Elle se sent peut-être un peu seule.

— Arrête, papa. Je n'ai jamais ce genre d'idées, et elle non plus, j'en suis sûr."

Soudain, j'ai eu l'impression que mon père avait déjà pris un ou deux verres avant notre rendez-vous. Il buvait et fumait trop, à certaines périodes, mais comme pour tout le reste dans sa vie, l'écrivain Mikael Brandt n'en faisait qu'à sa tête.

"Tu ne penses jamais à ce que tu rates, quand tu rencontres une jolie femme ? m'a-t-il demandé avec un sourire malin.

— Non.

— Tu y pensais autrefois.

— C'était avant Nathalie." Il m'avait un peu irrité, ce dont témoignait le ton de ma réponse, mais cette conversation était très caractéristique de notre relation, peut-être marquée par le fait qu'il était devenu mon père tard dans ma vie, quand je l'avais délibérément choisi comme tel. Avant, il n'avait été qu'une ombre sur le visage de ma mère et en moi, un manque inexprimé ; il n'était donc pas quelqu'un dont on hérite à la naissance, pour ainsi dire.

Mon père a dit quelque chose en français en faisant son bon sourire et il a allumé une de ses nombreuses cigarettes quotidiennes.

"Qu'est-ce que tu dis ?

— Il existe une chanson célèbre, en France, à propos d'une Nathalie moscovite. De Gilbert Bécaud. Un Français emmène son guide, Nathalie, prendre une tasse de chocolat au café Pouchkine. C'est une chanson des années soixante, qui était très populaire dans ma jeunesse, au point qu'en Union soviétique, les communistes l'ont interdite.

— Pourquoi donc ?

— Cela prendrait toute la soirée de t'expliquer l'idiotie des communistes.

— Tu as sûrement raison.

— La Nathalie de la chanson est un rêve, et comme dans tous les rêves, le rêveur sera déçu.

— Ma Nathalie n'est pas ainsi. Notre vie n'a rien à voir avec ça. Nous avons confiance l'un dans l'autre.

— C'est vrai que tu as une femme très spéciale, et tu sais que de ma part, c'est un compliment. Elle a du caractère. Il n'y a pas beaucoup de femmes qui en ont autant."

J'ai éclaté de rire :

"Arrête, papa. Yvette a du caractère à revendre.

— Ne confonds pas caractère et tempérament, Marcus. Yvette a du tempérament à revendre, mais pas beaucoup de caractère, ce qui me convient parfaitement. J'ai connu suffisamment de femmes de caractère au cours de ma vie. Qu'est-ce qu'on mange ?"

Mon père était toujours un bel homme, au charme très affirmé. Il m'avait eu très tôt, à l'âge de dix-neuf ans, avec une femme qu'il n'avait pas épousée. Leur relation n'avait pas duré très longtemps, assez longtemps, cependant, pour qu'il la persuade de me prénommer Marcus. Je suis resté des années sans le voir. J'ai grandi chez ma mère, avec un premier père d'adoption, puis un second, que je supportais, sans plus. Les adultes de cette génération étaient si occupés à se réaliser eux-mêmes qu'ils n'avaient pas le temps d'empêcher les enfants de mal tourner, tandis qu'ils étaient relégués au second plan. J'ai de bons rapports, bien qu'un peu tièdes, avec des hauts et des bas, avec mes différents demi-frères et sœurs. Les premières années, j'ai vécu en communauté, jusqu'à ce que ma mère épouse mon premier père adoptif, après que leur liaison s'était consolidée et qu'ils s'installent dans une maison de Sorø. Leur couple a tenu jusqu'à ma puberté, puis ils ont divorcé, sans que mes sautes d'humeur en soient la cause, m'a affirmé ma mère. Leur relation était morte, d'après eux. De plus, ils avaient une liaison chacun de leur côté. Nous nous sommes installés à Valby, chez un collègue de lycée de ma mère qu'elle a épousé un peu plus tard et n'a quitté que pour mourir, il y a cinq ans, d'un cancer du sein. Elle avait été le centre du vaste creuset constitué par notre famille, si bien qu'elle partie, nous nous rencontrions de moins en moins, tout en persistant à nous inviter, par habitude, à nos anniversaires respectifs et autres événements familiaux.

Mon premier vrai contact avec mon père a eu lieu quand je suis allé le voir, à l'âge de dix-huit ans, parce qu'il me manquait et que je voulais le connaître pour de bon, autrement que par l'image qu'il donnait de lui quand il apparaissait dans les médias, à différentes occasions. Je voulais aussi lui parler de mes projets de m'enrôler dans l'armée professionnelle et peut-être de devenir officier. Ma mère, pacifiste et gauchiste, s'y opposait violemment et pensait qu'il fallait m'interner, tandis qu'à ma grande surprise, mon père m'avait non seulement compris, mais aussi soutenu, en me disant que cela me ferait du bien de sortir un peu de toutes les jupes qui entouraient les garçons et les adolescents à la maison, au jardin d'enfants, au club de loisirs et à l'école. J'ai été tout étonné d'apprendre qu'il avait été soldat, interprète-officier en langue russe et qu'il avait passé un an, pendant la guerre froide, à l'ambassade du Danemark à Moscou. Je crois qu'il avait été une sorte d'espion pour le service des Renseignements de la Défense danoise. La première fois que nous nous sommes rencontrés pour déjeuner ensemble et faire ensuite une promenade dans le parc de Fælledparken, nous avons eu une très bonne conversation de plusieurs heures. Nous avons commencé à nous téléphoner, il m'envoyait des cartes postales et des lettres, et petit à petit, nos rencontres sont devenues régulières. En peu de temps, j'ai trouvé tout naturel de l'appeler papa, ce qui a paru lui faire plaisir.

Je l'ai regardé. Il contemplait la Promenade des Anglais et plissait ses yeux gris-bleu pour filtrer la réverbération du soleil sur la mer. C'était mon père, mais aussi mon ami. Peut-être mon meilleur ami, à part Nathalie et Nikolaj. J'approchais de la quarantaine, lui de la soixantaine, si bien que même si nous n'avions pas le même âge, la différence avait de moins en moins d'importance à mesure que le temps passait. Depuis sa prime jeunesse, mon père était fasciné par l'Empire romain, et ses romans policiers, qui se vendaient dans le monde entier, avaient pour détective un sénateur romain datant d'environ 50 avant Jésus-Christ. A l'époque où mon père enseignait dans une école supérieure populaire*, il avait débuté en écrivant des romans ordinaires et des poèmes qui ne nourrissaient pas leur homme. C'était la série consacrée à son sénateur romain astucieux qui avait mis du beurre dans les épinards, très largement d'ailleurs, tandis que ses autres œuvres lui rapportaient félicitations, prix et prestige dans les cercles littéraires danois. Il vivait en France depuis dix ans et jurait toujours qu'il ne retournerait jamais s'installer au nord de la frontière du vin. Au début, sa première femme, Ilse, l'enfant qu'elle avait de son premier mariage et leurs deux enfants communs avaient vécu à Fayence, mais les idées romanesques que nourrissait Ilse sur la vie d'une femme d'écrivain dans un petit village français n'avaient pas résisté longtemps à cette épreuve. Mon père se claquemurait six à sept heures par jour pour écrire en lui laissant les gosses, il refusait de l'accompagner dans les clubs de danse et supportait mal qu'Ilse n'ait jamais appris convenablement le français. Mes demi-frères et sœurs détestaient le village, l'école et les Français, Ilse

* Institution danoise dont le nom est "patenté".

était donc repartie pour le Danemark et ils avaient divorcé. Mon père avait pris les choses calmement. Yvette se profilait déjà à l'horizon alors qu'il était encore marié avec Ilse ; une fois réglés sa séparation et son divorce, Yvette s'était installée chez lui. Elle avait le même âge que moi, était mariée quand mon père l'avait rencontrée, mais dès que son propre divorce avait été réglé, mon père l'avait épousée. Les deux enfants adolescents qu'Yvette avait d'un premier mariage étaient maintenant en pension. Ils avaient ensemble un petit garçon de cinq ans cent pour cent français. Il parlait à peine un mot de danois, ce que mon père trouvait parfait. “Puisque c'est Yvette qui voulait ce gamin”, disait-il. Ce n'était sûrement pas tout à fait vrai. Mon père pensait, sans en parler directement, que sa faculté de reproduction reflétait sa puissance sexuelle. Y avait-il quelque chose à redire sur le fait que Nathalie et moi n'ayons pas voulu d'enfants ? Si Nathalie l'avait souhaité, nous en aurions eu, mais elle avait dit très tôt qu'elle refusait de donner naissance à des enfants dans le monde tel qu'il était. J'aimais bien les enfants, mais je savais par expérience que les adultes finissent généralement par les abandonner à leur propre sort, et ils ne me manquaient pas au quotidien. Après quelques années de vie commune, j'avais été conséquent et je m'étais fait stériliser, parce que Nathalie avait mal supporté la pilule et qu'un stérilet lui avait causé une grave infection ; ces expédients n'étaient donc pas une bonne solution. L'intervention était d'ailleurs très simple, pour un homme.

J'avais lu un ou deux romans à suspense de mon père et je comprenais qu'ils aient du succès, sinon, je lisais rarement des livres de fiction. Suivre ce qui se publiait dans ma spécialité sur le plan international me suffisait amplement. Ce manque d'intérêt énervait mon père, mais sans les accepter tout à fait, il avait appris à supporter mes lacunes, qu'il considérait comme un sérieux défaut de mon caractère.

“Comment marchent tes écritures ?” lui ai-je demandé.

Il a bu une gorgée de son apéritif, regardé le menu, observé deux très jeunes filles en short moulant et minihaut qui glissaient sur le trottoir, légères comme des plumes sur leurs rollers. Il les a suivies longtemps des yeux et quand elles ont eu disparu, dans la foule des chiens et des gens de tous âges qui faisaient une promenade vespérale en longeant la mer :

“Mes écritures, comme tu dis, marchent à merveille. Des huîtres, qu'en dis-tu ?

— Pourquoi pas ? Et j'aimerais bien un peu d'agneau.

— Très bon choix, Marcus. L'agneau est excellent, ici ; je suis d'accord. Avec un peu de fromage pour finir.”

Il a appelé le garçon et passé la commande dans un français courant et rapide. Il apprenait facilement les langues, un talent dont je n'avais pas hérité non plus. Je me débrouillais en anglais, naturellement, et un petit peu en allemand, mais c'était tout. Les langues me posaient beaucoup plus de problèmes que les mathématiques, les contrats financiers ou les formules de physique. Heureusement, tous les hommes d'affaires que je devais contacter parlaient l'anglais, la langue qui unit le monde de nos jours, comme le latin unissait le monde romain de mon père, il y a deux mille ans. Les œuvres de mon père décrivaient une époque où la *Pax romana* régnait sur le monde connu. J'évoluais sur une planète soumise à la *Pax americana*. Comme les Romains, les Américains semblaient faire constamment la guerre aux confins de leur empire, afin de le garder uni. Ce monde-là ne m'intéressait pas énormément non plus. Comme tous les gens raisonnables, je regardais les informations et je lisais les journaux, mais c'étaient surtout les pages sur l'économie qui retenaient mon attention. Mon travail et Nathalie constituaient mes ancrages, et ce n'était que dans mes rêves incontrôlables que j'éprouvais, de temps à autre, un certain manque et le regret que la vie ne m'ait pas apporté ce que j'avais espéré. Je m'arrangeais toujours pour refouler ce cauchemar sous la douche, en refusant de me rappeler les rêves effrayants que mon subconscient, la nuit venue, laissait traîtreusement surgir.

Le repas a été délicieux, comme d'habitude, dans une bonne ambiance ; nous avons d'abord parlé du football, que nous suivions tous deux passionnément, ensuite mon père m'a raconté des anecdotes amusantes sur sa vie en France, en buvant la plus grande partie de la bouteille de vin rouge. Ma propre surconsommation d'alcool s'était calmée depuis que je m'étais astreint à ne plus m'apitoyer sur mon sort et sur ma carrière militaire mort-née. C'est-à-dire, en réalité, depuis que j'avais rencontré Nathalie.

Mon père, très lié avec le maire de Fayence, avait eu une réunion avec lui le jour même pour décider du montant de sa déclaration annuelle de revenus de cette année, qu'ils notaient dans un grand carnet relié en cuir avant de prendre un café et un pousse-café, et le maire essayait, une fois de plus, de convaincre mon père de s'engager dans la politique locale en s'inscrivant au RPR.

“Je ne quitterai jamais ce pays, m'a dit mon père. Pourquoi ne venez-vous pas vous y installer ?

— Qu'est-ce que je ferais ici ?

— Tu apprendrais à vivre, mon garçon. Il n'est jamais trop tard.

— Parle pour toi. Tu es un artiste. Tu peux écrire partout. S'il n'y avait pas mon travail, je ne saurais absolument pas comment passer le temps.

— C'est ton manque d'imagination.

— On a déjà parlé de ça, papa. Je ne suis pas comme toi et j'aime mon travail. Il donne un sens à ma vie. Toi, tu as tes livres et tes Romains.

— Bien parlé, mon garçon.

— Nous irons peut-être faire un tour en Russie", ai-je lancé, comme un enfant qui veut se faire remarquer par un adulte.

Il a levé sa grosse tête. La nuit était tombée, mais la mer, qui reflétait la lune, projetait sur la Promenade une clarté blanc verdâtre qui, mêlée à l'éclairage urbain, faisait presque ressembler les promeneurs à des elfes.

"Ça ne vous ressemble pas du tout. Je croyais que vous preniez vos vacances à Møn.

— Je voyage beaucoup trop pour mon travail. Je préférerais rester au Danemark. C'est Nathalie qui a eu cette idée.

— Encore plus extraordinaire. Je me demande bien pourquoi.

— Ça lui fera du bien, d'après elle."

Il m'a regardé sans mot dire et j'ai poursuivi :

"Elle m'a dit, et je crois que je la cite correctement, «qu'on était forcé de se confronter au mal. De le regarder dans les yeux pour avoir la paix. Pour qu'il cesse de vous donner des cauchemars».

— Ah ah, s'est-il contenté de dire.

— Qu'en penses-tu ?"

Il a bu un peu de vin, a commencé par détourner les yeux, puis m'a regardé de nouveau.

"Que ce n'est peut-être pas une très bonne idée."

Je me suis tu, et après une pause, il a poursuivi :

"Vous avez trouvé le moyen d'avoir une vie très bien équilibrée, ce qui est rare. Comme tous les équilibres que les hommes créent entre eux, celui-ci est fragile, surtout parce que Nathalie est fragile, au fond. Comme de la porcelaine fine.

— Comment ça ?

— Nathalie est belle et charmante. Tu as eu beaucoup de chance, tu le sais, et cela t'honore. Mais elle a également des profondeurs et des secrets que tu n'exploreras sans doute jamais.

— On n'a pas besoin de tout savoir.

— Pas nécessairement, c'est vrai. Il est bon qu'un certain mystère subsiste, sinon on s'ennuie, mais la Russie blesse les gens et leur laisse des cicatrices. Nathalie voudrait voir si ses blessures sont cicatrisées, et ce n'est qu'en retournant dans ce qu'on appelle la Nouvelle Russie qu'elle le pourra. Est-ce exact ? Que dire ? Venez plutôt ici à la place. Nous vous prêterons la maison. Yvette et moi partons faire un tour à New York dans un mois, et nous serons absents pendant une quinzaine de jours. Venez prendre du bon temps en France. Nathalie et la Russie, ce n'est pas une heureuse idée.

— C'est ce que je lui ai dit.

— Et alors... ?

— Si Nathalie le veut, nous le ferons, naturellement.

— Tu es trop bon, Marcus, m'a-t-il dit, en faisant presque écho à la phrase de Nathalie.

— Ce n'est qu'une simple petite croisière sur un fleuve.

— Il n'y a pas grand-chose qui soit simple, en Russie.

— Tu me donnerais presque la chair de poule, à tes heures."

Il a ri.

"Oui, c'est le poète qui parle, mais malgré tout, je trouve que vous vous êtes fait une bonne vie et que la Russie a coutume de réveiller de vieux démons.

— C'est une raison plutôt vague pour annuler un voyage. Un voyage que Nathalie a envie de faire. Ce n'est qu'une petite balade touristique.

— Tu es mon enfant préféré, Marcus, mais un jour, tu apprendras que dans la vie, on ne peut pas tout convertir en formules rationnelles.

— Je ne suis plus un enfant…

— Tu seras toujours mon enfant, et mon ami. Bon, bon, alors partez. Ce sera sûrement amusant. On dit qu'il s'est passé beaucoup de choses, là-bas, mais ils ne peuvent pas abolir leur histoire, nom de Dieu. J'espérais seulement que j'allais te donner un peu – comment as-tu tourné ça ? – la chair de poule, pour que vous veniez plutôt nous voir, Yvette et moi. Cela nous ferait très plaisir.

— Vous pourriez aussi venir à Møn.

— C'est vrai. Mais laisse d'abord arriver l'été. Nous n'avons aucune raison de quitter tout ceci de notre plein gré."

Il a écarté les bras comme si tout lui appartenait : la Promenade des Anglais, ses passants bien vêtus, ses beaux réverbères, ses grandes maisons, le flot continu des voitures neuves et des motos et vélomoteurs irritants, qui s'écoulait dans une obscurité printanière, où la brise qui agitait légèrement et gracieusement les palmiers, était tiède et douce, alors qu'au Danemark, il faisait certainement un temps affreux.

J'écoutais bien ce qu'il me disait, naturellement, mais je décrochais souvent, quand il s'aventurait sur des registres sentimentaux. Pour les discussions métaphysiques, papa et Nathalie s'y entendaient mieux que moi. Papa était aussi la seule personne avec qui Nathalie parlait russe, en dehors de ses prestations d'interprète. Aujourd'hui, je crois qu'il s'agissait surtout d'un jeu entre eux. Ils l'avaient fait d'emblée quand ils s'étaient rencontrés. D'abord, mon père aimait se vanter, ensuite, il était incroyablement bon en langues. De temps en temps, quand ils avaient un peu bu, c'était presque comme s'ils flirtaient ensemble, quand ils passaient à ce russe incompréhensible. "C'est une langue qui possède plus de mots que d'autres pour l'amour et les sentiments, avait une fois déclaré mon père. Quand nous voulons nous élever un peu, Nathalie et moi, nous avons recours à la langue de Dostoïevsky et de Pouchkine. Même le français ne contient pas la même musique."

"Je te comprends, papa. C'est merveilleux, ici", ai-je simplement répondu en contemplant les lents rouleaux de la mer qui ressemblaient à de l'or, au clair de lune.

"Eh oui, parce que de loin, on ne voit pas toutes les maudites crottes de chien qui attendent les Niçois.

— Allons, allons. Tu ne trouveras jamais mieux.

— Quelle idée ennuyeuse ! Il faut toujours croire qu'on peut trouver encore mieux. Sinon, tu as raison. Viens, allons prendre le café ailleurs."

J'étais las et j'avais une réunion importante le lendemain matin, mais je me suis laissé convaincre de prendre une tasse de café au Négresco, où Yvette devait venir le chercher. J'ai été soulagé en l'apprenant, car il n'était pas en mesure de conduire convenablement, même s'il affirmait le contraire. Cela ne se voyait pas, mais je savais ce qu'il avait bu. Parfois, je me sentais un peu idiot en me comportant comme si, de nous deux, j'étais l'adulte mûr et responsable qui traitait l'autre en jeunot incapable de se contrôler. Mon père se demandait souvent avec étonnement d'où je tenais ce goût de l'ordre, ma mère ayant toujours été très désordonnée.

L'hôtel Négresco, situé plus bas sur la Promenade des Anglais, est l'un des anciens hôtels de Nice ; c'est dans un coin du bar-bibliothèque que nous avons pris place pour attendre Yvette. Le Négresco est superbe : dans ce vestige de l'époque où le monde n'était pas encore détraqué, on trouve des portiers en livrée, des antiquités, d'épais tapis et des prix astronomiques pour tout. Le Négresco, sur la Promenade, paré de ses stucs et de ses ornements tarabiscotés, se distingue de tous les bâtiments modernes en béton et en acier qui caractérisent Nice. Mon père y venait régulièrement parce qu'il en aimait l'atmosphère et qu'il adorait raconter des histoires sur les princes, les reines, les charlatans et les mafieux qui ont fréquenté ce vieil immeuble. Il se plaignait des prix du bar, mais c'était là qu'il avait repéré pour la première fois la charmante Yvette, qu'accompagnait son mari de l'époque ; or le fait qu'une dame porte une alliance n'avait jamais retenu mon père. "La plupart des femmes mariées, surtout en France, s'ennuient alors elles sont partantes pour une petite aventure, si l'on se consacre à elles, quand on les désire avec son cœur, son esprit et son corps", répétait-il souvent.

Il n'y avait pas grand monde dans le bar, quand nous avons commandé du café et un cognac pour mon père. La salle était agréable, avec ses lambris marron et ses colonnes blanches. Des armes antiques et des peintures représentant des enfants déguisés en petits rois-soleil ornaient les murs, et l'on devinait des livres reliés en cuir dans des vitrines placées derrière le bar. C'était, d'une certaine manière, à la fois très authentique et très frelaté. Sur un balcon, un pianiste d'ambiance tâchait d'imiter Elton John. Une femme encore jeune lisait dans un coin, un verre à portée de la main. Les seuls autres clients étaient un homme entre deux âges en costume noir, accompagné de deux femmes assez jeunes, outrageusement maquillées, longues jambes et jupes courtes, qui parlaient fort en mélangeant le russe et le français. Cet homme entièrement chauve, aux joues rouges et aux oreilles minuscules, dont le nez semblait avoir été cassé autrefois, portait un costume coûteux visiblement fait sur mesures. Il avait desserré sa cravate, et même sans savoir le russe, j'entendais qu'il avait la langue assez pâteuse, mais le garçon en veste blanche immaculée lui a apporté sans broncher une nouvelle tournée de boissons. Il buvait du whisky tandis que les femmes finissaient des cocktails de couleurs vives.

Mon père a fait une remarque en russe.

"Comment ?

— Aucune culture. De nouveaux riches russes, ou des Nouveaux Russes, comme on les appelle là-bas, dans les pays de l'Est. Un quelconque parrain de la mafia, qui a de l'argent plein les poches mais aucune œuvre de Pouchkine dans ses bagages. *Nje kultunije*. Toute la Côte d'Azur est prise d'assaut par des Russes aux poches bourrées de dollars. Les Français les détestent parce qu'ils sont bruyants et autoritaires, mais ils sont tellement riches et si disposés à dépenser leur argent que ces Gaulois délicats se bouchent le nez pour s'approprier leurs dollars.

— Mon correspondant français se plaint de ce qu'ils font monter les prix de l'immobilier ici.

— C'est parce qu'il n'a rien à vendre. Les rapaces qui ont quelque chose à vendre applaudissent des deux mains."

Yvette a fait son apparition quelques minutes plus tard. L'expression est peut-être impropre, s'agissant d'Yvette, qui n'apparaît jamais simplement : Yvette entre en scène. Cette femme superbe, aux membres fuselés et aux oreilles un peu trop grandes, possède une autre qualité dont mon père est toujours tombé amoureux. En pantalon moulant noir et chemisier au décolleté plongeant, ses cheveux roux bouffants autour de sa belle tête, elle marche d'un pas léger qui prouve qu'elle a dansé, étant jeune, dans des cabarets parisiens avant de rencontrer son premier mari. Ce dernier gagnait tant d'argent, pendant ses longs voyages, qu'il avait oublié en la laissant trop livrée à elle-même qu'elle ne tarderait pas à s'ennuyer.

J'ai eu droit aux grandes effusions françaises : embrassades et salutations à transmettre à la belle Nathalie ; on voyait bien que je travaillais beaucoup trop, j'avais l'air fatigué et j'étais beaucoup trop mince, il fallait venir les voir, son gentil Mikael et elle, pour prendre un peu de poids et profiter de la bonne cuisine française, d'un vin de qualité et retrouver des joues roses sous le doux soleil de la Provence. Je ne comprenais pas tout ce qu'elle disait dans son mélange d'anglais et de français, mais peu importait. Elle a embrassé mon père, lui a pincé la joue et l'a menacé du doigt en regardant son verre de cognac. Toute cette scène était très française, excessive et typique d'Yvette, mais j'aimais bien cette femme, et mon père, visiblement, était toujours très amoureux de son charme et de son rayonnement érotique. Elle avait de longues mains fines, de petites rides autour des yeux et une large bouche qui souriait aisément. Ses yeux verts étaient soulignés de noir, elle employait un parfum extrêmement coûteux et paraissait plus jeune que son âge. Je savais qu'elle maintenait sa forme physique en s'astreignant chaque jour à observer le programme sévère qu'elle pratiquait, en tant que danseuse, depuis son enfance. Enfant, elle rêvait d'une carrière de ballerine, mais son talent ne lui avait permis que de travailler dans des cabarets.

Nous avons bavardé plaisamment de tout et de rien pendant une heure environ. Le Russe a quitté le bar avec ses deux compagnes, qui étaient obligées de le soutenir, la femme seule a fermé son livre, elle est partie, elle aussi, et j'ai pensé que comme moi, elle était en voyage d'affaires et n'avait pas la chance d'avoir des proches pour passer agréablement ses longues soirées solitaires dans un hôtel parmi d'autres.

Comme Yvette s'était garée assez loin, je les ai accompagnés jusqu'à la voiture par les petites rues qui montent de la Promenade des Anglais. Nous étions encore relativement tôt dans l'année, de sorte qu'il faisait assez froid, malgré un printemps exceptionnellement doux, et les passants étaient rares. Deux putains grelottaient dignement et l'on apercevait, derrière les vitres des cafés, quelques clients solitaires ou des couples qui causaient, la cigarette à la main. Dès qu'on s'éloignait un peu de la Promenade, les maisons étaient plus délabrées, les cafés moins nombreux, et les ordures s'entassaient dans les recoins venteux et le long des caniveaux. La Renault d'Yvette était garée en biais dans un coin. Elle m'a embrassé sur les deux joues, mon père m'a serré dans ses bras et je leur ai fait signe de la main jusqu'à ce qu'ils disparaissent, au coin de la rue, en direction de leur joli village de montagne.

J'ai frissonné en prenant le chemin de mon hôtel. La ville ne semblait plus ni amicale ni accueillante. On comprenait, à présent, les bruits qui circulaient à propos de la criminalité et de la violence inévitables sur la Côte d'Azur moderne, dont la richesse attire les charlatans et les immigrants clandestins qui cherchent fortune. Je ne suis pas de petite taille et je soigne ma forme, mais Nice m'a soudain paru sombre et triste, et j'ai commencé à avoir froid, à cause de ma fatigue, peut-être ; j'ai donc pressé le pas en descendant la pente pour rejoindre mon hôtel, sur la Promenade.

C'est en arrivant au coin d'une rue que j'ai entendu crier, un cri de colère plutôt qu'un appel à l'aide. J'ai aussi entendu le bruit mat d'un coup sur un corps humain et des jurons dans une langue que je n'arrivais pas à situer. Deux hommes s'en prenaient à un troisième. Le premier le plaquait contre un mur tandis que le second essayait de le frapper et de lui donner des coups de pied. La victime résistait et a paru réussir à toucher l'un de ses agresseurs quand il a reçu un coup sur la tête, asséné avec un objet qui ressemblait à une matraque. L'homme est tombé comme une masse. Les deux autres lui redonnaient des coups de pieds, et il tâchait de se recroqueviller pour se protéger. J'ai réagi sans trop réfléchir et crié en danois : "Nom de Dieu, qu'est-ce que ça veut dire ?", en m'élançant dans leur direction. On ne voyait pas la figure des deux hommes, vêtus de jeans et de blousons en polyester à capuche. Ils paraissaient jeunes, pas spécialement forts, en réalité, mais ils auraient pu être armés de couteaux. Tout mon entraînement au combat rapproché date de mon passage dans le corps des chasseurs, avant que mon accident ne mette fin à cette première carrière, mais malgré cela, c'est plus par instinct qu'après mûre réflexion que je me suis jeté sur les agresseurs. Le premier a donné encore deux coups de pied avant de prendre la fuite. Le second est resté un instant indécis avant d'emboîter le pas à son camarade, en me lançant un coup d'œil indifférent et paresseux. Ils ont disparu en courant d'un pied léger, malgré les bottes de combat qui paraissent être les chaussures préférées des agresseurs et des hooligans dans l'ensemble du monde occidental.

La victime était le Russe d'âge moyen du bar-bibliothèque du Négresco. Il gémissait, avait un œil fermé et sur son crâne chauve, une grosse entaille saignait abondamment. Son costume noir était déchiré à l'épaule et sa chemise blanche rouge de sang. J'ai eu peur, un instant, qu'ils ne l'aient attaqué au couteau, mais le sang venait de la blessure de son crâne, et du reste, elle était assez vilaine ; il fallait aussi qu'il voie un médecin pour son œil. J'ai soulevé le Russe par les aisselles pour l'aider à s'asseoir en l'adossant au mur. Il était lourd, mais il m'a semblé que son torse puissant était plus musclé qu'adipeux. Il a dit quelque chose en russe.

"Que dites-vous ? ai-je questionné en anglais. Je vais chercher une ambulance. Et la police.

— *Niet*. Pas de police. Pas d'ambulance.

— Mais vous êtes gravement blessé. Vous devez aller à l'hôpital pour qu'on vous fasse des points de suture.

— Non. Pas de police. Pas d'hôpital. Aidez-moi à me lever.

— Restez tranquille. Ces salauds vous ont vraiment amoché. Ne vous en faites pas.

— Vous êtes un ami. Vous m'avez sauvé la vie, mais si vous voulez être un véritable ami, aidez-moi à me lever." Il parlait un très bon anglais, avec un brin d'intonation américaine en plus de son accent russe, typique par ailleurs.

Il a tenté de se lever seul, sans succès. Je l'ai redressé en le tirant par les aisselles. Il était lourd, et l'effort qu'il a fait pour se mettre debout a failli lui faire perdre connaissance. Il a gémi de douleur et fermé son œil intact, mais c'était un dur ; il s'est contrôlé, a décidé de supporter la douleur et l'a surmontée. Il sentait la fumée, l'alcool et un déodorant coûteux.

"Vous devez vraiment consulter un médecin", lui ai-je dit. Son sang gouttait sur mon manteau et ma veste. J'avais une tête de plus que lui et il s'accrochait à moi comme un homme complètement ivre. Il a fouillé dans ses poches et proféré en russe des mots que j'ai pris pour un chapelet de très gros jurons.

"Vous avez un portable ? m'a-t-il demandé.

— A l'hôtel, au Sheraton, juste au coin de la rue.
— Puis-je vous demander de m'aider à y aller ?
— Bien sûr, ça vous permettra d'appeler un médecin.
— Emmenez-moi seulement là-bas."

Je l'ai empoigné. Il a passé son bras autour de mon épaule et je l'ai mi-porté, mi-traîné jusqu'à l'hôtel. Il respirait difficilement et j'avais peur qu'il ne s'évanouisse. Je craignais qu'il n'ait une grave commotion cérébrale ; malgré deux arrêts pour lui essuyer le crâne avec des mouchoirs en papier, il continuait à saigner, sur lui et sur moi. Rien d'étonnant à ce que les rares passants qui nous croisaient passent tout de suite sur le trottoir opposé. J'ai mis dix minutes à lui faire parcourir la courte distance qui nous séparait de la porte à tambour de l'hôtel Sheraton et à la lui faire passer.

Le portier de nuit, qui s'appelait Charles, n'avait pas changé depuis les trois ans où je venais régulièrement à Nice en voyages d'affaires. Cet homme entre deux âges en avait certainement vu de toutes les couleurs, mais il a quand même eu l'air plutôt choqué en découvrant du sang sur mes vêtements et la tête tout ensanglantée du Russe.

"Monsieur 'offmann ! Qu'est-ce qui s'est passé ?" Il parlait un excellent anglais, avec un accent français prononcé.

"Ce monsieur a été agressé. Vous ne pourriez pas appeler une ambulance ?

— Bien sûr, monsieur 'offmann. Tout de suite. Dans quel monde vivons-nous ? !

— Pas d'ambulance. Pas de police", a prononcé le Russe. Il était blanc comme un linge, et je me moquais complètement de ses objections. Il fallait le conduire à l'hôpital. Je n'osais pas prendre la responsabilité de le garder plus longtemps. Charles semblait être de mon avis, il se dirigeait vers la réception quand le Russe m'a dit, à travers ses lèvres serrées :

"Du papier. Un stylo. Donnez-moi un stylo et une feuille de papier."

J'ai fait un signe de tête à Charles qui s'est arrêté à mi-chemin de la réception, pris de doute. Devait-il appeler la police et l'ambulance ou faire ce que lui disait le client ?

Le Russe était affalé dans le grand fauteuil de cuir qui nécessiterait un bon nettoyage avant de retrouver sa place dans le hall moderne de l'hôtel. Il s'est forcé à se redresser et a griffonné un numéro sur le bloc que Charles apportait.

"Appelez ce numéro. Dites-leur de venir immédiatement. Ils parlent le français et l'anglais.

— Vous devez aller à l'hôpital. Monsieur 'offmann a raison.

— Appelez ce satané numéro tout de suite !

— Charles a raison. C'est l'hôpital qu'il vous faut.

— *Please.* Appelez ce numéro et c'est tout. *Please.*"

J'ai refait un signe de tête à Charles, qui s'est dirigé vers son comptoir, tandis que le Russe reposait sa tête sur le fauteuil en fermant les yeux. Ou plutôt qu'il n'en fermait qu'un, puisque l'autre était obstrué par le sang. J'ai pris des serviettes sur les tables où l'on pouvait boire un verre pendant la journée, et épongé le sang qui coulait toujours de son crâne. C'était une vilaine blessure, mais elle ne saignait plus autant. En revanche, son œil amoché, qui s'était complètement fermé, ne manquerait pas dès le lendemain de prendre toutes les couleurs de l'arc-en-ciel, mais je craignais davantage une commotion cérébrale ou peut-être une fracture du crâne, bien que ce type ait l'air incroyablement dur. Soudain, je me suis remémoré ce que mon père m'avait dit de la mafia. Peut-être qu'il était de mèche avec cette organisation, ou que j'avais affaire à un tueur à gages, puisqu'il voulait éviter l'ingérence de la police ou d'autres autorités.

Au bout de sept minutes seulement, une grande Peugeot noire s'est arrêtée devant l'hôtel, deux hommes vêtus de costumes gris identiques en sont sortis d'un bond pour se précipiter dans le hall. Un troisième homme était resté dans la voiture dont le moteur continuait à tourner. Les deux premiers sont venus directement à mon Russe, qui a ouvert l'œil et fait un signe de tête en leur parlant brièvement dans sa langue. Ils ont échangé quelques mots. L'un d'eux m'a adressé un petit sourire. Ils avaient tous les deux la trentaine et étaient aussi musclés que des soldats professionnels ou des agents de police. Ils se ressemblaient, avec leurs figures burinées et leurs cheveux coupés court. L'un des deux m'a parlé en se tournant vers moi, mais j'ai fait signe que je ne comprenais pas. L'autre m'a dit en anglais, avec un fort accent :

"Monsieur Terekhov vous remercie.

— De rien."

Terekhov, puisque c'était son nom, a dit encore une phrase en russe, et le premier a sorti son portefeuille et m'a tendu une liasse d'euros, mais j'ai secoué négativement la tête. Comme il persistait à me tendre les billets, j'ai répété que je refusais de les accepter. Il n'en était pas question, tout simplement.

"Prenez-les, m'a dit Terekhov.

— Je ne peux pas. Je refuse d'être payé pour avoir fait mon devoir." C'était un peu emphatique, mais c'est tout ce que j'ai trouvé à dire.

"Pour vos vêtements. Ils sont abîmés." Il parlait faiblement et d'une voix sourde, et je voyais à leurs yeux que ses gardes du corps étaient inquiets. Où étaient-ils au moment où l'on avait eu besoin d'eux ?

“Emmenez-le à l’hôpital, nom de Dieu, leur ai-je dit. Il est en train de perdre connaissance. Occupez-vous de le faire soigner, nom de nom.”

Le garde du corps a attendu un instant, m’a regardé, a regardé l’argent, puis Terekhov, ensuite il s’est décidé, a fourré l’argent dans sa poche et a fait un signe à son collègue. Ils ont empoigné Terekhov, qui avait refermé l’œil et l’ont pratiquement porté pour passer par le tambour de la porte et gagner la voiture qui a quitté l’hôtel en trombe, au mépris du code de la route. Une petite Citroën a stoppé brutalement en faisant hurler ses freins. La femme qui conduisait a klaxonné longtemps, très bruyamment semblait-il, dans le silence de la nuit. Une famille américaine qui entrait dans le hall m’a regardé fixement avec des yeux effrayés et s’est dirigée en hâte vers les ascenseurs, à l’autre extrémité du hall.

“Un cognac, monsieur ‘offmann ? m’a proposé Charles. De ma réserve personnelle.

— C’est exactement ce qu’il me faudrait, monsieur Charles. Je vous remercie.”

Le lendemain matin, le fauteuil taché de sang avait disparu et on avait nettoyé le parquet. J’avais jeté ma chemise ensanglantée et envoyé ma veste et mon pantalon au dégraissage avant de descendre dans le hall pour le petit déjeuner. Avec le beau soleil printanier qui entrait à flots par les grandes fenêtres et la douce brise qui faisait frissonner les branches des palmiers, les événements de la nuit donnaient l’impression d’être un lointain cauchemar et je les ai chassés de mon esprit. Mes réunions, qui ont duré toute la journée, ont été très intenses ; nous étions dans une phase cruciale, si bien que je n’ai pensé ni à Terekhov ni à rien d’autre, d’ailleurs, pour pouvoir me concentrer sur les derniers détails importants et décisifs de notre contrat. Le succès dépassait toutes mes espérances. Un dur travail de plusieurs mois portait enfin ses fruits. J'ai également dîné avec mes relations d'affaires pour fêter ce contrat que nos chefs respectifs, selon nous, signeraient à la satisfaction de nos deux sociétés.

Je suis rentré en taxi à l'hôtel, où je suis arrivé après minuit ; Charles était à son poste, comme de coutume, quand j'ai pénétré dans le hall désert. Je ne devais pas aller chercher ma clé, remplacée par une carte en plastique moderne, mais Charles m'a fait signe d'approcher.

"J'espère que vous avez passé une soirée plus agréable, monsieur 'offmann.

— Infiniment plus agréable, Charles.

— J'en suis ravi. Un monsieur est venu dans la soirée ; il m'a demandé de vous remettre cette enveloppe.

— Je ne peux pas accepter l'argent de ce Russe.

— Je ne crois pas que ce monsieur le savait. C'était un Français, mais il m'a prié de vous remercier une fois de plus de la part de ce monsieur russe agressé. Il vous fait dire que si jamais vous en aviez besoin, monsieur Terekhov serait à votre disposition.

— Je ne crois pas qu'il s'agisse de gens à fréquenter longtemps, Charles.

— Vous avez sûrement raison, monsieur 'offmann, mais je lui ai promis de vous donner l'enveloppe.

— OK et merci.

— Toujours à votre service. Dormez bien, monsieur 'offmann."

J'ai ouvert l'enveloppe dans ma chambre. Elle ne contenait qu'une carte de visite sur laquelle étaient imprimés les mots : Victor Terekhov, IT solutions, et deux numéros de téléphone qui paraissaient être des numéros de portables de Moscou. J'ai joint cette carte aux autres, dans ma serviette et je me suis réjoui en pensant que, le lendemain, je retrouverais Nathalie et la sécurité de notre vie quotidienne à deux.

3

En réalité, j'avais espéré – ou cru – que ce n'était pas sérieux, pourtant, à la fin mai, nous nous sommes retrouvés à Moscou, sur le pont arrière du *Rossiya* qui quittait lentement le quai, au son d'une musique ridicule diffusée par les haut-parleurs. Nathalie avait acheté les billets et nous étions arrivés dans cette Russie qu'elle avait tout fait, par ailleurs, pour quitter et chasser de sa vie.

"N'est-ce pas beau, Marcus ?" m'a-t-elle dit en me serrant le bras. J'ai admis que c'était beau, alors qu'à part moi, j'aurais préféré profiter du bon printemps danois qui bourgeonnait tant et plus autour de notre maison de l'île de Møn. Le bateau paraissait sympathique et accueillant, avec un côté rustique qui n'avait rien de sophistiqué. Plus grand que je l'avais imaginé, et plus propre que la Russie ne l'était en général, d'après mes souvenirs. Notre cabine, éclairée par une grande fenêtre, était petite et rappelait un compartiment de wagon-lit, avec sa salle de bains-W.-C. et deux lits. Je ne pouvais pas m'allonger complètement, mais la première nuit, après avoir fait l'amour, j'ai dormi comme une souche. Peinte en beige et rouge foncé, la cabine comportait une petite table entre les lits. Notre fenêtre donnait sur un pont étroit où se promenaient les passagers. On pouvait imaginer l'ambiance du premier soir de la croisière, avec le paysage défilant lentement, et cette idée m'a rempli de calme.

La plupart des passagers semblaient être des Russes, mais ils différaient grandement des citoyens de feue l'Union soviétique, dont j'avais le souvenir. Bien vêtus, ils paraissaient aussi détendus que les Occidentaux, et leurs enfants arboraient des jeans et des tee-shirts ornés de tous les symboles et textes à la mode de Copenhague jusqu'à Rome. Plusieurs jeunes portaient ces casquettes américaines devenues si populaires. Si je ne les avais pas entendus parler, jamais je n'aurais deviné que j'étais entouré de Russes. Nous nous trouvions parmi des gens d'une classe moyenne moderne, appartenant à la partie la plus aisée de la planète et qui se ressemblent tous, dans notre vie quotidienne mondialisée. C'était mon impression, en tout cas.

Nous étions arrivés la veille. Nathalie paraissait inquiète et tendue et cela s'exprimait par une exaltation excessive qui m'irritait un peu. On eût dit qu'elle voulait prouver que ce voyage était vraiment une bonne idée. Comme s'il s'agissait d'un nouveau départ. Elle n'avait pas cessé de bavarder depuis que nous avions mis le pied sur le sol russe, en me montrant les choses du doigt et en s'exclamant, à l'aéroport, comme une touriste stupide. L'ancien aéroport bâti par les Allemands avait beaucoup changé, certes, depuis ma dernière visite, vieille de plus de dix ans. Je me souvenais d'un bâtiment sombre et sinistre, ce qu'il était toujours, tout en ne l'étant pas, malgré tout ; il fourmillait de publicités aguichantes pour des alcools et pour Internet et un voyageur sur deux semblait parler dans un téléphone portable. Le contrôle des passeports et celui de la douane n'avaient pris qu'un instant, alors que je me souvenais de formalités lentes, bureaucratiques et hargneuses. Nathalie n'a pas cessé de parler dans le taxi qui nous emmenait à la Moscova, où le bateau était à l'ancre. Elle me faisait remarquer combien Moscou avait changé, à quel point cela la désorientait. A commencer par le nombre des voitures nouvelles. "Regarde, un Ikéa ! Qui l'eût cru ? Et des stations-service, des McDonald's, des magasins qui regorgent de marchandises. Regarde comme les gens sont bien habillés. Tu ne trouves pas ça incroyable ?" Si, bien sûr, mais elle m'avait quand même irrité par son enthousiasme exagéré. Quand le chauffeur lui avait parlé en russe, elle avait répondu : "We are Danish." Non sans raison, mais elle était également russe, c'est d'ailleurs pourquoi nous nous trouvions bloqués dans un embouteillage, dans cette Toyota moderne qui nous conduisait vers le but de notre voyage : une croisière sur la Volga.

Nous roulions sur un large boulevard au-dessus duquel flottaient les banderoles publicitaires de marques internationales de voitures, de postes de télévision, de lecteurs de DVD, de meubles, de voyages dans des pays exotiques. Les slogans pathétiques du Parti glorifiant la révolution et la lutte héroïque de la classe ouvrière pour surpasser le plan avaient été engloutis par le marché capitaliste. Au lieu de me réjouir, cela m'irritait, car à cet instant précis, plutôt qu'à Moscou, j'aurais mieux aimé être à Møn et mettre ma yole à l'eau pour aller relever les filets à anguilles que j'avais posés dans la baie. Je n'ai rien dit, parce que l'enthousiasme et l'excitation de Nathalie m'émouvaient un peu et que la nuit dernière, elle s'était montrée si ardente que j'avais dû lui mettre la main sur la bouche pour éviter qu'elle ne réveille tout le bateau. J'avais pensé, à ce moment-là, que si son ardeur était l'avantage secondaire de son retour en Russie, ces neuf nuits compenseraient nos journées de navigation sur les canaux et les fleuves jusqu'à Leningrad, que j'avais pris l'habitude d'appeler Saint-Pétersbourg. Ignorant comment se comportent les touristes, je n'avais aucune idée de la façon dont j'allais tuer le temps pendant la journée. La visite des curiosités ne m'intéresse pas, et à part les ouvrages consacrés à ma spécialité et à la météorologie, les livres m'ennuient.

Quand Nathalie pouvait s'allonger sur un transat avec un bon livre, elle était heureuse. Elle avait lu tous les livres de mon père, naturellement, et elle les appréciait grandement, qu'il s'agisse de ses romans ordinaires, de ses poèmes incompréhensibles ou de ses romans à suspense romains. Elle avait toujours un livre quelconque en train, ce qui constituait un lien de plus entre mon père et elle : ils adoraient parler de livres et mon père lui envoyait constamment des courriels avec des listes d'œuvres littéraires qu'elle aurait plaisir à lire. J'avais emporté mon ordinateur portable, dans lequel il y avait toujours du travail en attente, quel que fût le nombre d'heures que je passais devant l'écran. Je me demandais si mon téléphone portable, et mon accès aux courriels et à Internet allaient fonctionner. Il n'y avait pas eu de problèmes à Moscou. Il n'y en aurait sans doute pas à Saint-Pétersbourg, mais en cours de route… J'ignorais dans quelle mesure les communications modernes avaient été établies dans la Russie post-communiste.

Nathalie, qui sautait comme un enfant à côté de moi, a fait un signe d'adieu à un petit groupe debout sur le quai, qui rapetissait de plus en plus à mesure que le blanc *Rossiya* s'éloignait sur la Moscova, en prenant de la vitesse. Elle avait les joues enflammées et sa peau brune rayonnait. Tout de blanc vêtue, jean blanc, haut blanc à décolleté arrondi et pieds nus dans des chaussures de tennis blanches, elle était superbe. Il faisait beau, un temps tout à fait estival. Près de vingt degrés et pratiquement pas de vent. La haute pression qui régnait dans ce secteur semblait stable. Le soleil illuminait le fleuve et les maisons. A notre arrivée à Saint-Pétersbourg, juin serait déjà avancé et nous pourrions profiter des célèbres nuits blanches ; en voyant à quel point Nathalie rayonnait, j'attendais avec impatience que le retour de la nuit nous permette de fermer la porte derrière nous.

Nous sommes allés sur le pont avant pour profiter du soleil tardif de l'après-midi. La lumière restait vive et superbe. Une petite femme replète, qui passait prendre les commandes, nous a servi un gin-tonic à chacun. L'ambiance était très sympathique, en fait, et les Russes qui nous entouraient avaient l'air de profiter pleinement de leur nouvelle vie. Nous avons quitté la ville dont les gratte-ciel se faisaient plus rares, peu à peu, après notre passage sous un pont et notre entrée dans un canal qui traversait en ligne droite un paysage verdoyant. Sur la rive se succédaient de grandes villas de construction récente, de grandes demeures, entourées de murs, et nous avons vu une grosse Mercedes noire entrer par un portail. Des vaches paissaient dans un pré. Un homme pêchait près d'un petit groupe de vieilles maisons de bois pourries qui semblaient être là depuis des siècles. Sur une péniche qui naviguait en sens inverse, une femme étendait du linge.

“Tu es contente, ma chérie ?”

Nathalie s'est tournée vers moi, elle s'est mise sur la pointe des pieds et m'a donné un baiser. Sa langue, qui m'a juste effleuré, avait la fraîcheur du tonic et du citron et contre sa cuisse j'ai senti le désir gonfler mon membre.

Elle a souri :

“Toi aussi. Tu m'aimes, n'est-ce pas ?

— C'est vrai.

— Alors, viens. Il nous reste une heure avant le dîner.”

Ce n’était pas de la grande cuisine que concoctait le chef du *Rossiya*. Au moment où nous sommes entrés, tels les élèves d’une école, dans le restaurant du bateau, on nous a indiqué une table et la serveuse nous a fait comprendre que ce serait la nôtre pendant le reste de la croisière. A travers les larges baies de ce restaurant vaste et clair, on contemplait le paysage verdoyant qui défilait lentement. On nous a servi une soupe russe, de la salade et un bifteck accompagné de légumes archicuits, mais comme j’étais affamé, j’ai mangé de tout sans modération. Il y avait de l’eau et du jus de fruits sur la table. Nous avons acheté une bouteille de vin rouge : j’ignore d’où il venait, mais il était quasi imbuvable. D’ailleurs, je n’avais pas besoin de stimulant. Autour de nous, les Russes bavardaient et trinquaient en buvant de la vodka et de la bière. Le bateau avançait tranquillement ; seule la vue qui changeait et la faible vibration des sièges indiquaient que l’on naviguait. Je regardais ma bien-aimée en me demandant si les autres passagers décelaient en nous voyant que nous sortions tout juste d’une étreinte, transpirants et haletants, pendant laquelle elle m’avait, une fois de plus, aimé comme si j’étais un soldat sur le point de partir au front pour me battre.

“Tu me regardes.

— Tu es si jolie.

— Les gens voient à quoi tu penses.

— Qu’importe ?

— On n’affiche pas autant ces choses-là, en Russie.

— Peut-être que si, dans la Nouvelle Russie.

— La Russie ne change pas si vite. Il y a une quantité de nouveautés en surface : des publicités, des gens bien habillés, les enfants ont l’air d’être plus libres, mais si tu grattes un peu la surface, tu trouveras l'homme soviétique, juste sous la peau, et si tu descends plus bas, tu verras que dans son âme se cache l'esclave dont la soumission a toujours été notre malédiction.

— Notre malédiction ?

— Tu sais ce que je veux dire.

— Pas tout à fait."

J'ai pris un morceau de pain. Il était un peu sec, mais l'amour me donne toujours faim.

"Comment ça ?

— Tu n'as pas l'habitude de dire «notre», comme si tu en faisais partie. D'ordinaire, tu parles d'eux et de nous.

— C'est vrai ?

— Oui, ma chérie, c'est vrai."

Elle a détourné les yeux, et fait le tour de la salle du regard, comme en se demandant si les gens qui l'entouraient étaient des étrangers ou avaient une parenté quelconque avec elle. Les passagers du *Rossiya* comptaient surtout des familles de la classe moyenne avec des enfants, mais aussi des couples comme nous. Dans un coin, un petit groupe de touristes allemands avaient l'air de plantes venues d'ailleurs dans ce jardin russe. Plutôt âgés, ils ressemblaient assez à cette catégorie de gens que je voyais tout à fait passer leur vie de retraités à bord d'un bateau de croisière poussiéreux et poussif, sur un grand fleuve russe.

Nathalie a repoussé un peu son assiette, bu un peu de vin et fait la grimace en constatant son acidité. Elle a avalé un peu d'eau.

"Nous sommes ici, n'est-ce pas. Je ne peux pas renier mon passé. L'endroit d'où je viens. C'est même pour cela que nous y sommes. Je veux savoir qui je suis et pourquoi je n'arrive pas, tout bonnement, à oublier cet endroit.

— C'est toi qui le dis. Je ne comprends toujours pas très bien pourquoi.

— Ça t'ennuie beaucoup que nous soyons partis ?
— Non, non. Jusqu'à maintenant, ça a été merveilleux.
— Marcus ! Tu sais ce que je veux dire.
— Non, cela ne m'ennuie pas que nous soyons partis. Je vois que tu es contente.
— Je ne sais pas si je suis contente. C'est une chose qui doit être faite, c'est tout. On n'a pas toujours le choix. Parfois, on est obligé d'agir, même si on n'en a pas vraiment envie. Même si cela risque de faire souffrir. C'est comme ça, c'est tout."

Elle a écarté les bras. Avec sa formation d'interprète pour les sourds, elle ne pouvait s'empêcher de parler avec ses mains, presque aussi expressives que son visage et ses yeux, dans lesquels j'ai vu une ombre que je n'ai pas pu décoder.

"Mais tu ne parles pas russe avec eux. Tu fais semblant de ne pas comprendre ce qu'ils disent. Pourquoi ?"

Elle a souri :

"Je n'en sais rien. Ils m'ont observée en cachette et ils savent bien que je suis des leurs. On peut presque toujours voir d'où viennent les gens, n'est-ce pas ? Il suffit que tu descendes la rue piétonne de Copenhague, et tu peux à coup sûr désigner un Américain. A Paris, quand on arrive à un coin de rue et qu'on voit une petite famille, même si ces gens ne parlent pas, ça n'empêche pas de reconnaître des Danois. Ça ne se décrit pas, c'est comme ça, tout simplement.
— Tu n'as pas l'air spécialement russe, en fait.
— Comment a-t-on l'air spécialement russe ?
— Tu sais bien : blonde. Des pommettes hautes. Un peu trop de rouge et de fard sur les paupières."

Elle a ri :

"Marcus. Quelle bêtise. Regarde autour de toi. Ce n'est pas du tout ça. C'est beaucoup plus indéfinissable. Il est très difficile, en réalité, de dire qui on est et pourquoi on agit comme on le fait. On ne décide pas toujours soi-même.

— Ah.

— Avons-nous choisi délibérément, peut-être, de nous rencontrer à l'ambassade du Danemark à Moscou ?

— Nous avons décidé de quitter cette réception ensemble. Nous avons décidé de nous marier au Palais des Mariages, pour que tu puisses sortir de la Russie et entrer au Danemark.

— Nous l'avons fait, et c'était très, très bien, mais c'est le destin qui nous a amenés à nous rencontrer.

— Le Destin ? Qu'est-ce que c'est ?"

Elle a secoué la tête :

"Tu es incorrigible, Marcus. Tu ne crois qu'à ce qui se mesure, se pèse et s'observe au microscope. Il existe d'autres choses entre le ciel et la terre…

— Et toutes ces choses peuvent se voir, se mesurer, se peser et s'observer…"

Elle s'est penchée vers moi et m'a donné un baiser.

"Chut, m'a-t-elle dit en reprenant un peu de vin. Je crois bien n'avoir jamais bu un aussi mauvais vin rouge", a-t-elle remarqué, et pour une raison quelconque, c'était si drôle que nous avons éclaté de rire tous les deux, si fort que les gens des tables voisines se sont retournés pour regarder ce couple étrange qui parlait cette langue étrange, bien qu'apparemment chacun perçoive que cette belle femme sensuelle avait, en tout cas, pas mal de sang russe dans les veines.

Elle a pas mal bu au cours de la soirée. Nous sommes allés dans le salon de l'arrière où un trio de musiciens jouait un mélange de musique pop russe et occidentale. Il arrivait que Nathalie boive trop, par moments, surtout lorsque mon père était dans les parages, je ne prenais donc pas cela au sérieux, ne voyant pas son désespoir. Dehors, le jour n'était pas tout à fait tombé. La douce pénombre du mois de mai enveloppait le paisible bateau qui glissait presque silencieusement sur l'eau. Nous avons dansé et elle s'est serrée contre moi. Ensuite, elle s'est fait du souci pour mon genou et nous nous sommes assis, main dans la main, pour regarder la piste de danse, une mer ondulante de gens sous les clignotements de l'éclairage disco, qui me rappelait un mauvais film des années quatre-vingt. Nous ne parlions pas beaucoup. Elle tambourinait des doigts sur la petite table ronde et cela m'énervait. Quand elle l'a vu, elle m'a dit d'arrêter d'être aussi assommant, mais comme je prenais un air renfrogné, un instant, elle a eu l'air effrayé ; elle a pris ma main dans la sienne et m'a dit que ça l'ennuyait que nous soyons partis. Nous pouvions tout laisser tomber et retourner au Danemark. Je ne l'ai pas voulu, bien entendu, et nous nous sommes remis à danser joue contre joue. Comme mon genou me faisait mal, j'ai dû me rasseoir. Mais elle ne pouvait pas rester tranquille et quand un jeune type russe en tee-shirt collant et jean noir est venu demander, dans un anglais scolaire convenable, si j'autorisais ma femme à danser, en me voyant faire un signe approbateur, elle a accepté ; mais quand ils sont revenus, ils conversaient en russe. Ils ont fait deux danses rapides qui ont excité les autres jeunes gens. Je pensais que je devais lui permettre de s'amuser, non sans être un peu jaloux, bien que je juge la jalousie immature. J'ai bu un cognac et senti l'effet de l'alcool, n'étant pas habitué à boire.

"Tu t'amuses bien", lui ai-je dit à un moment donné à travers le brouhaha. La pièce sentait la fumée et la transpiration, le parfum et de nouveaux déodorants occidentaux, dont les gens abusaient un peu.

"Cesse donc d'être aussi grognon.

— Mais je ne suis pas grognon, bon Dieu.

— Tu as l'air grognon, Marcus super-prudent", m'a-t-elle dit en m'embrassant. Elle avait le goût du vin et de son propre corps.

"Je n'ai pas l'habitude d'aller avec ma femme dans les discothèques.

— Parce que tu travailles tout le temps. Tu es toujours en voyage, alors, quand tu es à la maison, tu n'as envie de rien.

— Je croyais que nous avions une bonne vie. Il me semblait que tu aimais Møn.

— Mais oui, Marcus. Mais je veux aussi faire autre chose quelquefois, et de préférence avec toi. Tu ne veux pas redanser ? Nous n'avons pas dansé depuis des siècles."

Sa figure était enflammée et ses yeux brillaient, mais elle restait appétissante, d'une manière un peu vulgaire. On eût dit qu'elle était retournée à une jeunesse russe qui m'était étrangère. Je ne comprenais pas son russe, mais son danois était un peu voilé, et l'on devinait le léger accent qu'elle n'avait plus d'ordinaire.

"Mon genou me fait mal." Je commençais aussi à avoir mal à la tête. Enfant, j'avais souvent la migraine, et il m'arrivait d'y être encore sujet, ce qui me rendait malade pendant plusieurs jours.

"Pauvre Marcus, avec ce sale genou. Sale, sale genou."

J'ai compris qu'elle était en train de bien s'enivrer.

"Pourvu que tu t'amuses, lui ai-je dit, résigné.

— C'est ce que je fais."

Un nouveau cavalier est arrivé et les hanches et la croupe de Nathalie exprimaient à la fois la sensualité et le désespoir. Beaucoup plus tard dans la nuit, j'y ai réfléchi, sans comprendre ce désespoir sous-jacent, quand j'ai fini par la prendre par-derrière dans notre cabine, après d'autres danses et d'autres verres, et que j'ai enfin joui intensément, comme dans une explosion de lumière qui a fait galoper mon cœur comme une machine emballée, tandis qu'elle enfonçait sa tête dans l'oreiller pour étouffer ses cris. Je me suis demandé vainement si c'étaient le désir ou la douleur qui la poussaient, sans savoir davantage si c'étaient la sueur ou les larmes qui mouillaient son oreiller.

Le lendemain matin, elle avait la gueule de bois. Installée à notre table, devant la fenêtre, des lunettes de soleil sur le nez, elle grignotait un petit pain et du fromage en buvant de l'eau et un thé fort auquel je me suis rallié, après avoir goûté le café du *Rossiya*. Au cours de la nuit, apparemment, nous avions traversé une écluse, puisque nous nous trouvions sur la Volga, tranquille et large. C'était encore une belle matinée très ensoleillée et tout avait reverdi le long des berges du fleuve. Je voyais plusieurs troupeaux de vaches et des petites maisons peintes en bleu. Tout avait l'air très innocent, à cette distance. Nathalie a regardé quelqu'un derrière moi et levé la main pour saluer. Je me suis retourné, c'était l'un de ses partenaires de la veille.

"Je crois que de toutes nos années de mariage, je ne t'ai jamais entendu parler russe autant qu'hier soir", lui ai-je dit.

Elle a pris un minuscule morceau de son petit pain :

"Je ne crois pas que ce soit vrai. Je parle le russe quand j'interprète au tribunal.

— Ce n'est pas ce que je veux dire.

— Et nous sommes en Russie, n'est-ce pas ?

— Tu t'es amusée ?

— Oui. J'ai mal à la tête, c'est tout. Je crois que j'ai des cachets d'aspirine dans la cabine.

— Tu as la gueule de bois, ma chérie.

— Et alors ?

— Alors, c'est de ta faute si tu as mal à la tête ; cela te rappelle que tu as trop bu. Tu l'as mérité. Ton corps te rappelle que tu en as abusé.

— Tu dis ça parce que tu ne bois jamais rien.

— J'ai trop bu, hier au soir.

— Mais tu n'as pas la gueule de bois.

— Je n'ai pas bu à ce point.

— C'est un gros péché ?

— Oh, ce n'est peut-être pas le mot juste. Il en faut plus que ça", et ma réponse l'a fait sourire. Elle m'a pris la main.

"C'était drôle, Marcus. Je me suis bien amusée. Pas toi ?

— J'ai mal au genou.

— C'est vrai, ce pauvre vieux genou. Mais ça m'a fait très plaisir de danser avec toi, et la suite aussi, m'a fait du bien et très plaisir. Très, très plaisir", m'a-t-elle dit en me serrant la main. Elle s'est levée et s'est appuyée un instant sur le rebord de la table. Je pense qu'elle avait bu beaucoup plus que je ne le croyais. "Je vais juste chercher ces cachets. Ne laisse pas partir mon petit pain."

Elle est revenue, m'a embrassé sur la bouche ; elle sentait à la fois l'alcool de la veille et le dentifrice. Elle avait dû se rincer la figure à l'eau froide et se maquiller les yeux, car elle avait l'air plus légère. Elle était charmante, en fait, avec son tee-shirt beige et son blue-jean moulant. Elle avait noué sa courte veste de cow-boy autour de sa taille et portait au cou le petit cœur en or que je lui avais offert pour son dernier anniversaire, avec une fine chaîne en or, mon cadeau pour le dixième anniversaire de notre mariage. Je ne pouvais pas m'empêcher de lui donner des bijoux, même si elle objectait qu'elle en faisait elle-même. D'ailleurs, les bijoux lui faisaient toujours plaisir et lui prouvaient à quel point je l'aimais et je l'appréciais. Elle était pieds nus dans des sandales dorées à fines lanières croisées sur le pied. Le vernis bordeaux de ses ongles de pieds était assorti à celui de ses mains, un détail que j'aimais bien. D'ordinaire, elle ne se peignait pas les ongles des mains, parce que le vernis ne tenait pas quand elle travaillait sur ses bijoux, à l'atelier.

Mon mal de tête n'avait pas empiré, Dieu merci, et après une douche froide, assez curieusement, je me suis senti frais et dispos. Je tenais juste dans la mini-salle de bains de la cabine. La pomme de la douche était logée dans un trou du lavabo, il suffisait de la soulever, de tirer un rideau et de se doucher. C'était simple et sans problème. Comme tout, dans ce bateau, ai-je pensé quand nous avons fait un tour sur le pont, après le petit déjeuner. On voyait ce qui se passait à l'intérieur des petites cabines dont les rideaux n'étaient pas tirés. Quelques passagers y étaient restés, mais la plupart, comme nous, avaient été attirés dehors par ce temps radieux. C'était un bateau simple, qui fonctionnait bien, et les passagers russes semblaient jouir de la compagnie les uns des autres ainsi que du beau temps et de l'aisance nouvelle qu'eux, en tout cas, avaient acquise ces dernières années. Cela m'a mis d'excellente humeur. Je n'avais pas beaucoup de certitudes politiques, mais je croyais fermement que tous les hommes ont droit à une vie libre et aisée, quels que soient leur race, leur pays ou leur religion. C'est ce que j'ai dit à Nathalie, tandis que nous longions la rambarde, bras dessus, bras dessous. Le vent soufflait un peu et le ciel était tout bleu, à l'exception de quelques rares nuages de beau temps, très hauts dans le ciel. Des résineux apparaissaient derrière des pentes d'argile jaune.

"Sur quelle planète vis-tu ? m'a-t-elle demandé.

— Mais les passagers de ce bateau nous ressemblent beaucoup. Ce sont des gens de la classe moyenne, des familles, sociables, civilisées.

— Ne t'y trompe pas, Marcus. Nous sommes en Russie. Ici, les choses ne sont jamais comme elles en ont l'air. Il y a toujours anguille sous roche et en général, ce n'est pas agréable."

J'ai ouvert les bras, comme pour embrasser tous les autres passagers, leur appareil photo vidéo et leurs vêtements de marques occidentaux, les enfants avec leur coca-cola et leur casquette de base-ball, toute cette ambiance de vacances insouciantes qui régnait sur le *Rossiya.* Comme pour embrasser les jolies petites fermes, les berges verdoyantes de la Volga, la vue d'une belle église ancienne avec ses drôles de coupoles en forme d'oignon et une femme qui saluait de la main depuis une péniche lourdement chargée voguant à notre rencontre et fendant l'eau boueuse qui étincelait au soleil, verte et blanche.

" OK, mais on est très bien ici.

— Il faut goûter la Russie à distance, mon chéri. Si tu t'approches, tu vois toutes les plaies purulentes qu'un nouveau maquillage superficiel essaie de cacher."

Je l'ai regardée, mais je ne pouvais pas déchiffrer son expression, derrière ses lunettes noires. Elle a salué un jeune homme qui venait en sens inverse, et ils ont un peu parlé en russe. Il portait un jean et un tee-shirt noirs et des bottines de la même couleur. Sans être très grand, il était athlétique et sa musculature laissait deviner qu'il pratiquait un sport de combat quelconque. J'ai pensé qu'il s'agissait d'un des partenaires de danse de Nathalie.

Nous sommes arrivés à la proue au moment où le *Rossiya* s'engageait dans une boucle du fleuve. Devant nous se dressait le mur de béton gris-brun d'une énorme écluse, surmonté de deux grandes statues : un solide ouvrier armé d'un marteau et une paysanne coiffée d'un foulard et armée d'une faucille. Ils contemplaient l'infinitude de l'horizon socialiste et l'on eût dit que j'étais le seul à les remarquer. Nous avons contourné l'écluse, que nous n'avions apparemment pas besoin de traverser, et continué la remontée du fleuve. Devant nous, une ville est apparue, un fouillis d'arbres verts et des maisons grises en béton ; des mots en cyrillique s'inscrivaient sur un bâtiment en béton délabré.

"C'est une gare fluviale, si l'on peut dire. Nous sommes à Uglitch. Nous devons y rester quelques heures, dit Nathalie.

— Ça m'a l'air plutôt triste."

Nous approchions du bâtiment délabré. Une église aux coupoles noires était coincée entre des grues et des poteaux électriques qui penchaient dangereusement, comme des versions en miniature de la Tour penchée de Pise. On ne voyait presque pas de voitures.

"C'est la province russe, Marcus. C'est triste ici. Les gens n'ont rien d'autre à faire qu'à boire. Et c'est ce qu'ils font.

— Alors, pourquoi nous y arrêtons-nous ?

— Uglitch est aussi une ville historique qui aurait dû être la capitale de la Russie. Aujourd'hui, ce n'est rien, mais elle possède une usine d'horlogerie qui était très célèbre, autrefois ; il y a sûrement des passagers qui ont envie d'acheter une montre.

— Ils ne peuvent pas le faire à Moscou ?" Elle s'est tournée vers moi. Je ne voyais toujours pas ses yeux, mais elle a souri :

"Si, mais ce sont des touristes. Alors, ce n'est pas une montre qu'ils achètent, c'est un souvenir. En outre, on ne trouve plus de montres russes, à Moscou. Tu peux y acheter des montres japonaises et suisses, mais pas russes. Les Russes ne font pas de voyages dans leur propre pays. C'est beaucoup trop compliqué. Pour ces Moscovites distingués, Uglitch est extrêmement exotique. Où sommes-nous ? A peine à trois cents kilomètres de Moscou, mais nous pourrions aussi bien être dans un autre pays. Moscou n'est pas la Russie, Marcus. La Russie, c'est ici ; c'est de ce pays-là que je me suis sauvée."

Elle s'est retournée, s'est appuyée sur la rambarde et a regardé la berge. Des bribes de musique sont arrivées jusqu'à nous : debout sur le quai, trois hommes âgés jouaient une chanson folklorique russe ; ils avaient l'air fatigué et usé, avec leurs vestes noires et leurs pantalons déformés, et jouaient de l'accordéon, de la balalaïka et du violon. Quelques femmes tendaient vers le bateau des châles, des fleurs ou des objets en bois découpé, comme si elles invoquaient une divinité ou lui apportaient des sacrifices. On voyait aussi une quantité d'enfants déjà grands. La scène rappelait les vieilles photos en noir et blanc des navires en partance pour les Etats-Unis ou en provenance d'un pays exotique quelconque.

"Nous sommes attendus, en tout cas, ai-je remarqué.

— Les mendiants, les ivrognes et les charlatans, ça ne manque pas dans la province russe.

— Ça a vraiment l'air gai, l'endroit où tu m'as amené."

Elle m'a répondu, sans cesser de me tourner à moitié le dos :

"C'est certainement aussi pour une autre raison que nous faisons escale ici. Il faut attendre qu'on nous attribue une heure précise pour traverser l'écluse. Ils sont sous pression, ici, au printemps, après le dégel du fleuve.

— Sais-tu à quelle heure nous repartirons ?

— A dix-huit heures. D'après l'horaire indiqué dans le programme.

— Qui est en russe.

— Il est en anglais au dos du prospectus. Tu sais bien l'anglais, Marcus ?

— Quand je fais un effort. En tout cas, nous pouvons aller faire un tour, n'est-ce pas ? Dans la belle ville exotique d'Uglitch."

Elle s'est tournée une fois de plus vers moi, s'est levée sur la pointe des pieds et m'a donné un petit baiser sur la bouche :

"Ça ne t'ennuie pas d'y aller seul ?

— Euh… ai-je dit à contrecœur.

— Marcus. On peut dire beaucoup de choses sur Uglitch, mais ce n'est pas un endroit dangereux. Ne donne rien aux mendiants et va faire un petit tour si le cœur t'en dit.

— Pourquoi ne veux-tu pas m'accompagner ?"

Elle m'a embrassé de nouveau, légère comme un papillon.

"J'ai la gueule de bois. Les cachets ne font pas d'effet. Je suis fatiguée. Je vais dormir un peu et je serai en forme pour danser et faire l'amour à mon mari toute la nuit, sur le grand lac où nous allons naviguer. Qu'est-ce que tu préfères ? Un tour maintenant ou un tour plus tard, sous la couette ?"

Je n'ai pas pu m'empêcher de rire.

"C'est trop.

— C'est vrai, mais je t'aime.

— Moi aussi, je t'aime.

— Bonne promenade, *lover*", m'a-t-elle dit en m'embrassant encore une fois avant de tourner les talons et de descendre dans notre cabine. Si j'avais su qu'à mon retour, elle aurait disparu, comme si quelqu'un l'avait escamotée, je l'aurais suivie, ou tout au moins suivie des yeux un peu plus longtemps, pour que son image reste à jamais imprimée sur ma rétine, mais quand le *Rossiya* a accosté, je me suis vite retourné pour contempler la scène.

Je me réjouissais, en fait, de jouer au touriste comme tous les gens ordinaires.

4

Je suis descendu à terre par la passerelle avec la plupart des autres passagers qui paraissaient aussi impatients que des enfants à Tivoli* par une belle journée d'été. Pour moi qui ne comprenais pas le russe, l'excursion était plutôt une corvée, mais le langage international des signes des multiples troqueurs et mendiants ne présentait pas de difficultés. Nous nous sommes retrouvés comme des pionniers assiégés dans les Etats-Unis de jadis, assaillis de cris et de regards où se mêlaient mépris et désespoir. On ne se serait pas cru à quelques centaines de kilomètres à peine de la capitale rutilante de la Russie. Le vent soufflait à peine et l'odeur un peu fade des eaux du fleuve m'a donné un léger haut-le-cœur, qui n'était peut-être dû qu'à mon abus d'alcool de la veille au soir.

Les adultes qui faisaient du troc ne me posaient pas de problèmes, mais quand j'ai réussi à sortir de la foule pour m'engager dans une longue allée, à l'ombre de grands arbres feuillus, un cortège d'enfants m'a emboîté le pas. Ces gamins voulaient me vendre de petits bouquets de fleurs ou un paquet de cigarettes. J'ai accéléré la cadence. De chaque côté de l'allée, j'ai vu surtout des personnes âgées qui vendaient des châles, des pots, des

* Parc d'attractions du centre de Copenhague.

vêtements, des vieilleries de toute sorte, ainsi que les montres auxquelles la ville, apparemment, devait sa célébrité. L'ambiance n'était pas aussi tapageuse et désespérée que sur le quai. La scène rappelait plutôt le marché aux puces du samedi matin dans une ville danoise quelconque. Les brochettes de viande que je voyais griller et les épices inhabituelles sentaient bon, et les voix qui proféraient ces mots aigus et incompréhensibles étaient plus gaies qu'agressives. Ici, la pauvreté semblait plus pittoresque, sous le soleil de mai, et les caméras vidéo fonctionnaient. Deux agents dont le pantalon bleu clair et la chemise à manches courtes donnaient à leur lourd pistolet et à leur matraque un air étrangement déplacé, veillaient avec indolence sur toute la scène. Les regards qu'ils ont adressés aux petits mendiants, des enfants âgés de huit à quatorze ans, sans doute, les ont fait reculer et nous laisser en paix. En quittant le bateau, nous étions comme un gros banc de poissons poursuivi par d'autres bancs plus petits de poissons carnivores, désormais, nous nous fondions dans la foule des vendeurs et des acheteurs pauvrement vêtus du marché aux puces d'Uglitch.

J'étais suivi par un garçon qui ne me lâchait pas. Agé d'une douzaine d'années, vraisemblablement, il en paraissait davantage. Comme s'il avait déjà vu trop de choses avec ses yeux gris, perçants mais tristes. Il portait un jean bleu un peu déformé et un tee-shirt blanc sous une veste de cow-boy noire, ainsi que ces chaussures de jogging qui semblaient coller aux pieds des enfants et des jeunes du monde entier. Ses cheveux blonds, coupés très court, semblaient propres. Il était bien mis, dans l'ensemble ; dans une ville du monde civilisé, jamais je ne l'aurais remarqué, mais ici, il insistait pour me vendre un paquet de cigarettes : *"Come on, mister. Buy some. I don't eat. Very hungry."*

Il n'arrêtait pas ; finalement, j'ai cédé ; moi qui ne donne jamais rien aux mendiants, je lui ai donné un billet de cinq euros. Jusqu'à présent, je n'avais pas eu de difficultés à respecter mon principe. Même en ayant voyagé presque partout dans le monde, je n'avais pas eu grand-chose à faire avec des mendiants, étant toujours logé dans les hôtels pour gens aisés et transporté dans des voitures confortables, dont les vitres fumées me dissimulaient au reste du monde. Il m'a tendu son paquet de cigarettes de couleur rouge, mais de nouveau, j'ai refusé d'un signe de tête et poursuivi mon chemin. Il est resté sans bouger et quand j'ai jeté un coup d'œil derrière moi, j'ai vu qu'il allumait une cigarette, les yeux pleins de mépris, et avec un sourire si provocant que l'envie m'a pris de faire demi-tour pour lui donner une paire de gifles.

J'ai flâné pendant une heure, peut-être une heure et demie. C'était une ville étrangement silencieuse, sans beaucoup de voitures ni de piétons. Des rues poussiéreuses dont l'asphalte était criblé de trous. Peu de magasins, mais ils ne manquaient pas de marchandises, des plus courantes en tout cas. Dans la rue principale, où se trouvait un café avec une terrasse en plein air, j'ai remarqué deux types de la mafia attablés devant de grands verres de bière pression. J'ai vu la publicité d'un café Internet sans réussir à repérer ce dernier. L'architecture d'Uglitch était un curieux mélange de béton moderne et de vieilles maisons de bois aux fenêtres délabrées peintes en blanc.

A un moment donné, je me suis fourvoyé dans un grand marché où l'odeur de la viande et du lait était suffocante. Une foule de gens examinaient les montagnes de viande sanglante exposées sur de longues tables. Un bruit d'os brisés m'a fait sursauter et j'ai vu un gros type, armé d'une lourde cognée, taper sur un os énorme. Des hommes et des femmes en tablier blanc, qui parlaient fort et faisaient de grands gestes, criaient et riaient en me regardant comme si j'étais la chose la plus drôle qui se soit passée à Uglitch depuis trois cents ans. Dans un immense hall contigu, où l'on vendait des produits laitiers de toute sorte, régnait une odeur sucrée et écœurante. De nouveau, hommes et femmes en tabliers blancs ont caqueté comme des perroquets, derrière leurs comptoirs, en me voyant passer dans les allées sur la pointe des pieds, pour éviter les petits ruisseaux de lait et de petit-lait qui coulaient sur les sols inégaux. Ils me tendaient des morceaux de fromage et de petites bouteilles de crème fraîche, à ce qu'il m'a semblé, en braillant dans leur langue incompréhensible.

En sortant des halls du marché, j'ai tout de suite été en proie à une légère panique. Mon cœur battait plus vite, parce que j'étais complètement perdu. Je voyais une grande rue bordée par les grands arbres habituels, quelques voitures garées, mais quand j'ai pris une voie transversale, je n'ai pas retrouvé la direction du fleuve. Je me suis ressaisi. Pourquoi cette petite panique ? Cette angoisse soudaine, inexplicable ? Je n'avais pas coutume de réagir ainsi, mais je n'avais pas coutume non plus de me promener seul et sans but dans des lieux inconnus. Je voyageais en général dans un but précis, et pas pour flâner comme un retraité. J'ai trouvé le soleil, regardé ma montre, plus ou moins repéré les quatre points cardinaux, et fort de cette certitude, mon cœur a cessé de battre la chamade. Je ne sais ce qui m'avait pris. Je ne suis pas un homme nerveux, mais j'avais été troublé, physiquement et mentalement, l'espace d'un instant, peut-être parce que j'avais cru m'être perdu ; pourtant, je ne crois pas que ce soit la seule explication. On eût dit que je savais, durant cette infime seconde dans la province russe, que mon univers s'effondrait.

J'ai cheminé en zigzag en direction du fleuve et me suis retrouvé sur la berge de la Volga, un peu en-deçà du bateau. J'ai rejoint le *Rossiya*, que j'apercevais amarré à un kilomètre à peine, en longeant le fleuve par un chemin réellement beau, bordé de grosses fleurs jaunes. A l'arrière-plan, la silhouette de l'immense bâtisse de l'écluse se découpait sur le ciel bleu gris, et sur le fleuve, deux péniches se croisaient. Petites taches sur le miroir immobile de l'eau, des pêcheurs assis sur de grosses chambres à air de tracteur ou dans des barques taquinaient le poisson. Je me suis arrêté pour contempler surtout les chambres à air gonflées, en me rappelant qu'enfant, j'avais joué avec des chambres à air du même genre, d'un plus petit format, simplement, mais celles-ci étaient peut-être nécessaires à la subsistance des habitants. J'avais beaucoup de sujets à discuter avec Nathalie, et je me suis hâté de revenir au bateau.

Le matelot qui montait la garde devant la passerelle m'a salué d'un bref hochement de tête. La musique, les troqueurs et les petits mendiants avaient trouvé d'autres terrains de chasse et la plupart des autres passagers n'étaient pas encore de retour.

Nathalie ne se trouvait pas dans la cabine, ce qui ne m'a pas étonné. Il était plus naturel qu'elle soit sur le pont, en train de lire un de ses chers livres, en cet après-midi finissant, une tasse de thé à portée de la main. Mais elle n'était pas sur le pont arrière. Trois couples d'Allemands, qui prenaient du café autour d'une table en lisant, m'ont fait un signe de tête. Leur guide était une jeune femme d'environ trente ans, une Russe, mais que j'avais entendu parler couramment un allemand précis. Elle m'a aussi fait un signe de tête amical, tout en leur indiquant quelque chose, car elle montrait du doigt le clocher de l'église et le bâtiment effondré dans un bosquet de bouleaux, à moitié immergé dans la Volga. J'ai longé le bastingage pour gagner le pont avant. La belle lumière printanière donnait à la Volga des reflets changeants bleus et verts. Les passagers revenaient à pied, par petits groupes, vers le *Rossiya*. Les mendiants avaient apparemment renoncé, mais j'ai vu trois vieilles dames dresser des étals le long du quai et les musiciens fatigués arriver, eux aussi. La bibliothèque du bateau était vide, comme le restaurant, et dans le bar de l'arrière, le parquet de bois brun attendait les danseurs nocturnes. Où était-elle donc ?

J'ai pensé qu'elle était sûrement partie faire un tour, malgré tout. J'ai sorti mon téléphone portable, mais je me suis tout de suite rendu compte qu'il était inutilisable. Les relais des portables n'étaient apparemment pas encore parvenus à Uglitch. Mon pouls s'est à nouveau accéléré et j'ai eu un frisson. Au milieu du bateau se trouvait une sorte de bureau d'information, mais il n'y avait personne. Je me suis approché de la passerelle pour regarder les passagers qui revenaient lentement, toujours sans apercevoir Nathalie. Je suis retourné dans notre cabine. Notre valise commune y était, de même que les vêtements qu'elle avait rangés dans le petit placard. Sa trousse de toilette se trouvait sur une petite étagère, dans la salle de bains, son livre sur la table, entre les lits, avec son téléphone portable. Je n'ai pas vu son sac, elle était donc simplement allée faire un tour. Ayant observé que le téléphone portable n'était pas connecté, elle n'avait pas voulu l'emporter. J'ai encore fait une ronde sur le bateau. D'abord dans un sens, puis dans l'autre, j'ai inspecté le bar, le restaurant, la bibliothèque, et traversé ensuite le bateau en passant par les corridors intérieurs.

Soudain, j'ai été inquiet et jaloux. Et si elle était avec un autre homme, derrière une de ces portes fermées, derrière les rideaux baissés ? Avec l'un de ceux avec qui elle avait dansé de manière si sensuelle, hier au soir ? Je me suis dit que je devais me ressaisir. Que ma Nathalie n'était pas ainsi, et que si elle avait vraiment envie de prendre un amant, elle en avait largement l'occasion au Danemark. Elle n'avait nul besoin de faire deux mille kilomètres pour en trouver un. J'étais si souvent en voyage qu'elle pouvait avoir toutes les aventures qu'elle voulait sans que j'aie beaucoup de chances de m'en apercevoir, mais je n'y croyais pas, tout simplement. Notre relation ne fonctionnait pas ainsi et cela n'avait jamais été le cas. Je ne regardais pas d'autres femmes et je n'avais jamais, une seconde, soupçonné Nathalie de chercher ailleurs.

Je me suis surpris à être trop inquiet. J'avais préconisé, un peu facilement jusque-là, que cela ne mène à rien de s'inquiéter pour tout ce qui échappe à notre contrôle, autrement dit pour pas mal de choses, dans cette vie. Cela m'évitait de nombreux désagréments et me permettait d'avoir, dans l'ensemble, une vision positive de la vie en m'évitant de passer des nuits blanches. Peut-être que ma philosophie était liée au souvenir beaucoup trop vif de mon apitoiement sur moi-même, de ma déception et de mon dégoût de la vie consécutifs à mon accident. Ma dépression avait disparu avec Nathalie et je m'étais promis de cesser de me faire du souci inutilement et de perdre mon temps à m'adresser des reproches et à être dégoûté de moi-même. Mon père, assez dur par ailleurs, s'inquiétait en réalité beaucoup plus que moi, non seulement sur le plan personnel, à propos de ses enfants et de sa santé (ce qui ne l'empêchait pourtant pas de fumer et de boire exagérément), mais aussi dans l'abstrait, à propos de l'état général du monde, de la langue, du déclin de la littérature et de la politique aberrante d'un nouveau gouvernement. Ce dernier chapitre me laissait froid. Le Danemark est un pays beaucoup trop conservateur pour qu'un gouvernement y puisse changer autre chose que des broutilles. Les Danois veulent avoir un Etat-providence que les politiciens se battent pour administrer au mieux avec un minimum de dépenses. De temps à autre, quand mes relations d'affaires voulaient savoir en quoi la politique danoise était différente, j'étais souvent à court d'arguments ; elles ne tardaient donc pas à se désintéresser de la question. J'étais quelqu'un de très pragmatique. Les conversations portant sur des sujets spirituels ou métaphysiques m'ennuyaient vite. La religion ne me disait rien. Toutes les religions ne sont que différentes manières de parler de superstition. Dans l'ensemble, je trouvais que la société dans laquelle je vivais était bonne pour la majorité de mes concitoyens, et qu'au cours de ma vie, le monde était devenu meilleur pour la plupart des gens. Du téléphone portable à l'environnement en passant par l'ordinateur et la médecine, les choses évoluaient dans le bon sens et les gens faisaient montre d'une aptitude phénoménale à résoudre les problèmes à mesure qu'ils apparaissaient. De nouvelles crises remplaçaient les anciennes, mais cela n'avait rien d'anormal. Une société sans crises et une vie sans problèmes n'existent pas. Je ne supportais pas les gens qui se plaignaient. Les reproches qu'on se fait à soi-même et le dégoût de soi ne sont qu'une façon de montrer qu'on est une mauviette.

Debout dans notre cabine, j'ai réfléchi une fois de plus à ce genre de sottises avant de retourner sur le pont arrière d'où l'on avait vue sur la passerelle de débarquement, l'espèce de parc où se trouvaient le marché aux puces et l'allée qui menait au centre de la ville. Il y avait davantage de monde sur le pont, à présent. Les gens commandaient des boissons ou du thé et du café à une petite serveuse replète en chemisier blanc et jupe noire, protégés par un tablier blanc empesé. Le groupe des Allemands était toujours dans son coin. Leur guide était partie. Réticent au début, j'ai fini par m'approcher d'eux pour leur demander, dans mon meilleur allemand scolaire, s'ils avaient vu ma femme.

"Elle est tout à fait chic, leur ai-je dit en dessinant devant eux un physique imaginaire. Avec des cheveux noirs et..." Je ne trouvais pas mes mots, mais une femme âgée souriante, aux dents très blanches et aux yeux bleus taquins, m'a évité de me ridiculiser davantage. Elle avait des cheveux complètement gris, mais malgré son âge – certainement plus proche de soixante-dix ans que de soixante –, elle avait le visage lisse et fin d'une femme beaucoup plus jeune. On ne sait jamais, de nos jours, ce qui est naturel ou ce qui est dû à une bourse bien garnie et au travail d'habiles chirurgiens. De plus, elle était toujours mince et portait une jupe et un chemisier de prix, ainsi que de fines sandales à l'aspect souple et confortable.

"Non, je n'ai pas vu votre charmante femme, m'a-t-elle dit en anglais. Vous êtes le passager danois, et votre femme est cette belle femme russe qui ressemble à une Italienne, n'est-ce pas ?"

Il m'a semblé que je rougissais.

"Oui. Et vous ne l'avez pas vue ?

— Non, et nous sommes restés tout le temps à bord.

— OK. Savez-vous quand nous repartons ?"

Elle a souri et ses yeux bleus sont devenus chaleureux :

"Ne vous faites pas de souci. Votre femme est sûrement allée faire un tour, par ce beau temps. Et je ne crois pas que de jour, Uglitch soit une ville dangereuse, quoi qu'on lise dans les journaux."

Les autres m'ont regardé aimablement, avec l'expression qu'ont les gens quand ils ne comprennent pas ce qui se dit.

"Mais quand repartons-nous ?"

Elle a regardé sa montre.

"Dans un peu plus d'une heure. Nous devons arriver à l'heure à l'écluse, n'est-ce pas. C'est ce que nous a dit Jelena, notre guide. Je peux lui demander si elle a vu votre femme. Jelena parle un excellent allemand, mais seulement un peu d'anglais, malheureusement.

— Merci.

— Pas de quoi."

Je suis descendu au cœur du bateau et j'ai regardé du coin de l'œil les portes fermées en espérant constamment voir Nathalie arriver à ma rencontre, de son pas alerte, en balançant ses hanches dans son jean moulant. Le comptoir où se tenaient, de temps en temps, un représentant du personnel de service du bateau ou un officier, se trouvait face à la passerelle. C'est à cet endroit-là, sur lequel on lisait le mot "Information", que nous avions remis notre passeport en montant à bord, pour le faire tamponner. J'y suis retourné et j'y ai vu, cette fois-ci, une femme encore jeune qui regardait droit devant elle. Elle avait la bouche et les ongles très rouges et était très parfumée. Elle a levé la tête, m'a jeté un bref coup d'œil indifférent et a détourné les yeux comme si je n'existais pas.

"Parlez-vous anglais ?" lui ai-je demandé.

Sans répondre, elle a imperceptiblement détourné la tête encore davantage.

"Je vous ai posé une question. Je vous ai demandé si vous parliez anglais."

Il y avait de la colère dans ma voix. Elle a tourné paresseusement son visage maquillé dans ma direction, d'un mouvement qui a provoqué un courant d'air très léger, mais suffisant pour que son parfum me donne la nausée.

"*Niet.* No english, m'a-t-elle répondu.

— Personne d'autre ne parle anglais à bord ?" ai-je demandé en entendant moi-même le désespoir qui s'exprimait dans ma voix.

Elle n'a pas réagi, se contentant de regarder ostensiblement ailleurs. Une grosse femme entre deux âges a commencé à parler en russe derrière moi, très vite et très longtemps, en se poussant en avant. Je me suis écarté malgré moi et je suis remonté sur le pont. J'ai fait une ronde et jeté un coup d'œil général sur le quai de débarquement. Les derniers passagers arrivaient en flânant par petits groupes. Les trois vieux musiciens jouaient leur musique folklorique plaintive et les enfants tâchaient, une fois de plus, de placer leurs petits bouquets de fleurs pathétiques ou leurs cigarettes de contrebande. Il n'y avait pas trace de Nathalie, dans la cabine non plus, je suis donc retourné voir l'Allemande, sur le pont arrière. Elle n'avait pas quitté son transat, dans le coin réchauffé par le soleil.

"Excusez-moi, lui ai-je dit en anglais. Je voulais vous demander…

— Avez-vous trouvé votre femme ? m'a-t-elle interrompu.

— Hélas non. C'est pourquoi je voudrais vous demander si vous accepteriez de m'aider à traduire…

— A traduire, jeune homme ? Je ne parle pas le russe.

— Moi non plus, et je ne parle pas spécialement bien l'allemand non plus, alors, si vous pouviez m'aider par l'intermédiaire de votre guide, je vous serais très reconnaissant.

— Bien sûr. Mais n'avez-vous pas de guide vous-même ?

— Je ne crois pas. C'est ma femme qui a retenu ce voyage et je crois qu'elle l'a fait directement, nous ne faisons donc pas partie d'un groupe. Si nous avons un guide, c'est certainement un Russe.

— Je vous aiderai très volontiers."

Je dois avoir eu l'air extrêmement soulagé. La taquinerie a disparu de ses yeux bleus, remplacée par un brin de compassion et peut-être un léger soupçon d'inquiétude.

"Vous êtes vraiment inquiet ?

— Oui. Cela ne ressemble pas à Nathalie.

— Nathalie. C'est un beau nom. Je m'appelle Frau Schultze."

Je me suis nommé, je lui ai serré la main et elle s'est levée avec une agilité stupéfiante. C'était une petite femme, très élégante, d'allure assez sophistiquée.

"Venez avec moi, jeune homme. Avant le départ, Jelena est toujours devant la passerelle pour être tout à fait sûre que ses précieux clients allemands montent à bord. Jelena est très consciencieuse. Ce n'est pas si courant, chez les jeunes d'aujourd'hui."

J'ai suivi ses talons qui cliquetaient en mesure sur le pont bien briqué, ses pas assourdis dans l'escalier et les coursives de l'intérieur du bateau, jusqu'au comptoir d'information, devant la passerelle. La femme maussade était en compagnie d'un des jeunes officiers et d'une femme âgée qui exerçait, selon moi, la fonction d'une sorte de commissaire de bord. Jelena, qui recensait les derniers passagers en train de monter à bord, avait des pommettes très slaves, la bouche un peu mince et des cheveux blond clair qui n'avaient pas l'air tout à fait naturels, mais son sourire était joli, quoiqu'un peu forcé. J'ai demandé à Madame Schultze d'expliquer ma situation aux personnes présentes et suffisamment suivi ce qu'elle disait en allemand à Jelena pour comprendre qu'elle lui faisait une présentation claire et concise de mes problèmes. Jelena a traduit, interrompue par l'officier, puis elle a continué, la femme du comptoir s'en est mêlée, Jelena a repris, et pour finir, tout le monde a parlé en même temps. Tout ce brouhaha a cessé quand Jelena a simplement énoncé : *Nein*. Madame Schultze a levé la tête pour me regarder. Son regard était redevenu taquin. J'étais convaincu qu'elle me regardait toujours avec sympathie et partageait mon inquiétude, mais son sens de l'humour était si vif qu'elle ne pouvait s'empêcher de s'amuser un peu devant ce spectacle. Toutes les langues qui s'entrecroisaient lui rappelaient sans doute une pièce de théâtre absurde ou un sketch des Monty Python. Pour moi, la situation n'avait absolument rien de comique.

"Frau Schultze, pourriez-vous demander encore une fois si absolument personne ne l'aurait vue quitter le bateau. Savent-ils vraiment de qui je parle ?"

On ne doit jamais poser deux questions à la fois. Madame Schultze a commencé par la dernière, et cela a engendré encore des parlotes en russe, un hochement de tête général et la femme, derrière le comptoir, a sorti un grand registre relié de cuir pour me montrer où Nathalie et moi étions enregistrés, d'après ses explications, puisque je ne pouvais pas lire ces noms écrits en cyrillique. Je me sentais de plus en plus pris en otage dans une comédie absurde derrière laquelle se dissimulait une tragédie. J'étais prisonnier d'un vide linguistique, incapable de communiquer. J'ai fait encore une tentative, pour les prier d'interroger le matelot qui montait la garde devant la passerelle de débarquement en lui demandant s'il avait vu Nathalie sortir du bateau. Ce qui a engendré de nouveaux pourparlers. Le jeune officier est parti et il est revenu avec un monsieur d'âge moyen à la tête ronde, aux grosses lèvres et au nez rouge, couronné de cheveux noirs, drus et coupés court. J'ai compris que c'était le capitaine du bateau. Cela a pris deux minutes de le mettre au courant de l'affaire. Il a conclu que ma femme était simplement partie faire un tour, et que comme il restait encore une heure avant le départ du bateau, il n'y avait aucune raison de s'inquiéter.

J'ai à nouveau demandé si l'on ne pouvait pas questionner le matelot pour savoir s'il avait vu ou non Nathalie sortir du bateau. Puisqu'il avait monté la garde tout l'après-midi. Cette requête a donné lieu à pas mal de discussions internes. Quand Jelena a essayé de traduire pour Madame Schultze, qui tentait d'intervenir en anglais, j'ai compris qu'ils disaient que ce matelot ne pouvait pas quitter son poste à cet instant précis. Eh bien, pourquoi ne pas lui poser la question dehors ? Il n'était qu'à deux mètres de nous ! Je sentais grandir ma colère et mon irritation. Le capitaine a hoché la tête comme s'il me rendait un service énorme. Il est sorti le premier, suivi de Jelena, puis de Madame Schultze et enfin de moi-même. Le matelot a baissé la tête, s'est redressé, a détourné la tête et grommelé une réponse. Le capitaine s'est fâché, alors le matelot s'est redressé à nouveau et a répété ce qu'il venait de dire, mais à voix haute et claire. Tout jeune, peut-être un peu plus de vingt ans, il avait de petits yeux étroits et un curieux front très bas, coupé par la naissance des cheveux. Quand le relais linguistique est arrivé jusqu'à moi, j'ai compris que le matelot avait bien vu, deux heures plus tôt, une femme dont la description correspondait à celle de Nathalie, il se souvenait d'ailleurs très bien d'elle, ayant noté, la veille, que pour une étrangère, elle parlait remarquablement bien le russe. Etait-elle seule ?

Oui, ai-je compris après que le relais linguistique eut fait son travail. Elle était sortie du bateau seule, comme une touriste qui voulait faire un petit tour avant que le bateau ne reparte. Etait-ce possible, puisqu'elle n'avait pas voulu sortir avec moi ? De nouveau, les bavardages ont repris, en trois langues, mais la conclusion était assez claire : "Elle s'était ravisée." Comme le font les femmes, affirma le capitaine avec un sourire entendu qui suggérait aussi que j'aurais sûrement dû mieux surveiller ma jolie femme, ce qui, naturellement, n'est pas toujours facile. Les hommes le savent bien. Il avait l'habitude de se dresser sur la pointe des pieds et de redescendre lentement sur ses talons, sans doute pour compenser sa petite taille.

J'étais perdu dans mes pensées. Désorienté. Je ne savais que faire. Le capitaine avait apparemment dit quelque chose que Jelena avait traduit en allemand et que Madame Schultze essayait de me répéter.

"Quoi ? ai-je demandé.

— Le capitaine dit qu'il ne faut pas vous faire de souci. Elle va sûrement revenir dans un petit moment."

Soudain, j'ai eu une idée :

"Ne pourrait-on essayer de l'appeler avec le haut-parleur ? Ma femme parle le russe. Si elle était tombée quelque part ?

— Tombée ?"

J'ai changé de tactique.

"Elle peut avoir perdu connaissance. Avoir eu une crise cardiaque. Que sais-je ?

— Mais le matelot l'a vue quitter le bateau…

— Madame Schultze, vous ne voudriez pas avoir la gentillesse…"

Malgré moi, ma voix était plus suppliante que je ne l'aurais voulu ; du reste, leurs regards me disaient que j'étais une mauviette et qu'il était temps que je me reprenne, mais le capitaine a hoché la tête et donné l'ordre, visiblement, d'accéder à ma demande. Nous attendions, comme des spectateurs avant le lever du rideau, quand une agréable voix d'homme a retenti dans les haut-parleurs du bateau. Je n'ai rien compris d'autre que le nom de Nathalie, répété deux ou trois fois, et un mot qui semblait être *informatsija*. Le capitaine a hoché aimablement la tête, comme s'il m'avait accordé une grande faveur, et il est parti.

Ce que j'ai fait, moi aussi. J'ai repris mes rondes dans le bateau, en passant par notre cabine où j'espérais chaque fois trouver Nathalie sur la chaise ou le lit, la voir lever la tête, stupéfaite, en apercevant ma figure anxieuse.

Je suis aussi passé par le comptoir où la femme maussade et la guide des Allemands hochaient la tête avec regret, et j'ai inspecté le quai depuis le pont. J'ai passé les affaires de ma femme en revue. Elles ne contenaient rien d'inhabituel. Elle avait emporté son petit sac à main, elle avait donc sur elle et son argent, et sa carte de crédit et son passeport. J'ai regardé son téléphone portable. Il était mort. C'était un petit appareil élégant, que Nathalie possédait depuis très peu de temps. Ma décision était prise. Je ne partirais pas sans Nathalie et en mon for intérieur, je savais qu'elle ne viendrait pas, même si je continuais d'espérer et d'attendre le bruit de ses pas dans la coursive. J'ai rangé ses vêtements et les miens, nos affaires de toilette et le téléphone dans la grande valise. Dans notre petit bagage à main, que l'on emporte en cabine dans un avion, j'ai placé un peu de linge supplémentaire et mon ordinateur. J'ignore pourquoi j'ai pris l'ordinateur. J'étais à mille lieux de penser à travailler, mais j'avais l'habitude de l'avoir toujours avec moi, pour le cas où des moments de liberté me permettraient de travailler un peu. Personne ne pouvait l'ouvrir sans en connaître le code d'entrée, pour éviter l'accès des intrus aux secrets de ma société, mais l'idée de laisser cet ordinateur sur le *Rossiya* ne me plaisait pas. Je comptais rejoindre le bateau un peu plus tard, en tout cas à Saint-Pétersbourg. Je réfléchissais assez rationnellement, malgré mon cœur, qui battait beaucoup trop fort, et les battements de mes pulsations, sous mes tempes.

J'ai fouillé toute la cabine pour essayer d'y trouver le moindre indice, mais tout était terriblement normal, c'est-à-dire tout à fait sinistre, dans ces circonstances. J'ai repris mes rondes et scruté la terre ferme, en ayant l'impression qu'à présent, tout le monde à bord connaissait ma situation. On me suivait des yeux et les gens chuchotaient et murmuraient derrière mon dos tandis que j'arpentais le *Rossiya*.

Il est devenu évident que nous allions bientôt partir. On le sentait et on le voyait. J'ai eu une fois de plus recours à Madame Schultze. Elle suivait, de son transat, l'évolution des événements, et nous sommes retournés au comptoir d'information, où je n'ai pas tardé à hurler, en anglais, parce qu'ils ne voulaient pas retarder le départ, comme je l'exigeais. On a appelé le capitaine. Il était très difficile d'avoir une conversation quelconque parce que je criais, et que l'on traduisait dans un sens et dans l'autre, mais à la fin, quand Madame Schultze m'a eu calmé en me prenant le bras, le gros capitaine a réussi à se faire suffisamment entendre pour que je comprenne ce qu'il disait. J'ai remarqué que Madame Schultze avait une voix agréable, qu'elle ne l'élevait jamais et que cela n'empêchait pas les gens de l'écouter. Son contralto était presque berceur, comme si elle avait été hypnotiseur ou thérapeute, dans sa jeunesse. Je la voyais ainsi que les autres comme à distance, dans un léger brouillard.

Comme si tout cela n'était qu'un rêve, et j'ai soudain souhaité de tout mon cœur que c'en soit un. Madame Schultze m'expliquait que depuis une demi-heure, le capitaine n'était pas resté inactif. Il avait appelé personnellement la police locale, au cas où Madame Hoffmann aurait été victime d'un accident pendant sa promenade. Personne n'avait signalé à la police qu'une femme seule ait été agressée ou victime de quoi que ce soit. Sur le conseil de Jelena, le capitaine avait également envoyé deux membres de l'équipage dans le parc pour s'assurer que Madame Hoffmann ne s'était pas, par hasard, endormie sur un banc au soleil, et enfin, Jelena avait téléphoné à l'hôpital d'Uglitch pour savoir s'ils avaient admis une patiente étrangère parlant russe. Ils n'avaient rien vu. La guide russe dont nous dépendions, informée elle aussi, avait questionné à la ronde, mais personne ne savait rien sur Madame Hoffmann.

"Monsieur Hoffmann. Le capitaine dit qu'il regrette, mais que tout indique que votre épouse est partie faire un tour entièrement de son propre chef ; il est ennuyé et ne comprend pas pourquoi votre femme n'est pas revenue, mais il ne peut en aucun cas retarder le bateau de plus d'une demi-heure ou d'une heure. Il n'arriverait pas à temps à l'écluse, ce qui signifierait qu'il prendrait un retard de vingt-quatre heures. Il ne peut pas le faire vis-à-vis de sa société et absolument pas vis-à-vis de ses cent vingt-cinq passagers. Je regrette, monsieur Hoffmann, mais c'est comme ça. Ce sont ses propres paroles."

L'interprétation de ce discours a pris du temps, mais à partir de là, j'ai constaté le sérieux du capitaine.

"Me donnez-vous une heure ?"

Il me l'a donnée. J'ai expliqué scrupuleusement que si Nathalie n'était pas de retour avant une heure, ainsi que tout le monde me l'assurait sans conviction, je descendrais à terre. Ce qui a entraîné une nouvelle discussion à voix haute dans les trois langues, d'où il est ressorti que le capitaine, de plus en plus échauffé, trouvait que c'était une mauvaise idée. A son avis, il valait mieux que je reste à bord. L'itinéraire du *Rossiya* était fixé et connu des autorités compétentes, Madame Hoffmann, autant qu'il le sache, parlait couramment le russe et connaissait le programme du voyage. Si elle avait été empêchée de revenir pour une raison ou pour une autre, il lui serait loisible de monter à bord lors d'une autre escale du bateau, sur le chemin de Saint-Pétersbourg. Uglitch était, malgré tout, une ville de quarante mille habitants. Monsieur Hoffmann, qui ne parlait pas le russe, ne pourrait rien faire tout seul. La police et les autres autorités étaient informées. Le *Rossiya* étant équipé d'appareils de communication modernes, les autorités compétentes pourraient contacter le bateau vingt-quatre heures sur vingt-quatre quand elles auraient des nouvelles. Et maintenant, Monsieur Hoffmann devait excuser le capitaine. Il y avait d'autres passagers dans son bateau et son devoir exigeait sa présence sur le pont. Départ à 18 heures. Avec ou sans Monsieur et Madame Hoffmann. C'était son dernier mot dans cette affaire. On voyait nettement à son air qu'il était convaincu que la belle Madame Hoffmann avait décidé d'avoir une petite aventure et que ce n'était sûrement ni la première, ni la dernière fois que Monsieur Hoffmann en faisait ou en ferait l'expérience.

Le capitaine était un homme de parole. A dix-huit heures précises, le *Rossiya* a quitté le quai délabré au son d'une version instrumentale de *Strangers in the night*, rendue fausse et stridente par les haut-parleurs du bateau. Les vieux musiciens, les femmes et leurs marchandises avaient disparu, comme les enfants et leurs bouquets. Debout sur le quai avec mon bagage à main, j'ai regardé le bateau s'éloigner en me sentant plus désespéré que le jour où l'on m'avait appris que je ne pourrais plus jamais sauter en parachute et donc jamais finir ma formation de chasseur. Le *Rossiya* a tourné lentement pour se diriger vers la grande bâtisse de l'écluse, qui se dressait dans le lointain. Quand la musique avait résonné, des corbeaux noirs perchés sur les arbres s'étaient envolés en croassant.

Des mouettes plongeaient dans l'écume trouble projetée par les hélices du Rossiya. Madame Schultze, debout sur le pont arrière, avait chaussé des lunettes de soleil pareilles à celles qu'utilisait Nathalie. Elle les a enlevées et m'a fait un signe de la main, auquel j'ai répondu. Madame Schultze a levé le pouce ; il n'y avait pas de quoi rire, mais je n'ai pas pu m'empêcher de le faire, bien qu'il n'y ait en moi que vide et désespoir. J'ai secoué la tête, tandis qu'elle levait et baissait la main avec ce pouce optimiste, jusqu'à ce que le Rossiya ait atteint la courbe du fleuve et qu'il ait disparu.

J'ai pris ma valise et me suis mis en route vers la ville. Adossé à un arbre, le jeune garçon auquel j'avais donné cinq euros me fixait de ses yeux méprisants en faisant un petit sourire. Il fumait une cigarette, dont il a aspiré une grosse bouffée avant de la jeter, d'un geste élégant, dans l'eau brune du fleuve.

5

“*Fuck off !* Va te faire foutre !” lui ai-je dit, avec toute la colère et l’amertume qui m’habitaient. J’ai dépassé ce gamin, mais il m’a suivi, rattrapé et m’a tendu la main, toujours avec ce sourire curieusement taquin et méprisant. Je lui ai répété une ou deux fois d’aller au diable, en pressant le pas pour traverser le parc en direction de la ville, sans voir personne d’autre dans l’allée qu’un jeune couple la main dans la main et une mère avec une poussette. Le gamin m’accompagnait. Les mains dans les poches, il ne mendiait plus et marchait à côté de moi. A distance, nous devions presque donner l’impression d’être un père et son fils. Je portais mon pantalon de coton noir, une chemisette à manches courtes, mon blouson bleu foncé et des chaussures brunes Ecco confortables. En jetant un coup d’œil sur le ciel bleu, j’ai pensé, mû par une vieille habitude, que le temps continuait à être stable en Russie grâce à la haute pression atmosphérique, mais il faisait nettement plus frais. J’étais bouleversé. En fait, je ne savais pas où j’allais. A la police ? Dans un hôtel ? Devais-je téléphoner à l’ambassade à Moscou ? Le plus raisonnable et pratique, comme première démarche, serait probablement de chercher un hôtel. Une chambre avec un téléphone. Pour pouvoir répondre à des appels.

Je me suis arrêté. Le gamin a fait de même. J'ai fouillé dans ma poche et j'en ai sorti un billet que je lui ai donné.

"Hôtel ? ai-je demandé.

— *Sure, mister*", a-t-il répliqué en prenant le billet et en le fourrant dans sa poche avec l'habileté et la rapidité d'un prestidigitateur. Il avait une cicatrice sous l'œil gauche et une voix claire qui n'avait pas encore mué. Il parlait l'anglais avec un accent très net, même s'il essayait d'imiter les truands qu'il avait sûrement entendus dans des films américains.

Il m'a dit :

"Je m'appelle Sacha. Sacha connaît Uglitch, sûr qu'il va aider mister. Sacha connaît un bon hôtel. Sacha connaît des filles. Sacha peut procurer caviar, Marlboro ou la meilleure vodka. Sacha connaît tout, alors mister pas besoin de se faire de souci.

— Trouve-moi un hôtel, et ça suffira.

— Des filles très belles, mister. Presque vierges.

— Un hôtel, Sacha.

— Sûr, mister.

— Où as-tu appris ton anglais, Sacha ?"

— Dans DVD et Internet. Sacha veut apprendre bien parler anglais. Parce qu'avec l'anglais, on fait son chemin. Alors, on va à Moscou.

— Tu voudrais bien y aller à Moscou ?

— L'argent est à Moscou, mister. L'argent est là-bas. Un jour, Sacha y sera.

— Tu n'y es jamais allé ?

— Bien sûr que si, mister. Mais la police me chasse toujours de la ville.

— Pourquoi ?"

Il a levé la tête et m'a regardé. Il avait des yeux gris-bleu et une petite incisive de travers. sans être très grand, il marchait vite et me suivait sans peine. Il avait la figure assez maigre, comme s'il était sous-alimenté. J'ai eu un peu pitié de lui. Derrière son attitude délurée se cachait un pauvre petit garçon. D'ailleurs, je ne marchais pas si vite que ça, mon genou était à nouveau en train de se coincer. J'ai vu qu'il cherchait ses mots :

"Je n'ai pas. Comment on dit ? *Propiska.*

— *Propiska ?*

— Oui. *Propiska.* Autorisation. sans *propiska*, quand la police t'arrête, elle te chasse. La police t'arrête toujours. La police c'est de la merde. Mais Sacha veut aller à Moscou. L'argent est à Moscou.

— Qu'en disent ton père et ta mère ?

— C'est par là, mister." Sa voix enfantine s'accordait très mal avec ses traits un peu plus mûrs. Il me montrait le chemin du doigt en pressant le pas pour me devancer.

Nous sommes sortis du parc. Sacha a tourné à gauche et traversé la rue à deux cents mètres plus bas environ, pour s'engager dans une ruelle. La circulation était toujours minime, mais je voyais que les gens rentraient chez eux après le travail, portant des cabas ou des filets à provisions ; la plupart avaient l'air las et usés. La ville aussi semblait usée, avec ses trottoirs pleins de nids de poule, de la crasse et des ordures partout. La peinture et le crépi des maisons, qui s'écaillaient en grands lambeaux, me rappelaient des tapis qui s'effilochaient. Sacha allait plus vite et j'ai partiellement perdu mon orientation par rapport au fleuve. Nous sommes passés à plusieurs reprises devant de petits groupes d'hommes entourant une bouteille de vodka et un sac de plastique contenant d'étranges poissons ou des morceaux de viande peu appétissants. Ils buvaient tour à tour à la bouteille et plongeaient les mains dans le sac en plastique. A un coin de rue, deux hommes pas rasés, ivres morts, dormaient adossés à un mur ; la salive coulait de leur bouche humide entr'ouverte. Un homme a poussé un cri, suivi d'une série de jurons et de malédictions, puis une femme a hurlé, mais quand nous avons bifurqué à un coin de rue, nous n'avons rien vu d'anormal et les voix se sont éteintes comme si ces cris avaient été proférés par des fantômes ou des démons d'outre-tombe.

Je commençais, petit à petit, à me demander si mon jeune guide savait ce qu'il faisait, quand nous sommes arrivés sur une grande place entourée d'immeubles en béton plus modernes. Au milieu se dressait une grande statue de Lénine, dans la version où il ressemble à Johnnie Walker en marche vers l'aurore socialiste. La place était pavée de grandes dalles qui faisaient des vagues, comme si on les avait posées sur une mer démontée. Le siège du parti communiste, l'administration de la ville et le KGB, la police secrète, devaient s'y trouver autrefois. Un drapeau tricolore russe flottait d'ailleurs au-dessus d'un bâtiment en grande partie vitré ; j'ai supposé qu'il s'agissait du siège de la nouvelle municipalité démocratiquement élue. Si ce que je lisais sur la Russie était exact, les mêmes hommes, coiffés de nouvelles casquettes, occupaient les mêmes sièges et se remplissaient les poches. Une voiture de police était garée devant le bâtiment, une Audi moderne blanche et bleue qui tranchait avec les quatre autres voitures noires et carrées en stationnement devant ce bâtiment d'allure officielle. Un agent en uniforme gris-bleu est descendu de l'Audi et nous a suivis des yeux. Debout autour des Volga noires que je me souvenais soudain avoir vues pendant mes voyages, au temps de l'Union soviétique, les chauffeurs fumaient. C'était dans des Volga que les bureaucrates se faisaient transporter, et c'était des Volga qui venaient me chercher pour m'emmener à mes réunions dans les ministères, aux derniers jours du déclin de l'empire soviétique.

Sacha a changé de direction et traversé la place en diagonale pour gagner un autre immeuble de béton de cinq étages, gris et anonyme. J'étais incapable de lire les lettres en cyrillique rouge pâle de l'enseigne, dont deux manquaient au milieu, du reste, mais Sacha me l'a montrée en disant :

"*Gastinitze*, hôtel, mister.

— Merci", lui ai-je dit en lui donnant, cette fois-ci, un billet de cinq dollars. De nouveau, le même tour de passe-passe. En un clin d'œil, le billet avait disparu.

"J'attends ici, a déclaré Sacha.

— Tu n'as pas besoin d'attendre. Merci de ton aide, mais ce n'est pas nécessaire.

— Sacha attend mister ici.

— Comme tu veux. Il paraît que ce pays est libre, maintenant.

— Sacha attend mister ici."

J'ai secoué la tête, pris mon sac qui me paraissait un peu lourd, à la longue, et monté l'escalier dont plusieurs marches étaient effritées et abîmées. J'ai ouvert un des battants de la double porte de verre et pénétré dans le hall, si l'on pouvait qualifier ainsi cette pièce, sombre malgré le soleil vespéral, entièrement peinte en brun, aux fenêtres cachées derrière des rideaux rouge foncé. Cela sentait le moisi et les vieilles cigarettes, le désespoir de la défaite et l'irréversibilité du déclin. J'ai pensé que c'était l'image et l'odeur des empires effondrés et disparus. Deux tables usées et quatre fauteuils, peints en brun, eux aussi, et recouverts de velours passé rouge foncé, comme les rideaux, meublaient la pièce. Sur le mur, une vieille photo en noir et blanc de Lénine, tachée par la nicotine et les chiures de mouches. J'ai senti croître ma dépression, néanmoins je suis allé au comptoir. Il n'y avait personne, mais j'ai vu un petit bouton, qui pouvait être une sonnette. Je l'ai pressé et j'ai entendu un bruit, quelque part dans l'obscurité, derrière le comptoir. Il n'y avait ni ordinateur ni caisse, uniquement un téléphone en plastique bleu de modèle ancien. J'ai appuyé de nouveau sur le bouton, attendu, crié une ou deux fois "allo", mais ma voix sonnait creux entre les murs de béton.

Enfin, un homme a émergé, sortant par une porte située derrière le comptoir, que je n'avais pas remarquée dans le mur dont la peinture brune imitait le bois. Il portait un costume gris, une chemise beige crasseuse et les quelques fils rouges tissés dans sa cravate marron foncé étaient assortis à ses yeux. Il avait une barbe de plusieurs jours et sentait le tabac et l'alcool. Il m'a regardé.

"Vous parlez l'anglais ?" ai-je répété une ou deux fois, sans qu'il réagisse. J'ai sorti mon passeport de ma poche intérieure et je l'ai posé devant lui. "Une chambre", ai-je répété une ou deux fois en anglais. Enfin, il a eu une réaction compréhensible :

"*Niet*, m'a-t-il répondu, en se contentant tout juste de jeter un coup d'œil sur mon passeport, sans le toucher.

— Est-ce que ce *niet* signifie qu'il n'y a pas de chambre libre ou que vous ne parlez pas l'anglais ?"

Il m'a ostensiblement tourné le dos. J'ai pris mon passeport et ouvert la porte de verre crasseuse. Sacha attendait en fumant en bas de l'escalier, en regardant la voiture de patrouille de la police. Je l'ai appelé et en trois sauts, il est monté jusqu'à moi.

"Tu peux traduire pour moi ? Il n'a pas envie de me donner une chambre, apparemment."

Sacha m'a regardé en se frottant le pouce et l'index l'un contre l'autre.

"Il faut lui donner de l'argent ?

— Oui, mister. Donne-lui cinquante dollars et tu auras une chambre à trente roubles.

— Tu voudrais traduire ?”

De nouveau, il m’a adressé son sourire diabolique, taquin et charmant, en continuant à se frotter le pouce et l’index. Je lui ai donné un billet de cinq dollars en grommelant en danois : “Quelle bande de malfaiteurs vous faites, tous autant que vous êtes.

— Quoi, mister ?

— Vas-y, Sacha.”

Heureusement, j’avais changé pas mal d’argent liquide au Danemark. En repensant à mes voyages de jeunesse dans feue l’Union soviétique, je m’étais rappelé qu’il valait mieux avoir sur soi beaucoup d’argent liquide en coupures relativement petites, en me disant que cette règle restait peut-être en vigueur, ce que je constatais ici même. J’étais fatigué, soucieux et un peu en colère, mais j’ai posé cinq billets de dix dollars plus cinquante roubles russes devant cet homme aux cheveux et aux vêtements graisseux. Il a pris l’argent sans un mot, a ouvert un placard brun qui se distinguait à peine de tout le faux contreplaqué brun de la pièce, et m’a donné une clé. Il a dit quelque chose en russe.

“Numéro cent trente-sept. Viens, mister.” J’ai pris ma valise qui semblait de plus en plus lourde et je suis monté par un escalier recouvert d’un tapis en lambeaux aux couleurs bleu et rouge-pute habituelles. Nous sommes arrivés dans un long corridor obscur. J’ai appuyé sur un interrupteur, mais une seule ampoule s’est allumée, jetant des ombres allongées dans ce couloir silencieux. La chambre, d’une grandeur étonnante, comprenait deux lits étroits, un vieux fauteuil recouvert de peluche rouge et une petite table. Les lourds rideaux, également rouge foncé, puaient la vieille fumée de cigares. La lueur rouge du couchant, qui pénétrait par une fente des rideaux, ressemblait à un doigt sanglant posé sur le tapis usé, plissé au milieu. Les carreaux jaune pâle de la grande salle de bains étaient tachés par le calcaire, la baignoire rougie par la rouille et la chasse d'eau des W.-C. était d'un modèle ancien. J'ai posé ma valise, avec un air qui reflétait sans doute fidèlement mon sentiment de dépression et de désespoir. Sacha m'a dit :

"Avant, hôtel communiste. Très bien. Maintenant, rien.

— Tu as raison, mon ami. Hôtel Rien. Tu peux y entrer, mais tu n'en ressortiras jamais.

— Hôtel California avec Eagles", a-t-il répliqué, tout content.

J'ai applaudi ironiquement.

"Bravo, Sacha.

— Sacha écoute beaucoup de musique sur walkman."

Il y avait un téléphone bon marché en plastique bleu sur la table, entre les lits ; la chambre était éclairée par un plafonnier. J'ai soulevé le combiné. Le téléphone était tout aussi mort que le reste de l'hôtel, déserté de longue date par ses clients, semblait-il.

"Marche pas, dit Sacha.

— Non, ça non plus, ça ne marche pas. Il y a d'autres hôtels dans cette ville, Sacha ?"

Il a levé la tête pour me regarder, avec l'expression désormais connue de moi, qu'il prenait quand il cherchait ses mots dans sa tête, dont l'intelligence ne faisait aucun doute :

"Il y a autre hôtel, mais clients sans *propiska* pas acceptés. Ici, OK. Ici, OK clients sans *propiska* et hommes avec femmes.

— Hommes avec femmes ? Tu veux dire des prostituées. Des putains."

Il a fait un grand sourire.

"Oui, putains. Mister veut putains. Sacha trouvera.

— Non, Sacha. Je ne veux pas une putain. Je veux téléphoner au Danemark ou à l'ambassade du Danemark à Moscou. Je voudrais retrouver ma femme. Elle a disparu. Je ne comprends pas où elle peut être. Elle me manque, mais qu'en sais-tu ?"

J'avais surtout parlé pour moi, mais une ombre est passée sur son visage et il a détourné la tête. Il s'est assis sur le lit pour y faire des sauts, comme un enfant. Le lit s'est mis à grincer.

"Regarde, mister. Bon lit. Bon pour baiser. Sacha connaît belles filles. Pas chères.

— Ferme-la, Sacha."

Il est resté un instant sans parler, puis il a sorti une cigarette :

"Ne fume pas ici. Ça sent déjà assez mauvais. Tu es beaucoup trop petit pour fumer. Alors, sois gentil et ne fume pas." J'avais la tête complètement vide. Il a trituré le paquet de cigarettes, tourné la tête, et nous avons entendu le bruit d'un camion qui brinquebalait en passant sur la route défoncée, quelque part, dehors, et une voix de femme qui criait je ne sais quoi dans la rue. Curieusement, j'ai senti soudain que j'avais et faim et soif, surtout soif. J'avais la bouche et la gorge sèches comme si j'avais marché dans un désert, et je sentais mes lèvres desséchées et douloureuses. Sacha a cherché dans la poche de sa veste de cow-boy et il m'a tendu, sans un mot, un paquet de chewing-gum. Je l'ai pris, j'ai déplié le papier et mâché. Je n'avais pas goûté de chewing-gum depuis belle lurette. Ce goût sucré, un peu fade, n'était pas désagréable, en fait, le chewing-gum m'a fait saliver, si bien que mon impression de sécheresse a disparu. Je me suis assis à côté de Sacha qui s'est un peu écarté pour me faire de la place, et nous sommes restés un moment sans rien dire, à mâcher de concert. J'évaluais la situation.

Je me souvenais vaguement d'avoir vu une pancarte publicitaire pour un café Internet, où il serait peut-être également possible de téléphoner à l'étranger, ou à Moscou, en tout cas. J'espérais et je comptais sur le fait que l'ambassade du Danemark avait un service téléphonique qui répondait jour et nuit. Pour les bons citoyens danois en difficulté. Pour des gens comme moi. Je ne savais vraiment pas quoi faire. La situation avait semblé si simple, sur le *Rossiya*. Je ne pouvais pas continuer le voyage sans Nathalie, naturellement, mais en ce moment, ladite situation semblait assez désespérée. Il me fallait un interprète convenable car j'évoluais dans un vide linguistique ; l'anglais de truands de Sacha suffisait peut-être pour les banalités les plus ordinaires, mais il n'était pas très sophistiqué. Quelle démarche devais-je faire, maintenant ? Réfléchis, Marcus. Tu es dans une situation difficile, mais tu trouveras une solution, comme dans toutes les situations, en réfléchissant méthodiquement et rationnellement. En faisant apparaître des options claires, en te fixant un but et en marchant sans le perdre de vue. Comme tu le fais dans tes affaires et tes négociations. Tu as toujours résolu ainsi les problèmes professionnels et les problèmes privés. Presque tous les problèmes ont une solution rationnelle, à la seule condition qu'on les analyse logiquement et sans sentimentalité. En réfléchissant ainsi, je me sentais déjà mieux quand on a frappé fort à la porte. Sacha a sursauté et nous nous sommes levés tous les deux lorsque la porte a été poussée brutalement et que trois hommes sont entrés.

Deux d'entre eux arboraient un uniforme gris-bleu de la police, le troisième portait un complet bleu, qui flottait sur son corps maigre. Sa figure étroite était jaunie par la nicotine, il avait une petite moustache et les yeux rouges et un peu larmoyants des drogués ou des alcooliques. Les cheveux qui lui restaient étaient gras et plaqués en arrière. J'ai regardé Sacha. Il était devenu très pâle. Fugitivement, j'ai douté de lui, en pensant qu'il était pour quelque chose là-dedans. Je ne sais pourquoi. L'idée m'a traversé l'esprit comme un éclair pour disparaître tout de suite. Les deux agents en uniforme se sont postés ostensiblement devant la porte. Ils avaient entre vingt et trente ans, leur chemise à manches courtes laissait voir des épaules et des bras puissants, assortis à leur ventre de buveurs de bière qui gonflait la chemise d'uniforme. Leur ceinture, avec leurs menottes, leurs pistolets et leurs matraques, pendait sous leur panse. Ils regardaient la scène avec indifférence, en laissant la parole à l'homme en civil :

"Passeport, a-t-il dit. Puis-je voir votre passeport !" Son anglais était net et distinct, il avait la voix râpeuse, comme si l'abus des cigarettes noires russes avait anéanti ses cordes vocales.

"Qui êtes-vous ?

— La police, vous le voyez bien. Je vous ai demandé votre passeport.

— Puis-je voir une légitimation ?" Ma voix ne manquait pas de fermeté, quoique mon cœur batte plus fort. J'étais un citoyen libre dans un pays libre, et j'avais coutume de voir mes droits respectés. L'épouvantail étique qui me faisait face m'a regardé de ses yeux aqueux. J'ai senti que Sacha tirait discrètement sur la jambe de mon pantalon. Le maigre a fait le geste de sortir quelque chose de la poche intérieure de sa veste, puis il s'est ravisé et il m'a donné, à la place, une bonne gifle du revers de sa main droite. Je l'ai reçue exactement sur la joue et elle m'a fait mal, mais c'est la surprise, plus que la douleur, qui m'a donné un choc, si bien que machinalement, j'ai levé la main pour me défendre, afin de prévenir une deuxième gifle. Ensuite, les choses sont allées très vite. Sacha a essayé de passer à côté de moi, mais le maigre lui a appliqué un coup sur la nuque qui l'a jeté par terre. J'ai eu juste le temps de voir un des agents en uniforme donner un coup de pied à Sacha pour le pousser dans ma direction. Ils sont arrivés sur moi tous les deux, armés de deux matraques chacun, et cette fois, ça m'a fait vraiment, vraiment mal. J'ignore combien de coups ils m'ont asséné sur les bras et sur les épaules, et un seul sur la tête, parce que mon oreille s'est mise à saigner, et que j'ai perdu connaissance pendant une fraction de seconde. J'étais à quatre pattes par terre sur le sol horriblement sale. J'ai reçu un coup de pied dans les côtes et je suis tombé sur le côté. La voix râpeuse s'est fait entendre et il n'y a pas eu de second coup de pied. Je me suis remis à quatre pattes et presque relevé avant de m'asseoir sur le rebord du lit. La pièce a flotté un instant devant mes yeux. J'ai distingué la figure maigre et les yeux aqueux et froids comme à travers l'objectif à 180 degrés d'un appareil photo. J'avais mal aux bras, au côté et aux épaules. J'ai vu, du coin de l'œil, Sacha se relever et, prompt comme un rat effrayé, ouvrir la porte et disparaître avant qu'un des agents en uniforme n'ait le temps de réagir. Il a hoché la tête comme s'il admirait la rapidité du gamin, a refermé et repris son poste devant la porte en compagnie de son partenaire.

Le maigre a glissé la main dans la poche intérieure de ma veste et sorti mon passeport. Il l'a feuilleté et l'a jeté sur le lit.

"Vous devriez être à bord d'un bateau de croisière, m'a-t-il dit sur le ton de quelqu'un qui corrige poliment un concitoyen, alors qu'il venait de me tabasser presque à mort. Vous n'êtes pas autorisé à loger dans cet hôtel. Vous contrevenez donc à la loi, mais comme je suis un brave homme, et pas un bureaucrate, je vous autorise à payer votre amende sur place.

— Je voudrais parler à votre supérieur", ai-je répondu bêtement.

Cette fois, j'ai craint le pire, mais au lieu d'une gifle, il m'a asséné sur le nez un coup de son gauche qui m'a fait tomber en arrière sur le lit.

Il a secoué la tête comme si j'étais un petit idiot, incapable de comprendre les demandes les plus simples, et a sorti mon portefeuille de ma poche intérieure. Il contenait la contrevaleur d'environ huit mille couronnes danoises en euros et en dollars, deux mille roubles et toutes mes cartes de crédit. Nathalie avait sur elle environ cinq mille couronnes danoises. Au moment de sa disparition, en tout cas. Je me suis relevé. L'un des agents en uniforme a fait un pas en avant, menaçant, mais je ne représentais aucun danger. Je saignais d'une narine. Le maigre a pris mon argent presque tendrement et a compté les billets d'un doigt, comme un caissier de banque chevronné. Il a jeté deux billets de dix euros, un billet de dix dollars et la moitié des roubles sur le lit, à côté de mon passeport.

"Cela devrait couvrir vos agissements criminels, m'a-til dit de la même voix râpeuse, absolument insensible et sur un ton toujours égal, en fourrant la liasse de billets dans sa poche intérieure. Nous ne sommes pas des criminels, n'est-ce pas.

— Qu'est-ce qui m'empêche d'aller me plaindre aux autorités ? A mon ambassade ?

— C'est quand même incroyable d'être aussi bête." Il y avait de l'irritation dans sa voix, à présent. "Les autorités d'Uglitch, c'est moi. Vous vous en tirez avec une petite amende pour le moment. Je pourrais vous arrêter, n'estce pas ? Si je voulais être régulier.

— Parce que je suis descendu dans un hôtel sans autorisation ?

— Vous êtes vraiment bête, a-t-il répliqué. Qu'est-ce que j'ai à vous reprocher jusqu'à présent ? Voyons : agression d'un agent dans l'exercice de ses fonctions, relations homosexuelles avec un mineur…

— Vous exagérez…

— Moi ? Notre petit vagabond de Sacha témoignera de n'importe quoi pour quelques roubles. Il s'agit donc de pédophilie. Enfin, nous pourrions laisser un peu de cocaïne dans votre chambre, et là, je crois que vous ne reverriez pas votre patrie de sitôt. Mais non, jamais de la vie. Aujourd'hui, la Russie est un pays libre et démocratique, alors si vous voulez vous adresser à la police, allez-y."

Il a un peu ri de sa plaisanterie. Ses yeux aqueux et rouges étaient glacés quand il a dit quelque chose aux agents en uniforme. L'un des deux s'est saisi de mon sac de voyage et l'a vidé méthodiquement. Il a pris mon ordinateur et mon téléphone portables. En me voyant prêt à protester de nouveau, le maigre a levé une main menaçante. Je suis resté assis. Cette perte compliquerait extraordinairement les choses, mais ce n'était pas une catastrophe. Je doutais qu'ils puissent se servir de l'ordinateur sans en changer le disque dur, sécurisé par deux codes d'accès ; tous les documents essentiels pour mon travail étaient aussi sécurisés et les plus importants de tous étaient cryptés. Ils dissimulaient des secrets d'affaires et des données personnelles, mais pas de secrets d'Etat. De plus, je me débrouillais bien sur le plan des copies de sauvegarde. L'agent a gardé mon petit ordinateur plat sous le bras et a tendu le téléphone portable au type maigre qui a regardé l'appareil d'un air plutôt stupéfait. C'était un ancien Nokia offert par ma société plusieurs années plus tôt. Il fonctionnait bien, il était solide et stable, je n'avais donc jamais songé à en changer.

“Même pas un écran-couleur, a dit le maigre, je vous croyais plus avancés, en Occident.” Il a continué en russe et les deux agents se sont esclaffés. Le maigre a regardé le téléphone avec mépris et l'a jeté sur le lit.

“Il ne vaut pas la peine de s'en encombrer. Vous pouvez passer la nuit ici. Nous ne sommes pas des barbares, de plus vous avez payé la chambre, mais je vous conseille de quitter Uglitch demain.

— Comment ?” J'ai essayé de prendre un ton ironique, mais sans succès.

“Vous trouverez sûrement un moyen. Vous avez un peu d'argent et toutes vos belles cartes de crédit. Vous vous débrouillerez sûrement. Je vous souhaite une bonne journée.”

6

Combien de temps suis-je resté assis sur le bord de mon lit pendant que la nuit tombait ? Je l'ignore. Cette douce pénombre bleue du Nord de l'Europe, qui arrive à pas feutrés, enveloppait toutes choses d'un film protecteur, d'une gaze grise qui se pose sur les visions désagréables et la laideur de l'existence pour teinter de poésie même un bâtiment lugubre ou une pièce repoussante. Je ne sais à quoi j'ai pensé. Peut-être à rien, en réalité, je m'apitoyais sur mon sort, la figure cachée dans les mains. Nathalie était plus loin que jamais, j'avais été maltraité, humilié et délesté de mon argent par la police dont j'avais cru naïvement qu'elle allait m'aider. J'avais de quoi me plaindre, mais à un moment, je me suis levé pour passer dans la salle de bains malpropre et asperger d'eau ce visage inconnu dont le miroir taché de calcaire et de chiures de mouches me renvoyait le reflet. La serviette avait l'aspect et la texture d'un vieux torchon. Ils m'avaient aussi volé mon rasoir électrique, un cadeau d'anniversaire de Nathalie, après avoir vidé le contenu de mon sac de toilette dans le lavabo. J'ai remis l'argent à sa place. Je devenais assez indifférent à tout. Un bruit qui venait d'un endroit proche me parvenait par la tuyauterie : un couple en train de baiser... J'entendais une femme haleter et les ressorts d'un lit grincer en cadence. Dans le couloir, deux voix d'hommes parlaient russe. Ils riaient très fort. J'ai commencé à être angoissé. Je ne voulais pas rester ici, mais où aller ?

J'ai bourré mon sac avec mes vêtements de rechange éparpillés sur le lit et le sol et ramassé mes cartes de crédit et les cartes de visite que le type maigre avait dispersées sur le lit, comme les pages déchirées d'un carnet de notes sans importance. J'ai remis le tout en désordre dans mon portefeuille, alors que, d'ordinaire, je replace toujours la même carte au même endroit et, en rouvrant ma bourse, j'en ai sorti une carte de visite que je devais avoir remarquée inconsciemment, alors que je croyais n'en avoir regardé aucune en particulier. J'ai revu la scène dans ma tête. Une autre scène de violence, mais à Nice, où je n'étais pas la victime. Il devait être temps de me faire rembourser ma dette et de me faire rendre mon service, ai-je pensé, presque tout réconforté, en lisant sur la carte que je tenais en main : Victor Terekhov, IT solutions, et les deux numéros de téléphone à Moscou. L'homme de Nice, le Russe de Nice, dont les gardes du corps se pointaient dès qu'il les appelait. Je n'étais pas seul au monde, malgré tout. Peut-être avais-je un ami, dans ce grand océan russe incompréhensible, où les pires malfrats étaient les agents de police. Un instant plus tard, un nouveau doute m'a assailli. Et s'il n'avait pas été sérieux ? Victor, comme les autres Russes, était corrompu, cynique et se moquerait d'un étranger naufragé. J'ai recommencé à m'apitoyer sur moi-même en essayant de m'en défendre. Peut-être valait-il mieux que je reste tout simplement dans cette chambre jusqu'au lendemain, en supportant jusque-là la soif et la faim. Demain, je prendrais le train pour Moscou. J'avais des roubles ; il devait bien y avoir un train. A Moscou, j'irais chercher de l'aide à l'ambassade du Danemark et peut-être auprès de mon Russe, qui m'avait dit qu'il suffirait que je la lui demande. J'ai reposé mon sac sur le lit, toujours aussi indécis pour autant, quand on a frappé à la porte. J'ai sursauté.

"Mister ! chuchotait-on. Mister ? Tu es là ? Mister, tu m'entends ?

— Va-t'en, Sacha, ai-je répondu avec lassitude.

— Mister venir avec moi. La nuit, dangereux ici, mister.

— Va-t'en, Sacha.

— Beaucoup trop dangereux. Méchants hommes venir ici. Viens avec Sacha, mister. Sacha ami.

— La police m'a tout pris.

— Non. La police prendre billets. Hommes venir maintenant prendre cartes crédit, roubles, habits. Tout. Méchants hommes savoir mister pas d'amis. Seulement Sacha. Vite, mister, viens !"

Cela m'a fait froid dans le dos. Sacha avait peut-être raison. On eût dit que la pièce se rétrécissait pour m'emprisonner, elle renfermait une odeur de perdition et de fornication qui m'a donné la nausée, la peur m'a saisi et je me suis mis à transpirer. J'ai attrapé mon sac et ouvert la porte. Sacha, l'air effrayé, ressemblait à l'enfant qu'il était réellement. Il regardait constamment à droite et à gauche dans le couloir, comme un passant paniqué qui doit traverser une rue à grande circulation sans passage pour les piétons. Il avait la joue droite enflée et un œil qui semblait fermé. Il m'a dit de me dépêcher de sa voix claire et enfantine.

Il m'a pris par la main, m'a tiré dans le couloir, m'a fait descendre l'escalier en vitesse et sortir par la porte vitrée. Personne derrière le comptoir mais dehors, deux jeunes gens aux cheveux coupés en brosse et en blouson de cuir fumaient. Ils nous ont regardé passer et l'un des deux est monté quatre à quatre dans l'escalier quand Sacha m'a fait tourner à un coin de rue, m'a lâché la main et s'est mis à courir dans la ville. Je l'ai suivi en boitant. J'avais mal au genou, au nez et aux côtes. Nous avons traversé des petites rues et des ruelles non goudronnées pour entrer dans une arrière-cour, par un trou pratiqué dans une haute clôture. Les bruits de la ville avaient disparu, nous étions dans de grands halls, mal éclairés par de petites lampes murales ou des lampadaires périmés d'où sortaient des fils électriques entremêlés n'importe comment. J'ai reconnu l'endroit : c'étaient les halles du marché où j'avais flâné plus tôt dans la journée, dans l'heureuse ignorance de ce que celle-ci m'apporterait. Quelques heures seulement s'étaient écoulées, pourtant, il me semblait avoir vécu des années. J'ai cru sentir l'odeur de la viande sanglante et les relents nauséabonds du lait et du fromage, mais à cette heure-ci, les halles étaient vides et silencieuses, et par conséquent lugubres et sinistres. Sacha m'attendait. Il m'a fait son sourire futé et s'est allumé une cigarette. Il a inhalé une bouffée de fumée, m'a fait signe de le suivre et m'a conduit à une trappe située dans un bâtiment plus petit, beaucoup plus ancien que les grands halls, semblait-il. Il a ouvert la trappe. Un escalier de pierre menait au couloir de la cave. Il y avait de la lumière et j'ai entendu des voix. J'ai dû baisser la tête pour traverser un étroit goulot éclairé par une simple ampoule, suffisante pour que je distingue les murs grossiers, sans crépi. Quand Sacha a refermé la trappe derrière lui, un rat a filé dans le trou d'un égout. Au bout du couloir, une porte basse était fermée par un crampon.

Nous sommes entrés dans des caves où l'on devait conserver, autrefois, des légumes ou des épices. Il y régnait une odeur forte, mais pas désagréable. Un courant d'air léger et frais sortait d'un puits, situé au milieu des caves. Il y avait bien une vingtaine de gamins dans ces sous-sols, âgés de dix à seize, dix-sept ans peut-être, et vêtus, comme Sacha, de jeans, de tee-shirts et de vestes de cow-boy. L'air était enfumé par leurs cigarettes. Ils m'ont observé sans inimitié, de même que sans sympathie. Leurs yeux durs avaient vu beaucoup trop de choses beaucoup trop tôt. Dans un coin, un garçon âgé d'environ quatorze ans et une fille du même âge sniffaient à tour de rôle une bouteille d'aérosol posée entre eux deux. D'autres filles très jeunes ou adolescentes étaient assises sur d'épaisses couvertures grises, contre les murs bruts de la cave.

Un jeune homme s'est approché. Il avait le visage couvert de cicatrices d'acné et le nez tordu à la suite d'une rixe ancienne. Ses yeux étaient très bleus. Il a dit quelques mots en russe et Sacha s'est lancé dans un long discours en répétant son petit numéro de prestidigitateur et de pickpocket, en faisant passer un billet ou deux de sa main dans celle du jeune homme.

"Soyez le bienvenu, mister", m'a-t-il dit. Il avait une voix de basse russe, très basse pour un homme aussi jeune. "Sacha dit que tu es un ami. Tu peux rester ici cette nuit, mais après, tu ficheras le camp. Sinon, beaucoup d'ennuis."

Il est retourné dans le coin de la pièce où son groupe était rassemblé autour d'une bouteille de vodka. C'était comme si les autres ne s'intéressaient plus à moi, puisqu'il m'avait accepté. Ils ont repris leur conversation à voix basse et ces voix enfantines donnaient la fausse impression de venir d'une chambre d'enfants agréable, alors que s'exprimaient le désespoir et la misère de gamins des rues terrés dans une cave, sous les halles d'un trou perdu de la terrible province russe. Je me suis souvenu, tout à coup, des enfants que j'avais observés dans les halles, pendant la journée, sans y réfléchir plus avant. Des enfants comme ceux-ci, qui traînaient de gros paquets, roulaient des tonneaux, rinçaient les sols souillés de sang ou de petit-lait, tiraient des charrettes surchargées ou pelletaient les déchets de viande derrière les étals.

Sacha m'a tiré par la manche et je l'ai suivi dans son coin. Il avait déroulé par terre deux de ces grosses couvertures grises ; sur une petite table de bois dotée d'un tiroir se trouvait une chope ébréchée avec une brosse à dents et un tube de dentifrice, à côté d'une serviette, d'un morceau de savon et d'un petit flacon de shampooing. A gauche de la table, Sacha avait un réchaud et une bombonne de gaz et sous la table, deux cartons ; un sac de couchage enroulé contre le mur orné de deux photos découpées dans un journal, l'une du Kremlin, l'autre de l'entrée du port de New York, où un grand navire de croisière blanc passait devant la statue de la Liberté, illuminée par le soleil, sur fond de gratte-ciel.

Sacha s'est assis sur la couverture. C'est à ce moment-là que j'ai compris pourquoi toutes les couvertures du sous-sol étaient identiques, grises ou brunes. Elles venaient de la Croix-Rouge, qui les avait distribuées quelque part. Sacha m'a indiqué où m'asseoir, ce que j'ai fait péniblement, en allongeant mon mauvais genou. Je souffrais aussi de la tête et du côté, mais c'était supportable.

“Mister a faim et soif ?

— Je m'appelle Marcus, Sacha”, ai-je dit en lui tendant la main.

Il m'a regardé comme si j'étais un enfant, de ses yeux intelligents et effrontés, m'a pris la main et l'a serrée brièvement.

“Mister Marcus a faim ?

— Marcus, ça suffit. Oui, j'ai faim. Où sommes-nous ici, Sacha ?"

Il me l'a expliqué tout en faisant la cuisine, dans un anglais assez mauvais, mais compréhensible. Il devait chercher certains mots, alors que d'autres phrases venaient facilement, comme s'il les avait apprises par cœur dans un livre ou dans un film américain. C'était là qu'ils vivaient, lui et ses camarades ; on leur permettait d'y rester dans la mesure où ils payaient le gardien, et parce qu'ils l'aidaient à surveiller le sous-sol pendant la nuit. Beaucoup de ses camarades travaillaient comme ouvriers dans les halles, durant la journée. Quand j'ai demandé à Sacha où étaient ses parents, il a éludé ma question, en disant que la plupart de ceux qui vivaient là étaient orphelins de père ou de mère. Leurs parents étaient divorcés ou morts. J'ai aussi compris que plusieurs avaient quitté leur famille parce que leur père ou leur mère alcooliques les battaient. "Un père ivre frappe", m'a dit Sacha. Cet endroit n'était pas mal, d'après lui. Un peu froid en hiver, quelquefois, mais avec de l'eau chaude dans la tuyauterie, ils pouvaient conserver une température raisonnable en fermant le conduit d'aération. J'ai compris qu'il vivait dans ces sous-sols depuis deux mois, depuis la dernière fois où la police l'avait chassé de Moscou. Il voulait ensuite retourner à Moscou, et il ne faisait pas l'ombre d'un doute qu'il voulait aller en Amérique. En Amérique, tout irait bien. Là-bas, il avait un lointain parent qui vivait à New York et qui avait fait fortune. En Amérique, tout le monde pouvait devenir riche, parce que tout le monde était déjà riche. Il en était sûr. On pouvait aussi devenir riche à Moscou, mais c'était plus facile en Amérique.

Tout en discourant, il faisait chauffer de l'eau sur le réchaud. Quand elle s'est mise à bouillir, il a versé du potage en poudre dans deux écuelles de métal sorties d'un de ses cartons, versé de l'eau dessus et a fait deux tasses de thé avec le reste de l'eau après y avoir mis deux cuillerées de sucre. J'ai remarqué que tout ce qu'il possédait était d'une propreté parfaite. D'un carton, il a sorti un pain noir qu'il a coupé avec un couteau de scout, et a posé les tranches de pain sur une assiette en les garnissant de rondelles de saucisson et de fromage. Puis il a étendu un torchon sur la couverture, posé l'assiette sur le torchon et m'a présenté le tout avec un geste digne du maître d'hôtel d'un restaurant de première classe.

Nous avons mangé en silence. Ce repas simple était délicieux, bien que le fromage soit un peu sec, un détail sans importance puisque le potage était chaud, le thé sucré et le saucisson gras, avec un goût huileux qui me convenait à merveille. Le pain noir n'avait pas tout à fait le même goût que le pain noir danois, mais d'une façon ou d'une autre, son goût acidulé m'a rappelé mon enfance et ma mère, qui fumait une cigarette à la cuisine pendant que je prenais mon sandwich au pâté de foie, en me parlant de mon écrivailleur de père qui, Dieu merci, nous avait abandonnés. Je me suis rendu compte à quel point j'avais faim et soif. Sacha a également trouvé, dans ses réserves, une bouteille d'eau minérale, et il a refait deux tasses de thé. J'ai bu la mienne à petites gorgées pendant qu'il emportait la vaisselle dans les arrière-fonds obscurs du sous-sol. Cinq minutes plus tard, il était de retour et replaçait dans ses cartons tous ses ustensiles de cuisine nettoyés. Sa propreté m'impressionnait et me fascinait. sans être un grand psychologue, on comprenait que dans sa vie précaire et dangereuse, il tenait le chaos et l'insécurité à distance en se créant un îlot d'ordre et de normalité. Ses vêtements étaient propres, comme ses ongles et ses cheveux. Il avait une joue un peu enflée, mais son œil maltraité avait cessé de gonfler. Mon nez me faisait beaucoup souffrir, mais en le palpant avec précaution, j'ai senti qu'il n'était pas cassé.

Du regard, j'ai fait le tour de ce sous-sol obscur. Chacun avait l'air de s'occuper de ses affaires, certains enfants dormaient, et un ou deux gémissaient dans leur sommeil. On avait l'impression qu'un couple faisait l'amour dans un coin, sans bruit sous les couvertures, mais d'un commun accord, les autres se comportaient comme s'ils étaient seuls et avaient une vie privée, entourés de cloisons invisibles qui les séparaient du monde extérieur. Le grand type au visage couvert de cicatrices d'acné nous regardait d'un air sournois. Assis sur sa couverture avec deux jeunes garçons, il buvait de la bière, dans de grosses boîtes d'un demi-litre, dont j'avais remarqué qu'elles servaient de biberon à presque tous les jeunes de la ville. Le grand ne paraissait pas agressif, il exprimait plutôt un désespoir muet et un abattement vigilant, mais je me suis dit que la prochaine fois, je serais prêt et qu'on ne me prendrait pas par surprise. J'étais capable de me défendre, en réalité. Avant que mon accident m'ait relégué d'abord sur un lit d'hôpital, puis au régiment, j'avais eu le temps d'apprendre, dans le corps des Chasseurs, plusieurs manières de rendre un homme inoffensif. Mais puisque le sous-lieutenant Marcus Hoffmann ne projetait de faire carrière ni comme instructeur, ni comme secrétaire, j'avais été dégagé de mon contrat sans problème. Jamais jusqu'ici je n'avais eu besoin de cet entraînement intensif à la violence et à la puissance ; c'était la première fois, depuis mes leçons d'instruction, que je me sentais prêt à me défendre si quelqu'un recommençait à attenter à ma vie. Il n'y avait aucune agressivité dans ce sous-sol, sauf celle que je sentais croître en moi, au point qu'elle étouffait presque la douleur et la perplexité dans lesquelles me plongeait la disparition de Nathalie.

Sacha a sorti un walkman d'un de ses cartons et m'a montré le CD d'un cours de langue anglaise et un album CD des Eagles. Il m'a indiqué du doigt les mots *Hotel California*, qui figuraient au dos du CD, en souriant largement, bien que sa joue le fasse souffrir, tout en m'invitant d'un geste à les écouter. J'ai refusé d'un signe. Sacha a allumé une cigarette, dont la fumée âcre piquait le nez.

"Tu devrais arrêter ça", lui ai-je dit.

En fumeur expérimenté, il a inhalé profondément la fumée, puis l'a rejetée.

"Pourquoi ?

— Parce que c'est malsain. Tu es trop jeune pour fumer.

— J'aurai bientôt treize ans.

— Sacha, ce n'est pas bon pour la santé. On en meurt.

— On meurt de tellement de choses, mister.

— Marcus.

— Mister Marcus, a-t-il dit, en partant d'un rire si communicatif que je n'ai pas pu m'empêcher de l'imiter.

— Ça va, ça va, Sacha. Merci pour le repas.

— Merci à vous, mister."

Il ressemblait de nouveau à un petit renard rusé ou à un chiot qui va faire des farces.

"Tu as un sou ?" m'a-t-il demandé.

J'ai trouvé une pièce de monnaie dans ma poche et je la lui ai tendue. Il me l'a montrée. C'était une pièce de deux euros. Il l'a prise dans sa main droite, a passé sa main gauche devant et m'a montré d'abord ses paumes, puis le dos de ses mains. La pièce avait disparu. J'ai applaudi une ou deux fois. Il a retourné de nouveau la main droite et la pièce jaune a brillé à la lueur des lumignons du sous-sol. Il m'a rendu ma pièce, je l'ai prise et l'ai mise dans la poche de ma veste, et j'allais lui parler quand je me suis aperçu que ma montre était dans sa main et qu'il me la balançait sous le nez en souriant avec malice, toujours sa cigarette au bec.

"Sacha, nom de Dieu", me suis-je exclamé sans pouvoir m'empêcher de rire. Il m'a rendu ma montre, je l'ai remise à mon bras et quand j'ai relevé les yeux, c'était mon portefeuille qu'il tenait, il devait l'avoir sorti de ma poche intérieure, de nouveau à mon insu. Il l'a jeté sur la couverture, devant nous, et s'est mis à rire pour de bon, la cigarette à la main. J'ai ri avec lui. Ce n'était pas si drôle que ça, mais cela me faisait du bien de rire, même si ce rire était plus désespéré que gai. Après avoir repris haleine, je lui ai demandé :

"Qui t'a appris ça, Sacha ? Qui t'a appris tous ces tours de passe-passe ?"

Sacha s'est redressé et il a écrasé sa cigarette dans un cendrier, également sorti de ses affaires. Dans ce sous-sol, apparemment, les jeunes s'étaient entendus tacitement pour ne pas toucher aux affaires les uns des autres. Alors qu'ils vivaient là sans famille, et par conséquent sans lois, ils avaient su créer néanmoins une panoplie de lois et de règles tacites de manière à pouvoir survivre.

"Mon grand-père, a-t-il répliqué. Grand-père prestidigitateur dans cirque. Grand-père apprend magie à Sacha quand Sacha très petit.

— Pourquoi n'habites-tu pas chez ton grand-père ?"

Il a détourné la tête.

"Grand-père mort, mister Marcus. Grand-père mort, bientôt deux ans.

— Ça me fait de la peine, Sacha. Comment est-il mort ?

— Tombé de grue. Alors, décédé."

Je l'ai regardé, un instant, il a soutenu mon regard, puis il a détourné la tête et allumé une autre cigarette.

“Et ton père et ta mère ? Ils étaient aussi artistes de cirque ?

— *Niet.*

— Pourquoi n’habites-tu pas avec eux ?

— Connais pas mon père, mister. Parti quand Sacha très petit.

— Et ta mère, Sacha ?

— Veux pas.” Il a fait le geste de boire un verre imaginaire, de le vider et de recommencer. “Beaucoup vodka. Pleure et frappe Sacha. Veut mettre Sacha à l’école, veut pas le mettre. Sacha toujours au cirque ou à Moscou. Pas bien avec mama. Toujours habité avec grand-père.

— La police te recherche, n’est-ce pas ?”

Sacha a ri d’un autre rire, dur et cynique, comme s’il crachait par terre.

“Police s’en fout. Police se fout de Sacha, sauf quand Sacha est à Moscou.” Il a frotté le pouce et l’index et inhalé profondément la fumée : “A Uglitch, police s’en fout, quand Sacha paie de temps en temps.

— Celui qui nous a volés ? Le noir avec la moustache ?”

Sacha a dit quelque chose en russe, pareil au sifflement d’un serpent, et ses yeux ont brillé de colère et de dureté.

“Je ne comprends pas, Sacha.

— Prince Noir. On l’appelle Prince Noir. Ancien KGB. Commande tout, à Uglitch. Commande maire, commande police. Commande mafia. Prince Noir bandit. Mafieux, tu sais ?

— Je comprends. Un sale type.

— Bien dit, mister. Un sale type. Bien dit.

— Et ta mère, Sacha, ai-je insisté. Il vaut mieux que tu ailles à l’école. Alors, que dit ta mère ?

— Mama s’en fout. Mama habite à Vladimir, va avec hommes. Hommes donnent vodka, mama contente. Pas besoin école. Sacha apprend tout tout seul. Sacha apprend beaucoup seul."

J'ai soupiré. Il me faisait incroyablement pitié. Il eut l'air de le comprendre, il m'a tapé sur la cuisse en reprenant son air malin.

"T'en fais pas, mister. Sacha se débrouille. D'abord Moscou, après, New York.

— Tu pourrais avoir un job dans un cirque ? Tu n'aurais pas besoin de vivre ici…"

J'aurais voulu ajouter qu'il n'aurait pas eu besoin de mendier ou d'être pickpocket, ce qu'il était sans doute.

"Pas facile maintenant, mister. Beaucoup bons prestidigitateurs, plus beaucoup cirques." Je voyais qu'il cherchait ses mots.

"Il faut connaître quelqu'un ? C'est ce que tu me dis ?

— Oui, mister. C'est juste. C'est bon connaître quelqu'un. *Big Shots.* Hommes riches." Il a esquissé le contour d'un grand homme, presque comme un dessinateur communiste d'autrefois aurait dessiné un capitaliste gros et gras, avec un ventre énorme et un chapeau haut de forme noir.

"Mais tu aimerais bien travailler dans un cirque ?"

Il a eu l'air heureux. Quand ses yeux brillaient de joie, il ressemblait à un enfant. Quand il fumait, il semblait avoir grandi trop tôt.

"Oui, mister. J'aimerais. Alors, Moscou, après, New York, et après, Las Vegas. A Las Vegas, beaucoup spectacles. A Las Vegas, beaucoup d'argent, facile être célèbre."

Je n'ai pas pu m'empêcher de moraliser malgré tout :

"Tu es très fort, Sacha. Mais c'est mal de voler. Il ne faut pas utiliser ton talent pour dépouiller des gens innocents. Ça leur fait du mal."

Il m'a regardé avec un mélange de mépris et de déception :

"Sacha pas voler. Voler c'est *nilsja.*

— Qu'est-ce que c'est ?
— Défendu. Pas bien.
— Mais je croyais…
— Grand-père a dit c'est défendu. Sacha promettre à grand-père pas faire tours et magie pour voler. *Nilsja*, a dit grand-père. Sacha pas voler. Sacha se débrouille.
— Pardon, Sacha, j'ai cru…
— Pas voler. Une fois, peut-être. A Moscou. Sacha très faim à Moscou, mais une seule fois, seulement argent, pas carte, pas montre. Sacha fait pas ça.
— OK Sacha. Excuse-moi. J'ai cru…
— Excuses OK Adultes s'excusent jamais. Mister Marcus ami avec Sacha."

Il m'a tendu sa petite main preste, je l'ai serrée, et il a retrouvé son regard malin. De ses cartons apparemment sans fond, il a sorti un jeu de cartes, une canne et une chose plate qu'il a transformée d'un coup en un chapeau haut de forme. Il a mélangé rapidement les cartes. Les autres enfants et les jeunes connaissaient ces préparatifs, et ceux qui n'étaient ni trop ivres, ni trop épuisés, ni raides après avoir sniffé, sont venus former un demi-cercle devant le recoin de Sacha. Ce dernier s'est levé et m'a fait signe de la main de les imiter. Il s'est montré vraiment doué, durant ce petit spectacle offert dans la pénombre du sous-sol, et nous étions un très bon public. Les cartes disparaissaient et réapparaissaient. Il trouvait avec une sûreté indéfectible la carte que les autres avaient choisie. Une fois de plus, il m'a subtilisé ma montre ainsi que mon portefeuille, au grand plaisir des autres spectateurs. Je tâchais d'être très attentif, sans jamais découvrir comment il faisait. Comme tous les bons magiciens, non seulement il avait les doigts agiles, mais il possédait, pendant les fractions de seconde nécessaires, l'art de détourner l'attention. Les autres s'amusaient beaucoup de voir que celui dont on se moquait était la grande personne étrangère, ce qui, d'ailleurs, ne me gênait pas moi-même. Ce jeu me paraissait tellement innocent et ordinaire. Il a achevé son numéro en transformant sa petite canne en un bouquet de fleurs en plastique, avant de faire disparaître les fleurs et les cartes à jouer dans le chapeau, qu'il a aplati, avant de le faire disparaître à son tour d'un claquement de doigts. Nous avons tous ri et applaudi, et Sacha, l'air heureux, a fait la révérence comme s'il était dans le plus beau cirque de Moscou.

Le type à la figure ravagée par l'acné a donné à Sacha un billet vert d'un dollar qui a disparu lui aussi comme par magie, en provoquant de nouveaux rires. Ils sont retournés lentement dans leurs coins, en bavardant et en savourant cette bonne ambiance, due à la petite récréation improvisée par Sacha. Les voix se sont éteintes lentement, à mesure que chacun se retirait dans son coin, externe et interne. Sacha et moi sommes restés un moment sans rien dire. J'ai bu le reste de mon thé devenu froid. Je commençais à avoir très sommeil, alors qu'il me semblait inimaginable de dormir. Je savais qu'en fermant les yeux, je me mettrais à penser à Nathalie et à ce que j'appelais à part moi "la situation". Sacha m'a regardé.

"Pourquoi m'aides-tu, Sacha ?"

Il a souri.

"Sacha aime bien mister. Mister a l'air gentil, bon sourire.

— Ça va, ça va. Pourquoi ?

— Mister va à Moscou. Mister emmène Sacha.

— Je ne sais même pas moi-même comment je vais aller à Moscou.

— Tu me grattes le dos, je te gratte le dos, me dit-il d'un ton qui révélait qu'il avait entendu cette réplique dans un film.

— Comment irons-nous à Moscou ?

— En train. Demain, on prend train local Moscou. Mister a des roubles, cartes de crédit, passeport. Sacha connaît distributeur automatique billets. Sacha achète billets. Train express : très contrôlé, train local : pas contrôlé. Sacha fait attention Prince Noir et autres. Moscou, nous voilà !"

Il a presque chanté cette dernière phrase. Encore une réplique de film. "Je ne sais pas. Ma femme a disparu.

— Disparu ? Comment, mister ? C'est pour ça, toi pas parti dans bateau blanc ?

— Oui. J'ai fait une promenade et quand je suis revenu, Nathalie avait disparu. J'ai cherché partout. Tout le monde a cherché partout, mais elle avait complètement disparu. Je ne comprends pas où elle est." J'ai frappé sur le tapis. "Je croyais que la police m'aiderait. Comment peut-on être aussi bête ? Où faut-il aller quand les policiers sont des bandits ?"

Sacha m'a tapé de nouveau sur la cuisse.

"Sacha va aider. Tu as photo Natacha ?

— Nathalie. Elle détestait qu'on l'appelle Natacha. Cela lui rappelait la Russie. Elle détestait la Russie. Et je la comprends, mais pourquoi a-t-elle voulu venir ici ? Je ne comprends pas ce qui se passe.

— Une photo, mister Marcus ?"

J'ai pris mon portefeuille et trouvé une photo de Nathalie, prise l'été précédent devant notre maison de vacances de Møn. Ma gorge s'est serrée quand je l'ai regardée. Vêtue d'un tee-shirt blanc et d'un short, elle était assise sous un parasol bleu, un livre sur les genoux, et regardait directement l'objectif en plissant un peu les paupières. Sa peau brune avait des tons chauds et doux, ses dents brillaient au soleil. Elle était ravissante. J'ai pensé que la dernière fois que je l'avais vue, elle avait la gueule de bois, après une nuit où elle m'avait montré un aspect d'elle-même que je n'avais encore jamais vu. Et si c'était moi qui avais été aveugle ? Si je prenais trop au sérieux le fait qu'une jeune femme ait envie de s'amuser et de boire quand l'occasion s'en présentait, en vacances, sur un bateau de croisière ? sans un mot, j'ai tendu la photo à Sacha. Il l'a regardée attentivement.

"Sacha a vu femme. Sacha a vu Natacha."

Je l'ai attrapé par les épaules et je l'ai trop serré, car j'ai vu sa petite figure se contracter. Je l'ai lâché.

"Qu'est-ce que tu dis ? Comment ? Où ?

— Devant bateau. Rappelle-toi, mister. Mister donné argent à Sacha et Sacha retourné au bateau avec touristes…

— Oui, et alors ?"

Mon cœur battait à se rompre.

"Du calme, mister. Pas de souci."

Encore une de ses répliques de film, mais il a continue et son empressement transparaissait sous son calme de commande.

"Mercedes noire arrivée devant bateau, deux hommes sortis. Beaux habits, mais air dangereux. Un homme resté au volant, pas monté dans bateau blanc. Cinq minutes. Peut-être dix minutes. Hommes reviennent avec Natacha. D'abord homme, après Natacha, après homme. Vont à la voiture. Natacha sur siège arrière avec homme. Autre homme sur siège avant. Mercedes part. Natacha partie.

— Quel âge avaient ces hommes ?

— Vieux. Comme mister."

Il a écarté les bras. J'ai réfléchi un moment. Pour un garçon de son âge, tous les plus de vingt-cinq ans sont vieux. Je lui ai fait répéter son histoire, une ou deux fois, et dans l'ensemble inchangée. Il n'avait pas remarqué qu'il ait été question de contrainte. Nathalie ne souriait pas, mais elle ne pleurait pas non plus. Les deux hommes ne l'avaient touchée à aucun moment, à part, peut-être, quand ils l'avaient aidée à monter en voiture. Elle portait des lunettes noires et un petit sac sur l'épaule. Pas de veste, seulement la tenue que je lui avais vu porter en lui disant au revoir. Sacha m'a dit qu'il pourrait reconnaître les hommes, surtout l'un d'eux, parce qu'il avait une joue barrée par une cicatrice blanche.

Je réfléchissais. Cela n'avait aucun sens, tout simplement. Pourquoi Nathalie serait-elle partie avec deux étrangers arrivés en Mercedes devant la gare fluviale d'Uglitch ? Comment savaient-ils qu'elle était là ? Leur avait-elle téléphoné ? Avec son portable ? Impossible puisqu'il ne fonctionnait pas à Uglitch. Soudain, un détail m'a frappé :

“Y avait-il un garde devant la passerelle ?

— Sûr, mister. Bateaux blancs toujours gardés. Autrement, tout le monde aller à bord voler riches touristes.”

Le planton avait donc menti en disant, dans son rapport au capitaine, qu'il avait vu Nathalie sortir seule du bateau. Il avait pu être soudoyé, naturellement, comme tout le monde dans ce maudit pays corrompu.

Il était peut-être incorruptible quand ceux qui voulaient monter à bord étaient des charlatans et des pickpockets, comme Sacha et ses copains. Je n'étais pas tout à fait sûr, malgré tout, que Sacha respecte toujours sa promesse à feu son grand-père. On tenait à ce que les touristes reviennent et se sentent en sécurité, mais aussi bien ce planton que n'importe quel officier sous-payé de ce bateau étaient sûrement prêts à regarder ailleurs si on leur graissait la patte et si l'opération ne comportait pas de contrainte trop évidente. Mais si ce raisonnement était juste, cela impliquait que Nathalie avait accepté de descendre à terre, accepté de monter dans une voiture et était partie. Pourquoi n'était-elle pas revenue ? Peut-être était-elle revenue trop tard. Si oui, les guides et le capitaine avaient raison, j'aurais dû rester à bord. Cela non plus n'avait aucun sens. Si Nathalie avait vu qu'elle n'arriverait pas à l'heure prévue pour le départ, elle aurait téléphoné. Elle parlait le russe, elle aurait emprunté un téléphone qui fonctionnait ou trouvé une cabine à pièces. Je me suis dit soudain qu'elle avait pu être impliquée dans un accident de voiture. Cela n'avait pas de sens non plus, puisque le capitaine avait dit avoir contacté à la fois la police locale et l'hôpital. Si Nathalie avait été victime d'un accident de la circulation, il y aurait eu un rapport. La Russie était quand même assez civilisée pour cela. Oui ou non ? D'ailleurs, je trouvais étrange qu'elle soit partie sans me le dire. Cela ne lui ressemblait pas. J'avais beau tourner et retourner l'affaire dans ma tête, elle n'avait de sens que si Nathalie avait de son plein gré quitté le bateau, était d'accord pour partir en voiture et si, délibérément, elle n'était pas revenue. Cela m'a fait mal de l'admettre, cela m'a désorienté, attristé et mis en colère.

Sacha attendait patiemment, tandis que mes réflexions tourbillonnaient dans ma tête.

"Tu as relevé la plaque d'immatriculation, Sacha ?

— *Niet.*"

Il a vu ma déception, car il m'a dit :

"Auto de Moscou. Immatriculée Moscou. Sacha sûr cent pour cent. En Russie toujours facile voir d'où arrive voiture.

— Tu veux dire où elles sont enregistrées, n'est-ce pas ?

— C'est ça. Registre à Moscou. Plaque de Moscou. Sacha sûr cent pour cent.

— Demain, on part pour Moscou.

— Bonne idée, mister. Bonne idée. Mister Marcus pas de souci. Sacha aidera.

— Tu me grattes le dos… ai-je poursuivi, mais sans conviction.

— Sacha te gratte le dos, mais vaut mieux dormir maintenant. Marché ouvre très tôt. Hommes arrivent, il faut partir. Pas bon être ici quand méchants hommes arrivent.”

7

Je n'ai pas beaucoup dormi. Non seulement parce que c'était dur d'être couché sur les couvertures à même le sol cimenté, mais parce que des bruits étranges emplissaient ce sous-sol. Je voyais sans cesse Nathalie dans la pénombre qui régnait. Je pensais sans cesse à elle en tâchant d'analyser et de comprendre pourquoi elle avait disparu. J'essayais divers scénarios, bien que ce soit une torture : des images terriblement vivantes émergeaient, comme sur l'écran d'un ordinateur, beaucoup trop nettes et vives. Je la voyais meurtrie et ensanglantée. Elle pouvait avoir eu une crise cardiaque, malgré sa jeunesse. Cela arrivait. De jeunes sportifs, même entraînés au plus haut niveau tombaient morts, tout à coup. Mais je pensais aussi aux deux hommes de la Mercedes. Impossible de les intégrer dans un quelconque contexte, à moins que le fait que Nathalie soit descendue à terre en même temps qu'eux relève d'une simple coïncidence. Peut-être n'avaient-ils rien à faire ensemble. Cela ne semblait pas plausible, hélas, mais je m'efforçais constamment de trouver une explication logique. J'ai un esprit logique et j'ai toujours laissé aux journalistes de la télévision le soin de spéculer sur ce qui se passerait au cas où, etc., et de développer, à partir de là, toutes sortes de scénarios d'épouvante. A mon tour de les imiter, dans ce sous-sol obscur et laid, de plus en plus empuanti, à mesure que la nuit s'écoulait, par l'odeur de la peur et de la sueur. Je savais bien qu'il y avait aussi une autre possibilité : Nathalie m'avait abandonné, mais je reculais devant cette phrase-là. Je ne pouvais pas m'y résoudre, c'était trop insupportable. L'idée qu'elle avait été victime d'un accident ou d'une agression était moins insupportable. Je tentais de me consoler en me disant que tout cela n'était sûrement qu'un malentendu dont nous ririons ensemble dans quelques jours.

Le sol était dur, mes côtes me faisaient mal et le sous-sol du marché n'était pas silencieux ; on entendait, dans le noir, l'expression du désespoir et de la peur des enfants des rues, quand le sommeil les terrassait et anéantissait leurs défenses conscientes. Sacha, à côté de moi, gémissait souvent en dormant, il poussait de petits cris, comme une souris, et malgré la pénombre, je voyais son petit visage se contracter. A un moment donné, comme il était entièrement sorti de son sac de couchage, je l'ai doucement repoussé dedans et j'ai tiré la fermeture éclair un peu plus haut. Il avait froid, tout en transpirant, et il frissonnait un peu, vêtu d'un jogging pour dormir. Nous nous étions brossés les dents devant une bassine de rinçage, tout au fond du sous-sol, à deux pas d'un W.-C. malodorant. C'est avec pitié que je considérais Sacha et la vie si scandaleusement injuste qu'il devait mener. J'ai pensé que sans la disparition de Nathalie, jamais l'idée ne me serait venue de réfléchir à sa vie ou à celle des autres enfants, j'aurais poursuivi ma croisière en me disant qu'Uglitch, c'était ça, une ville sans intérêt, un point quelconque sur la carte du monde. Un endroit où l'on est passé, uniquement habité par des inconnus. Où l'on n'a rien vu d'intéressant, ni d'extraordinaire, ni de différent. Uglitch aurait été oubliée presque avant que le quai délabré n'ait disparu dans le sillage du bateau.

De temps à autre, je m'assoupissais, quand je n'étais pas réveillé par les gémissements, un ronflement ou un reniflement et, à un certain moment, des larmes causées par un mauvais rêve, mais à cinq heures, quand la montre-bracelet de Sacha a sonné, je dormais profondément. Je devais être à des lieues de là, car je n'ai pas su où j'étais et j'ai eu un instant de panique.

"Vite, mister, il faut partir."

Ce gamin était propre. Il s'est lavé ses cheveux ainsi que son corps maigre, dont on voyait les côtes, sous le jet d'eau glacé du tuyau qu'ils avaient fixé au robinet des bassines de rinçage où l'on avait peut-être, autrefois, nettoyé la viande et les fruits. N'ayant pas pris de bain matinal aussi froid depuis mon séjour dans l'armée, je n'ai pas pu réprimer un halètement, alors que Sacha n'avait pas bronché. Il s'est mis à rire, lorsque j'ai eu fini de me savonner avec son savon et son shampooing, il a levé le tuyau et m'a aspergé d'un jet glacé qui m'a révulsé, m'a fait sauter et danser comme si j'étais sur des charbons ardents, mais qui, en tout cas, m'a bien réveillé.

"Nom de Dieu, Sacha !

— Beau corps, mister. Mister Marcus en forme. C'est bon être en forme et avoir beau corps. Les femmes aiment ça.

— Donne-moi le tuyau…"

Il l'a jeté par terre, je l'ai ramassé et je l'ai aspergé. Il a dansé élégamment, comme un chiot joueur, et ri aux éclats en essayant d'éviter le jet. Une partie de plaisir tellement innocente et ordinaire. On s'arrose, on s'amuse. Dans un moment, on prendra le petit déjeuner. Quel sera notre programme, en cette journée de vacances ? J'ai retourné le jet contre moi. Il s'est séché et quand j'ai été bien rincé et que j'ai eu fermé l'eau, en grelottant de froid, il m'a tendu une deuxième petite serviette éponge, visiblement volée dans quelque hôtel bon marché. Il a remis les mêmes vêtements et empilé, dans un petit sac de sport, deux tee-shirts, un survêtement, un sac dont j'ignorais le contenu, une deuxième paire de jeans à laquelle il a ajouté sa baguette magique, quelques jeux de cartes et son haut-de-forme aplati. Il a mis ses affaires de toilette dans un sachet en plastique, l'a fermé en le nouant et fourré dans le sac, a tiré la fermeture éclair et a jeté un coup d'œil à la ronde. Il a crié quelque chose au jeune à la figure constellée de cicatrices, qui lui a répondu d'une voix endormie et maussade. Tout le sous-sol était en train de se réveiller et se dirigeait vers la salle d'eau. De nouveau, on eût dit que ces enfants respectaient tacitement certaines règles, se ménageaient les uns les autres et observaient une discipline raisonnable, afin d'éviter le chaos et l'anarchie. Cela m'a rappelé mon séjour dans l'armée, quand les douze soldats d'une chambrée devaient, en un rien de temps, faire leur toilette et leurs besoins. J'ignore comment fonctionnaient les filles qui vivaient dans ce sous-sol. Sacha a roulé son sac de couchage et l'a dressé contre les cartons, a jeté un dernier coup d'œil circulaire, comme une recrue qui attend l'inspection du sergent. Il jugeait apparemment que les autres ne toucheraient pas à ses affaires, et j'avais aussi l'impression qu'il pensait revenir ici quand la police, de nouveau, l'aurait rattrapé à Moscou.

"Let's go, mister. Moscou attend."

C'était une matinée froide et belle. Le soleil brillait dans un ciel tout bleu. Le marché s'animait déjà. Je sentais l'odeur de la viande crue que l'on déchargeait des camions et je voyais d'autres camions chargés de fruits et de légumes pénétrer par le portail. Dehors, les étals s'ouvraient et les denrées entraient et sortaient rapidement des halls. J'ai reconnu deux enfants du sous-sol, déjà occupés à en traîner et à en entasser. Ils ne m'ont pas honoré d'un regard, mais ils ont salué Sacha d'un signe de la main. Ils m'ont rappelé les enfants esclaves de Capoue, décrits par mon père dans un des romans policiers que j'avais lus. Sacha marchait vite, son sac à la main, en surveillant les alentours, mais tout semblait extraordinairement paisible. Une fraîcheur et une innocence toutes neuves imprégnaient la ville qui, au petit matin, paraissait plus animée et éveillée que je ne l'avais senti la veille. En suivant Sacha sur le chemin du marché à la gare, j'ai vu que la circulation était assez intense, avec des autobus et des trams bourrés de voyageurs silencieux. A la gare aussi, il y avait foule, des gens qui paraissaient être à la fois en partance vers d'autres lieux ou arriver à Uglitch. Ces derniers venaient peut-être de l'intérieur du pays pour commercer avec les bateaux qui faisaient escale ici.

J'ai repensé à Nathalie, mais repoussé cette idée. Je me suis rappelé la remarque de Sacha sur les *méchants hommes*, en me disant que je ne pouvais rien faire à Uglitch. Il fallait que je refoule mon désespoir jusqu'à mon arrivée à Moscou, où je contacterais l'ambassade du Danemark et peut-être Victor. Avec l'appui de l'ambassade, je pourrais m'adresser aux autorités sans crainte d'être de nouveau agressé. Par de *méchants hommes*, ai-je pensé, mais en ce moment, tout se déroulait sans drame. Sacha m'a montré un distributeur automatique de billets et j'ai encaissé sans problème une liasse de roubles avec ma carte Visa. Sur ce point, la modernité avait tout de même atteint Uglitch. A présent, j'avais assez de roubles, et ma carte fonctionnait. Sacha est allé à un guichet, il a fait la queue et acheté deux billets. Il m'a semblé qu'il me rendait presque autant de billets que je lui en avais donnés. Nous avons attendu le train en compagnie des autres voyageurs. La plupart des gens portaient des vêtements neufs, de coupe assez moderne et occidentale. Beaucoup de couleurs et de jeans étroits à côté des robes à fleurs des femmes un peu plus âgées et plus fortes. Les hommes étaient soit en complet veston, soit en pantalon moderne, chemise polo et blouson. Ils se rendaient dans la capitale. J'ai pensé qu'il en était déjà ainsi à l'époque de l'Union soviétique, où les vêtements n'étaient pas aussi modernes, mais où les gens avaient toujours tâché de se mettre sur leur trente-et-un quand ils sortaient de chez eux. Ils prenaient soin de leurs plus beaux habits, sachant bien qu'il était presque impossible de s'en procurer des neufs.

Sacha a acheté un gobelet de café soluble et un petit pain avec du fromage pour chacun de nous. Le pain était sec, mais il avait bon goût, sous le soleil matinal qui faisait monter la température. Tout aurait été tout à fait normal si la situation n'avait été exactement l'inverse. Sacha jetait constamment des coups d'œil autour de lui et quand, soudain, deux agents en uniforme ont fait leur apparition, il m'a tiré par la manche et nous sommes allés sous l'auvent du quai pour faire semblant d'étudier l'horaire des départs. Les agents ne nous ont même pas regardés et, quelques minutes plus tard, un train de passagers délabré est entré en gare en brinquebalant. Sacha nous a trouvé deux places à côté de la vitre, le sifflet a retenti et nous sommes partis dans un paysage verdoyant. La dernière vision que j'ai eue d'Uglitch a été celle d'un champ qui brillait comme si le soleil avait envoyé une sœur jumelle sur la Terre sous la forme de milliers de pissenlits dorés.

“Il y a combien de kilomètres, d'ici à Moscou ?

— Beaucoup. Plusieurs heures. Train local. Mais mister Marcus, c'est mieux pas trop parler. Mieux pas parler anglais avant être plus près Moscou.”

J'ai regardé autour de moi. Il y avait six autres voyageurs dans ce compartiment ouvert, deux couples âgés qui se partageaient une pastèque et quatre jeunes femmes, dans un coin, qui buvaient de la bière à même des boîtes d'un demi-litre, bien qu'il ne soit pas encore huit heures du matin. Nul ne nous prêtait attention, mais j'ai tenu ma langue et trouvé une sorte d'apaisement à regarder à travers la vitre le paysage et les gens qui descendaient et montaient, tandis que le convoi cheminait lentement vers Moscou, où j'étais sûr que tout se dénouerait ou en tout cas se clarifierait. Les événements et les horreurs de la veille semblaient lointains, tout à coup, comme s'ils avaient eu lieu à une autre époque, sur une autre planète. Après avoir présenté nos billets au contrôleur, une grosse femme en uniforme noir, qui sentait la vieille vodka et le tabac, mais qui a composté nos billets sans prêter attention ni aux billets ni à nous, Sacha s'est endormi. Il avait mis une paire de lunettes noires qui paraissaient énormes sur sa figure. Tout respirait la normalité. Notre fuite d'Uglitch semblait devoir réussir.

Au bout d'un moment, j'ai essayé moi aussi de fermer les yeux, mais la grosse femme assise à côté de moi sentait si fort le parfum bon marché qu'elle me donnait presque la nausée. Elle est descendue à la troisième station, et je me suis endormi, la tête sur la peinture écaillée du bord de la vitre. Il faisait très chaud dans la voiture, mais c'est mieux allé quand un homme a réussi à ouvrir une vitre, après s'être donné beaucoup de mal. Les sièges étaient durs et inconfortables, cela sentait la poussière de charbon et une puanteur acide s'échappait des toilettes du corridor.

Quand je me suis réveillé, il m'a semblé que nous n'avions pas bougé. C'était le même paysage : des prairies vertes et grasses, des vaches de temps à autre, ou des bouleaux, à perte de vue, ponctués par des villages constitués de petites maisons de bois. On eût dit qu'il n'y restait que des vieilles femmes. Sous le soleil de mai, en chandails, la tête couverte d'un foulard, comme par une froide journée d'automne, elles bêchaient leur jardin, donnaient du grain à des poules ou nourrissaient un unique cochon. A distance, cela semblait idyllique et d'une beauté estivale. Comme un film des années quarante, avec des meules de foin qui s'effondraient doucement après la neige de l'hiver, mais cette vision idyllique dissimulait une grande pauvreté et beaucoup de misère. Je comprenais pourquoi Sacha voulait fuir la tristesse et le manque d'avenir de la province russe. Alors que Moscou était proche, nous aurions pu nous trouver sur une autre planète.

Je l'ai regardé. Il dormait la bouche fermée, ses yeux vifs cachés derrière ses grosses lunettes de soleil ; son visage était paisible et je me suis demandé comment il allait tourner. Pendant un instant, son avenir et ses problèmes m'ont paru plus difficiles et plus durs que les miens. J'ai eu peur que ce ne soit qu'une question de temps avant qu'il cherche, comme les autres, à se consoler dans la vodka, qu'il sniffe de la colle ou prenne des drogues dures. J'ai eu peur que ce ne soit qu'une question de temps avant que le besoin de stimulants ne vienne éroder son moral, et que son talent de prestidigitateur ne fasse de lui un pickpocket professionnel en lui procurant de l'argent et des filles, jusqu'à ce que la police le reprenne et l'expédie dans une de ces célèbres prisons ou camps russes pour les jeunes, où l'on compléterait son éducation de truand. Quelle saloperie, la vie ! Qu'allais-je faire de lui ? J'espérais qu'il disparaîtrait dans la foule de Moscou mais l'idée de le laisser tomber comme un bagage me remplissait de honte. Or avais-je d'autres possibilités, bon Dieu ? Comme s'il s'était agi d'un contrat d'affaires ! Où avais-je la tête ? Sacha était un petit être humain, qui m'avait secouru, mais que pouvais-je faire, sans connaître un seul mot de russe, dans une capitale étrangère où je craignais la police autant que les criminels patentés ?

Sacha a ôté ses lunettes noires, s'est étiré et a regardé par la vitre :

"Vais fumer, mister. Reviens tout de suite."

Il s'est levé.

"On peut parler maintenant ?

— Bientôt Moscou, mister. A Moscou, anglais pas de problème. A Moscou, anglais smart. Très smart. Vais fumer. Reviens tout de suite."

J'ai regardé autour de moi. J'avais faim et soif. Les voyageurs étaient assez nombreux, mais apparemment, chacun s'occupait de ses affaires. Deux femmes d'âge moyen avaient juste jeté un coup d'œil sur Sacha et moi en nous entendant parler anglais, avant de reprendre immédiatement, à voix haute, leur bavardage dont je ne comprenais pas une miette. A part elles, un groupe de jeunes, dans un coin, buvaient cette bière dont ils ne pouvaient visiblement pas se passer. Ils avaient dans les quinze à seize ans : les filles, très maquillées, portaient des pantalons moulants et des mini-hauts ; deux d'entre elles écoutaient un walkman et j'entendais le son de la basse à travers le bavardage incessant des femmes d'âge moyen. Le train s'est arrêté dans une nouvelle gare et j'ai vu Sacha sur le quai, la cigarette au bec. Que faisait-il là ? Il a acheté deux bouteilles d'eau minérale, deux sandwiches et deux pommes à une femme en tablier blanc, qui présentait ses marchandises sur une petite charrette.

Nous avons mangé et bu de concert et en silence jusqu'à ce que Sacha sorte de nouveau pour fumer, ce que l'on faisait, apparemment, dans le soufflet qui reliait deux voitures. Dehors, les banlieues commençaient à apparaître : de longues files uniformes d'immeubles en béton gris-blanc. Quand on voyait la poussière soulevée par le vent entre les maisons, on s'étonnait qu'il y ait autant de vêtements à sécher sur les balcons. Un téléphone portable a sonné et une des jeunes filles a retourné son chewing-gum dans sa bouche, enlevé un écouteur pour répondre et s'est mise à parler, rapidement et à voix haute. J'ai sorti mon propre portable de la poche de ma veste. En effet, il fonctionnait, le signal était excellent. J'ai formé le numéro de mon père, en France, et tout de suite obtenu la communication. La sonnerie a retenti deux fois et Yvette a dit "allo". sans me soucier de son mélange d'anglais et de français, j'ai demandé à parler à mon père. Elle a continué et j'ai compris que mon père était en train d'écrire et que quand le maître écrivait, il ne voulait pas être dérangé. Je me suis mis en colère, j'ai répété que je voulais parler à mon père séance tenante, et un moment plus tard, il était au téléphone.

"Que veux-tu donc, Marcus ?

— Vous avez des nouvelles de Nathalie ?"

Il y a eu une pause, et je l'ai entendu respirer profondément par deux fois, allumer une cigarette, et maîtriser sa célèbre mauvaise humeur. La communication était excellente.

"Non, nous n'en avons pas. Elle n'est pas avec toi ? Vous n'êtes pas en Russie ?

— Nathalie a disparu, papa. Je ne sais pas où elle est, bon Dieu."

Il a été assez cool, est resté silencieux pendant un moment qui m'a paru une éternité, mais qui ne l'était sûrement pas. Sacha est entré et s'est assis devant moi. C'était comme s'il voulait dire quelque chose, mais j'ai secoué la tête pour l'en empêcher. Il a remis ses lunettes de soleil et j'ai tourné la tête vers la vitre. Les files interminables des immeubles en béton continuaient à se succéder, comme des monstres énormes tombés d'une autre planète, une forêt urbaine pétrifiée, à perte de vue. Le train longeait à présent une artère principale où roulait, en direction de Moscou, un flot serré de voitures, dont beaucoup étaient neuves et modernes.

"Marcus. Calme-toi un peu, hein ? Et dis-moi où tu es et ce que cela signifie, qu'elle ait disparu. Es-tu en Russie ? Sur le bateau ?

— Non, mais oui, je suis en Russie. Je suis dans un train local. Mon portable fonctionne maintenant.

— Détends-toi, Marcus. Recommence. Je ne comprends pas ce que tu dis. Où es-tu exactement et qu'est-ce que cela signifie, que Nathalie ait disparu ?"

A mon tour de respirer profondément et d'essayer de retrouver ma respiration, c'est-à-dire de contrôler mes pensées pour tâcher de présenter l'affaire à mon père comme s'il s'agissait d'un rapport pour mes collègues, au retour d'un voyage d'affaires, lorsque je relatais le déroulement des négociations en faisant un bilan destiné à planifier notre stratégie future. J'ai réussi à lui raconter les dernières vingt-quatre heures à peu près calmement et dans l'ordre. Il m'a posé une ou deux questions simples pour avoir des éclaircissements, sans pousser d'exclamations sentimentales. Je lui ai raconté comment j'étais retourné au bateau, parlé de mes décisions ainsi que de l'agression et du vol dont j'avais été victime dans cet hôtel miteux. Là, j'ai entendu qu'il respirait plus vite et plus profondément, et la communication était si bonne que je l'ai nettement entendu allumer une autre cigarette et aspirer fortement la fumée. J'ai terminé mon récit en lui disant que nous approchions de

Moscou et que dès mon arrivée, je contacterais l'ambassade du Danemark. Ensuite, je me suis tu. Je n'ai entendu que le faible murmure, à travers l'espace, du satellite chargé de relier la Russie et la France, et il m'a dit :

"C'est assez sage, Marcus. Va expliquer l'affaire à l'ambassade du Danemark. Je vais contacter l'hôtel Radisson à Moscou. Tu y descendras cette nuit, tu t'occuperas de ton billet et tu rentreras chez toi...

— Mais c'est impossible. Je ne peux pas rentrer sans Nathalie.

— Marcus, écoute-moi. Tu es en Russie. Tu ne peux rien faire en Russie. Tu ne parles pas la langue. Tu es impuissant.

— L'ambassade me viendra en aide.

— Que vont-ils faire ?

— M'aider, nom de Dieu. Contacter les autorités, la faire rechercher. C'est d'une citoyenne danoise qu'il s'agit.

— Ils n'ont pas besoin que tu sois à Moscou pour le faire. Tu es dans un pays où les choses fonctionnent autrement. Tu ne peux rien faire en Russie. Tu auras beaucoup plus de ressources au Danemark."

Le téléphone contre mon oreille, j'écoutais le murmure spatial. Sacha m'observait, mais je ne voyais pas ses yeux derrière les lunettes de soleil.

"Je ne comprends pas où elle peut être. Ça ne lui ressemble pas, ai-je dit, résigné.

— Comprends-moi bien, Marcus. As-tu pensé qu'elle aurait pu agir de son plein gré ?

— Comment ça ?"

Quand il a poursuivi, c'était pour compatir, tandis que je sentais monter ma colère et ma frustration !

"Marcus, réfléchis un peu, n'est-ce pas ? Je ne te dis pas que c'est ça. Mais tu es absent – combien ? – cent à cent cinquante jours par an ? Tu ne téléphones jamais chez toi. Quand tu es à la maison, tu travailles dix à douze heures par jour. Es-tu souvent avec ta femme ? Tu lui accordes trois semaines de vacances d'été et quelques week-ends de ta vie. Elle est ta femme, mais c'est ton job qui est ta maîtresse, et à ton job que tu donnes le plus clair de ton attention.

— Tu n'es pas sympa de me dire ça.

— Tu es obligé d'y penser."

Je savais qu'il avait raison, mais j'ai poursuivi :

"Ce n'est pas réaliste du tout. Jamais elle ne se comporterait ainsi. Je connais Nathalie. Elle ne me ferait jamais ça."

Je l'ai entendu soupirer et il a encore essayé :

"Je ne dis pas que ce soit ça. Je suis aussi inquiet que toi, mais dans tes considérations, tu dois tenir compte du fait qu'elle t'a quitté. Peut-être seulement pour peu de temps.

— Pourquoi de cette façon ? Elle n'est pas comme ça.

— Les femmes ne sont pas toujours ce qu'on croit, et il se peut qu'en réalité, tu ne connaisses pas ta femme. Elle a peut-être été prise dans une combine, en Russie.

— Je n'ai pas envie d'écouter ta psychologie au rabais.

— Tu fais comme tu veux, mais je t'ai toujours dit ce que je pensais, et je n'ai pas l'intention de changer maintenant. Je pars du principe que tu m'appelles pour me demander un conseil. Alors je te conseille de contacter l'ambassade du Danemark, de trouver un hôtel, de faire changer ton billet et de rentrer chez toi."

J'étais vraiment furieux contre lui.

"Je ne peux pas.

— Si tu es chez toi, Nathalie pourra aussi te contacter. En Russie, elle ne le pourra pas.

— Elle a le numéro de mon portable.

— Tu ne m'as pas dit que son portable était resté dans la cabine ?

— Il y a quand même d'autres téléphones dans ce pays de merde.

— Descends donc au Radisson et rentre chez toi, Marcus. C'est le mieux.

— Je ne peux pas.

— Qu'est-ce que tu ne peux pas faire ?

— Descendre dans un hôtel. Sacha n'a pas de papiers.

— Qui est Sacha, nom de Dieu ?

— Un jeune garçon qui m'est venu en aide. Un gosse des rues d'Uglitch, qui veut venir à Moscou, mais il n'a pas de, comment est-ce qu'il appelle ça, bon Dieu… ?

— *Propiska*.

— Oui, de *propiska*. Il n'a pas le droit de vivre à Moscou. Il est chassé par la police.

— Ça ne peut pas être ton problème, Marcus. Tu n'as pas assez de problèmes ? Donne-lui de l'argent et dis-lui au revoir à la gare. Il se débrouillera bien. Il l'a déjà fait, apparemment.

— Je ne peux pas.

— Bien sûr que si.

— Non papa. Je ne peux pas."

Il y a eu une seconde pause pendant laquelle les murmures de l'espace cybernétique se sont mêlés aux brinquebalements répétés et énervants du train quand il passait sur les joints irréguliers de la voie. En entendant son nom, Sacha m'a regardé et a ôté ses lunettes de soleil. Il m'a regardé froidement et je n'ai pas vu l'étincelle qui jouait souvent dans ses yeux.

"Tu es obligé de le faire. Si tu aides un gamin qui s'est sauvé de chez lui, ils peuvent te descendre sous n'importe quel prétexte. Quel âge a-t-il ?

— Douze, treize ans.

— Marcus, nom de Dieu. Ou bien tu le lâches, ou bien tu le remets aux services sociaux.

— Je ne peux pas. Et je ne crois pas qu'il existe des services sociaux, dans ce pays de merde.

— Bien sûr que si, il y en a.

— Je ne peux pas faire ça, lui ai-je répondu. Je te rappellerai plus tard. Il faut que je réfléchisse."

J'ai interrompu la communication avant qu'il dise un mot de plus long et déconnecté mon portable. J'étais certain qu'il allait me rappeler tout de suite.

"Drôle de langue, mister.

— Tais-toi un peu, Sacha.

— Quelle langue ?

— Le danois, Sacha. Je suis danois. Je te l'ai dit.

— Non. Tu as pas dit, mister Marcus. Sacha croyait mister anglais.

— Danois, Sacha et maintenant, tais-toi un peu.

— Danois ! C'est drôle. Mister, mon premier Danois."

J'ai mis le doigt sur mes lèvres, il m'a souri et l'étincelle est reparue dans ses yeux. J'avais du mal à lui résister, quand il ressemblait à un petit garçon déluré, et j'ai pensé que Nathalie et moi aurions peut-être dû avoir des enfants, malgré tout. L'idée m'a traversé fugitivement, et je me suis calé sur la banquette pour réfléchir à ma conversation avec mon père.

Je n'aurais pas dû lui parler de Sacha, cela compliquait mon histoire. Je n'avais pas non plus mentionné Victor. Pourquoi avais-je gardé ce renseignement pour moi, puisque j'avais pensé au Russe de Nice pendant ma conversation avec mon père ? J'avais sûrement omis de lui donner cette information parce que je savais qu'il essayerait de me convaincre de ne pas le contacter. Parce qu'il m'aurait répété que je devais contacter l'ambassade, lâcher Sacha, trouver un hôtel et rentrer chez moi. Mon père était aussi comme ça. Quand il était arrivé à une conclusion pratique après avoir analysé une situation, il considérait qu'on perdait son temps à tourner et à retourner les choses encore une fois. Puisque ce qu'il fallait faire était évident. J'avais hérité de ce gène paternel, mais en ce moment précis, je ne lui obéissais pas. Ce que mon père m'avait dit à propos de Nathalie me faisait mal, parce que je savais qu'il avait raison. Peut-être ne connaissais-je pas ma femme. Je devais admettre en moi-même que je n'avais aucune idée, au fond, de ce qu'elle faisait quand j'étais en voyage d'affaires. Elle avait une vie à laquelle je ne participais pas. Avec le job que j'avais, il ne pouvait qu'en être ainsi. Nous n'avions jamais beaucoup parlé de ce problème en particulier. Il allait de soi que nous avions confiance l'un dans l'autre, et que nous étions des adultes indépendants. Notre existence matérielle était largement assurée grâce mon job bien rémunéré, lequel était aussi un facteur essentiel qui donnait un sens à ma vie. Nous profitions d'autant plus l'un de l'autre quand j'étais à la maison. J'ai passé un mauvais moment, dans ce tortillard, parce que je me suis entendu discourir, quelque part, tout à fait récemment, sur la différence entre le temps qualitatif et la superficialité du temps quantitatif. J'avais utilisé ces mots-là en parlant à Nikolaj, mon meilleur ami. Je le connaissais depuis la classe de cinquième et nous jouions au golf ensemble. Sa femme, Camilla, et Nathalie avaient peu d'atomes crochus, mais nous réussissions à nous rencontrer plusieurs fois par an, dans notre maison de vacances ou dans notre appartement, à la satisfaction générale. Nous avions, en fait, dîné vraiment agréablement ensemble à mon retour de Nice. Et Nathalie avait vite appris que c'est une partie capitale de l'identité danoise que de savoir passer des moments agréables.

Nous avions été si heureux. Le bonheur que nous avions connu ensemble ne pouvait pas être un leurre, nul n'aurait pu le feindre. C'était absolument impossible, me suis-je dit pour me consoler, bien que cela implique alors que ma bien-aimée ait été victime d'un crime ou d'un accident. Nathalie, mon âme et mon amour, Nathalie, ma femme et ma compagne, Nathalie, le centre de mon existence. Tu me manques.

Nathalie, ma femme inconnue. Où es-tu ?

8

“Mister a l’air triste. Ça s’arrangera. Sacha trouvera solution.”

J’ai relevé la tête. Sacha s’était avancé sur la banquette et me souriait.

“Je peux voir portable ? Je peux voir portable danois ?

— Il vient de Finlande.”

Il l’a pris et il a tourné et retourné cet ancien modèle de Nokia, dont j’étais d’autant plus content que j’en aurais été privé en ce moment s’il avait été plus récent. Ma société m’avait proposé d’en acheter un neuf, mais celui-ci marchait très bien et je n’avais pas besoin d’autres fonctions que celles qu’il offrait. Sacha l’avait dans la main, et tout à coup, il avait disparu.

“Sacha, nom de Dieu”, me suis-je exclamé, sans pouvoir m’empêcher de rire.

Par magie, il l’a fait réapparaître et me l’a tendu, content de m’avoir fait rire.

“C’est bien, au Danemark ?”

Son regard pouvait passer de la roublardise à l’arrogance pour finir dans l’enfantillage, comme à présent, où sa voix faisait penser à celle d’un enfant qui réclame encore un bonbon.

“Oui, c’est bien, au Danemark.

— Il y a cirque au Danemark ?

— Oui, il y a des cirques au Danemark.
— Bons cirques ?
— Je crois. Je ne vais pas beaucoup au cirque.
— Peut-être tu invites Sacha un jour ? Au cirque au Danemark."

J'ai souri :

"C'est une bonne idée, Sacha, mais je crois que je resterai parmi les spectateurs et que j'applaudirai avec tous les autres l'extraordinaire Sacha et ses numéros exceptionnels."

Il a fait un grand sourire, heureux du compliment, mais il m'a dit :

"Marcus a besoin sa femme. Natacha manque à Marcus.
— Merci de m'avoir appelé Marcus.
— De rien, mister Marcus.
— Oui, elle me manque. Je me demande où elle est.
— Pas de souci. Sacha arrangera.
— Tu es très fort, Sacha. Qu'est-ce que tu feras, qu'est-ce qu'on peut faire à Moscou ?
— On verra. Sacha a des amis, trouve les amis. Montrera ambassade à mister.
— Tu peux venir à l'hôtel avec moi ?
— Difficile. Pas de papiers, mais peut-être, si…" Il a frotté son pouce et son index tout en regardant par la vitre. J'ai fouillé dans mon sac, trouvé une de mes cartes de visite et je la lui ai donnée. C'était ma carte professionnelle, avec mes numéros de téléphone et mon adresse e-mail, ainsi que l'adresse de ma société en danois au recto et en anglais au verso. Sacha a souri, a tourné et retourné la carte, fait son numéro de passe-passe et la carte a disparu. J'avais pourtant essayé de suivre attentivement ses petites mains souples aux longs doigts de pianiste, mais en vain. Que lui dire d'autre ?

J'ignorais ce que je devais ou voulais faire quand nous arriverions au terminus, j'ai donc détourné la tête pour contempler le paysage urbain qui défilait avec lenteur maintenant, tandis que le train, dans un bruit de ferraille, approchait de son but au cœur de Moscou.

Le train a ralenti, il est entré à l'ombre des marquises qui s'arrondissaient au-dessus des quais. Les haut-parleurs ont retenti lorsque nous avons pris nos sacs. Le message a été répété ; j'ai remarqué, en regardant par la vitre, que plusieurs agents de police patrouillaient deux par deux de l'autre côté, sur un quai où venait d'arriver un long train de voyageurs tiré par deux locomotives. Des flots de passagers en sortaient. Ceux de notre train se sont mis à parler fort, d'une voix stridente, et Sacha a levé la tête et m'a parlé très vite en russe.

"Je ne comprends pas ce que tu dis, Sacha.

— Mauvaises nouvelles. Bombe dans métro. Beaucoup morts.

— Quoi ?

— Bombe dans métro. Bandits tchétchènes et terroristes. Beaucoup panique. Beaucoup police. Beaucoup contrôle à la gare. Ici, partout. Mauvaises nouvelles."

Nous sommes descendus sur le quai dont l'asphalte grossier était aussi couvert de mégots qu'après un congrès de fumeurs. Il faisait frais sous les hautes marquises et j'ai senti la fumée du charbon des samovars du train de grande ligne arrêté de l'autre côté. Les voyageurs de ce train-là avaient beaucoup de bagages, et des porteurs équipés de grands chariots se disputaient les clients tandis que nous suivions lentement le courant en direction de la sortie. Je portais mon sac d'un côté et je sentais, dans ma main libre, la petite main solide de Sacha. Il avait raison, on pouvait facilement nous prendre pour un père et son fils arrivant dans la capitale pour jouer aux touristes, faire des emplettes, ou rendre visite à des parents. Il régnait une ambiance étrange, faite d'angoisse et de colère comprimées et, à une certaine distance, dans la foule qui nous précédait, les gens se sont mis à brailler et à se bousculer. Trois jeunes aux cheveux en brosse, vêtus de blousons de cuir et de jeans, rudoyaient deux hommes basanés. J'ai cru que l'incident allait tourner à la bagarre, mais quand les blousons de cuir ont apercu deux agents, ils ont continué leur chemin. Les agents ont parlé rudement aux deux basanés qui se sont mis à fouiller dans leurs poches, certainement pour chercher des papiers. Je suis passé devant eux en tirant Sacha par la main. Une femme âgée, devant nous, a craché dans la direction des deux hommes. J'ai regardé Sacha :

"Du Caucase, mister. Tchétchènes. Tchétchènes terroristes.

— Pas tous, Sacha.

— Pas bon parler anglais. Viens, mister."

Il me tirait par la main. La foule était dense quand nous avons atteint le bâtiment de la gare, à l'extrémité du quai couvert. Tout s'est lentement arrêté, comme un bouchon sur une autoroute. Nous sommes restés sans bouger, poussés par ceux qui nous suivaient. La main de Sacha s'est mise à transpirer. Deux pas en avant – et un nouvel arrêt. La foule qui nous suivait a poussé plus fort, ça sentait le tabac, l'ail et la sueur. Encore deux pas en avant. J'ai regardé par-dessus les têtes et vu que la police avait installé un barrage de façon à nous obliger à former trois queues pour quitter la gare. La plupart des gens passaient en montrant simplement leur billet, mais de temps à autre, un agent faisait sortir un homme pour qu'il montre immédiatement ses papiers. Quelques-uns étaient emmenés, ils suivaient un agent, résignés, comme s'ils savaient que protester ne servirait à rien. Le principe était clair : les hommes et la seule femme que l'on avait retenus étaient tous basanés et semblaient venir du Caucase ou de républiques plus lointaines de l'Asie centrale. Il y avait des agents ordinaires en uniforme bleu, en chemise d'été à manches courtes et d'autres agents, en uniforme noir plus sinistre, la mitraillette en travers sur la poitrine.

"Qu'est-ce qui se passe, mister ?

— Contrôle de police."

J'ai senti que sa main me serrait davantage. Ceux qui, derrière nous, ne pouvaient voir ce qui se passait, poussaient de plus en plus fort et nous écrasaient, et j'ai entendu des exclamations de colère. Il y avait de l'agressivité et de l'impatience dans l'air et les mots russes incompréhensibles que j'entendais ressemblaient à des ordres militaires. J'ai senti que Sacha me lâchait la main et quand je l'ai cherché des yeux, il avait disparu. Impossible de voir ce petit dans la foule qui se bousculait. Il était là, et l'instant d'après, il avait disparu, aussi rapide et insaisissable que ses tours de passe-passe. Je l'ai cherché des yeux, en me levant sur la pointe des pieds, sans rien distinguer dans cette foule compacte. Sacha n'était qu'un enfant, mais c'était moi qui me sentais comme un enfant perdu par un adulte dans un grand magasin, entièrement abandonné dans un monde étranger et menaçant, où je ne comprenais pas un mot de ce qui se disait.

Ils m'ont arrêté au contrôle. L'agent, petit et carré, à forte mâchoire inférieure, transpirait et sentait le tabac. Je m'étais préparé et je lui ai tendu mon billet ; il n'y a jeté qu'un coup d'œil et quand il a détourné les yeux pour passer au suivant, je me suis trouvé, pour ainsi dire, poussé en avant. Je sortais du couloir créé par les barrières provisoires quand un des agents en noir m'a barré la route pour s'adresser à moi en russe. Je l'ai regardé. Il était jeune et ressemblait davantage à un soldat des services spéciaux qu'à un agent ordinaire, par sa carrure et son comportement. Il a continué de parler et l'un de ses collègues s'est approché. Ce dernier, qui paraissait, lui aussi, être un sportif bien entraîné, avait des yeux bleu glacé et il m'a également parlé en russe. J'ai écarté les bras et compris le mot suivant, qui semblait, en tout cas, vouloir dire "passeport". J'ai posé mon sac pour tendre la main vers ma poche intérieure quand j'ai remarqué la façon dont ils plissaient les paupières. Ils avaient peur et étaient agressifs à la fois, et de mon côté, j'étais plutôt inquiet et un peu effrayé. sans me presser, j'ai sorti mon passeport danois rassurant de couleur bordeaux et le lui ai tendu. Il l'a pris et l'a donné à un homme en civil resté derrière lui, qui a lentement tourné les pages, jusqu'à la dernière, est revenu à la page où mon visa avait été laminé, s'est approché de moi et s'est mis à me parler en russe. C'était un homme mince, assez jeune, bien qu'il soit difficile d'en juger, mais je crois que nous étions à peu près du même âge. Il avait, en fait, une figure amène et semblait sourire facilement. Son complet moderne était bien coupé et sa cravate négligemment nouée autour de son col relevé. Quand il m'a montré du doigt le visa délivré sur le *Rossiya*, j'ai expliqué en anglais que je ne comprenais pas le russe. Ce visa portait en lettres latines le nom du *Rossiya* et les dates de notre départ et de notre arrivée. Il a fait, en russe, un long discours auquel je n'ai rien compris. J'ai fait un mouvement d'impuissance. D'un signe de la main, il m'a dit de le suivre, j'ai donc pris mon sac pour lui emboîter gauchement le pas, en sentant, sur mes talons, la présence de l'un des agents en noir. Nous sommes sortis de la gare sous un soleil aveuglant. J'ai répété en anglais que j'étais un touriste danois et que je voulais me rendre à l'ambassade du Danemark, mais il ne s'est pas retourné. J'ai trébuché une ou deux fois et senti la sueur me couler dans le dos. Nous sommes arrivés devant une Audi neuve portant, sur le côté, une inscription que j'ai supposée être le mot "police". Un agent en uniforme, adossé à la voiture, fumait une cigarette qu'il a jetée et écrasée en apercevant notre petite troupe. L'homme en civil a pris mon sac, l'a posé dans la malle arrière et m'a fait signe d'appuyer les mains contre la voiture. Il m'a rapidement fouillé au corps et j'ai trouvé très désagréable de sentir ses doigts expérimentés monter et descendre le long de mon corps et entre mes jambes. Il a pris mon téléphone portable et mon portefeuille, et les autres m'ont fait asseoir sur le siège arrière et ont claqué la porte. Un grillage aux mailles serrées séparait la banquette arrière des sièges avant, où l'homme en civil a pris place, mon passeport toujours à la main. Il a attrapé un téléphone portable et s'est mis à parler rapidement en russe, en répétant apparemment ce qu'il lisait sur mon passeport ; il savait donc lire les lettres latines, à moins qu'il ne lise que le visa en cyrillique. La voiture a démarré, de même que la climatisation, dont la fraîcheur ne m'a pas empêché de transpirer. Je regardais impatiemment les passants, j'aurais voulu les appeler, dans mon impuissance, j'enviais leur liberté et leurs occupations tout à fait ordinaires. Ils portaient des sacs, mangeaient des cornets de glaces ou parlaient dans leur portable, en marchant seuls ou accompagnés. Une merveilleuse vie normale. J'avais une peur bleue et mon expérience de la police russe me donnait toutes les raisons du monde de craindre le pire.

Mais il n'y a pas eu de violence. Ils ont été polis, en fait, au commissariat de police, même si je ne comprenais pas un traître mot de ce qu'ils me disaient. Personne, apparemment, ne parlait l'anglais, en Russie, sauf Sacha et le Prince Noir corrompu d'Uglitch. Ils m'ont fait asseoir sur un banc en bois, et l'agent en civil m'a quitté en emportant mon sac, mon passeport et mon téléphone portable. Le bureau, très vieillot, délabré et gris, puait la vieille nicotine. Derrière les machines à écrire et les téléphones d'un autre âge, les agents fumaient sous le panneau d'interdiction de fumer. Une file ininterrompue de gens arrêtés, dont beaucoup étaient basanés et un ou deux mal en point, arrivait devant un comptoir. Etant assoiffé, j'ai capté le regard d'un des agents corpulents qui enregistraient les gens que l'on amenait de la rue. On eût dit qu'ils étaient en train d'arraisonner la moitié des Moscovites. J'ai fait le geste de lever un verre imaginaire et de boire, sans en attendre aucun résultat, mais, étrangement, l'agent m'a souri et cinq minutes plus tard, une jeune femme à forte poitrine, en jean très collant et chaussures à hauts talons, m'a apporté un demi-litre d'eau minérale. J'ai bu d'une seule traite la moitié de cette eau froide rafraîchissante. Espérant que la chance allait continuer à me sourire, je me suis demandé si je devais réviser mes idées sur la police russe et j'ai fait, à l'adresse de l'agent corpulent, le signe international qui montre qu'on veut téléphoner, mais en dépit de son sourire, il a secoué négativement la tête. Je me suis calé sur le banc en essayant d'être patient, tout en économisant mon eau. Une heure plus tard, une femme assez jeune est entrée, a regardé autour d'elle, m'a aperçu et a souri. Elle est venue à moi et m'a serré la main :

"Marcus Hoffmann, je suppose ? Birgitte Jørgensen. Je suis le planton de l'ambassade.

— Bien content de vous voir. Ils ont donc téléphoné à l'ambassade ?

— Ce commissariat est très professionnel. Nous avons une bonne collaboration avec le lieutenant Grischin, qui vous a embarqué à la gare. Rasseyez-vous. Je vais vous faire sortir d'ici, mais vous allez certainement devoir payer une amende.

— Pourquoi ?"

Elle a souri. Elle avait le visage un peu long et le nez pas très droit, mais un joli sourire :

"Infraction aux règles sur les visas. Vous et votre femme devriez être à bord d'un bateau fluvial…

— Ma femme a disparu, et j'ai été agressé à Uglitch.

— Vous avez fait une déclaration ?

— C'est par la police que j'ai été agressé. A qui dois-je le déclarer ?"

Elle a jeté en l'air les clés de voiture qu'elle avait à la main et les a rattrapées d'un geste sûr.

"Ah, ah.

— C'est tout ce que vous avez à dire ?"

Elle a détourné la tête :

"Pour l'heure, il s'agit de vous faire sortir d'ici, on s'occupera du reste plus tard. Je ne suis que planton, je ne suis pas diplomate. Et les Russes sont un peu nerveux, en ce moment.

— Une bombe, si j'ai bien compris.

— Dans le métro, oui. Ce matin même. On pense que c'est une des veuves noires tchétchènes qui s'est fait exploser en provoquant peut-être cinq morts et en blessant beaucoup plus de gens. Les Russes sont un peu tendus, cela se comprend.

— Ma femme a disparu. Vous ne comprenez pas ce que je vous dis ?

— Si, si. Mais asseyez-vous donc un instant. Vous avez de l'argent ? Vous vous en tirerez certainement avec un millier de roubles. Il est rare de trouver un flic relativement honnête comme Grischin.

— Oui, j'ai de l'argent."

Elle m'a fait un signe de tête et elle est allée au comptoir. L'agent en civil du nom de Grischin a paru, apportant mon sac, mon portable et mon passeport, qu'il a posés sur le comptoir. Ils se sont mis à parler. Birgitte Jørgensen avait l'air de parler le russe couramment et avec compétence, et je me suis souvenu tout à coup que les plantons de l'ambassade danoise de Moscou étaient des officiers parlant la langue du pays. Cette femme était un soldat, lieutenant peut-être, nommée pour effectuer un an de service à l'ambassade. Il était évident qu'ils se connaissaient et Grischin flirtait ouvertement avec elle, bien qu'elle ait une demi-tête de plus que lui et soit assez fortement charpentée. Elle m'a fait signe de m'avancer et avec elle comme interprète, j'ai expliqué en détail, pourquoi j'étais à Moscou. Grischin semblait être au courant. J'ai compris qu'il avait contacté le *Rossiya* ; le capitaine avait confirmé que Nathalie et moi avions été passagers à son bord, et que "sans autorisation, Nathalie n'était pas revenue à l'heure prévue pour le départ d'Uglitch". Il avait ajouté que malgré les demandes répétées pour que je reste à bord, j'avais décidé de quitter le bateau. J'ai vu que Jørgensen me prévenait du regard, ce qui ne m'a pas empêché de raconter dans les grandes lignes l'agression dont j'avais été victime à l'hôtel. En entendant la traduction, Grischin a tourné la tête et il a fait un très long discours en russe.

"Que dit-il ?

— Que vous n'êtes enregistré dans aucun hôtel à Uglitch et que ses collègues n'ont reçu aucune déclaration.

— Je vous l'ai bien dit : à qui déclare-t-on une agression de la police ?"

Elle a soupiré, tout en s'efforçant de sourire de façon à maintenir une ambiance cordiale :

"Monsieur Hoffmann. Peu importe. Cela ne mène à rien dans ce pays. Si vous payez mille roubles d'amende sur-le-champ, Grischin vous remettra entre les mains de l'ambassade.

— Et ?

— Nous promettons soit de vous faire sortir du pays en avion, soit de vous installer dans un hôtel où votre visa sera enregistré légalement. Votre visa est encore valable pendant environ trois semaines, mais il doit être enregistré. C'est le règlement.

— Je croyais que la Russie était un pays libre.

— La Russie est avant tout la Russie. Voulez-vous payer ?

— Bien sûr, mais, et ma femme ?"

Ils se livrèrent de nouveau à de longues palabres. Cela m'irritait au plus haut point de les voir, en apparence, prendre la situation si peu au sérieux, comme cela m'irritait de ne pas comprendre ce qu'ils disaient. Ils parlaient de moi, comme si j'étais absent, et comme si j'avais déclaré une quelconque bagatelle. Ils souriaient et Grischin l'a même fait rire une fois. Enfin, le planton m'a dit :

"Grischin dit que ses collègues d'Uglitch ont enregistré votre déclaration selon laquelle votre femme n'est pas revenue. Le *Rossiya* a appuyé cette déclaration mais aucun hôpital ni aucune station militaire n'a reçu de message à propos de votre femme, pas plus à Uglitch qu'à Moscou. Je suis désolée, mais c'est ainsi.

— Je crois qu'il a encore dit autre chose, votre copain."

Elle a soupiré une fois de plus.

"Il semble d'avis que votre femme a quitté le bateau de son plein gré et qu'elle avait peut-être décidé d'avoir une petite aventure en Russie. Selon lui, il n'est pas question de crime ou d'accident. Votre femme est d'origine russe, n'est-ce pas ?

— Qu'est-ce que ça peut faire ? Nathalie ne me quitterait jamais.

— Je suis désolée, Marcus Hoffmann, mais c'est ainsi, et je crois qu'il vaut mieux que nous sortions d'ici. Alors, est-ce que je peux dire que vous payez ?"

J'étais furieux et malheureux, mais je ne savais que faire. Je trouvais infernal ce vide linguistique, cette impossibilité de me faire comprendre et de comprendre ce qu'on me disait. J'ai payé, on m'a donné mes affaires et Birgitte Jørgensen m'a emmené dans une Golf à plaques rouges jusqu'à l'ambassade du Danemark, située dans une rue latérale, derrière le grand ministère des Affaires étrangères que j'avais vu au cours de voyages précédents : un des grands gratte-ciel de Staline sis non loin du fleuve, à un croisement en T très passant. La circulation était dense sous le soleil resplendissant et des commerces de toute sorte donnaient maintenant un peu plus de gaieté aux façades rafraîchies, auparavant si grises et tristes. Après avoir connu Moscou pendant plusieurs années, je découvrais une ville toute différente, mais l'ambassade du Danemark de couleur ocre et son panneau royal n'avaient pas changé.

Une fois de plus, j'ai raconté mon histoire. Cette fois à Per Simonsen, qui s'était présenté comme étant attaché d'ambassade et consul. Cet homme mince et voûté portait un léger complet gris, le nœud windsor d'une cravate serrait étroitement le col de sa chemise blanche. N'ayant guère plus de quarante ans, il avait tiré parti de sa calvitie précoce en faisant couper ras ce qui lui restait de cheveux pour avoir une coiffure jeune et à la mode. Son bureau, clair et moderne, donnait sur un jardin et derrière la pelouse, une série de petits bureaux étaient adossés au mur du fond. Simonsen avait un tic : il se frottait le nez, d'un geste rapide d'écureuil, mais il m'a écouté consciencieusement en prenant quelques notes. Nous avons bu du café et de l'eau. Il me vouvoyait, ce que j'ai trouvé un peu extraordinaire*. Peut-être l'est-ce moins dans les milieux diplomatiques. Il était compréhensif, sans offrir de solution réelle à mes deux problèmes, ce qui m'a attristé et mis en colère. J'avais mal à la tête, mal au genou comme d'habitude, mal aux côtes et quelque part dans le nez, peut-être à cause de mes maux de tête. Je lui avais tout dit. Il est resté muet un moment, a bu une goutte de café, s'est caressé le nez et m'a sorti l'analyse à laquelle je m'attendais :

"Monsieur Hoffmann. Je suis navré, naturellement, en ce qui concerne votre épouse. Je suis en mesure de contacter les autorités concernées et je n'y manquerai pas. L'ambassade fera en sorte que votre épouse soit recherchée en bonne et due forme, et nous vous assurons que les renseignements que vous avez reçus jusqu'ici des autorités compétentes seront vérifiés. Mais permettez-moi d'être franc. Nous ne pouvons pas faire grand-chose d'autre tant qu'il n'existe pas d'indice prouvant que votre épouse a été victime d'un crime. Alors..."

Il a fait un geste d'impuissance et s'est de nouveau caressé le nez.

"Vous croyez donc aussi qu'elle s'est simplement enfuie ?

— Je ne dis pas cela. Je précise juste quelles sont nos possibilités dans ce pays-ci. Nous ne pouvons travailler que par l'intermédiaire des autorités concernées."

Nous sommes restés un moment silencieux à boire notre café. Soudain, sans raison, j'ai pensé à Sacha, il me manquait beaucoup. Je ne l'avais absolument pas mentionné. Son petit visage futé m'est apparu, je revoyais ses mains, agiles et élégantes, et je me suis demandé

* Au Danemark, en principe, tout le monde se tutoie.

avec inquiétude ce qu'il faisait dans l'immensité de Moscou. Je me suis redressé pour poser une question :

"Et cette agression ? Le vol de mon ordinateur, de mon argent ? Je vous parle, en fait, d'une attaque à main armée. Et il est question d'une somme considérable."

De nouveau, ce geste d'écureuil, ou peut-être mieux, de souris, sur le nez :

"Nous pourrions suivre cette affaire, si vous insistez…

— Mais cela ne mènera à rien ?

— Pour être tout à fait franc, non. Malheureusement. Très franchement, non. Cela ne mènera à rien. C'est une impasse.

— Je dois l'accepter ?

— C'est probable, à mon avis, quand on sait comment les choses se passent dans ce pays."

J'ai réfléchi en silence. Je me sentais très las. J'ai pensé au bonheur que ce serait si Nathalie et moi étions ensemble dans notre maison de vacances de Møn, et que tout cela ne soit qu'un cauchemar idiot. Dehors, un homme s'est mis à tondre le gazon avec un outil à moteur qu'il poussait en fumant une cigarette. J'avais surtout envie de rappeler mon père. Il m'a tant manqué, tout à coup, que j'ai pensé qu'avec Sacha, il était le seul être en qui j'avais une confiance totale, mais c'était une idée si immature que je me suis ressaisi pour demander :

"D'après l'ambassade, que dois-je faire ?"

J'ai vu qu'il respirait, soulagé. Cet homme-là ne s'énerverait pas, on pouvait lui parler raison de façon à lui permettre de retourner à des affaires d'Etat importantes, sans l'obliger à perdre son temps avec un homme que sa femme avait quitté parce qu'elle s'ennuyait.

Per Simonsen s'est penché vers moi.

“Je vous conseille de descendre à l’hôtel Radisson de Moscou. Si vous en avez les moyens, naturellement. L’ambassade ne peut malheureusement pas…

— Le prix ne pose pas de problème.

— Très bien. Le Radisson enregistrera votre visa et s’occupera de votre changement de billet. Il vaut sans doute mieux que vous rentriez chez vous. Si votre épouse décide de vous contacter – ou plutôt quand elle le fera, très certainement – elle saura que vous êtes chez vous. L’ambassade fera le nécessaire, bien entendu, comme je l’ai déjà indiqué brièvement, mais en ce qui vous concerne, Monsieur Hoffmann, il est tout à fait préférable que vous rentriez chez vous. Si vous avez l’amabilité de laisser dans l’antichambre votre adresse, votre numéro de téléphone, sans oublier votre adresse e-mail, nous vous tiendrons au courant. Vous devriez pouvoir sortir de Russie demain, au plus tard après-demain.

— En laissant Nathalie ici ? Et je vais rentrer au Danemark sans autre forme de procès, en sachant qu’elle a disparu ?

— Que pouvez-vous faire ici ?

— N’est-ce pas. Que puis-je faire ici ?

— Le brigadier Jørgensen va vous conduire au Radisson, bien entendu. Il ne manquerait plus que ça. Je vous répète que je suis navré.”

Il s’est levé, m’a tendu la main par-dessus son bureau, je l’ai prise et Birgitte Jørgensen m’a fait faire, dans sa petite Golf pratique, le court trajet qui sépare l’ambassade du SAS Radisson, situé au bord du fleuve, avec vue sur une grande passerelle piétonnière et sur le colosse du ministère russe des Affaires étrangères. Elle est restée avec moi pendant que je m’inscrivais, mais il n’y a pas eu de problème. Ils ont pris mon passeport, vérifié mon visa et m’ont dit qu’ils me rendraient le passeport une heure plus tard, ils ont fait une photocopie de ma carte de crédit, m'ont donné une clé, et j'ai traîné mon sac au quatrième étage, où je me suis trouvé dans une chambre d'hôtel moderne qui aurait pu se situer à New York, Milan ou Paris, ou à n'importe quel endroit du monde où des hommes d'affaires ont besoin de vivre et dormir. Mais nous étions à Moscou, et je me sentais au fond du trou le plus noir de la planète.

Je voulais en ressortir.

J'ai commencé par prendre un apéritif dans le minibar et compris ce que mon père voulait dire quand il prétendait qu'un whisky peut modifier notre vision de l'existence. Je me suis douché longuement, en jouissant de la civilisation concrétisée par cette quantité inimaginable d'eau chaude. Tout ce qu'on considère comme acquis ! Tout ce qui nous entoure au quotidien : les repas, qui sont là quand on a faim. L'eau, quand on en a besoin. La sécurité et des relations humaines empreintes de politesse et de réserve. La confiance et la prévisibilité. Une chambre propre, fermée par une serrure et une chaîne de sécurité, et l'impression qu'ici, personne ne pouvait vous faire de mal. L'accès au téléphone et au courriel, à la télévision et à la radio, et une réception au service des clients solvables.

J'ai ouvert mon portable en m'avisant soudain que Nathalie ne pouvait pas m'appeler quand il était déconnecté. Il a fait bip et j'ai senti l'angoisse de l'attente me serrer la poitrine, mais c'était un SMS de mon père. "Appelle quand tu te sentiras la tête claire. Je t'embrasse, ton père." Mon portable dans la main, j'allais former son numéro, mais j'ai reposé l'appareil, sorti la carte de visite de Victor Terekhov de mon portefeuille et formé le premier numéro sur le téléphone de la chambre. La sonnerie a retenti et une voix aigre a répondu “allo”. J’ai commencé à expliquer qui j’étais en anglais, mais l’homme a coupé. J’ai rappelé, recommencé à parler en anglais et la réaction a été la même. J’ai alors formé le deuxième numéro et une autre voix masculine a répondu “allo” dans le même russe peu amène, mais quand je me suis présenté en demandant Victor Terekhov, il y a eu une pause, puis cet homme à la voix cultivée s’est mis à me parler en russe.

“Je ne comprends pas le russe et ne le parle pas.”

Après une nouvelle pause, il m’a dit en anglais, avec un fort accent :

“D’où ce numéro ? Quel nom, encore une fois ?

— Victor Terekhov m’a donné ce numéro à Nice, en France. Je m’appelle Marcus Hoffmann.”

Encore une pause. Je l’entendais parler russe. Il s’adressait apparemment à une femme présente dans la pièce, j’entendais sa voix, sans comprendre ce qu’elle disait, bien entendu, mais c’est elle qui a pris le téléphone et m’a dit dans un anglais courant :

“Etes-vous la personne qui a secouru Victor à Nice ?

— Oui.

— Où êtes-vous ?

— A Moscou.

— OK Victor n’est pas à Moscou, mais il arrive demain. Je voudrais vous remercier. Les instructions de Victor Terekhov sont très claires. Quoi que vous demandiez, nous devons vous le donner. Que pouvons-nous faire pour vous ? tes-vous dans un bon hôtel ?

— Oui. Je suis au Radisson.

— Parfait. Pouvons-nous faire quelque chose pour vous ce soir ?

— Non. Pas vraiment, mais je vous remercie.

— Ne me remerciez pas. Nous vous contacterons demain matin. Est-ce satisfaisant ?

— Oui. J'aimerais parler avec Victor Terekhov. J'ai des problèmes, et j'ai pensé…

— Si nous le pouvons, nous résoudrons vos problèmes. Et il n'y a rien que nous puissions faire en ce moment ?"

Un instant, j'ai pensé à Sacha, mais que pouvaient-ils faire pour lui, dans une ville de onze millions d'habitants plus un million d'autres qui, en permanence, y séjournaient illégalement ?

"Non. Demain, ce sera très bien."

Cette femme à la voix douce et aimable m'a remercié une fois de plus quand je lui ai donné le numéro de ma chambre. J'ai reposé le combiné et pour la première fois depuis la disparition de Nathalie, je ne me suis plus senti aussi seul au monde, et uniquement protégé par un garçon de douze ans dont j'ignorais où il se trouvait. J'ai contemplé les eaux brunes de la Moscova, la passerelle pour piétons éclairée et tous ses passants ordinaires, le gratte-ciel de l'époque de Staline, et j'ai souhaité très fort retrouver Sacha pour lui payer le dîner le plus copieux du monde en lui disant que maintenant, tout allait sûrement s'arranger.

9

On est venu me chercher le lendemain matin à dix heures. Ils étaient deux, un homme et une femme. L'homme était l'un des jeunes gardes du corps musclés, absents pendant l'agression de Nice, qui étaient venus chercher Victor Terekhov plus tard à l'hôtel. Il portait un costume clair. Je distinguais l'étui de son pistolet sous son bras, malgré la discrétion de la bosse et la bonne coupe du costume. La femme, qui s'est présentée comme étant Olga Ivanova, avait la trentaine. Petite d'une façon tout à fait française, elle portait un chemisier de prix, une jupe dans les tons bleus et un sac Gucci. Elle semblait être une de ces femmes d'affaires modernes et efficaces que je rencontrais souvent dans la classe affaires des avions. Elle avait les yeux gris, les hautes pommettes des Slaves et une petite bouche rouge ; elle m'a souri quand j'ai serré sa main sèche, et j'ai reconnu la voix bien modulée et l'anglais presque sans accent de la conversation téléphonique. Malgré une assez mauvaise nuit, j'avais appelé mon père, et il approuvait mes projets. Jusqu'à nouvel ordre, selon ses propres termes, et en me répétant qu'il valait mieux que je rentre au Danemark. J'avais l'air d'un chat échaudé et mon nez était un peu enflé.

Nous avons échangé des banalités sur le temps qu'il faisait. Installés dans les grands fauteuils du salon de l'hôtel, des gens buvaient leur café. Le garde du corps s'était placé de manière à pouvoir surveiller l'entrée de l'hôtel, mais pour l'heure, tout semblait parfaitement tranquille. La réception se trouvait sur la gauche, mais l'immeuble était divisé en deux, d'un côté l'hôtel et de l'autre une galerie commerciale, ainsi qu'un petit restaurant japonais. La télévision de la réception, qui fonctionnait sans le son, était branchée sur une station russe où l'on donnait des nouvelles de l'attaque terroriste. J'avais vu sur CNN, au cours de la nuit, les terribles images des blessures sanglantes causées par l'attentat à la bombe dans le métro, et le trou fumant laissé par la femme qui s'était suicidée devant la bouche du métro.

Mademoiselle Ivanova était au regret : Victor Terekhov ne serait pas à Moscou le jour même comme promis. Il était obligé de rester vingt-quatre heures de plus en Sibérie, où il s'était rendu en avion, après un voyage d'affaires au Japon. Monsieur Terekhov avait pas mal d'intérêts dans le pétrole, m'a-t-elle informé, de sa voix à la fois douce et détachée, avant de me demander aimablement de l'accompagner au bureau.

Il y avait un clone du garde du corps dans la BMW gris argent arrêtée devant l'hôtel. Le premier a pris place à côté de lui et je me suis installé sur le siège arrière avec Olga, dont je humais le parfum coûteux. Nous avons roulé pendant une petite demi-heure dans la circulation dense et chaotique, en passant par de petites rues, avant d'arriver devant un grand immeuble de construction récente qui trônait au milieu d'un petit parc. Des voitures neuves étaient garées à distance convenable de deux petites Lada, symboles abandonnés d'une époque lointaine. Les arbres feuillus du petit parc étaient très verts et il y avait de la poussière et du pollen dans l'air ; on eût presque dit qu'il neigeait un peu. Un homme en complet avec des lunettes de soleil et un appareil auditif discret attendait à l'entrée du bâtiment. Sur une enseigne impeccable en noir et blanc s'inscrivaient les mots Terekhov Enterprises. Nous sommes entrés dans un grand hall pavé de marbre, aux murs revêtus d'un autre genre de pierre lustrée. Cela sentait le neuf et l'argent, mais aussi, assez étrangement, l'eau de Javel, ce qui m'a rappelé la piscine d'Østerbro, où je m'entraîne ces dernières années. Un employé assis derrière le comptoir m'a fait un signe de tête. L'ascenseur, rapide et silencieux, nous a amenés au sixième étage où se trouvaient deux jeunes femmes, dans un second hall de réception. Olga a traversé le tapis moelleux et raffiné de la pièce pour me conduire dans un bureau dont les fenêtres panoramiques offraient une vue étendue sur les maisons jaunes et les toits gris-noir de Moscou.

Elle s'est assise à une petite table où étaient servis le café et une eau minérale française. Elle a pris un bloc et un stylo-bille, comme une secrétaire prête à écrire sous la dictée et à aider le directeur à diriger les nombreuses tâches de la journée. Elle m'a dit que Monsieur Terekhov me priait d'exposer mes problèmes, de sorte que l'on puisse m'aider avant son retour, et qu'il serait honoré si Monsieur Hoffmann acceptait de dîner avec lui lorsque les exigences de son agenda lui permettraient de rentrer à Moscou. Il reviendrait aussi vite qu'il lui était humainement possible de le faire. Monsieur Terekhov m'invitait également à quitter l'hôtel pour venir m'installer dans cet immeuble où l'on me préparait un appartement d'amis. J'ai répondu que ce n'était pas nécessaire, mais elle a souri en me disant que c'était la moindre des choses. Le bureau se chargeait de toutes les formalités avec les autorités. Monsieur Terekhov considérait comme un très petit geste le fait que je sois confortablement installé et en sécurité. Quand on pensait à l'époque troublée dans laquelle nous étions, hélas, obligés de vivre. J'ai remercié. Cela valait peut-être mieux. Elle a eu l'air satisfaite. En réalité, j'envisageais de rentrer au Danemark, comme mon père persistait à me le conseiller depuis la France, mais pour la première fois, quelqu'un, Sacha mis à part, offrait au moins de m'aider.

Une fois de plus, j'ai donc raconté ma triste histoire, désormais un peu usée, qui me paraissait lointaine et irréelle, bien que je me sois réveillé, ce matin même, après deux cauchemars bizarres et confus, tandis que l'absence de Nathalie creusait comme un trou dans mon âme. Olga Ivanova écoutait et prenait des notes. J'avais l'impression qu'il s'agissait d'une réunion d'affaires, au moment où les parties s'engagent dans un entretien qui devrait aboutir à une collaboration fructueuse et à un contrat juteux, mais tout était plutôt étrange et excessif. Il était difficile de faire le lien entre ce bureau moderne, d'où l'on percevait, dans d'autres bureaux, le cliquetis discret d'ordinateurs performants et le faible écho de conversations téléphoniques transatlantiques, et Uglitch, avec mon expérience de ce commissaire de police corrompu, ma nuit avec Sacha et les autres enfants esclaves sans logis. Il était difficile d'imaginer qu'un pays qui célébrait l'égalité quelques années plus tôt, avait engendré des mondes où les différences et les inégalités étaient aussi gigantesques. J'ai raconté toute mon histoire à Olga, en y incluant, cette fois-ci, le petit Sacha et le rôle qu'il avait joué. Elle m'a écouté attentivement, m'a posé des questions de fond en prenant des notes d'une petite écriture féminine fort bien assortie à ses mains menues aux ongles rouges soigneusement manucurés. J'ai décrit Nathalie en donnant à Olga une photo de mon épouse disparue. Elle m'a servi du café, m'a montré deux journaux anglais, sur une petite table, et s'est levée en s'excusant poliment. Elle est revenue au bout d'un quart d'heure environ, s'est rassise et a croisé ses jambes minces avant de me dire :

"Nous avons mis en œuvre diverses approches. Nous disposons de ressources tout à fait notoires, mais la Russie est un pays très vaste. Nous allons, naturellement, faire de notre mieux pour savoir ce qui est arrivé à votre épouse en espérant la localiser."

Elle a regardé ses notes :

"Au sujet du milicien – connu sous le nom de Prince Noir d'Uglitch, Monsieur Terekhov voudrait savoir ce que vous souhaitez que nous en fassions.

— Comment ça ?

— Il vous a maltraité et vous a volé. Œil pour œil, dent pour dent, c'est la Bible qui le dit, n'est-ce pas ?"

Quand j'ai compris sa pensée, je l'ai regardée, stupéfait :

"Je ne peux pas permettre cela. Cela ne mène à rien de répondre à la violence par la violence.

— Il doit être puni.

— Je ne peux pas permettre cela", ai-je répété. Si elle me l'avait proposé immédiatement après l'agression, j'étais tellement enragé par mon humiliation que j'aurais certainement demandé qu'on lui administre une bonne correction avec des battes de base-ball, mais dans ce bureau froid, fonctionnel, où régnait la civilisation, cette justice sommaire me déplaisait au plus haut point. La Russie était une jeune démocratie mais les méthodes de sa nouvelle économie rugissante différaient quelque peu, apparemment, de celles dont j'avais l'habitude dans mes contacts quotidiens avec mes clients et mes relations d'affaires.

“Comme vous voulez”, a-t-elle répliqué fraîchement.

Je me suis penché en avant, les coudes sur les genoux et j’ai ajouté :

“J’aimerais retrouver mon ordinateur. Il appartient à ma société. Il contient des renseignements confidentiels. Mon argent aussi, naturellement, mais l’ordinateur a une certaine importance.

— Très bien. Ce ne devrait pas être un problème. Et puis il y a Sacha, le petit garçon qui vous a aidé.

— Je me demandais si quelqu’un – les services sociaux peut-être ? – pourrait l’aider à être scolarisé, lui trouver un toit ici, à Moscou. C’est un excellent prestidigitateur. Peut-être existe-t-il une école pour lui ici, à Moscou ? Où il pourrait à la fois s’exercer et être scolarisé.

— Il en existe plusieurs, mais les services publics, comme vous dites, ne seront pas d’un grand secours. Monsieur Terekhov a aussi des intérêts dans quelques-uns des cabarets et des spectacles de la capitale ; j’ai pensé que si Sacha était aussi bon que vous le dites, il pourrait avoir un job et prendre des cours privés en même temps. Ou suivre des cours avec d’autres enfants d’artistes du cirque. C’est courant, ici. La *propiska*, le permis de séjour, n’est pas un problème. Nous avons de bons contacts à l’hôtel de ville. Si Sacha le veut, bien entendu. Sinon, j’ai bien peur qu’il ne se remette à fuguer.

— C’est évident, mais je crois qu’il acceptera. C’est un garçon fort et intelligent. Il me fait de la peine. Si personne ne s’occupe de lui, il finira mal. Dans la criminalité et la drogue.

— Vous êtes un brave homme, Monsieur Hoffmann.

— Pas vraiment. Ce gamin me fait de la peine, c’est tout.”

Je me suis redressé et j’ai contemplé la ville à travers la grande fenêtre panoramique, en pensant que Nathalie était là-bas, j'en étais sûr, et Sacha aussi, quelque part. Comme si elle lisait en moi, Olga m'a dit :

"Nous découvrirons bien ce qui est arrivé à votre femme, Monsieur Hoffmann. Mais il pourrait s'avérer très difficile de trouver Sacha. Ils sont plus de cinquante mille enfants des rues à vivre d'expédients, à Moscou. Ils travaillent dans les marchés, donnent des coups de main aux bandes organisées et passent la nuit dans les gares, le métro et les parcs. Ils vont et viennent comme les averses au printemps et ils se tiennent les coudes. Si la police ne met pas la main sur lui, il pourrait être difficile de le dénicher.

— Peut-être que Sacha m'appellera. Je lui ai donné ma carte.

— Espérons-le. S'il le fait, dites-lui qu'il peut venir ici en toute sécurité. Nous l'aiderons. Monsieur Terekhov a dit très clairement qu'il avait une dette énorme envers vous.

— Plus maintenant.

— Si. C'est certain. Je vais vous montrer votre appartement. Nous nous chargeons de payer votre hôtel, de faire boucler votre valise et de l'amener ici. Ce n'est pas un problème."

Le logement, situé juste au-dessous de l'appartement de grand standing du patron, à ce que j'ai compris, était vaste, moderne et très confortable, ou disons, sans risquer d'exagérer, qu'il était luxueux, comme le reste de l'immeuble. Je disposais d'une grande chambre à coucher avec un lit à deux places, d'un séjour spacieux pourvu d'un mobilier moderne de style scandinave, de deux autres belles pièces et de deux salles de bains. Dans la cuisine, tout était neuf et de tendance actuelle et le frigidaire regorgeait de caviar, de saumon et de toute sorte d'autres mets délicats, mais l'appétit me manquait. J'avais une vue étendue sur les toits et les clochetons de Moscou. La nuit, incapable de dormir, j'ai contemplé en buvant une bière cet océan de lumières, avec ses grands écrans publicitaires qui dansaient, ses néons et ses rayons laser colorés, et je me serais cru à Tokyo, avec ses immeubles aux lumières agressives. J'avais fait une seule promenade dans Moscou, mais je m'y sentais mal à l'aise, m'étant surpris à fixer avec insistance toutes les femmes qui offraient la moindre ressemblance avec Nathalie. Le portier, à mon retour, m'avait salué comme un portier d'hôtel l'aurait fait pour accueillir un client apprécié et aisé. J'ai eu un sommeil agité et fait de nombreux rêves étranges.

L'immeuble abritait, au sous-sol, un immense complexe de piscines, aménagé sur le modèle de ses homologues en Floride. Il comprenait une piscine d'eau salée, une piscine d'eau douce et plusieurs bassins d'eaux thermales, sans compter un sauna ordinaire et un bain de vapeur russe. C'était assez renversant, avec des palmiers, des transats, des coins intimes meublés de tables et de chaises, un bar et un espace télé équipé d'un grand écran plat et de fauteuils douillets.

Quand j'y suis entré le lendemain, il n'y avait pas un chat, mais un homme jeune et musclé, en pantalon et tee-shirt blancs est apparu sur-le-champ et m'a tendu une serviette, un short de bain et un peignoir épais et moelleux. Pourquoi pas ? me suis-je dit. Au Danemark, comme je ne pouvais plus courir autant qu'avant à cause de mon genou écrasé, je remplaçais la course par la natation et le vélo. Cela m'a vraiment fait du bien de nager, de respirer l'odeur de l'eau de Javel et le vide se faisait en moi à mesure que j'additionnais les longueurs de piscine. Mes soucis s'éloignaient et disparaissaient, de sorte que je me trouvais dans un néant intellectuel où seuls les mouvements mécaniques des bras et des jambes prouvaient que j'étais en vie. J'ai achevé la séance en crawlant jusqu'à l'enrouement ; je haletais et mes bras et jambes étaient de plomb. Je me suis sorti de l'eau et le jeune homme en blanc m'a tendu la serviette et le peignoir de bain en me disant quelque chose en russe. J'ai secoué la tête et repris haleine, ainsi que le contrôle de mon pouls. Il m'a indiqué un banc et j'ai compris ce qu'il proposait. J'ai fait signe que oui. Il a commencé rudement, mais ses doigts expérimentés et solides ont fait des merveilles, détendu mes muscles, éliminé les restes de douleur en me faisant sombrer dans une obscurité où les pensées n'existaient plus. La dernière chose que j'ai sentie, c'était la douceur de ses mains, puis l'on eût dit que la lumière de mon esprit se voilait. Comme sur un écran de télévision d'autrefois, l'image a disparu et la dernière chose que j'ai perçue a été un petit point lumineux qui a brillé un instant avant de s'éteindre.

Ainsi se sont écoulés quelques jours. Olga passait ou téléphonait deux fois par jour, en disant qu'elle regrettait que les affaires de Victor T., comme elle l'appelait, l'obligent encore à rester éloigné de Moscou. Il n'y avait pas de renseignements nouveaux, mais on travaillait sur nos affaires. On m'a rendu mon passeport orné d'un nouveau visa valable pour des voyages aller et retour en Russie pendant une année entière. Apparemment, on pouvait tout se procurer dans ce pays, à condition d'avoir de l'argent et de l'influence. Je me suis promené dans Moscou ; la ville était accablante, la circulation chaotique et l'animation méridionale. Les filles, vêtues de shorts moulants et de minihauts, auraient pu flâner avec la même nonchalance à Copenhague ou à Paris. L'âme de Moscou restait peut-être encore brutale et sans merci mais, superficiellement, elle avait totalement changé. Je ne la reconnaissais pas : je me souvenais d'un dinosaure gris, sans espoir, en train de sombrer dans la malpropreté, l'ivrognerie et la misère, en même temps que le régime communiste, et voilà qu'un beau phénix avait surgi des cendres de ce communisme, avec des cafés branchés, des restaurants, des supermarchés, de grands magasins et des hôtels. Et puis tout à coup, une vieille femme emmitouflée dans des châles et vêtue d'un manteau élimé vous tendait une main suppliante devant une église artistement restaurée. La nuit, quand les voitures neuves étincelantes s'arrêtaient aux carrefours, on entendait le battement des basses derrière les vitres fumées ; le chauffeur et les passagers levaient les yeux pour regarder les grands écrans où tonitruaient des publicités modernes en jetant des reflets surréalistes sur les immeubles de couleur ocre. Les gens faisaient leurs courses dans des supermarchés ouverts vingt-quatre heures sur vingt-quatre et les meilleurs grands magasins offraient un choix plus vaste qu'à Copenhague des produits de marques les plus chers. J'observais ce qui m'entourait tout en cherchant Nathalie et Sacha.

En bon citoyen, j'ai contacté l'ambassade du Danemark. J'ai dû appeler plusieurs fois avant qu'on me passe Per Simonsen. Je lui ai dit brièvement ce qui s'était passé et où je me trouvais en ce moment. Le numéro de téléphone de l'appartement était inscrit sur le téléphone et l'adresse figurait en lettres latines sur une carte laminée. Il y a eu un instant de silence.

“Avez-vous le temps de venir à l'ambassade, Monsieur Hoffmann ? m'a demandé Simonsen.

— Pourquoi ? Avez-vous des renseignements sur Nathalie ?

— Hélas non, mais il vaut mieux que nous parlions sans témoins.”

Les Moscovites n'avaient toujours pas confiance dans les téléphones. "Comme je n'ai rien à faire, je peux venir. Quand ?

— Que dites-vous de quatorze heures ? Je peux envoyer Jørgensen vous chercher.

— Non, je trouverai mon chemin tout seul."

D'après le plan de Moscou que j'avais acheté dans une librairie, j'ai déduit qu'aller à l'ambassade à pied ne me prendrait pas plus d'une petite demi-heure et, à quatorze heures, je me trouvais devant Per Simonsen, qui portait le même costume que la dernière fois et continuait à se frotter le nez comme un écureuil. Il m'a serré la main, m'a dit de m'asseoir et m'a expliqué que l'ambassade avait contacté toutes les autorités compétentes, qui avaient promis de faire rechercher ma femme, tout en indiquant que puisqu'il ne s'agissait pas d'un crime, apparemment, elles ne pouvaient rien tenter d'autre. La Russie était un pays libre et en tant que femme libre, Nathalie avait le droit de circuler sans son époux. L'ambassade avait fait remarquer que Nathalie enfreignait la réglementation des visas et que les autorités avaient par conséquent tous les droits pour la rechercher et la contacter. Ce serait fait, mais Natacha s'était volatilisée. Aucun hôtel ne l'avait inscrite, aucun service d'urgence, aucun aéroport national ni aucune gare centrale ne l'avaient enregistrée. J'ai regardé le jardin de l'ambassade en me sentant vide et misérable. J'étais arrivé par un soleil radieux pendant que de gros nuages noirs s'amoncelaient à l'horizon et maintenant, il pleuvait des cordes et un éclair aveuglant zébrait le ciel presque noir, suivi de gros coups de tonnerre prolongés.

Per Simonsen souriait :

"Ce temps est typique de Moscou en été. La chaleur s'accumule et tout explose en un violent orage qui nettoie l'atmosphère pour quelques heures, jusqu'à ce que la chaleur revienne."

J'ai hoché la tête. Je me moquais du temps qu'il faisait à Moscou en été, mais avec ces éclairs, cette pluie et les grondements du tonnerre, il était difficile d'avoir une conversation normale. Les grosses gouttes de cette pluie tropicale formaient un voile gris qui cachait le jardin et les petits bureaux d'en face.

Simonsen s'est penché vers moi :

"Comme vous le voyez, nous faisons ce que nous pouvons. Ce n'est naturellement pas moi qui décide, puisqu'il paraît que votre visa est en ordre, à présent, mais ne devriez-vous pas rentrer au Danemark ? Si votre femme veut vous contacter, eh bien…

— Si Nathalie ne me contacte pas, c'est qu'elle ne le peut pas !"

J'étais furieux.

Il s'est recalé dans son fauteuil et a contemplé la pluie, comme si la cascade grise qui se déversait par-dessus ses fenêtres avait caché une solution.

"Très bien. Mais nous ne pouvons rien faire de plus.

— Et l'agression, et le vol dont j'ai été victime ?

— On nie qu'ils ont eu lieu.

— Vous me dites donc que je suis un menteur.

— Non. Pas du tout. J'ai dit que l'on nie que ces incidents ont eu lieu.

— Et qui est-ce *on* ?" Il ne s'agissait plus que d'un incident, d'une bagatelle.

"Les autorités compétentes. Nous essayons, mais nous ne pouvons guère aller plus loin.

— Alors, tant mieux si d'autres personnes le peuvent et le veulent."

Il s'est de nouveau penché un peu en avant en tripotant un trombone :

"Oui. Puis-je savoir comment vous êtes entré en contact avec Victor Terekhov ?

— Certainement. Je lui ai rendu un service en le tirant d'un mauvais pas à Nice. Il m'a dit que si j'avais besoin d'aide, je n'avais qu'à lui téléphoner. Comme j'avais besoin d'aide, je lui ai téléphoné.

— Ha ha. Savez-vous qui est Victor Terekhov ?

— Un homme raisonnablement riche."

A ma grande surprise, il a ri, d'un rire gai et clair qui, en fait, était très communicatif et rafraîchissant, je n'ai donc pas pu m'empêcher de sourire, mais il m'a dit :

"C'est sûrement le gag de la journée ! Terekhov fait partie des cent hommes les plus riches de Russie !

— Si riche que cela ?

— Si riche que cela. Voulez-vous que je vous raconte son histoire ?

— Je n'ai rien d'autre à faire que d'attendre et d'écouter des histoires."

Mais le récit de Simonsen m'a intéressé. La lecture des journaux m'avait appris certaines choses, mais là, il ne s'agissait plus de froides nouvelles imprimées ou de flashes à la télé, cette fois-ci, je me trouvais personnellement concerné.

Victor Terekhov était né à Smolensk en 1954. Après des études supérieures et des diplômes d'anglais et de français, il avait fait carrière dans le Komsomol, l'organisation des jeunesses du parti communiste, où il avait eu le temps de devenir chef de district dans un secteur de la périphérie de Moscou. Un bureaucrate du parti comme beaucoup d'autres, gris et incolore, mais qui avait su attraper le coche pendant la deuxième moitié des années quatre-vingt, au moment où Gorbatchev avait lancé les réformes chaotiques qui finirent par sonner le glas de l'Union soviétique et du communisme. Gorbatchev avait autorisé la création de petites coopératives qui permettaient, par exemple, d'ouvrir un restaurant ; Terekhov en avait créé plusieurs, et utilisé l'argent ainsi récolté pour importer d'Allemagne et de France des ordinateurs, qu'il avait mis en vente sur un marché soviétique, affamé et vierge dans ce secteur, en réalisant des bénéfices colossaux. Il avait canalisé ses surplus dans le secteur bancaire privé naissant qui émergeait en 1991 et trouvé la poule aux œufs d'or, m'expliquait Per Simonsen pendant que je buvais du café. Le tonnerre était parti plus loin et il n'y avait plus que la pluie qui tombait à verse.

"A l'époque soviétique, il existait trois sortes de monnaie : d'abord, les devises fortes : le dollar, le mark allemand et les couronnes, ensuite, les roubles ordinaires que les gens avaient en poche, et enfin la monnaie virtuelle, qui n'existait que sur le papier. C'étaient des traites avec lesquelles les sociétés avaient l'autorisation de régler leurs comptes à la Banque Nationale. Ne me demandez pas quelle méthode Victor Terekhov a trouvée pour convertir ces traites en roubles, puis en dollars. C'était une fabrique d'argent semi-légale qui a fonctionné jusqu'à l'effondrement de l'économie planifiée.

— Comment s'y est-il pris ?

— Je n'en sais rien. D'ailleurs, c'est sans importance, en réalité. Il l'a fait. Quand le régime a sombré et que les grandes privatisations de l'industrie et du commerce ont commencé, en 1992, il avait des masses de capitaux en liquide. Il a acheté et stocké ce qu'on appelait les *vouchers*, dont chaque citoyen de plus de dix-huit ans avait reçu un exemplaire, il a créé des sociétés d'investissements, placé des capitaux dans la télévision, la radio et les stations de télévision publicitaires, il a acheté pour une bouchée de pain des compagnies de gaz et de pétrole. Certains Russes qualifient cette période de la plus grande escroquerie légale au monde. Il était comme un poisson dans l'eau dans l'océan du banditisme capitaliste de l'époque de Eltsine.

— Ce qu'on appelle un oligarque ?

— Peut-être pas parmi les plus grands, mais un grand, certainement. Même aujourd'hui, où les temps ont changé, avec la présidence actuelle.

— Etait-ce légal ?

— Rien n'était tout à fait légal ni tout à fait illégal ou transparent. La seule loi qui régnait était celle de la jungle, qui assure, comme vous savez, la survie du plus fort. Les différends sont rarement réglés par les tribunaux, mais par des méthodes plus physiques et plus brutales. Laissez-moi vous dire ceci : le taux des assassinats avait augmenté de façon absolument notoire, et ces assassinats sous contrat étaient rarement éclaircis.

— La mafia, et compagnie ?

— La mafia est un concept vague. La limite entre les affaires légales et la criminalité organisée était une zone obscure et crépusculaire, dans la Russie des années qua-tre-vingt-dix. Quelque chose qui ressemblait au monde d'*Alice au pays des merveilles*."

J'étais surpris par les références littéraires de Simonsen, qui m'a expliqué, comme s'il lisait mes pensées :

"J'ai rédigé un mémoire sur le processus des privatisations, qui m'intéresse fortement. Peut-être que les historiens ne pourront pas juger avant une cinquantaine d'années si cette transition brutale était la bonne ou si une réforme plus graduelle aurait été préférable.

— Je sais en tout cas que beaucoup de gens ont souffert et ont été appauvris.

— Mais pas votre Victor Terekhov. Il est devenu riche et puissant ; même si, comme d'autres, il ne relève pas autant la tête aujourd'hui que du temps de Boris Eltsine.

— Pourquoi ?"

Per Simonsen a contemplé la pluie qui tombait toujours à seaux, désespérément :

“Le président actuel a placé ceux qu’on appelle les oligarques devant une alternative très claire : ne vous mêlez pas de politique, et nous ne vous demanderons pas comment vous avez fait fortune pendant les années quatre-vingt-dix. Si vous vous mêlez de politique, la hache tombera, et un homme aussi puissant que l’était autrefois Khordokovski peut en témoigner de sa prison. D’autres se sont exilés. Certains achètent un club de football en Grande-Bretagne, mais d’autres, comme Terekhov, évitent de se mêler de politique. Pour souligner sa neutralité et pour se sentir en sécurité, il a vendu ses parts dans la télévision et la radio.

— L’est-il ?

— Qui l’est, dans la Russie d’aujourd’hui ? On entend parler de la renationalisation d’une série d’entreprises d’intérêt stratégique, qui touchent l’or, le platine, l’uranium, le pétrole et le gaz. Le président pense que le contrôle de l’énergie permettra à la Russie de redevenir une grande puissance. Ces rumeurs font naître, naturellement, une certaine résistance, mais que faire ? Le président et son important appareil de sécurité disposent de nombreux moyens. Il y a la police fiscale ou le FSB, le service de la sécurité. Il y a de vieilles histoires et des connexions non élucidées. Terekhov a souvent été mentionné à propos de ce que nous avons coutume, faute de mieux, d’appeler la mafia, alors…”

Simonsen a fait un geste d’impuissance et laissé la conclusion en suspens dans le vacarme de la pluie battante. J’ai commencé à comprendre ce qu’il voulait dire :

“Vous me prévenez contre Terekhov. Vous me dites que je suis en mauvaise compagnie.

— C'est votre propre conclusion. Je vous dis simplement qu'il est préférable, pour vous, de laisser l'ambassade maintenir le contact avec les autorités compétentes qui, j'en suis sûr, feront tout ce qui est humainement possible pour faire la lumière sur la disparition de votre femme.

— Vous me dites que je dois rentrer au Danemark ?

— C'est certainement le mieux. Ni vous ni d'autres personnes ne peuvent réellement faire quelque chose ici."

Mon père m'a dit la même chose quand je lui ai parlé en début de soirée, en me servant du téléphone moderne de l'appartement, toujours aux frais de Victor T. Je me rapprochais de la même conclusion et j'envisageais sérieusement de suivre tous ces conseils charitables en prenant mon billet d'avion le lendemain, quand mon téléphone portable danois a sonné et que la petite voix flûtée de Sacha m'a demandé *comment allait mister Marcus*.

10

Je l'ai rencontré sur la place Pouchkine, à côté de la statue du poète. Je croyais que Sacha avait proposé cet endroit-là en pensant que je pourrais trouver tout seul cette célèbre place, au cœur de Moscou, mais il avait une autre idée derrière la tête : à la place Pouchkine, il y a un grand McDonald's où il a dévoré, pendant notre conversation, deux gros hamburgers et deux cornets de frites accompagnés des coca-cola de rigueur. Il semblait déjà un peu éprouvé après des jours et des nuits passés dans la capitale et la balafre, sous la cicatrice de son œil, était une estafilade mal guérie. A la façon si typique de Sacha, il est resté un peu vague en me racontant ses faits et gestes et où il s'était abrité durant la nuit. "Ici et là. Où je vais d'habitude. Un peu partout. Rien de dangereux." Il était tombé en escaladant une clôture, avec la police à ses trousses. Tout était OK, m'assurait-il en mangeant voracement, ce dont j'ai déduit qu'il mourait de faim. Du regard, il n'arrêtait pas de faire le tour de la salle, comme s'il était poursuivi et contraint de se tenir sur ses gardes, prêt à fuir comme un lapin si des ennemis surgissaient. Je voyais qu'il avait essayé de rester propre et présentable, mais c'était plus difficile dans la métropole qu'à Uglitch. Il portait un tee-shirt noir orné d'un motif du *Seigneur des Anneaux*, et un jean bleu avec un petit trou à un genou. Ses chaussures de jogging étaient grises de poussière, pourtant, il entrait plus ou moins dans la catégorie des clients attitrés de ce restaurant fast-food : une foule d'adolescents et quantité de parents qui accompagnaient leurs enfants en bas âge. Partout où progresse la mondialisation, McDonald's est l'une des premières chaînes à occuper le territoire vierge et Moscou ne faisait pas exception à la règle. Dehors, la circulation des voitures et des piétons était dense et les grands écrans éternellement clignotants et aguichants avaient baissé pavillon devant le soleil qui recommençait à brûler. Une chaleur tropicale régnait sur l'asphalte fumant de la métropole.

"Et toi, mister Marcus, tu as nouvelles de Natacha ?

— Non, je suis sans nouvelles de Nathalie.

— La police dit rien ?

— Non, je ne crois pas qu'elle fasse grand-chose dans cette affaire.

— La police pue. La police est… comment on dit… ?" Il frotta de nouveau son pouce et son index. "La police pense au fric, c'est tout. Pas à Natacha, ni à Sacha ni à mister Marcus.

— Tu as sûrement raison, Sacha, mais je connais quelqu'un qui m'aide et qui t'aidera aussi si tu oses avoir confiance en moi et en lui."

Il m'a regardé d'un air sceptique, avec son petit visage enfantin et rusé, sous ses cheveux un peu gras, en buvant si vite qu'il faisait siffler la paille de son coca-cola. Il a secoué le gobelet de carton où ont tinté les glaçons. Je lui ai donné de l'argent et avant que je lui parle de Victor Terekhov et de son offre de soutien, il est allé se chercher une grosse glace, un deuxième coca-cola et pour moi, du café dans un gobelet en carton. Je lui ai parlé d'Olga Ivanova et de mon logement actuel, où il pouvait s'installer lui aussi, en lui disant qu'ils acceptaient de s'occuper de son éducation et de lui procurer la *propiska* si convoitée pour Moscou. Il m'a écouté attentivement, en s'abstenant de m'interrompre, et lentement, le doute a disparu de ses yeux.

"Tu pourras quitter la rue, Sacha. C'est l'essentiel. Alors, il y aurait quelque chose de positif dans toute cette maudite affaire. J'en serais très heureux.

— Cet homme,Victor Terekhov, très riche ?

— Oui, Sacha. Victor est très riche et il a beaucoup d'influence.

— Mister Marcus a confiance en lui ?

— Oui. J'ai confiance en lui. Il affirme qu'il me doit la vie, ou sa santé, en tout cas.

— Santé ? Qu'est-ce que ça veut dire ?

— Qu'il n'est pas un invalide.

— Victor T., à quoi ça lui servira ?

— Qu'est-ce que tu veux dire ?

— En Russie, personne fait rien gratis, mister Marcus. La Russie est comme ça."

Je l'ai regardé. Il a fini sa glace et s'est remis à boire son Coca.

"Peut-être, mais si tu veux, tu peux considérer que je lui ai versé une forte avance."

Il a fait un sourire.

"Yes, mister Marcus. J'avais pas pensé. C'est vrai. C'est vrai.

— Alors, tu veux bien essayer ?

— Sacha veut bien essayer. Sacha, pas beaucoup à perdre.

— Tu as la police à tes trousses ?"

Il a ri.

"La police, mister Marcus. La police, pas gros problème. Problème : une bande appelée Mongols. Chef

Renard Noir, furieux contre Sacha. Veut tuer Sacha. Grande bande, contrôle beaucoup. Autres bandes, peur des Mongols. Pas si facile, être Sacha."

Il a regardé autour de lui, en clignant des yeux comme les réfugiés, et ma pitié pour lui a encore grandi, mais je lui ai tout de même demandé :

"Que leur as-tu fait ?"

J'ai vu que Sacha se rengorgeait, mais il m'a répondu assez honnêtement, avec son sourire malin :

"Renard Noir bête, défoncé avec haschich. Sacha emprunté son porte-monnaie.

— Pas malin.

— Assez malin, mais lieutenant Renard Noir a vu Sacha jeter porte-monnaie dans poubelle. Pas malin, mais Sacha avait faim. Sacha a rendu l'argent, mais pas assez. Renard Noir veut vengeance.

— Cela, c'est fini à présent.

— Peut-être. En Russie, on sait jamais, mais Sacha et Marcus amis.

— Certainement", lui ai-je dit en lui prenant la main qu'il me tendait par-dessus la table, l'air sérieux. Il avait la main un peu en sueur et très menue, et j'ai songé qu'il n'était qu'un grand enfant qui avait dû se débrouiller beaucoup trop longtemps dans un méchant univers d'adultes.

C'est aussi l'enfant Sacha qui a pris possession des lieux. Il a tenté, un instant, de prendre un air blasé, mais cela n'a pas duré longtemps quand il a vu l'appartement. Il allait et venait en discourant tout seul en russe. Il a regardé par la fenêtre, allumé la télé, caressé presque tendrement les meubles, ouvert la porte du frigo, essayé le lit dans la chambre que je lui ai indiquée. Je l'ai laissé en profiter avant de l'envoyer prendre un bain. Je l'entendais faire jaillir l'eau en chantant. J'ai appelé Olga pour lui dire que Sacha était là, en lui demandant où je pourrais acheter du linge de corps, des chaussettes, un pantalon et deux tee-shirts. Elle a été on ne peut plus aimable et m'a demandé sa taille. Je ne la connaissais pas, mais elle m'a conseillé de regarder dans les vêtements qu'il portait, ce qui allait de soi. Elle serait prête à rencontrer Sacha en fin d'après-midi. J'ai trouvé dans un placard un peignoir beaucoup trop grand et frappé à la porte de la salle de bains. Sacha, dans la baignoire, dans un nuage de mousse, avait l'air de nager dans le bonheur. J'ai posé le peignoir sur une chaise dans la grande salle de bains. Peut-être aurais-je dû m'en abstenir, mais je lui ai quand même fait les poches avant de jeter, dans un sac en plastique, son linge sale, qui sentait la sueur et le tabac. Il avait quelques roubles, deux billets de cinq dollars et une petite clé dans la poche de son pantalon. Dans celle de son anorak court et léger, j'ai trouvé un paquet de cigarettes et un briquet jetable. J'ai failli jeter les clopes dans la corbeille à papier, mais je me suis retenu et je les ai posées avec l'argent sur la table de la cuisine. Même si je me comportais comme son père, je ne l'étais pas pour autant. Ou ses affaires avaient été volées, ou il les avait cachées quelque part. Eût-il été victime d'un accident ou battu à mort ou presque par le chef de la bande de gangsters qui avait pour nom Renard Noir, que personne n'aurait su son identité. Sacha aurait uniquement figuré en tant qu'inconnu dans les statistiques des morts de la journée, un numéro vite oublié dans une des fosses communes anonymes de Moscou.

Sacha avait planqué le peu qu'il possédait, m'a-t-il dit quand il s'est assis sur le canapé pour manger une deuxième glace en zappant entre tous les programmes de satellites qu'il pouvait capter sur le grand écran de télévision fixé au mur. Son petit corps maigre disparaissait dans le grand peignoir blanc. On a sonné à la porte. Un jeune homme et une jeune fille attendaient, les bras chargés de sacs aux couleurs éclatantes, sur lesquels s'étalaient orgueilleusement les noms de marques mondialement célèbres. Olga Ivanova est une femme très efficace, ai-je pensé, et nous avons passé une heure très amusante à jouer au défilé de mode. Sacha, bien entendu, a fini par choisir un jean et quelques tee-shirts, mais je l'ai aussi persuadé de prendre une veste, deux chemises, un pantalon blanc, une paire de pantalons à la mode dotés d'une quantité de poches, un anorak, une paire de chaussures brunes ainsi que le linge de corps et les chaussettes assorties. Il était vraiment content, mais semblait, par ailleurs, prendre cette forte amélioration de sa situation avec le naturel des enfants qui savent aussi accepter les brusques changements de la vie.

En arrivant, Olga a découvert un garçon très élégant et qui sentait bon, vêtu d'un jean neuf, d'une chemise blanche à manches courtes et de chaussettes beiges propres. C'était peut-être un peu bête et irrationnel, mais quand Olga m'a complimenté sur les vêtements neufs et la propreté de ce garçon, je me suis senti aussi fier qu'un père divorcé qui s'est bien occupé de son fils pendant le week-end. Ils ont eu l'air de s'entendre fort bien. Je ne comprenais pas un mot de ce qu'ils disaient, mais ils se souriaient beaucoup et Sacha, qui avait voulu faire le dur pendant les premières minutes tout en étant gêné et sceptique, a vite perdu sa raideur. De temps à autre, ils élevaient la voix ; une ou deux fois, Sacha a détourné les yeux en reprenant sa rude expression de gamin des rues, mais chaque fois, avec un sourire et en lui parlant d'une voix douce, Olga le forçait à la regarder dans les yeux et à reprendre le dialogue. Je me suis avisé que depuis deux heures, je n'avais pas pensé une seule fois à Nathalie. Quand cette idée m'a frappé, le sentiment de sa perte et le désespoir m'ont de nouveau submergé. J'avais eu une récréation, rien de plus. Bien qu'Olga m'ait redit que j'étais un brave homme, il ne fallait pas être un grand psychologue pour saisir que je me consolais en secourant Sacha. J'aimais bien ce gamin, mais en recommençant à me poser des questions au sujet de Nathalie, je n'ai pas pu éviter de voir que je cherchais, en quelque sorte, à me faire pardonner de mauvaises actions impossibles à préciser. Je me suis rendu compte que je me sentais coupable de sa disparition. Je ne l'étais pas, je ne pouvais pas l'être, et pourtant, le sentiment de culpabilité qui grandissait en moi me mécontentait et m'attristait à la fois. Comme s'il avait des antennes, Sacha m'a dit :

"Ça s'arrangera, mister Marcus. Sacha ami. Sacha aidera. Sacha arrangera."

C'était prometteur, mais une fois de plus, c'est Olga et moi qui avons réglé les problèmes.

En entendant parler Olga et devant la figure à nouveau durcie de Sacha, j'ai compris qu'ils parlaient de son passeport interne. C'était apparemment une sorte de carte d'identité que tous les Russes sont tenus de porter constamment sur eux et où figurent leur nom, naturellement, mais aussi celui de leurs parents, leur lieu de naissance et celui de leur permis de séjour, de même que leur nationalité. Sacha avait d'abord prétendu qu'il avait perdu le sien, mais Olga ne l'avait pas cru. Elle l'avait convaincu qu'il serait infiniment plus facile de lui procurer un permis de séjour à Moscou – la *propiska* – s'il avait ses papiers. Sinon, il faudrait aller les chercher là où il était né. C'était par peur du Renard Noir, bien entendu, qu'il avait caché ses quelques affaires. Le Renard Noir et les Mongols, une des nombreuses bandes de garçons et de jeunes de Moscou, avaient réellement rendu Sacha fou de terreur. Olga m'a expliqué qu'il avait toutes les raisons de l'être : tous les jours, les hôpitaux de Moscou recevaient des victimes de violences ou des cadavres de jeunes ou de grands enfants. Une jungle brutale régnait hors du ghetto luxueux et bien gardé de Victor T.

Olga a donné deux gardes du corps à Sacha et il a accepté d'aller chercher ses affaires, planquées à la gare de Kiev, qui s'est révélée être située juste à côté de mon ancien hôtel Radisson. Cette gare servait également de point de départ aux activités de la bande des Mongols, a déclaré Sacha. Nous y sommes allés dans la Mercedes noire aux vitres fumées. Les deux clones musclés et armés étaient sur le siège avant, Sacha et moi sur le siège arrière. Sacha ne se cachait plus, il était impressionné et assez fier de rouler dans Moscou dans une telle voiture, mais il a quand même jeté un coup d'œil inquiet autour de lui quand la voiture s'est garée devant le grand bâtiment blanc. Il y avait foule autour des étals où l'on vendait des cigarettes, de la vodka, des fruits et légumes, des châles et des matriocas, ces petites poupées gigognes spécifiquement russes. Les gens à l'air pauvre vêtus de haillons transportaient leur baluchon et de grands sacs, dont le contenu semblait prêt à faire sauter toutes les coutures et les fermetures éclair. La plupart résistaient grâce à des cordes et à des ficelles. On eût dit que les gens qui quittaient Moscou, ou venaient d'arriver dans la capitale avaient des choses à y vendre ou y avaient acheté d'autres choses à revendre chez eux. Ils rappelaient les réfugiés d'une guerre lointaine ou les naufragés des bouleversements des années consécutives à la chute du communisme. Bon nombre d'ivrognes et des groupes de jeunes attroupés fumaient et buvaient de la bière. J'ai senti la nervosité de Sacha, mais il s'est calmé quand il a traversé la foule pour entrer dans le hall obscur et haut de plafond de la gare avec, à ses côtés, les deux grands gardes du corps aux cheveux en brosse. Ces derniers respiraient non seulement la brutalité, mais aussi la certitude d'être au-dessus de la loi. La foule s'écartait devant eux comme devant la proue d'un bateau en train de fendre une onde tranquille.

Sacha nous a conduits au fond du hall obscur et puant, où les ordures traînaient dans les coins, jusqu'à un mur couvert de casiers de consigne. Il a jeté des coups d'œil inquiets à la ronde et s'est arrêté en apercevant quatre grands garçons, postés devant les casiers métalliques gris. Ils portaient tous les quatre un jean noir collant, un teeshirt noir et fumaient des cigarettes. Il était difficile de leur donner un âge, seize à dix-sept ans, peut-être. Un tatouage sur le bras droit du plus âgé, grand et maigre, et qui avait bien vingt ans, représentait une grosse tête de mort. Ce garçon aux traits asiatiques, très brun, devait sans doute son surnom de Renard Noir à sa figure de belette. Tous les quatre se sont postés devant les casiers de consigne, comme les défenseurs d'une équipe de football rangés près du but avant un coup franc. Les deux gardes du corps s'en sont moqués, passant devant Sacha, ils se sont approchés des quatre jeunes et l'un des deux les a interpellés rudement. J'ai vu le doute apparaître dans les yeux des membres de la bande. Le garde a répété son injonction, et lentement, les jeunes se sont écartés et éloignés des casiers de consigne. Ils étaient quatre contre deux, mais ces deux-là avaient des pistolets sous les aisselles, qu'ils leur avaient montrés en écartant un peu leur veste. Sacha, frissonnant de peur, transpirait en tâchant de se contrôler. Sa main n'en tremblait pas moins quand il a ouvert la porte avec sa petite clé et qu'il en a sorti son sac, avant de se retourner pour s'éloigner rapidement de la consigne. Mon cœur aussi battait la chamade, mais les deux acolytes de Victor se sont contentés de regarder sévèrement les quatre jeunes avant de leur tourner le dos avec nonchalance. Le Renard Noir a fait une remarque et craché sur un sol déjà repoussant. Les deux gardes du corps se sont arrêtés un instant, mais ils ont préféré se hâter de suivre Sacha qui avait détalé à travers la foule. Il ne s'est arrêté qu'en arrivant sain et sauf à l'air libre, au milieu des étals et des commerçants, des voyageurs somnolents ou guillerets.

"Qu'est-ce qu'il a dit, Sacha ? lui ai-je demandé.

— Renard Noir a dit : Sacha est homme mort."

Mais il n'était pas mort, grâce à Dieu ; son naturel a vite repris le dessus et il a profité du luxe de l'appartement, tandis que je retournais à mes propres soucis et mon désespoir en me demandant ce que faisait Nathalie et où elle était. J'ai essayé de joindre mon père, mais ni lui ni Yvette ne répondaient. Sacha buvait du coca-cola et regardait un film sur le grand écran de la télé. J'ai appelé Olga pour savoir si elle avait des nouvelles de Nathalie, naturellement, mais aussi de mon argent et de mon ordinateur. Des nouvelles d'Uglitch et des nouvelles de Victor, pour savoir quand il viendrait à Moscou. Dans ses paroles calmes et professionnelles se mêlaient consolation et espoir, mais elle devait admettre qu'elle n'avait rien de nouveau à m'apprendre. J'ai senti que la question de l'ordinateur l'embarrassait un peu, comme si elle avait mauvaise conscience, et elle a fini par reconnaître qu'il était un peu étrange qu'on ne l'ait pas encore trouvé. Mais elle allait s'en occuper, et elle était sûre que Monsieur Terekhov m'expliquerait tout quand il serait à Moscou. Quand ? Bientôt. Je commençais à me rendre compte que lorsque les Russes disent "bientôt", il ne fallait pas prendre ce mot à la lettre. Ce pouvait être demain. Ce pouvait être dans quinze jours.

Sacha et moi avons passé les journées suivantes dans la paix et la bonne entente. Olga est venue chercher le passeport interne de Sacha en lui promettant que son permis de séjour serait bientôt en ordre. Elle apportait un document provisoire qui devait lui servir de permis de séjour. Puisque les *Terekhov Enterprises* étaient visiblement capables de tout obtenir, des gardes du corps aux permis de séjour, pourquoi donc ne pouvaient-elles pas retrouver Nathalie ?

Pour Sacha, tout cela allait de soi. Malgré son cynisme et son scepticisme vis-à-vis du monde des adultes, il avait adopté Olga et faisait preuve d'une grande confiance en elle, comme s'il était convaincu que la petite Olga allait résoudre tous les problèmes et ne le tromperait jamais. Peut-être était-ce sa nature de profiter pleinement des choses qui tombaient du ciel, parce qu'on ne savait jamais quand le destin vous jouerait un mauvais tour. Ça ne valait pas la peine de s'inquiéter pour un avenir sur lequel on n'avait aucune influence. Il jouissait sans réticence de l'agrément de sa nouvelle vie et j'éprouvais, moi aussi, une grande joie rien qu'à voir Sacha se baigner tous les jours, manger et boire de sorte qu'il reprenait des couleurs et de bonnes joues, tandis que je mourais presque de souci et d'impatience à propos de Nathalie. Sacha adorait, cela va sans dire, le grand espace luxueux des piscines, près du hall. Nous nagions et jouions dans l'eau deux fois par jour et je me faisais masser par le jeune homme blond tandis que Sacha sautait d'un bassin à l'autre en poussant des cris de joie. Je lui ai appris à jouer au poker et quelques jours plus tard, c'était lui qui, régulièrement, raflait la monnaie que j'avais mise sur le tapis. Je savais très bien qu'il trichait tant qu'il pouvait, sans être en mesure de découvrir comment il s'y prenait. A part ça, je le laissais tranquille. Il n'était pas très exigeant. Je lui défendais uniquement de fumer dans l'appartement, interdiction qu'il trouvait étrange, mais il acceptait de descendre dans la cour ou dans le hall d'entrée pour le faire. Olga lui avait donné un peu d'argent de poche et je lui en donnais aussi pour lui permettre d'aller à son cher McDonald's. De temps à autre, il disparaissait pendant deux heures, et j'avais envie de lui faire dire où il était allé, mais je me retenais. Je n'étais pas son père, et jamais il ne restait longtemps absent. Il aimait assez vagabonder, par nature, et je me suis surpris à m'inquiéter en me demandant s'il serait capable de rester dans une école ou s'il serait repris par son goût du voyage. Je crois qu'il voulait simplement s'acheter des cigarettes et voir la ville, et j'étais convaincu qu'il se tenait à distance des repaires où le Renard Noir et les autres pouvaient le menacer. Séjournant légalement à Moscou, il n'avait plus besoin de craindre la police, ce qui était très bien puisque depuis la dernière attaque terroriste, on voyait des agents partout. J'avais appris par CNN que la police et les forces de sécurité de Moscou avaient arrêté plusieurs centaines de Caucasiens soupçonnés d'avoir des liens avec les révolutionnaires tchétchènes, exclusivement qualifiés de bandits ou de terroristes par les journaux moscovites, rédigés en anglais, que je pouvais lire.

Sacha faisait un de ses tours en ville quand Olga m'a rapporté mon ordinateur, au début d'un après-midi où une basse pression atmosphérique s'était installée sur la ville, en refoulant la haute pression, par ailleurs si persistante.

J'avais recommencé à observer et à analyser la météo ; je pensais presque constamment à Nathalie, cela va sans dire, mais mes idées tournaient en rond sans que j'arrive à trouver aucune sorte de solution utilisable. Olga a sonné à la porte ; elle était en jean, pour une fois, portait un léger pull sur un chemisier blanc et cela lui allait bien. Elle arrivait, jeune et fraîche, avec des gouttes de pluie dans les cheveux. Malgré ses hauts talons, elle a dû se mettre sur la pointe des pieds pour m'embrasser sur la joue. Cela m'a un peu surpris, mais il est vrai que nous commencions à mieux nous connaître. Nous avions pas mal parlé ensemble et elle avait écouté patiemment mes réflexions, mes lamentations et mes soucis.

"Salut, Marcus. Regardez ce que je vous apporte." Elle a posé mon ordinateur sur la table, et ma poitrine s'est serrée. Cet ordinateur noir et plat était la preuve tangible que Victor T. et son Olga obtenaient des résultats.

Je venais de faire du café ; je suis allé lui en chercher une tasse avec du sucre, comme je savais qu'elle le prenait. Je la lui ai servie.

"Je l'ai reçu ce matin même", m'a-t-elle dit dans son anglais impeccable. Son français était presque aussi bon et je m'étais rendu compte qu'elle parlait aussi assez bien l'italien et l'espagnol. Fille d'un officier du KGB, elle avait grandi dans les différentes ambassades soviétiques des nombreux pays où son père avait espionné, d'abord pour le compte de la faucille et du marteau, puis, comme si de rien n'était, pour celui de la Mère Russie, quand le KGB avait été divisé en deux services : le FSB chargé de la sécurité interne et le SFB, chargé de l'espionnage à l'étranger. Elle m'avait raconté cette histoire un soir où j'avais fait la cuisine pour Sacha et pour elle dans l'appartement, histoire de m'occuper, tout simplement. Olga, qui était pourtant une Russe moderne, et Sacha un gamin des rues débrouillard, n'en étaient pas revenus de voir un homme non seulement cuisiner seul, mais aussi trouver ça amusant et naturel.

“Qui est-ce qui l’a apporté ?
— Un courrier d’Uglitch.
— Ha ha. Avait-il d’autres nouvelles de ce satané bandit d’Uglitch ?
— Vous ne voulez pas voir s’il est en ordre ?”
J’ai ouvert l’appareil, je l’ai allumé et il s’est mis en marche comme d’habitude, mais j’ai vu que le disque dur avait été effacé. Il ne restait que le programme directeur de Windows, et il semblait que mon programme danois d’origine ait été remplacé par une nouvelle version de Windows XP.
“Le disque dur a été effacé.
— C’est bien ce que nous avons pensé. D’après ce qu’on m’a dit, ils n’ont pas pu avoir accès à vos documents, alors, ils se sont contentés de reformater le disque dur. Mais c’est bien votre ordinateur, n’est-ce pas ?”
J’ai inspecté mon IBM, qui présentait bien sa petite éraflure sur le côté. C’était le mien, mais il aurait pu être à tout le monde puisque ce qui m’appartenait en propre ne s’y trouvait plus. En soi, il ne valait pas grand-chose. Ce qui lui donnait de la valeur n’existait plus, à moins que le service IT de ma société puisse retrouver les documents. Heureusement, j’avais au bureau des copies de la plupart d’entre eux.
J’ai refermé le couvercle et repoussé l’appareil.
“Il n’a aucune valeur.”
Elle a répliqué un peu sèchement :
“Désolée, mais vous avez demandé qu’on vous le rende.
— Avec ce qu’il contenait.
— Nous regrettons beaucoup. Mais il avait filé sur le marché.
— Il ne vaut rien. Plus rien, je veux dire.”
Elle a détourné la tête encore davantage et nous n’avons plus entendu que le bruit de la pluie, quand brusquement,

j'ai réalisé à quel point ma réaction était enfantine et ingrate, mais la mauvaise humeur me tenait toujours et j'ai demandé :

"Où l'avez-vous trouvé ?

— Un des agents l'avait donné à son cousin. J'ai aussi autre chose pour vous."

Elle m'a tendu une enveloppe pleine de billets, des euros et des dollars.

"On m'a informée que tout votre argent y est.

— Qui vous a informée à ce sujet ?"

Elle a de nouveau détourné les yeux.

"Nous avons nos relations, m'a-t-elle répondu en buvant son café.

— OK. Et celui que Sacha appelle le Prince Noir ?"

Elle m'a regardé :

"Comment ça ?

— Mais oui, et lui ? Il a tout bonnement craché les sous, ou quoi ?

— Que voulez-vous dire ?"

J'ai reposé brutalement ma tasse.

"Oui, et lui ? Il m'a agressé, nom de Dieu."

Son regard est redevenu froid, elle s'est un peu redressée et a retrouvé sa mine de secrétaire de direction avant de répondre :

"Vous avez dit très clairement que nous ne devions rien lui faire personnellement. N'est-ce pas exact ?"

Le ballon s'est dégonflé. Ma bile m'a quitté comme l'air qui sort d'un ballon crevé. Une excellente métaphore : j'avais coutume de me gonfler tout seul et de m'imaginer toutes sortes de choses, alors que tout compte fait, la seule affaire qui m'intéressait était de retrouver Nathalie, ou au moins de savoir ce qui lui était arrivé. L'ambassade n'avait pas eu de nouvelles, mais on m'y répétait la même antienne que mon père : je ferais mieux de retourner au Danemark. Les autorités concernées et compétentes faisaient ce qu'elles pouvaient, mais n'avaient pas d'informations.

"Si, c'est exact, me suis-je contenté de dire. Et merci. Cela n'a pas dû être si facile de récupérer l'ordinateur et l'argent."

Nous sommes restés silencieux un moment. Olga a pris ma main et l'a caressée mais, sa caresse n'avait rien de sexuel, elle aurait pu être ma sœur. Néanmoins, j'ai retiré ma main.

"Nous faisons ce que nous pouvons, Marcus.

— J'en suis sûr.

— Mais la Russie est grande, votre femme parle couramment le russe, et si elle ne veut pas être contactée, cela rend les choses difficiles. Si elle ne le veut pas…

— Vous n'allez pas commencer, vous aussi !

— Nous faisons ce que nous pouvons.

— OK. Si vous le dites.

— Je vous le dis."

Après un moment de silence, elle m'a déclaré à voix basse :

"Peut-être que vous devriez aussi penser à vous. Vous pensez tout le temps aux autres…

— Ce n'est pas vrai.

— A votre femme et à Sacha…

— Mais bon sang, c'est que je ne comprends pas où elle peut être, où elle est, ce qui s'est passé et pourquoi !

— Je le conçois bien, naturellement.

— Je ne crois pas."

Elle a repris ma main et cette fois, je la lui ai laissée. Nous nous tenions par la main comme deux adolescents quand brusquement, la pluie s'est mise à gicler plus fort contre les vitres. L'orage qui fondait sur la ville donnait à croire que quelqu'un avait baissé la lumière. J'avais la gorge serrée et une envie de pleurer qui me plongeait dans un monde irréel : je ne suis pas du genre pleurnichard, mais un torrent me submergeait et j'avais l'impression grandissante que j'allais me mettre à pleurer pour un rien, comme dans mon enfance. Quel sentiment déplaisant !

"Tout va s'arranger, Marcus", m'a dit Olga. Ses mains douces et agréables me rappelaient les caresses de Nathalie, et tout à coup, je me suis souvenu d'elle au lit, ce qui m'a fait encore plus mal ; j'ai senti ma gorge se bloquer et des larmes me monter aux yeux.

"Tout va s'arranger, Marcus, a-t-elle répété.

— Oui, mais que faites-vous, bon Dieu ? Que fait la police ? Que font-ils, bon Dieu ?

— Ils ne sont pas tous comme celui d'Uglitch. Ils font pas mal de choses. C'est une situation compliquée…

— Comment ça ?

— Je ne peux pas vous l'expliquer.

— Vous n'y êtes pas autorisée ?

— Je n'y suis pas autorisée, non." Elle a lâché ma main, mais là, c'est moi qui ai repris la sienne.

"Mais que se passe-t-il, Olga, nom de Dieu ?"

Elle a soupiré et j'ai vu qu'elle soupesait la situation avant de répondre :

"Victor préfère le faire lui-même. Il ne va pas tarder. Nous avons mis un groupe sur cette affaire, un groupe dirigé par un de nos meilleurs enquêteurs. Il a découvert quelque chose…

— Où est Nathalie ? Que s'est-il passé ?

— Non, non, non, Marcus. Mais c'est compliqué et Victor T. est mon chef. Il faut patienter jusqu'à son arrivée. Il n'y en a pas pour longtemps. Je ne peux pas m'avancer davantage. Vous devez attendre Victor."

Je voulais en dire plus mais Sacha a ouvert la porte en coup de vent et il est entré, tout ruisselant, dans le couloir, puis dans le séjour.

Olga a lâché ma main et lui a annoncé quelque chose. Sacha a secoué ses cheveux courts, autant qu'il le pouvait, et il a eu un sourire heureux.

"Que lui avez-vous dit, Olga ?

— Qu'il doit passer un examen demain. D'entrée au cirque. Si cela se passe bien, il pourra commencer à l'école du cirque.

— Félicitations, Sacha, me suis-je exclamé, sincèrement content, bien que j'aie eu mille questions à poser à Olga. Ça va sûrement marcher, Sacha. Tu vas réussir à coup sûr.

— Sûr, mister Marcus. Grand-père a tout appris à Sacha. Magie et tours de passe-passe. Alors, *no problemos*."

C'était sa nouvelle expression. *No problemos*. Sacha passait vraiment beaucoup de temps à regarder la télé ou des films en DVD, mais il s'exerçait aussi tous les jours à réaliser ses tours de prestidigitation et de passe-passe. Il semblait sûr de lui et habile, ce qui ne m'a pas empêché d'être inquiet comme un père qui envoie son fils passer un examen décisif pour un essai devant le comité de l'école du cirque. Olga m'a expliqué que l'école du cirque dispensait à la fois un enseignement pratique et une scolarité ordinaire, ce qui m'a un peu rappelé le cursus de l'école du Ballet Royal danois. Olga misait à présent sur le fait que Sacha était déjà assez fort pour obtenir du travail dans un des cabarets de Victor T., tout en fréquentant l'école ordinaire pendant la journée. Peut-être n'avait-il pas besoin, en réalité, de l'estampille du comité, mais s'il l'avait, toutes les autorités seraient satisfaites. J'ai soupçonné la société de Victor T. d'avoir graissé la patte du petit comité pour le mettre dans de bonnes dispositions durant ce petit examen, mais j'ai gardé mes réflexions pour moi.

Le comité de l'école du cirque de l'Etat semblait sortir de l'époque grise et triste de l'Union soviétique, grâce à une machine à remonter le temps. Il se composait de trois hommes et d'une femme. Cette dernière, presque informe et beaucoup trop maquillée, avait de grosses lèvres rouges et portait un deux pièces démodé du même gris que les combinaisons de mécanicien des trois hommes, qui sentaient à plein nez l'Europe de l'Est d'avant la chute du Mur de Berlin. Pendant l'examen de Sacha, ils sont restés aussi inexpressifs que les apparatchiks d'autrefois, sur les anciennes photos parues dans des organes du parti depuis longtemps tombés dans l'oubli. Olga, en chemisier élégant et jupe courte, rayonnait et adressait à Sacha des sourires encourageants chaque fois qu'il faisait un nouveau tour. C'est vrai qu'il est fort, pensais-je fièrement. Il a effectué une série de tours classiques, des tours de cartes, ceux de la canne qui se transforme en foulards et en oiseaux de textiles de couleurs vives, des tours de prestidigitation avec des pièces de monnaie et des cartes à jouer qui disparaissaient et réapparaissaient. Ce n'était peut-être pas le summum de l'art, mais il avait un talent indubitable et une présence certaine, sur la grande scène vide de cette grande salle déserte.

Il a fini son numéro en saluant et Olga et moi avons applaudi. Sacha nous a gratifiés d'un sourire. Il avait l'air d'un petit homme, dans le costume bleu et la chemise blanche à volants dont Olga l'avait équipé pour l'examen. Le comité a hoché la tête et conversé à voix basse. Ils n'avaient pas grand-chose à dire, apparemment. La grosse femme s'est levée et a appelé Sacha qui est descendu de la scène. Elle a essayé de rire et y a presque réussi. Sacha souriait largement à tout ce qu'elle lui disait et Olga se cachait la figure en réprimant un petit rire, tandis que je regardais, tantôt l'un, tantôt l'autre, perdu dans mon vide linguistique habituel, mais quand Sacha s'est jeté dans les bras d'Olga, puis dans les miens avant de retourner à Olga, j'en ai déduit sans peine qu'il avait réussi et qu'il était admis. Le comité est sorti avec la même raideur que des membres du Comité central se rendant encore une fois à un déjeuner détestable après avoir écouté une nouvelle série de discours ennuyeux, alors que Sacha, Olga et moi avons fêté sa réussite au McDonald's, dont Sacha, apparemment, ne se lassait jamais.

Une fois de plus, je n'avais pas pensé à Nathalie pendant une ou deux heures, mais deux jours plus tard, Victor Terekhov est enfin apparu, porteur de nouvelles inquiétantes et d'une mise en garde non dissimulée.

11

La dernière fois que j'avais vu Victor, il était ivre et contusionné, je ne m'attendais donc pas tout à fait au dynamisme de l'homme qui a fait son entrée comme une star d'Hollywood. Que m'étais-je imaginé ? En tout cas, je gardais l'image d'un Russe bourré et vantard, à la voix nasillarde et qui pelotait les dames au bar du Négresco, à Nice. Ici, sa tenue était plutôt celle d'une vedette de cinéma relax, qui venait se plier à une énième interview auprès d'un journaliste de la presse people impressionné, que celle de l'homme d'affaires classique, s'il en reste encore hors du Japon. Victor Terekhov portait un complet Armani de couleur claire sur une chemise polo très coûteuse, des chaussures italiennes, et son bronzage très soigné soulignait la cicatrice récente de son crâne chauve. Je me souvenais de lui comme d'un homme fortement charpenté, mais pas gras, et j'ai vu qu'il était musclé. Il marchait avec souplesse, presque sur la pointe des pieds, comme un boxeur, mais c'est surtout son aura qui m'a fait penser à une star d'Hollywood. Il avait du charisme et le pouvoir, comme on dit. A plusieurs reprises, lors des négociations, j'avais eu affaire à ce genre d'hommes, et de femmes, quelquefois. Ils n'interviennent, en général, que lorsque tout est bloqué ou que les négociations arrivent à la phase absolument décisive. Sachant qu'ils détiennent le pouvoir, ils recherchent aussi l'honneur… et l'argent. Mais c'est le jeu et la volonté de vaincre qui les poussent. Ils sont attachés au pouvoir parce qu'ils aiment décider. Ils ne sont pas méchants, mais les affaires sont une guerre où chaque bataille doit être remportée. Ils savent que le pouvoir, allié à l'argent et paré de charme, est un cocktail puissant qui garantit le succès des transactions, de même que le succès auprès des femmes. Peut-être cela vaut-il pour les deux sexes, je ne sais pas grand-chose là-dessus, car les femmes ne m'ont pas fait d'avances. Mais ce qui vaut pour les deux sexes, c'est que même quand ils ont assez d'argent pour plusieurs vies, ils ne pourraient imaginer de cesser d'en gagner et lorsque ces gens-là détiennent un pouvoir politique, cela devient dangereux.

Victor T., comme tout le monde l'appelait, est entré accompagné d'Olga et de ses deux secrétaires, ou gardes du corps masculins. Ils étaient sans doute les deux. Victor T. aimait s'entourer de belles femmes très cultivées et d'hommes musclés qui ne manquaient pas de tête. Sacha et moi avions attendu moins de dix minutes dans une grande salle de conférences située au sixième étage, d'où l'on contemplait sans l'entendre la circulation dense de Moscou, à travers les grandes vitres panoramiques. Victor a ouvert les bras et les a gardés ainsi un instant, tandis que sa figure s'éclairait d'un sourire qui lui avait coûté très cher. Il avait été facile, à Nice, de voir le mafioso russe derrière l'homme ivre, mais Victor, dans son bureau de Moscou, ne correspondait plus à cette image. Je découvrais un homme moderne et conquérant, qui s'avançait d'un pied léger pour me serrer contre sa poitrine et finir par m'embrasser sur les deux joues en s'écriant :

"Marcus, Marcus, Marcus. Mon ami et mon sauveur. Je remercie Dieu de vous avoir envoyé pour me sauver."

J'ai trouvé ces effusions assez désagréables et exagérées, mais ce n'était pas l'avis, apparemment, des Russes présents dans la salle. Ils n'en finissaient pas de sourire et Olga n'a pas pu se retenir d'applaudir. Victor m'a lâché et s'est penché sur Sacha qui, muet, regardait ce nabab. Victor lui a soulevé le menton avec douceur et l'a regardé, de ses yeux très bleus teintés d'une pointe de vert qui leur donnait une nuance étrangement glacée. Ce qu'il lui a dit en russe, sur un ton doux et profond, ressemblait à un poème mélodieux, et Sacha a voulu acquiescer d'un signe de tête, sous la grande main qui lui tenait la figure. Victor l'a lâché et s'est redressé. Il m'a dit en anglais avec ce mélange d'accent russo-américain que je me souvenais avoir remarqué à Nice :

"J'ai dit au petit Sacha que je lui serais éternellement reconnaissant de vous avoir secouru, Marcus. Comme vous m'avez secouru.

— Merci beaucoup, mais je crois que vous n'avez plus de dette à mon égard."

Il s'est tourné vers moi et m'a mis ses mains sur les épaules. Ses ongles très soignés brillaient sur sa peau bronzée.

"Jamais, Marcus. Vous m'avez sauvé la vie. Une vie est une vie. Une vie se paie par une vie.

— Vous parlez comme la Bible."

Il a retiré ses mains :

"Je parle comme il faut. Je suis quelqu'un qui croit aux principes d'autrefois concernant l'honneur, et que chacun doit payer ce qu'il doit. Je suis fidèle à mes amis…

— Et vos ennemis ?

— Ils sentiront ma colère, comme mes amis perçoivent ma reconnaissance. Je récompense l'amitié et je punis la trahison, tous ceux qui travaillent pour Victor T. le savent.

— Je vous remercie, en tout cas, pour ce que vous avez fait pour moi et pour Sacha, ici présent.

— Ce n'est rien.

— Si, c'est quelque chose. Surtout si vous voulez continuer à aider Sacha.

— Vous avez ma parole.

— Alors, c'est beaucoup.

— Ce n'est rien."

En maître des lieux, il s'est abstenu de présenter les deux hommes, mais nous a installés autour de la table de conférence en se plaçant lui-même en bout de table. Il y avait de l'eau, du coca-cola et d'autres eaux minérales, du café et du thé, ainsi que des gâteaux russes sucrés qui n'ont tenté que Sacha et Olga. La pièce fleurait la propreté, comme si on avait tout stérilisé, alors que partout, en Russie, on sentait la fumée de tabac. Victor était visiblement l'un des rares Russes qui ne fumaient pas sans arrêt. Les deux secrétaires sont restés debout derrière Victor pendant qu'il nous questionnait, Sacha et moi, sur ce que nous avions fait depuis Uglitch jusqu'à ce jour. Il perdait du temps, à mon avis, puisque j'étais sûr qu'Olga lui avait fait un rapport complet, mais il écoutait avec intérêt et, à un moment donné, il a ri aux éclats, sans que je sache de quoi, après que Sacha lui eut raconté une longue histoire en russe. Sacha riait joyeusement, lui aussi, mais je décelais une certaine tristesse dans ses yeux. J'ai compris pourquoi quand Victor T. m'a dit :

"Sacha m'a raconté une histoire drôle à propos de son grand-père, mais il a aussi évoqué sa mort, survenue il y a deux ans. Les grands-parents ont beaucoup d'importance pour les Russes. Ils nous transmettent les traditions, ils maintiennent la langue et la culture en vie. sans les grands-mères, Dieu serait mort à l'époque du communisme : les babouchkas se sont chargées de nous faire baptiser, alors que c'était mal vu. Ma grand-mère m'a emmené à l'église. Celle du président l'y a emmené. sans les grands-parents, la vraie Russie, la Russie authentique, aurait disparu pour toujours. Nous sommes tous enfants pendant un temps, parents ensuite, et ceux qui ont de la chance deviennent aussi grands-parents. Avez-vous des enfants, Marcus ?"

J'ai dû répondre par la négative, naturellement, mais la conversation s'est poursuivie sur ce ton pendant un moment. A propos de l'époque actuelle, des familles, de l'avenir de Sacha (je n'avais pas de souci à me faire s'il travaillait à l'école et soignait son entraînement), ainsi que de la charge que cela représentait d'être un homme d'affaires très occupé, comme je l'étais moi-même, ce que Victor s'est employé pendant un certain temps à expliquer aux personnes présentes. Il a également relaté l'agression de Nice en m'attribuant plus d'héroïsme que je n'en avais eu. Ils ont dressé l'oreille quand il a répété, à plusieurs reprises, que j'avais refusé de recevoir une récompense pour mon intervention. Quand il m'a comparé au bon Samaritain, son exagération m'a considérablement irrité et embarrassé ; enfin, il s'est mis à parler en russe. Sacha s'est levé et l'un des secrétaires masculins l'a fait sortir.

Le secrétaire, revenu seul, apportait un dossier gris ; il l'a posé devant Victor qui l'a ouvert. Le premier feuillet du dossier était une photocopie de ma photo de Nathalie. Ensuite venaient différents papiers dont plusieurs semblaient être des copies de documents officiels, actes de naissance, ou autres, comme je l'ai déduit d'après leurs différents cachets, puisque je ne connaissais pas l'alphabet cyrillique. J'ai aussi aperçu, sous la pile, d'autres photos en noir et blanc. Victor a sorti de sa poche intérieure une paire de fines lunettes de lecture et les a chaussées avant de changer de ton et de continuer sur le ton sec, totalement différent, de l'homme d'affaires :

"Eh bien, Marcus, mes hommes n'ont pas perdu leur temps, alors…

— Ont-ils trouvé Nathalie ?"

Il a manifesté un soupçon d'irritation : le patron n'avait pas l'habitude d'être interrompu, mais sa voix était assez aimable quand il m'a regardé par-dessus ses lunettes pour me répondre :

"Pardonnez-moi, mon ami. Permettez-moi de vous présenter cette affaire depuis le début, de passer en revue ce que nous savons et ne savons pas. De la situer dans le contexte national. Ensuite, j'essaierai de répondre de mon mieux à vos questions. Maintenant et ce soir, car j'espère que vous me ferez l'honneur de dîner avec moi. Je dois malheureusement quitter Moscou déjà demain matin. Cela vous convient-il, mon ami ? Procédons-nous ainsi ?

— Naturellement. Excusez-moi.

— Pas de quoi.

— Puis-je prendre des notes ?

— Mais bien sûr."

Il a remis ses lunettes, mais en commençant à décrire le début de l'affaire que je connaissais parfaitement, il n'a pas semblé avoir grand besoin de consulter ses notes ni celles des autres. Cependant, je lui ai obéi en évitant de l'interrompre, tout en notant les grandes lignes de son rapport. C'était étrangement irréel. Il s'agissait de Nathalie, mais ce rapport me faisait revivre aussi les milliers d'heures passées autour d'une table de conférence moderne alors que le soleil brillait derrière les fenêtres, tandis que le faible bourdonnement de la climatisation garantissait que les négociations se déroulent dans une température constante et agréable. Ailleurs, dans des pays plus civilisés, c'était la police qui aurait consacré des ressources à cette affaire, pour m'informer ensuite du résultat de son enquête ; ici, je dépendais des efforts d'un particulier qui, grâce au ciel, était persuadé qu'il me devait la vie. Victor T. n'était peut-être pas l'honnêteté en personne, mais qui l'était, dans la Russie d'aujourd'hui ? N'ayant pas d'autre bouée de sauvetage, je le défendrais jusqu'à mon dernier jour. En outre, je n'avais pas le choix, je devais lui faire confiance et mettre à contribution sa richesse et son influence. Ni l'ambassade du Danemark ni d'autres autorités n'avaient fait preuve du moindre intérêt pour me venir en aide.

Au début, Victor T. ne m'a donné aucun renseignement décisif, mais il a plus ou moins confirmé ma chronologie : le matelot de garde devant la passerelle de débarquement, sur lequel ses hommes avaient mis la main, avait admis devant eux qu'il en savait beaucoup plus long qu'il ne l'avait laissé entendre quand le capitaine du *Rossiya* l'avait questionné, ou que sa réponse s'était perdue au cours de la traduction. Deux hommes étaient arrivés. Un troisième était resté dans la voiture. Les deux premiers lui avaient donné une poignée de roubles en lui demandant de fermer les yeux. Un quart d'heure plus tard, ils étaient revenus en compagnie de la belle Russe qui se trouvait à bord avec l'étranger. Ils ne l'obligeaient pas à les suivre ; elle avait fait un signe de tête amical au matelot en passant devant lui. Il avait eu l'impression qu'elle voulait lui dire quelque chose, mais l'un des hommes l'avait prise doucement par le coude et conduite jusqu'à la voiture qui avait démarré. Mais il n'y avait pas eu trace de contrainte. Le matelot n'avait pas remarqué la plaque d'immatriculation. Il croyait cependant que c'était une plaque moscovite, sans qu'il s'agisse d'une plaque officielle. J'ai compris que les plaques d'immatriculation russes indiquent si le véhicule dépend d'un ministère, d'un service de sécurité ou d'autres organes officiels. Les hommes de Victor T. avaient montré au matelot une série de photos de gens que Victor qualifiait de "figures" du milieu, mais sans résultat. Les hommes de Victor lui avaient aussi montré les photos d'une série de gens que Victor qualifiait d'"employés des services de sécurité de l'Etat". Comme ils étaient des milliers, il avait fallu donner la priorité à ceux qui opéraient à Uglitch et dans la région. Cela non plus n'avait rien donné. Victor a poursuivi en disant qu'une enquête scrupuleuse auprès des commissariats de police, des hôpitaux et des entrepreneurs des pompes funèbres n'avait pas donné de résultat. La consultation des listes de passagers des trains et des compagnies aériennes était aussi restée vaine. Aucun hôtel ne l'avait enregistrée. La citoyenne danoise Nathalie Hoffmann s'était pour ainsi dire volatilisée. Les derniers à l'avoir vue étaient le matelot et Sacha.

Victor s'est versé du café, il a ajouté deux morceaux de sucre et il a brassé. Il avait l'air sincèrement désolé. Je lui ai demandé :

"Vous avez été en relation, à Uglitch, avec celui qui m'a volé ? Celui que Sacha appelle le Prince Noir ? Ce maigrelet de malheur ?

— Oui. Vous avez récupéré votre ordinateur et votre argent, n'est-ce pas ?

— Oui, je vous remercie.

— Pas de quoi.

— Qu'a-t-il dit ?"

Victor a bu un peu de café :

"Permettez-moi de faire un petit détour, Marcus. Cet homme s'appelle Igor Larionov. C'est un ancien colonel du KGB, chef des interrogatoires. Un dur. Aujourd'hui, le KGB s'appelle le FSB, mais c'est le même vin dans de nouvelles bouteilles. Larionov est toujours le chef du

FSB à Uglitch, mais il est aussi la main droite du nouveau gouverneur. Dans sa sagesse et son équité, notre président a éliminé les gouverneurs élus pour les remplacer par ceux qu'il sélectionne lui-même.

— Et ce grand homme prend le temps de voler les touristes et de terroriser des petits garçons comme Sacha ! Quel courage !" ai-je remarqué d'un ton aussi sarcastique que possible.

Victor a souri de nouveau.

"Comme tous ses pareils, Igor aime se servir de son pouvoir pour dominer les faibles. Il fait partie de ceux que nous appelons les *siloviki*, dans la Russie d'aujourd'hui. Les hommes du pouvoir, non seulement au Kremlin, mais dans toute la Russie. Cet ancien réseau, qui date du communisme, en qui le président a confiance. Ils ont découvert que le pouvoir est une bonne chose, parce qu'il permet de gagner de l'argent. Beaucoup, beaucoup d'argent."

Je n'ai pas pu m'empêcher de lui dire :

"Je croyais que vous étiez un de ces oligarques qui ne se laissent jamais faire."

Cette fois, il a ri aux éclats, mais il riait jaune, d'une certaine manière :

"Marcus. Je suis un homme riche, c'est exact. Mais mon ancien ami et concurrent Khordokovski était encore plus riche que moi jusqu'à ce que les *siloviki* aient décidé de lui rabaisser le caquet et de le détruire. En ce moment, Mikhaïl moisit en prison, ruiné et fini, avec ses belles idées sur la transparence, le capitalisme responsable et son idéal démocratique. Il se croyait plus fort que le pouvoir. D'autres parmi mes anciennes relations des beaux jours des années quatre-vingt-dix, sous le tsar Boris, dépensent leur argent en exil, loin de la Mère Russie. Si je ne veux pas partager la cellule de

Khordokovski, je suis obligé d'être prudent dans la Russie d'aujourd'hui, même moi, mon ami.

— Vous disiez donc, n'est-ce pas, que les *siloviki* sont les hommes du président ?

— Non, je n'ai pas dit cela.

— Non, n'est-ce pas. Vous avez dit que les *siloviki* sont intouchables.

— J'ai peut-être dit ça."

Comme je ne savais qu'ajouter, nous nous sommes tus un moment. Olga m'a resservi une tasse de café et a rempli mon verre d'eau minérale. Mon genou me faisait mal, comme toujours quand j'étais fatigué, ou désespéré, ou devant une impasse. Soudain, je n'ai eu qu'une envie : prendre un avion pour rentrer au Danemark, et là, contre toute raison, j'ai espéré tout à coup qu'au moment où j'entrerai dans l'appartement d'Østerbro, j'entendrais Nathalie s'exclamer, comme d'habitude : "Salut, Marcus ! Comme c'est bien que tu sois rentré !"

"Le Prince Noir est donc hors d'atteinte ?" ai-je conclu. Victor n'a rien répondu, et brusquement, une idée m'a frappé : "C'est vous qui m'avez donné l'argent qu'il a pris ? Il ne vous l'a pas rendu. Vous ne l'avez pas contacté du tout ? N'est-ce pas ?

— Non, Marcus. Il n'est pas exact que nous ne l'ayons pas contacté. Nous l'avons fait. Il n'a rien à dire et j'admets volontiers que je n'ai pas le pouvoir d'exercer une quelconque pression sur lui. Il est protégé. Comprenez-vous ce que je vous dis ?

— Je crois que oui, mais où est Nathalie ?

— Oui, où est votre femme ? C'est une bonne question. Et voilà une question encore meilleure : qui est votre femme ?"

Je l'ai regardé, stupéfait.

"Qui est Nathalie ?" a-t-il répété, et je lui ai rendu grâces d'employer le présent au lieu du passé à son sujet.

“Elle est russe, enfin, à peu près. Son père était d’origine japonaise et sa mère russe. Elle est sortie de Russie avec moi après notre mariage et n’y est pas revenue depuis. C’est ma femme. Elle est danoise à présent. Citoyenne danoise en tout cas.

— Ce n’est pas aussi simple que cela.

— Comment ça, nom de Dieu ?” me suis-je exclamé en faisant un grand geste qui a renversé ma tasse de café. Peu coutumier d’une telle maladresse, j’ai juré très fort en danois. Olga, en bonne maîtresse de maison, a essuyé la table avec des serviettes en papier en m’adressant, apparemment, quelques mots de consolation en russe, tandis que Victor me regardait ironiquement, ce pourquoi je me suis dit que je devais me ressaisir et me comporter comme pendant des négociations ordinaires. On m’a resservi du café, j’ai soulevé la tasse d’une main qui ne tremblait pas et demandé :

“Qu’avez-vous découvert au sujet de Nathalie ?”

Il a soutenu mon regard et entamé un étonnant récit, en posant devant moi au fur et à mesure, des documents que j’étais incapable de lire, comme s’il était un avocat général.

Il m’a d’abord demandé s’il pouvait commencer par un peu d’histoire russe. A cette question purement rhétorique, je me suis borné à acquiescer d’un signe. Il s’agissait du petit peuple des Tchétchènes, contre qui je savais que les Russes faisaient la guerre depuis de nombreuses années. Le Kremlin n’avait rétabli aucune sorte de paix ni de civilisation dans la Tchétchénie même, qui, pour moi, était une nation musulmane du Caucase. C’était l’une des zones agitées de la planète qui apparaissait sporadiquement sur les écrans de la télévision danoise. Des terroristes tchétchènes avaient perpétré de grands et de petits actes terroristes dans un théâtre de

Moscou, de nombreux enfants avaient été victimes d'une affaire d'otages tragique et sanglante, dans un hôpital du sud du pays, et tout dernièrement, il y avait eu cet attentat à la bombe dans le métro de Moscou. Comme la plupart des Danois, je considérais peut-être les Tchétchènes comme des opprimés, mais leur terrorisme me répugnait.

Cependant,Victor a commencé ailleurs. En 1944, pendant la Seconde Guerre mondiale, Staline avait été convaincu que les Tchétchènes étaient une cinquième colonne qui pouvait attaquer les Russes par-derrière parce qu'ils haïssaient les Russes plus que les Allemands. Ils luttaient pour leur liberté depuis que le tsar avait conquis le Caucase, au milieu du XIXe siècle. Cette conquête avait commencé plus d'un siècle auparavant, mais les Tchétchènes ne s'étaient pas rendus sans combattre. Toute la population tchétchène avait été déportée de son sol natal par Staline, qui l'avait reléguée dans des régions lointaines comme l'Ouzbékistan et le Kazakhstan, où elle menait une vie misérable. Près de quatre cent mille Tchétchènes avaient été déracinés et transportés, comme du bétail à l'abattoir, dans des wagons de marchandises scellés. Plusieurs milliers de réfractaires à la déportation avaient été massacrés par la police secrète de Staline. Des villages entiers avaient été gommés de la carte. La déportation avait eu lieu en février, par un froid glacial, et par milliers, les Tchétchènes étaient morts de faim et de froid, d'abord pendant le voyage, puis, plus tard, dans ces régions inhospitalières où on les considérait comme des traîtres à leur patrie. Staline était mort en 1953, mais ce n'est que quatre ans plus tard que les Tchétchènes déportés avaient été autorisés à réintégrer leur patrie. Ils avaient partagé le sort d'autres petits peuples comme les Tatars de Crimée : un des nombreux chapitres sanglants et tragiques dont Victor m'a fait le récit, sur un ton froid et neutre.

Il a bu une gorgée d'eau et a posé devant moi la photo jaunie, en noir et blanc d'un homme maigre, au physique japonais, et d'une femme mince. Leurs vêtements misérables semblaient être un patchwork de pièces disparates. L'homme avait une moustache en broussaille qui divisait pour ainsi dire son mince visage d'Asiatique. Il paraissait beaucoup plus âgé que la femme. Celle-ci, avec sa figure creusée, ses cheveux noirs et son ventre proéminent, était d'un âge absolument indéterminable. J'ai eu l'impression qu'elle était beaucoup plus jeune qu'elle n'en avait l'air. Le couple se tenait devant une petite maison délabrée, et une fumée grise sortait par la cheminée. Même si cette photo était usée et d'un grain grossier, on sentait sans peine l'affreux dénuement que personnifiaient ces deux êtres.

Victor m'a dit :

"Cette photo a été prise au printemps 1945. Elle représente le grand-père et la grand-mère de Nathalie, quelque part au Kazakhstan."

J'ai pris la photo pour la regarder. Devant mon étonnement, Victor est resté silencieux un moment avant de poursuivre :

"Il est japonais. Elle est tchétchène. Je peux vous donner leurs noms, mais cela ne vous dira peut-être pas grand-chose. Ils figurent sur les papiers. Dois-je les faire traduire en anglais ?

— Je vous en serais reconnaissant.

— Encore une fois, mon ami, c'est moi qui vous suis reconnaissant. Où en étais-je ?" a-t-il poursuivi, comme s'il ne le savait pas très exactement.

L'histoire était à la fois belle et tragique. L'homme de la photo était un soldat japonais arrivé en Russie en 1920, à l'âge de dix-sept ans à peine, troupier dans l'armée impériale japonaise qui avait envahi la Sibérie juste après la révolution russe. Le Japon avait occupé une partie importante de l'Extrême Orient russe. De grosses lacunes entachaient l'histoire de Victor ; il n'avait pas découvert pour quelle raison ce soldat était resté en Russie lors de la retraite des troupes japonaises. Avait-il déserté ? Ou l'avait-on libéré de son service ? Une partie de la Sakhaline était échue au Japon, qui avait des intérêts importants dans l'est de la Russie. Staline essayant de conserver des relations raisonnablement amicales avec le Japon, compte tenu de la puissance militaire croissante de l'empire du Soleil levant, le Japon et la Russie avaient signé un pacte de non-agression en avril 1941 et bon nombre de Japonais avaient travaillé dans l'immense Union soviétique. Quoi qu'il en fût, au début du printemps 1944, l'ancien soldat japonais avait rencontré au Kazakhstan une jeune fille tchétchène dans une exploitation collective. Ou bien c'était elle qui l'avait rencontré, deux mois après son embarquement dans son wagon à bestiaux, par un jour de février glacial. Malgré leur différence d'âge et tout ce qui les séparait par ailleurs, ils s'étaient épris l'un de l'autre. Il avait quarante ans, elle venait d'en avoir vingt. La grand-mère de Nathalie avait perdu son père et sa mère au cours du transport de Tchétchénie : ils étaient morts dans le wagon et on avait jeté leurs corps pendant le trajet. Sa petite sœur et son grand frère étaient morts durant leur premier mois au Kazakhstan, victimes du froid glacial puisqu'ils n'avaient pas d'abri. La jeune Tchétchène s'était peut-être ralliée à ce Japonais plus âgé parce qu'elle cherchait un père de remplacement. Ou parce qu'il pouvait au moins lui offrir un toit, même si ce n'était que celui d'une isba russe, une cabane en bois dans un misérable kolkhoze. Qui sait ? L'amour a de nombreux visages et de multiples raisons, selon l'expression de Victor.

Leur mariage – heureux ou non, qui sait ? – avait été de courte durée. Peu de temps après la destruction d'Hiroshima et de Nagasaki par les bombes atomiques des Etats-Unis, Staline déclarait la guerre au Japon pour empêcher les Etats-Unis de contrôler seuls ce pays, car il tenait à avoir sa part du butin. Les écoliers russes apprenaient toujours, selon Victor, que la reddition du Japon était due à la déclaration de guerre de la grande Union soviétique. Tous les hommes d'origine japonaise avaient été arrêtés par le NKVD, la police secrète, et envoyés au goulag. Le grand-père de Nathalie était mort en 1949 dans une mine de nickel voisine de Vorkuta.

Victor a posé un document devant moi et a poursuivi :

“Les papiers étaient en ordre. Voici son acte de décès. L'ennemi du peuple n° 145 678 est décédé le soir de Noël 1949. La cause de son décès n'est pas indiquée, pas plus que l'endroit où il est enseveli. Il figure sur une liste de trois cent quarante-sept personnes décédées ce jour-là.”

Victor s'est éclairci la voix et a continué son histoire. La grand-mère de Nathalie, qui s'appelait Khadchad, un prénom tchétchène assez courant, est restée dans ce kolkhoze où elle trayait le lait. Ils étaient venus chercher son mari début septembre 1945 ; en octobre de la même année, elle avait eu une fille qu'elle avait appelée Raïssa et toutes les deux sont restées dans ce kolkhoze jusqu'en 1957, l'année où on les a autorisées à retourner en Tchétchénie. Khadchad s'était remariée avec un Tchétchène de son âge, mais quand son mari est mort d'une cirrhose du foie, dès 1956, ils n'avaient pas eu d'enfant. Les Tchétchènes sont généralement musulmans, mais la religion n'a jamais empêché bon nombre d'entre eux d'aimer la vodka. Khadchad s'est installée à Groznyi, la capitale de la république socialiste Ingouchie-Tchétchénie, qui a connu quelques années de tranquillité, malgré sa pauvreté, pendant que l'Union soviétique essayait de se remettre des terribles pertes humaines et matérielles subies au cours de la Seconde Guerre mondiale.

Victor a posé devant moi une autre photo en noir et blanc. C'était celle d'un autre jeune couple, qui m'a frappé car j'ai reconnu Nathalie d'emblée aux traits et au physique identiques à ceux de sa mère. Celle-ci souriait à un jeune homme blond qui la tenait par la taille, en rejetant légèrement la tête en arrière, si bien que le vent faisait flotter ses cheveux noirs. Raïssa avait un bouquet dans la main.

Victor a précisé :

"Le père et la mère de Nathalie, le jour de leurs fiançailles. Il était chauffeur dans un ministère de la République et la mère de Nathalie travaillait à la réception. Beaucoup de décès et de malheurs ont frappé cette famille. Le père de Nathalie, Alexandre, s'est tué trois ans après sa naissance, un matin d'hiver, en faisant une fausse manœuvre au volant de sa voiture de service."

Le récit de Victor avait du rythme. Il a sorti un nouveau document du dossier : leur acte de mariage, puis un autre : l'acte de décès d'Alexandre, et pour finir encore une photo, de nouveau en noir et blanc et de nouveau celle d'un couple. Cette fois-ci, Raïssa avait un foulard sur la tête et baissait timidement les yeux. Son compagnon basané, d'âge moyen, portait une grosse moustache. Raïssa était en robe longue, lui en complet noir et cravate au nœud serré. Son costume mal ajusté semblait de mauvaise qualité. On retrouvait plus difficilement Nathalie dans cette photo de Raïssa, mais ma femme – une fillette à l'air sérieux – se trouvait à côté d'elle.

Victor a continué :

"Deux ans après la mort d'Alexandre, Raïssa s'est remariée, en choisissant, cette fois-ci, un homme de son peuple, Schamil, qui n'était pas né dans la grande ville de Groznyi, mais dans un petit village des montagnes. L'Union soviétique était un Etat laïc qui condamnait et opprimait la religion, mais ceux qui ne se mêlaient pas de politique et gardaient leur religion pour eux étaient autorisés à la pratiquer. Schamil était musulman. Pas un croyant fervent, plutôt du genre des soufis tchétchènes traditionnels, dont la religion se rapproche du mysticisme et qui attachaient beaucoup plus d'importance, en fait, à leur appartenance à un clan. A cette époque-là en tout cas, avant les guerres.

— Je ne comprends pas bien…

— Schamil venait d'un village de montagne, il se considérait d'abord comme un membre de la communauté de ce village, et était, en second lieu, loyal envers son clan, son *teip*, qui peut comprendre des centaines de personnes liées par le sang. Les Tchétchènes n'ont jamais eu le sentiment d'être des citoyens soviétiques. Il va sans dire que les communistes n'acceptaient naturellement pas ces liens culturels et historiques, qui perduraient fort bien dans la clandestinité. Si je vous raconte cela, c'est parce que le beau-père de Nathalie était un Tchétchène beaucoup plus traditionnel."

Victor a posé plusieurs papiers devant lui :

"Ils ont eu quatre enfants. Le premier était un garçon, comme le second, mais celui-ci est mort à la naissance. Et enfin deux filles, tout cela en l'espace de six ans. Nous ignorons pourquoi Raïssa et Schamil n'ont pas eu d'autres enfants, mais tout semble indiquer qu'après la dernière naissance, très difficile, Raïssa était devenue stérile.

— Nathalie a donc trois demi-frères et sœurs ? Tous tchétchènes ?

— Oui, et il y a plus."

Il a posé un nouveau document devant moi.

“Vous savez bien que je ne peux pas le lire, lui ai-je dit avec irritation.

— Non, mais c’est la photocopie du journal d’un hôpital de Groznyi, qui rapporte qu’une jeune fille d’une quinzaine d’années s’est fait hospitaliser pour obtenir un avortement. Il y a aussi un rapport de la police à ce sujet, car la jeune fille affirmait que durant toute son adolescence, son beau-père avait abusé d’elle. Le rapport et le journal font état de traces visibles de violences sur tout le corps. L’avortement a réussi, mais l’opération a été si mal faite que la jeune fille ne pourra jamais avoir d’enfants. Cette jeune fille, qui s’appelle Sarema Elikhadchiieva, est ta femme, celle que tu connais sous le nom de Nathalie Boutenko.”

Il a ôté ses lunettes étroites pour me regarder, mais j’ai sombré dans le noir.

12

Plus tard, Olga m'a raconté que j'étais devenu livide avant de m'effondrer ; un des gardes du corps de Victor avait juste eu le temps de me soutenir la tête, comme un arbitre qui sauve un boxeur tombant sur le ring. Je n'ai aucun souvenir de cet incident ni de la durée de ma syncope, mais Olga m'a dit qu'elle n'avait duré qu'une petite minute. Quand je suis revenu à moi, j'étais allongé par terre, la tête sur la veste d'Olga qui sentait très bon un parfum inconnu, mais qui m'a rappelé Nathalie, ou celle qui s'appelait Dieu sait comment au départ. J'avais l'impression d'avoir la bouche pleine de sable et j'étais profondément bouleversé, mais petit à petit, la pièce a repris corps et j'ai pu voir Victor et Olga penchés sur moi. Comme un bébé dans sa poussette, je découvrais des visages étrangers.

“Aidez-moi à me relever”, ai-je dit en essayant de me dresser. Ils m'ont répondu d'une même voix que je devais rester allongé, mais comme j'insistais, ils m'ont aidé à me lever. J'étais un adulte et pas un bébé, bon sang. Je me suis rassis sur ma chaise, j'ai pris le verre d'eau et je l'ai vidé. Olga l'a rempli et je l'ai de nouveau vidé.

“Avez-vous des toilettes ? leur ai-je demandé.

— A mon avis, vous devriez descendre dans votre appartement pour vous allonger un moment, m'a dit Olga.

— Ce n'est pas ce que j'ai demandé."

Victor m'a montré du doigt le fond de la salle. J'ai fait un effort énorme pour me lever et traverser la pièce. Mon genou me faisait souffrir et j'avais mal à la tête, mais j'ai traversé presque sans accroc le parquet miroitant pour arriver aux toilettes. Au bout d'un moment, quand j'ai découvert ma pâleur et ma laideur dans le miroir bien astiqué des toilettes, je me suis rafraîchi la figure à l'eau froide et séché avec les serviettes douces et fines présentées sur l'étagère. J'ai attendu un instant, tandis que mes pensées tourbillonnaient dans ma tête. Je me suis rafraîchi, réessuyé une fois de plus et j'ai recommencé l'opération avant de retourner dans la salle de conférences où j'ai repris ma place et bu un peu de café froid.

"Continuez,Victor", lui ai-je dit.

Il m'a regardé sans faire de commentaires, heureusement, s'est contenté de sourire, de remettre ses lunettes et a poursuivi :

"Sarema s'est enfuie à Moscou. Elle avait dénoncé son beau-père aux autorités et, dans la société tchétchène traditionnelle d'où il venait, il était impardonnable de jeter l'opprobre sur sa famille, où l'honneur et la honte sont les concepts dominants. Elle aurait été marginalisée, peut-être même assassinée. Sa mère aurait pu la soutenir, mais elle s'était soumise au mariage traditionnel ; les vendettas sanglantes, réprimées à l'époque du communisme, n'ont jamais totalement disparu. Alors, on a aidé Sarema à rejoindre Moscou.

— Comment aidé ?

— Je n'ai jamais été communiste et je ne le deviendrai jamais, mais le communisme comptait aussi des braves gens, beaucoup étaient honnêtes et bons, en Union soviétique. La doctoresse en chef russe de l'hôpital a éprouvé de la sympathie pour Sarema et contacté une connaissance du Parti, qui a promis de s'occuper de l'affaire. Il s'est mis en relation avec Moscou, et on a retrouvé la sœur.

— Quelle sœur ?

— Faut-il arrêter ? Est-ce trop compliqué ?

— Non. Quelle sœur ?"

Victor a ôté ses lunettes et m'a regardé d'un air à la fois taquin et compatissant, ou surtout, peut-être, comme on regarde un enfant un peu lent à comprendre, mais il a poursuivi, à voix basse, sur ce même ton efficace d'homme d'affaires :

"La mère de Sarema, Raïssa, avait épousé un Russe, vous vous en souvenez ?

— Oui, naturellement.

— Bien. La situation familiale de Raïssa est tout de même un peu embrouillée. Je l'avoue. Mais… enfin, ce Russe, le père de Sarema, s'appelait Alexandre Gratchov. Il devait être très tolérant ou très amoureux pour permettre que son premier enfant reçoive le nom tchétchène de Sarema. Ce n'était guère favorable quand on voulait faire carrière, mais peu importe, il est mort tragiquement, et de bonne heure. Un destin russe fréquent pour un homme. Alexandre avait une petite sœur, Ludmilla. Très belle, elle a épousé le secrétaire local du Parti, Jevgueni Boutenko, que Mikhaïl Gorbatchev a remarqué pendant un de ses voyages en province. Vous savez que Gorbatchev a purgé l'appareil et qu'il cherchait des cadres neufs, non corrompus ; il a donc fait venir à Moscou cet *apparatchik* talentueux et honnête et on lui a donné une voiture avec chauffeur, un bon appartement, beaucoup de place, de nombreux privilèges ; la tante et l'oncle de Sarema l'ont prise sous leur aile ; ils ne pouvaient pas ou ne voulaient pas avoir d'enfants, Sarema était une jeune fille intelligente et jolie qu'ils ont adorée dès le début, et comme sa nouvelle famille avait de bonnes relations, Sarema est devenue Nathalie Alexandrejeva Boutenko."

Sans un mot de plus, Victor a mis les derniers documents du dossier devant moi, mais j'ai vu qu'il contenait encore quelques photos en couleurs.

"Nathalie m'a toujours dit que ses parents avaient été victimes d'un accident de la circulation pendant sa jeunesse."

Victor a soupiré :

"Je vous ai prévenu mon ami, les morts sont nombreux dans cette famille. C'est à la fois juste et faux. Ses parents adoptifs se sont trouvés au mauvais endroit au mauvais moment. Ils ont été tués en 1989, lorsque deux bandes de la mafia ont fait exploser une voiture piégée en essayant de prendre le pouvoir sur leur territoire.

— Mais qu'est-ce que c'est que ce pays ?

— C'est la Russie, mon ami. C'est la Russie.

— Nathalie m'a toujours dit qu'elle était russe, même si elle avait des ancêtres japonais. Un jour, elle m'a montré son – comment l'appelez-vous, déjà ? Son passeport interne ? Où il figurait qu'elle était russe.

— Elle l'était. De plus, ce qui est indiqué dans le passeport n'a pas grande importance. On pouvait presque choisir son ethnie. Pas mal de Russes sont devenus juifs dans les années quatre-vingt, parce que Gorbatchev laissait partir les juifs pour Israël, alors que personne d'autre ne pouvait sortir du pays. Aujourd'hui, la nationalité n'est qu'un mot ; avec de l'argent, on peut en changer. Autrefois, grâce à ses privilèges, son père adoptif pouvait arranger ce genre d'affaire. Sarema était tchétchène, Nathalie est russe, comme son père. Elle est donc russe, à moins qu'elle ne soit retournée chez elle, dans son peuple.

— Comment ça ? Chez elle ?”

Il a posé devant moi la photo suivante, une photo en couleurs qui faisait penser à l’illustration d’un reportage, dans un journal ou à la télévision. Elle représentait une des nombreuses statues renversées partout en Europe, à partir de 1989 et quelques années durant. Ici, cela semblait être le monument élevé à la mémoire d’un général que l’on radiait de l’Histoire. Une foule d’hommes barbus, extatiques, avaient l’air de danser autour du potentat déboulonné. Victor m’a dit :

“Nous sommes en 1990. Ce cliché est pris à Groznyi, sur la place centrale de la capitale de la Tchétchénie. La statue est celle du général russe Alexeï Jermolov, le chef des troupes russes qui ont conquis et colonisé les Tchétchènes, il y aura bientôt deux cents ans. C’est également lui qui a fondé Groznyi en 1818. C’est un héros en Russie et l’une des figures historiques les plus haïes en Tchétchénie.

— On dirait qu’ils dansent.

— C’est juste. C’est une danse appelée le *sikr*, une sorte de danse guerrière tchétchène qui a terrorisé de nombreux soldats russes, au cours des deux siècles derniers. Lors de l’effondrement de l’Union soviétique, les hommes ont beaucoup et longtemps dansé pour célébrer l’indépendance de la Tchétchénie. Mais regardez celui de droite.”

Barbu comme les autres, il tenait un Kalachnikov AK-47 automatique à moitié levé et hurlait ou riait à gorge déployée.

“Je crois que c’est lui, n’est-ce pas ?

— Oui, mon ami. C’est le mari de Raïssa, le beau-père de Nathalie ou plutôt de Sarema. C’est Schamil. Il était heureux. La Tchétchénie allait être libre et il allait devenir un soldat de la religion. Il s’est rallié à l’armée d'un autre Schamil, Schamil Basaïev. Celui-là, si vous pouviez indiquer aux Russes le moyen de le trouver, vous deviendriez multimillionnaire en dollars. La récompense sera versée séance tenante. C'est le plus grand terroriste de Russie, que son âme pourrisse en enfer. Schamil et Schamil avaient des points communs. Regardez plutôt."

Victor m'a montré une nouvelle photo en couleurs, d'assez mauvaise qualité technique, mais peu importait, car c'était l'image de la brutalité et de la cruauté : Schamil était vêtu d'une longue robe, deux jeunes gens barbus derrière lui levaient leurs fusils automatiques au-dessus de leur tête. Avec leurs bandeaux verts sur le front, ils rappelaient les terroristes qu'on voit, à la télévision, crier "Allah est grand". Schamil, de sa main levée, montrait une tête coupée et tenait, dans l'autre, un long couteau sanglant.

Le corps décapité gisait à ses pieds. J'ai repoussé la photo, mais je savais que je verrais longtemps, dans mes rêves, la terreur qu'exprimait cette jeune tête coupée.

Victor m'a dit :

"Les opérations ont été sanglantes, en 1995, pendant la première guerre de Tchétchénie. Elles ont été sanglantes et anarchiques pendant l'indépendance, jusqu'à la deuxième guerre, qui a commencé en 1999 et qui dure encore, quoi qu'en dise le président. Notre Schamil est devenu le chef d'un tribunal de la *charia* et membre du Conseil de guerre. Les Tchétchènes, je vous l'ai dit, n'étaient autrefois pas plus croyants et pas plus fondamentalistes que ça, mais la guerre et la violence ont ouvert la voie à l'islamisme, apporté par les nombreux Arabes et autres musulmans venus soutenir leurs frères tchétchènes. Je vous l'ai dit, Marcus, c'est une famille qui accumule les morts. Dieu ait pitié de leur âme."

Il a fait une pause, ôté ses lunettes et continué, de la même voix sans passion :

“Le fils aîné de Schamil a été kidnappé, peut-être par des soldats russes, peut-être par des gangsters, peut-être par un clan rival. On n’a jamais retrouvé son corps. Des tas de gens ont disparu en Tchétchénie durant ces derniers dix à quinze ans. Schamil a lui-même été tué par un missile russe, tiré d’un hélicoptère de combat. Il avait eu l’imprudence d’utiliser son téléphone portable qui a été localisé par la FSB. Et pan, lui et sa maison ont été réduits en poussière. Il y avait, avec lui, deux autres hommes, la femme de Schamil, Raïssa, et leur plus jeune fille. Voici la dernière photo et le dernier chapitre.”

Il m’a semblé avoir déjà vu la photo qu’il m’a tendue. Des journaux danois et étrangers avaient, en tout cas, publié des photos similaires de la terrible attaque des cinquante terroristes qui avaient pris en otages les comédiens et les spectateurs d’un théâtre de Moscou. Au bout de deux jours, les forces de sécurité russes avaient insufflé un gaz spécial dans le théâtre avant de le prendre d’assaut. Beaucoup d’otages étaient morts, victimes de ce gaz, parce que les autorités avaient refusé de fournir du contrepoison aux médecins ce qui est resté un secret d’Etat. Tous les preneurs d’otages tchétchènes épargnés par le gaz avaient été liquidés. Je me souvenais de femmes, en noir de la tête aux pieds, leurs explosifs attachés à la ceinture, faisant leur entrée à Moscou, avant de commettre leur attentat-suicide. J’ai regardé la photo. Elle représentait une de ces femmes. Assise au théâtre comme si elle attendait le début de la représentation. Elle était toute en noir, mais on avait retiré son voile ou son masque de sa figure, elle avait la tête en arrière et les yeux ouverts, mais il ne faisait pas l’ombre d’un doute qu’elle était morte.

“La dernière sœur ? ai-je demandé.
— Est-ce la dernière sœur ?
— Que voulez-vous dire ?
— Mes enquêteurs n’ont pas pu établir avec une certitude absolue que la plus jeune sœur de Nathalie a été tuée lorsque le missile a touché la maison de Schamil. Ils croient que oui, mais ils n’en sont pas sûrs. Il y avait un corps de jeune femme, mais les soldats qui sont arrivés sur les lieux, enivrés par leur victoire, ont arrosé la ruine avec de l’essence et l’ont brûlée. Plus tard, tout a été rasé par un bulldozer de l’armée. Il y a une complication supplémentaire. D’après certaines sources, la petite sœur était une des deux femmes tchétchènes qui ont payé un pot-de-vin, plus ou moins en même temps pour monter, chacune de son côté, à bord d’un des deux avions de ligne intérieure qui ont explosé en vol l’an dernier. C’est difficile, mais il est apparemment certain qu’elles étaient devenues toutes les deux des veuves noires, tout comme celles qui ont perdu un frère, un fils ou un mari. Il est clair comme le jour, en tout cas, que la sœur du théâtre a tout perdu et qu’elle veut se sacrifier. Au nom de quoi ? Qui sait ? Peut-être de la cause tchétchène. Peut-être pour se venger. Peut-être parce qu’elle n’avait plus de raison de vivre. Sarema ou Nathalie est apparemment la seule survivante du côté maternel. Tous les autres sont morts.
— Pourquoi ne rendez-vous pas leur liberté aux Tchétchènes, nom de Dieu ? A quoi bon tous ces morts ?
— C’est beaucoup trop tard. La Russie ne renoncera pas au moindre pouce d’un quelconque territoire. Nous en avons assez abandonné.
— Comment s’appellent ses sœurs ? Celle dont on ne sait pas avec certitude si elle est morte ?
— Elle s’appelait ou s’appelle Zinaïda, a répondu Victor qui, pour une fois, a dû consulter ses notes. On

ne peut pas nous confirmer si elle est en vie ou non, mais tout indique qu'elle n'est plus de ce monde."

J'ai repoussé la photo. J'avais mal à la tête et un début de nausée. Je ne savais pas par quel bout prendre et comprendre toute cette histoire, à la fois irréelle et beaucoup trop réelle. Cette montagne d'horreurs et de morts était si éloignée de ce que nous avions vécu ensemble, Nathalie et moi. Je savais bien, naturellement, que les gens vivent ainsi dans certaines parties du monde, mais ce n'était pas mon univers. C'est celui d'autres peuples lointains, qui ne nous touchent qu'à distance, quand on les voit apparaître sur les écrans de la télévision. D'ordinaire, on peut éteindre l'image de ce monde dément et brutal et l'oublier complètement, mais là, il refusait de me quitter.

Impossible d'éteindre le passé inconnu, secret de Nathalie, qu'elle n'avait pas partagé avec moi. Si elle le connaissait elle-même. Elle vivait au Danemark depuis longtemps quand la première guerre tchétchène avait éclaté. Qui l'avait contactée et que lui voulait-on ? Qui l'avait convaincue ou avait fait pression sur elle pour qu'elle retourne en Russie ? Pourquoi ne s'était-elle pas confiée à moi ? Pourquoi avait-elle menti sur son passé ? Cela m'aurait été égal. J'aimais Nathalie telle qu'elle était quand je l'avais rencontrée. Son passé n'avait pas d'importance. Nous avons tous un passé, mais qui cela regarde-t-il ? Qui l'avait suffisamment terrorisée – si c'était le cas – pour qu'elle invente cette croisière sur le fleuve afin de retourner dans ce maudit pays, simplement pour disparaître ? Je ne voulais pas y croire, mais il était difficile de ne pas la soupçonner d'avoir tout projeté. Dans ce cas, non contente de disparaître, elle s'était délibérément enfuie. Pourtant, malgré tout, peut-être l'avait-on enlevée, kidnappée ? Obligée à quitter le *Rossiya*, mais avec quels moyens de pression ? Et comment savaient-ils où elle était si elle ne les avait pas contactés elle-même ? Et qui aurait-elle contacté ? Des Russes ou des Tchétchènes ? Il n'y avait pas de réponse, rien qu'une quantité de questions qui en généraient sans cesse de nouvelles.

J'ai tourné et retourné tout cela dans ma tête en faisant des longueurs de piscine pendant que Sacha s'amusait, comme d'habitude, après avoir renoncé à me remonter le moral. C'était très étrange, mais j'avais été tout à fait calme, en apparence en tout cas, lorsque Victor, son histoire terminée, avait soigneusement remis les papiers et les photos dans la chemise qu'il avait poussée vers Olga. De nouveau, j'avais éprouvé cette sensation de déjà-vu comme lors de ces innombrables réunions d'affaires où l'on se serre la main, fatigué, mais satisfait. Où l'on décide d'une nouvelle réunion, en sachant qu'on parlera encore un peu affaires en dînant ensemble, un peu plus tard.

J'ai remercié mille fois Victor pour le travail impressionnant effectué par ses enquêteurs. Ou payé par lui pour être effectué. Je supposais que des hommes comme Victor payaient assez largement pour que quelques-uns des meilleurs enquêteurs de la police ou des services secrets se laissent convaincre de quitter le service public pour travailler comme détectives privés. Leur entraînement professionnel et leur expérience, combinés avec une forte somme d'argent pour graisser la patte des employés sous-payés des différents bureaux et archives garantissaient des résultats concluants. J'avais donc eu la chance de profiter de leur expérience, bien que le mot chance soit fort mal choisi. Je supposais qu'au quotidien, les enquêteurs de Victor travaillaient pour découvrir tout ce qu'il était humainement possible de savoir sur ses amis et ses ennemis dans le milieu des affaires. “Les affaires, c'est la guerre”, disaient les Japonais. Et dans toute guerre, c'est le combattant le mieux informé qui détient les meilleurs atouts et dont l'avantage est souvent décisif sur le front mouvant du capitalisme mondialisé. Victor, naturellement, a balayé mes remerciements d'un revers de main :

"Je ne les mérite pas. Je vous ai plongé dans le doute et la désolation avec mes renseignements, et nous ne trouvons pas Nathalie, notre mission a donc échoué. Mais nous n'abandonnons pas la partie et le travail continue, mon ami. Nous allons dîner ensemble ce soir. Je m'en réjouis. Je passerai vous chercher à vingt heures."

Victor avait choisi un restaurant de la place Pouchkine, non loin du McDonald's favori de Sacha, mais ce restaurant était d'une tout autre classe que cet avant-poste oriental de la chaîne mondiale de hamburgers. Sacha était un garçonnet vraiment distingué avec sa chemise propre, sa veste et son pantalon neufs et ses chaussures bien cirées. Olga avait même recoupé ses cheveux déjà courts et j'avais joué les pères et vérifié ses ongles. De mon côté, je m'étais acheté une chemise, une veste et une cravate. Olga, vêtue d'une petite chose chic très moulante, était beaucoup trop maquillée, mais le style russe est ainsi. Victor portait un complet noir Armani et le garçon qui s'est incliné pour nous recevoir était vêtu d'un costume pré-révolutionnaire qui rappelait un peu celui des domestiques, dans les bals de la Cour de France au cinéma. Il est en livrée, me suis-je dit en suivant mes compagnons. Sacha a ouvert de grands yeux et trouvé l'endroit merveilleux, mais pour une fois, son enthousiasme spontané devant ce beau bâtiment ancien, avec son café au rez-de-chaussée et son restaurant élégant au premier étage ne m'a pas égayé.

Dans quel état étais-je réellement ? Je n'en sais rien. J'étais recru de fatigue après toutes ces longueurs monotones dans la grande piscine de Victor, mais il en fallait plus pour que je me sente enfermé dans cette espèce de cloche de plongée. Tout était si irréel et incompréhensible. Nathalie me manquait toujours, mais je ne savais plus qui elle était. Nathalie telle que Victor l'avait décrite ne pouvait pas me manquer puisque je ne la connaissais pas. L'ancienne Nathalie me manquait, comme notre vie à Copenhague. Je maudissais le jour où nous avions de nouveau foulé le sol de la Russie. J'avais essayé d'appeler mon père sans obtenir de réponse, et repensé qu'Yvette et lui étaient peut-être partis pour New York, où son portable ne fonctionnait pas. J'aurais aimé parler avec lui. Je voulais rentrer au Danemark, je le savais à présent. Je comprenais que je ne pouvais plus faire grand-chose à Moscou. J'aurais voulu retrouver Nathalie, évidemment, et savoir ce qui lui était arrivé. Je refusais d'abandonner cet espoir, mais une petite voix intérieure, au fond de moi, murmurait que je l'avais perdue pour toujours.

Le restaurant s'appelait le Café Pouchkine. Nous avons traversé le café et sommes montés au premier par un escalier de bois si usé que le milieu des marches était incurvé. Malgré les prix très élevés, toutes les tables étaient occupées, en haut comme en bas, par les nouveaux riches de Moscou. Les hommes en complets de qualité, ou en chemises polos de grandes marques. Les jeunes femmes en robes moulantes, comme celle d'Olga, qui découvraient les épaules, les bras et une partie de la poitrine. Le champagne, le vin et les bouteilles de vodka trônaient sur toutes les tables et les gens faisaient beaucoup de bruit. Victor étant un client connu et apprécié, on nous a donné une table avec vue sur la place Pouchkine. Trois garçons en livrée se sont immédiatement occupés de nous, nous donnant l'impression d'être les spectateurs d'un festival de danses folkloriques. J'ai laissé Victor effectuer les commandes. N'ayant pas très faim, j'ai regardé autour de moi pendant qu'Olga, Sacha et Victor parlaient russe ensemble et avec les garçons, ridicules avec leurs pantalons bouffants et leurs longues chaussettes colorées. Cet intérieur m'irritait, tout compte fait, bien qu'il ne soit pas mal, avec ses grandes étagères chargées de livres anciens aux reliures de cuir. L'établissement ressemblait, de toute évidence, à un salon d'apparat ; on s'était évertué à conserver autant de choses anciennes que possible, en ajoutant des antiquités de bon goût à cette grande salle, haute de plafond, éclairée par de grandes et belles fenêtres. Victor a regardé la carte des vins et s'est décidé. Et il était possible, évidemment, de procurer un coca-cola à Sacha.

Un grand choix de petits plats est arrivé sur la table : du saumon et du flétan, du caviar noir, que j'avais cru introuvable. Il y en avait deux boîtes dans le frigo de l'appartement, certes, mais je ne les avais pas ouvertes. Je savais que de nos jours, le caviar était un luxe. La sur-pêche et l'effondrement de l'Etat soviétique avaient décimé les esturgeons. D'ailleurs, ce caviar venait d'Iran, d'après Victor, et n'en était pas moins bon, frais et salé. La cuisine était remarquable, mais avec des saveurs un peu bizarres. Victor m'a expliqué qu'il s'agissait d'une sorte de cuisine russe intégrée. On nous a servi du champagne, et plus tard un bon vin français pour accompagner un morceau de bœuf décorativement placé à côté d'une pomme de terre esseulée, de trois haricots verts et d'une tomate grillée. Les riches ne se nourrissent pas pour se rassasier, mais cela me convenait parfaitement. J'étais las, mon mal de tête persistait, mais j'ai eu du plaisir à voir Sacha manger de grand appétit un plat de viande quelconque. Il a aussi tâché de me distraire avec ses petits tours de passe-passe, en faisant disparaître les fourchettes, les serviettes et une salière, mais a renoncé en voyant que je me bornais à lui sourire sans lui dire quoi que ce soit. Ils m'ont laissé tranquille et ont parlé russe. Olga mangeait du bout des lèvres, comme moi. Après le plat de résistance, Victor a causé de tout et de rien, du temps qu'il faisait et de ses projets d'investissements dans un ensemble d'immeubles de vacances et une série de villas en Turquie, un pays qui, selon lui, allait devenir la destination principale des vacanciers de demain. Il me conseillait aussi de le faire. Le prix des immeubles et des terrains allait énormément augmenter, dans les prochaines années. On a servi une glace à Sacha, un gâteau à Olga et un petit morceau de fromage à Victor et à moi, parce que nous avions évoqué Nice ; m'étant ressaisi, j'avais un peu contribué à la conversation en racontant des anecdotes sur mon père écrivain et sa bonne vie en Provence. Victor le connaissait de nom et avait lu plusieurs de ses romans policiers traduits en anglais. Olga m'a regardé, impressionnée, comme si j'avais été l'écrivain en question. Les Russes adorent et respectent leurs poètes, prétendait toujours mon père, ce qu'Olga confirmait, en tout cas, avec son très joli sourire, que j'ai soudain remarqué.

Victor s'est penché vers moi pour me dire :

“Dans ma prime jeunesse, les jeunes comme moi aimaient beaucoup une chanson française qu'on avait traduite en russe, une vraie chanson d'amour dont le héros était un Français à Moscou. Son guide s'appelle Nathalie. Ils vont ensemble à la place Rouge, ils boivent, ils parlent de la grande révolution d'Octobre jusque tard dans la nuit, dans sa chambre d'étudiante, ils font sûrement aussi l'amour. Pour finir, ils boivent une tasse de chocolat au Café Pouchkine. Les autorités ont interdit cette chanson, jugée immorale parce qu'elle racontait une liaison entre un étranger et une citoyenne soviétique, mais surtout parce qu'à la fin, le Français dit qu'un jour, c'est lui qui sera le guide de Nathalie à Paris. C'était impossible, n'est-ce pas, puisqu'elle ne pourrait pas sortir de Russie. La raison officielle de l'interdiction était qu'il n'existait pas de Café Pouchkine à Moscou. Alors, impossible de l'autoriser, n'est-ce pas, Marcus ?

— Non", ai-je répondu, incapable de comprendre où il voulait en venir avec son histoire qui ressemblait à celle que mon père m'avait racontée. J'ai fait un signe d'impuissance.

"Pourtant, cette salle a l'air assez ancienne, ai-je poursuivi. Coûteuse et capitaliste, c'est entendu, mais il me semble que le Café Pouchkine se trouve ici depuis pas mal de temps."

Victor a ri et il a levé le bras pour prendre sur l'étagère l'un des gros livres reliés de cuir et me l'a tendu. J'ai lu sur le frontispice que cet ouvrage, en italien, avait été imprimé à Florence en 1867. Je l'ai un peu feuilleté avant de le rendre à Victor qui l'a remis à sa place. Quand il s'est tourné vers moi, il avait un air sérieux :

"Marcus. Je me suis permis de vous réserver un billet pour Copenhague. Je pense que vous devez partir demain. Les autorités de ce pays prennent le terrorisme extrêmement au sérieux. Elles découvriront tôt ou tard qu'autrefois, votre Nathalie s'est appelée Sarema, ce n'est qu'une question de temps. Peut-être ont-elles déjà fait le lien entre les deux. Alors, ils vous coffreront. Je sais que vous êtes innocent, mais eux ne le savent pas. Et j'aime mieux vous dire qu'en Russie, la garde à vue n'est pas une partie de plaisir. Me comprenez-vous ?

— Comme j'ai rencontré le Prince Noir, je vous comprends très bien.

— C'est un très faible avant-goût, Marcus. Alors, rendez-moi ce service. Je peux vous protéger dans une certaine mesure, mais seulement dans une certaine mesure.

— Non, vous n'avez pas pu vous protéger vous-même à Nice. Qui étaient vos agresseurs ? Vous ne me l'avez jamais dit."

Il m'a regardé pendant un instant, irrité, avant de répliquer :

"Peu importe. Appelons-les simplement des concurrents.

— Des hommes du pouvoir, de l'ancien KGB, comment dites-vous – des *siloviki* ?

— Non, Marcus. Ils venaient du secteur privé, mais c'est sans importance. Ce qui compte, c'est que les autorités pourraient avoir l'idée d'examiner votre cas de plus près, et par les temps qui courent, même moi, j'aurais du mal à vous protéger.

— Et Nathalie ? Dites-vous que c'est une terroriste ?

— Non, je ne dis pas cela, parce que je ne le sais pas. Et mes hommes vont continuer à tout faire pour essayer de découvrir ce qui lui est arrivé. Nous maintiendrons le contact. L'important, ce n'est d'ailleurs pas ce que je pense, mais ce que pensent les *siloviki*, ou ce qu'ils veulent penser.

— Je ne sais pas vraiment…" ai-je répondu, même si j'étais décidé à rentrer au Danemark. J'étais soulagé d'apprendre que Victor ou certainement l'efficace Olga avaient réservé ma place dans l'avion. Il avait promis de s'occuper de Sacha et je partais du principe que Victor tenait parole. Je n'avais pas lieu de croire autre chose. Je n'avais aucune raison de m'éterniser à Moscou, qui m'est apparue soudain comme une ville sinistre et peu sûre. On avait beau avoir maquillé la ville comme une putain, les vieilles méthodes et structures brutales guettaient derrière la façade.

Victor a mis la main sur mon bras et m'a demandé :

"De quand date ce restaurant, à votre avis ? Je parle du bâtiment où nous sommes ?"

J'ai regardé autour de moi :

"Je n'en sais rien", ai-je répondu. Victor a levé la main et a versé le reste du vin dans son verre : le mien était toujours à moitié plein. "Mais il me semble que le bâtiment est ici depuis plus de cent ans ; autrement dit, longtemps avant la révolution. Il a été rénové, bien entendu. Mais c'est un bel immeuble ancien, dont on essaie de conserver le style, avec des costumes anciens, une carte jaunie, que sais-je ?"

Victor s'est remis à rire, à rire fort, d'un rire un peu forcé qui a attiré l'attention des convives de la table d'à côté. Il a failli s'étrangler, ce qui n'a rien arrangé, et Olga a été obligée de lui taper dans le dos. Après avoir retrouvé sa respiration, il m'a expliqué :

"Marcus, cette maison a quatre ans. On l'a bâtie pour faire croire qu'elle est ici depuis toujours. Il y a peu de temps, un petit parc était encore sur son emplacement. Tout ce qui meuble ce restaurant tendance et cher : le mobilier, les livres, la vaisselle et les couverts, les candélabres, les peintures, même cet étroit escalier aux marches usées, absolument tout a été importé de Milan. Très peu de choses, dans la Russie moderne, sont conformes à leur apparence, mon ami. A l'avenir, il ne faudra pas l'oublier."

13

Je m'étais imaginé qu'en rentrant au Danemark, je retournerais dans un monde compréhensible, mais j'ai eu un sentiment d'irréalité en entrant dans notre appartement d'Østerbro, à Copenhague. Peut-être parce que j'avais espéré retrouver la vie quotidienne, normale, aussitôt après avoir tourné la clé et ouvert la porte en criant "Salut chérie, me voilà", comme je l'avais fait plus souvent que je ne pouvais ni ne voulais me le rappeler. Quand je suis rentré chez moi, après cette aventure russe catastrophique, j'ai dû pousser la porte de toutes mes forces. Un monceau de publicités encombrait le sol de l'entrée de leurs slogans vides de sens pour des promotions périmées de longue date ; cela sentait le renfermé et la chaleur, bien qu'il fasse froid dehors. En entrant dans le séjour silencieux où j'ai posé mon bagage à main, j'ai entendu le bruit de mes pas et pour la première fois, je me suis avisé que Nathalie et moi avions tous deux des bagages à bord du *Rossiya*. Je doutais de jamais les revoir. Du reste, cela m'était égal. Dehors, il faisait jour, mais en moi, c'était la nuit. Je me suis assis sur une chaise, mon trousseau de clés à la main, et j'ai contemplé le ciel bleu de la fin juin, avec ses nuages légers qui flottaient au-dessus des toits rouges voisins si familiers. J'étais assis sur le bord de la chaise, bien droit, dans la posture d'un demandeur d'emploi timide, pas particulièrement qualifié, qui sait qu'il attend vainement. Combien de temps je suis resté là, je l'ignore. Je crois m'être un peu endormi, à un moment. Mais l'inaction des premières heures qui ont suivi mon retour est une très bonne image de mon état d'esprit et de ma conduite durant les premiers jours consécutifs à la Russie.

Je ne faisais rien. J'ai acheté un peu de pain, un peu de charcuterie et quelque chose à boire pour garnir le frigo vide, mais je n'ai presque rien mangé. Je buvais du vin, pas en grande quantité, car le vin me donnait beaucoup trop vite mal à la tête. Je regardais par la fenêtre sans pouvoir me décider à téléphoner à quiconque. Refusant de regarder notre album de photos commun, j'ai fait scrupuleusement le tour de l'appartement pour retourner les photos sur lesquelles on voyait Nathalie. Une sur le bureau de ma table de travail, où la légère couche de poussière prouvait notre absence, une dans le séjour, avec nous deux devant la maison de vacances de Møn, une très jolie photo prise par mon père. Je la serrais contre moi et elle appuyait sa tête contre mon épaule. Nous n'avions pas de photo de mariage encadrée. Je ne pensais à rien, et quand je me mettais à penser, cela se bornait à des suppositions qui tournaient en rond. Un état très contraire à ma nature, à mes penchants ordinaires. Nathalie m'avait accusé bien des fois d'avoir l'esprit trop analytique, de ne jamais accepter que des sentiments puissent indiquer de toute évidence la marche à suivre. Il fallait toujours que je calcule et que j'argumente. Que j'ordonne les sentiments et les idées, selon son expression. Elle avait sûrement raison. Mes dons d'analyste m'avaient valu un bon poste bien rémunéré, mais ils pouvaient aussi exaspérer Nathalie.

Je savais que cela ne pouvait durer ainsi. J'aurais dû reprendre le travail, mais j'étais encore en congé ; d'ailleurs, l'été correspond toujours à la morte-saison dans notre firme. Nathalie me manquait, mais son absence paraissait trop impalpable. En réalité, c'était Sacha qui me manquait ; il surgissait souvent dans ma tête, plus réaliste et proche qu'elle. Je pensais souvent à ce petit gredin aux mains élégantes et prestes, mais pas suffisamment pour me décider à appeler Olga et prendre de ses nouvelles. Il avait refusé de m'accompagner à l'aéroport et au moment de mon départ, il n'était ni dans l'appartement ni à la piscine, mais Olga avait promis de lui parler. Cela m'irritait et m'attristait de n'avoir pas fait des adieux convenables à Sacha, mais je me trouvais dans des limbes psychiques, comme autrefois, à l'hôpital, après mon accident, quand j'avais compris que ma carrière militaire était terminée, tout en m'acharnant à dire aux médecins et à mes parents que je retournerais dans l'armée. Que je rééduquerais certainement ce genou écrasé. Que mon avenir était dans l'armée et que plus tard, je serais officier dans les forces spéciales. Je savais, au fond, que ce n'était pas vrai, mais je refusais de l'admettre. Je savais bien que Nathalie m'avait quitté, mais je refusais aussi de l'admettre.

Une bonne semaine après mon retour, le téléphone a sonné. C'était l'agence de voyages qui m'annonçait l'arrivée de deux valises de Saint-Pétersbourg, abandonnées à bord du *Rossiya.* Si j'acceptais d'aller à l'agence pour payer le montant versé par l'agence à la compagnie russe pour les frais de transport de ces bagages, je pourrais venir les chercher quand je le voudrais. C'est ce que j'ai fait, et ces valises m'ont arraché au brouillard dans lequel je me trouvais, parce qu'elles démontraient concrètement et sans l'ombre d'un doute que Nathalie n'entrerait pas chez nous dans un instant pour se jeter dans mes bras.

J'ai d'abord sorti mes vêtements. Ils sentaient un peu le renfermé, comme si on les avait conservés dans une vieille maison de campagne. Je les ai répartis dans les tiroirs réservés au linge à laver de l'ancienne chambre de bonne, que nous avions aménagée en buanderie. Ensuite, j'ai sorti les vêtements de Nathalie. Son parfum ne les imprégnait plus, ils avaient cette même odeur de maison de campagne, pas vraiment désagréable, qui rappelait celle de pommes un peu trop mûres. Je les ai triés aussi soigneusement que les miens et les ai mis dans les tiroirs appropriés, selon leur couleur et la température de lavage. J'ai pris le linge de corps et lancé la première lessive.

J'ai tourné autour de son petit téléphone portable bien pratique, puis je l'ai posé dans la pièce que nous appelions le bureau, mais c'était surtout moi qui l'utilisais. Nathalie ne travaillait pas à la maison. Interprète pour les sourds et interprète tout court, de façon à avoir un salaire, elle exerçait le métier d'orfèvre d'or et d'argent parce qu'elle adorait ce travail. J'ai vu brusquement, comme avec des yeux entièrement neufs, son ordinateur portable, sagement fermé sur l'étagère, à côté du bureau que nous avions placé devant la fenêtre et d'où l'on voyait les toits de la ville. Je l'ai descendu, j'ai un peu écarté le mien et posé le sien à côté du téléphone portable. Les secrets des gens modernes sont électroniques. Nous possédions aussi un ordinateur fixe commun, mais je ne pensais pas qu'il puisse renfermer des secrets. Il nous servait uniquement pour le courriel et Internet, mais son téléphone et son ordinateur portables, c'était autre chose. J'ignorais totalement ce qu'ils contenaient.

Je n'ai pas eu de révélation, loin de là. Mais ma recherche m'a donné un grand besoin de mettre de l'ordre et d'y voir clair. A cette seconde précise, j'ai éprouvé le désir impérieux de découvrir tous les aspects inconnus de cette femme avec qui j'avais partagé mon lit et ma table pendant plus de dix ans. Une impulsion très forte, issue non de la curiosité, mais de la colère. Je devais d'abord ranger concrètement. C'était ma nature. Je ne pouvais pas réfléchir si le désordre régnait autour de moi.

J'ai nettoyé tout l'appartement, puis j'ai pris un bain, je me suis rasé et j'ai mis des vêtements propres. J'ai porté les bouteilles vides dans le container de la cour. J'ai lancé une nouvelle lessive, mis le linge de corps dans le séchoir électrique, puis je suis descendu pour faire des courses convenables. Finis les coca-cola, l'odeur fade des pizzas prêtes à emporter, et les plats chinois cuisinés beaucoup trop gras. J'ai acheté de bons produits chez Irma et dans les magasins spécialisés : du saucisson espagnol et des fromages français, du pain frais, des fruits et des légumes. C'était une sensation très étrange de circuler dans la capitale, parmi des gens inconnus, et de hocher la tête pour saluer les commerçants que je ne saluais pas d'ordinaire, en pensant qu'ils ignoraient que ma femme m'avait quitté pour disparaître en Russie. J'avais le sentiment très fort qu'en m'activant, j'aurais une certitude, et que cette certitude chasserait la mollesse qui m'avait submergé pour la remplacer par une clarté qui me permettrait d'avancer de nouveau dans ma vie. J'agis, donc je suis. Voilà ce que je ressentais. Je me sentais mu par une énergie très forte, nourrie par la colère d'avoir été abandonné et trahi.

J'ai relevé la tête et marché sous la bruine, dans ma ville, en sentant que je remontais à la surface. Je craignais que cet état ne soit de courte durée, comme une ivresse, tandis que je maintenais à distance, à bout de bras, la dépression rampante qui me rongeait, en me disant qu'avec de la volonté, j'en resterais éloigné.

Ce n'est qu'un jeudi, en milieu d'après-midi, que j'ai allumé l'ordinateur fixe et que je l'ai mis en route. Comme prévu, je n'y ai rien trouvé d'autre que bon nombre de courriels et quelques circulaires sans importance venant de ma société. Il y avait aussi un courriel de mon père, vieux de dix jours ; il m'écrivait qu'Yvette et lui partaient pour les Etats-Unis, qu'ils seraient de retour dans une semaine, et me demandait de lui écrire ou de l'appeler à mon retour de Russie. Il y avait un courriel pour Nathalie, du tribunal de Copenhague, concernant une séance d'interprétariat, mais il datait d'avant les vacances. Je savais qu'elle avait, comme moi, enregistré une réponse automatique pour indiquer qu'elle était en vacances. J'ai envoyé un courriel à mon père en précisant que j'étais chez moi, que je l'appellerais, et qu'hélas, je n'avais rien de neuf à lui dire. C'était le vide de l'été. J'ai adressé un courriel à mon chef pour lui faire savoir que pour des raisons personnelles, je désirais prolonger mon congé d'une semaine. Il me restait une kyrielle de jours de congé à prendre. J'ai prévu de l'appeler la semaine suivante. J'avais tant donné à ma société que je comptais sur sa compréhension, mais je n'avais pas le courage de parler directement avec lui, bien qu'il soit, dans l'ensemble, un patron à l'écoute de son personnel.

J'ai pris le téléphone portable de Nathalie, je l'ai ouvert et allumé. Il m'a demandé de taper un code. J'ai réfléchi un moment. Je n'entendais, dans l'appartement, que le bourdonnement de la circulation qui me parvenait à travers la fenêtre entr'ouverte, et celui du lave-linge, qui centrifugeait encore une lessive. J'ai tapé sa date de naissance et le portable m'a aimablement annoncé que le code était accepté, comme prévu, car Nathalie n'était pas forte pour les codes, elle choisissait toujours les plus évidents. Elle faisait partie de ceux qui sont toujours obligés de noter le code de leur carte de crédit, même si nous lui répétions, la banque et moi, que la sagesse l'interdisait.

Le téléphone a tout de suite bippé, m'annonçant des messages à lire et à écouter. L'un d'eux était le mien. J'ai entendu ma voix archi-sèche et geignarde, qui lui demandait où elle était et pourquoi elle ne se manifestait pas, et je me suis revu, à Moscou, en train d'appeler son portable, alors que je savais qu'il se trouvait dans un sac, sur un bateau. Le deuxième message venait d'une société qui avait besoin, pendant trois jours, d'une interprète du russe vers le danois, quant au troisième, c'était un SMS de Lisa, l'amie et l'associée de Nathalie, qui lui demandait d'appeler. Elle avait aussi laissé un message téléphonique pour dire la même chose. Quand reviendrions-nous de Russie, et ne pourrait-elle pas juste l'appeler ? On leur avait passé une nouvelle commande pour le collier de prix de leur collection, mais comme c'était pour des noces d'argent, le temps pressait. Le message d'une autre amie qui voulait déjeuner avec elle, à l'occasion, et une voix d'homme que je ne connaissais pas, qui annonçait l'arrivée de la coupe qu'elle avait commandée en disant qu'elle pouvait venir la chercher. Des communications banales de la vie quotidienne, terribles à écouter. Des messages adressés à une morte ou à un être disparu.

J'ai appelé Lisa, qui a décroché immédiatement et s'est tout de suite mise à bavarder en me demandant comment nous allions, quand nous étions rentrés, pourquoi Nathalie n'avait pas appelé, si nous avions appris qu'enfin, l'été arrivait, en prévoyant sûrement de partir pour Møn, veinards que nous étions. J'ai interrompu son discours et la froideur fonctionnelle de ma voix lui a peut-être fait sentir que quelque chose n'allait pas. Mais naturellement, je pouvais passer quand je voudrais, le magasin et l'atelier appartenaient aussi à Nathalie. “Alors, n'hésite pas à venir, Marcus. Mais où est Nathalie ?

— J'arrive dans une heure, Lisa", me suis-je borné à répondre en reposant le combiné.

J'ai vérifié les numéros de téléphone enregistrés sur le portable de Nathalie. La plupart étaient très reconnaissables, mais un certain nombre de noms et de numéros ne me disaient rien, ce qui n'avait rien d'extraordinaire. Nous n'avions pas l'habitude de nous surveiller mutuellement. J'ai aussi contrôlé les appels qu'elle avait reçus et adressés. Elle avait appelé à deux reprises pendant notre séjour sur le *Rossiya*, une fois le Danemark, la seconde fois un numéro russe. On l'avait appelée trois fois, pendant que nous étions dans un secteur équipé d'une antenne pour portables. Un appel du Danemark, d'une société qui livrait du matériel à son atelier, comme je l'ai vérifié en consultant son carnet téléphonique, et deux de Russie, dont l'un provenait du numéro qu'elle avait appelé elle-même. J'ai inscrit les deux numéros russes sur un carnet de notes.

Son petit Filofax marron, un agenda en papier contenant une liste de numéros de téléphone, se trouvait sur le bureau, bourré, plein à craquer de bouts de papier et de photos. Est-ce un trait spécifiquement féminin ? J'avais remarqué, en tout cas, que les femmes conservent souvent beaucoup de feuillets, de photos, etc., dans leur agenda. Personnellement, je n'avais plus d'agenda-papier ; j'avais opté pour l'électronique, de sorte que mon agenda pouvait toujours être mis à jour soit par moi, soit par ma secrétaire. J'ai pris son agenda – et j'ai eu honte. Nathalie était ma femme et j'étais affreusement triste, et furieux, mais je sentais, malgré tout, que j'allais attenter gravement à son intégrité et à sa vie privée. Un agenda est réellement une propriété très personnelle et je devais me faire violence pour franchir cette limite. J'ai décidé d'attendre, pour m'y mettre, d'avoir parlé avec Lisa.

J'ai ouvert, en revanche, son ordinateur portable. Il m'a demandé de taper un code pour ouvrir Windows. Ce qui m'a étonné puisque Nathalie détestait les codes et ne s'en servait qu'en cas de nécessité absolue. Si elle avait un code d'accès à son téléphone portable, c'était parce qu'un jour, on lui en avait volé un, et qu'avant qu'elle l'ait mis hors d'usage, le voleur avait communiqué avec la Croatie pour un montant de huit mille couronnes danoises. J'ai d'abord tapé la date de son anniversaire, puis la mienne, puis une combinaison des deux, puis nos noms, puis un mélange de nos noms, puis les quatre derniers chiffres de son numéro d'état-civil, les miens et une combinaison des deux. Tout à coup, de peur que l'ordinateur ne se bloque si je continuais mes essais, je l'ai fermé. Je m'adresserais à Nikolaj, expert informaticien dans une grande société. Il saurait briser le code. J'ai préféré sortir la lessive de la machine et je suis allé l'étendre dans la salle de séchage collective du sous-sol de notre immeuble. Les occupations pratiques faisaient plus d'effet qu'un verre ou qu'une pilule du bonheur.

Le petit magasin de Lisa et de Nathalie se trouvait à Nordre Frihavnsgade, je m'y suis donc rendu à pied. Ce n'était pas vraiment l'été, mais par habitude, j'ai observé les nuages et la direction du vent, et il m'a semblé que l'été était peut-être imminent. Une haute pression s'accumulait sur la Russie et le vent d'ouest qui prédomine au Danemark pouvait facilement faire place à un vent chaud venant du sud. Mes réflexions sur les phénomènes météorologiques contribuaient à me maintenir en activité en tenant à distance les démons ou l'apathie intellectuelle.

Nathalie et Lisa avaient installé leur commerce dans une boutique en sous-sol. Lisa achetait des objets d'artisanat d'art et se chargeait de la vente et de la comptabilité, tandis que Nathalie fabriquait ses bijoux dont la plupart, peu à peu, étaient des commandes. Son travail commençait à être plus rentable, mais pas assez pour qu'elle veuille abandonner son job d'interprète, même en considérant que mon salaire aurait suffi à nous faire vivre, malgré la voracité du fisc.

J'ai descendu les trois marches de l'escalier. Lisa, occupée à servir une femme d'âge moyen, s'est contentée de m'adresser un large sourire. Alors que Nathalie était petite, brune et vive, Lisa était une blonde un peu forte d'environ quarante ans, divorcée, et sa fille adolescente lui causait, je crois, pas mal de problèmes. Je ne la connaissais pas spécialement bien, parce que nous ne nous fréquentions pas en privé et que je venais rarement au magasin. Je suis passé dans l'arrière-boutique, où se trouvait l'atelier de Nathalie. Cela m'a donné un coup au cœur de voir son bureau, ses machines et ses outils si ordonnés, en prévision de notre départ. Dans un coin trônait un solide coffre-fort dans lequel elle gardait son or et son argent, pour lesquels les services des douanes et des impôts exigeaient une comptabilité scrupuleuse. Elle n'en avait jamais beaucoup à la fois. Les stocks étaient trop chers et elle préférait les commandes, bien qu'elle soit toujours en train de créer des pièces moins importantes et meilleur marché pour pourvoir à l'assortiment de la boutique. J'ai entendu la sonnerie de la porte, Lisa est entrée et nous nous sommes embrassés gauchement. Je crois bien que je n'avais jamais été seul avec elle. Son grand sourire chaleureux s'accordait bien avec son physique plantureux.

“Qu'as-tu fait de Nathalie ?” m'a-t-elle dit en soulevant en même temps la cafetière d'un air interrogateur.

J'ai fait signe que oui et elle a servi le café dans deux tasses en céramique fabriquées spécialement pour elle dans l'île de Bornholm, et l'un de ses articles phares.

"Où est-elle, Marcus ?

— C'est une longue histoire. As-tu de ses nouvelles ?

— Comment ? Tu me demandes si j'ai de ses nouvelles ? Que s'est-il passé, Marcus ?"

L'air sincèrement inquiet, elle s'est assise lourdement sur une chaise à haut dossier et a repoussé avec irritation une grosse mèche de cheveux qui lui tombait sur le front.

"Elle a disparu. Je ne sais pas où elle est.

— Que dis-tu ?

— Tu m'as bien entendu. Elle a disparu en Russie. Je ne sais pas où elle est ni ce qui lui est arrivé. Tu ne comprends pas ce que je te dis ?

— Non je ne comprends pas, et arrête de me crier dessus.

— Je ne crie pas.

— Si, tu cries, et tu m'as l'air de très mauvaise humeur."

J'ai senti que les larmes me montaient aux yeux et j'ai dû me faire violence pour ne pas me mettre à pleurer. Je l'aurais fait si la sonnette de la porte n'avait rompu cette ambiance. Lisa a ouvert de grands yeux et respiré profondément avant de passer dans la boutique. J'ai attendu un moment. Les voix de ces femmes me semblaient venir de très loin. Je me suis hâté de m'essuyer les yeux, j'ai bu un peu de café et pris place sur la seconde chaise de l'atelier. Nathalie avait une photo de moi sur son tour, une photo prise trois ans plus tôt sur la plage, par une belle journée d'automne. Je plissais les paupières sous le soleil et faisais un large sourire à ma femme. J'ai pris la photo et je l'ai regardée avant de la retourner.

Lisa est revenue, elle s'est assise et a pris sa tasse de café.

“J’ai fermé la boutique. Que s’est-il passé, Marcus ? Qu’est-ce qui vous est arrivé ? Tu ne peux pas me le dire tranquillement ?

— Si, ne t’en fais pas. Excuse-moi d’avoir élevé la voix.

— Ça ne fait rien, pourvu que tu me dises ce qui s’est passé.”

Je lui ai raconté l’histoire, sans mentionner ni le Prince Noir ni Sacha, en lui disant simplement que j’étais allé me promener dans une ville du nom d’Uglitch et qu’à mon retour au bateau, Nathalie n’était pas à bord. Je lui ai dit que ni les autorités russes ni l’ambassade du Danemark n’avaient pu fournir une explication et ne l’avaient trouvée ni dans un hôtel ni dans un hôpital ni à la morgue. A propos de Victor T., je me suis borné à lui dire que j’avais reçu l’aide qualifiée d’un Russe influent que je connaissais grâce à mon travail, mais que lui non plus n’avait pas réussi à la trouver. Elle avait disparu, tout simplement. sans l’ombre d’un motif ou d’une explication rationnelle. Nous avions une bonne vie, comme je l’ai répété plusieurs fois à Lisa, qui m’écoutait sans m’interrompre. Immobile, elle tenait sa tasse à café vide dans ses mains qu’elle avait jointes sur ses fortes cuisses dissimulées par une jupe bleue.

“Elle ne t’aurait jamais quitté, Marcus. Jamais. Elle t’aimait beaucoup trop, m’a-t-elle dit avec une force qui m’a fait plaisir, sans me convaincre, toutefois, de la vérité de cette déclaration.

— Mais elle a disparu. C’est un fait.

— Elle doit avoir été victime d’un accident… ou d’un crime.

— Peut-être.

— Elle t’aimait, Marcus. Elle était si heureuse avec toi. Tu lui manquais toujours quand tu étais absent.

— Elle m'a menti.
— Comment ?
— Tu étais sa meilleure amie, n'est-ce pas ?
— Je crois que oui. Je l'espère.
— Connais-tu son passé ? Et arrête de me dire «Comment».
— Elle est née en Russie. Vous vous êtes rencontrés là-bas. Nous ne parlions pas de son passé comme ça. Ça n'avait rien à voir avec nous. Nathalie est danoise comme toi et moi. Je ne pensais jamais à Nathalie comme à une étrangère ou à une immigrée. Nathalie est Nathalie, tout simplement, une femme d'Østerbro, mariée avec Marcus. Comme je suis Lisa, une divorcée de Herlev.
— Alors, de quoi parliez-vous ?"
Lisa a eu un regard de reproche. Ses yeux exprimaient l'incertitude, mais aussi une colère prête à éclater, comme si elle se sentait importunée par mes questions ou plutôt par le ton de ma voix. J'entendais moi-même que c'était celui d'un commissaire de police qui interroge un suspect.
"Comment ça ?
— Bon sang, Lisa. Vous devez avoir discuté de choses et d'autres.
— De tout et de rien. De la boutique. De notre travail. De ce que nous avions vu à la télé. De ce que nous pensions et sentions. Des bavardages entre amies. Nathalie savait écouter. Elle m'a beaucoup aidée quand j'ai divorcé, et elle me donne de bons conseils quand Sofie m'exaspère. Sofie est ma fille…
— Je le sais bien.
— Est-ce bien vrai, Marcus ?"
Nous sommes restés silencieux de nouveau. Lisa s'est levée et nous a resservi du café.
"L'as-tu déclaré à la police ?

— A quoi bon ? Que peut faire la police danoise en Russie ?

— La Russie n'est-elle pas une sorte de démocratie, à présent ? Ils collaborent bien avec Interpol, ou avec ce genre de choses. Tu vas bien le déclarer ? Et son job d'interprète ? Elle a toujours beaucoup de travail en automne. Et notre magasin ? Il faut payer le loyer, l'électricité, nous avons des dépenses fixes. Que vais-je faire, Marcus ?

— Nous trouverons une solution à cela.

— Tu n'as que le sens pratique, hein ?"

Elle a posé la tasse pour repousser de nouveau sa mèche. Des cheveux épais encadraient son visage rond et lisse. Ses yeux étaient humides et elle les a détournés quand j'ai tenté de retenir son regard. Je crois qu'elle trouvait que je manquais de délicatesse en lui apprenant ainsi, brutalement, que sa meilleure amie et associée avait disparu. Peut-être se sentait-elle trahie parce que Nathalie ne l'avait pas contactée. Peut-être croyait-elle que Nathalie était morte puisqu'elle ne l'avait pas appelée.

Lisa avait raison. Je devais contacter les autorités. Tout d'un coup, j'ai pensé à ses employeurs et à sa banque. Et tout à fait irrationnellement, au fait qu'au début d'août, Nathalie avait un rendez-vous chez le dentiste. Au lieu de m'en occuper, j'ai demandé sans détours :

"Est-ce que Nathalie avait un amant ?

— Comment ?

— Lisa ? Tu ne comprends plus le danois ? Je t'ai demandé franchement si Nathalie avait un amant."

Elle m'a regardé calmement :

"Non, Marcus. Elle n'en avait pas. Pas à ma connaissance, en tout cas.

— Et tu sais tout ?

— Non, mais je sais pas mal de choses. Nathalie est ma meilleure amie.

— Tu as l'air en colère.

— Je te trouve grossier. Tu accuses ta femme d'infidélité. Cela montre que tu ne la connais pas. Elle a disparu, me dis-tu. Et la seule chose que tu puisses prétendre, c'est qu'elle te trompe. Je trouve que tu devrais avoir honte.

— Je t'ai posé la question, c'est tout.

— Tu devrais plutôt te la poser à toi-même.

— Comment ?" lui ai-je répondu, en remarquant sur-le-champ que je venais de dire la même chose que Lisa. Nous avons souri tous les deux et l'ambiance s'est très légèrement améliorée. Lisa s'est levée pour déclarer en me tournant le dos, tout en allumant une cigarette :

"Nathalie t'aimait, Marcus, mais tu n'étais pas un mari facile. Ton métier exigeait beaucoup de toi. Tu travaillais sans arrêt, d'une certaine manière, et tu n'étais jamais à la maison."

Elle s'est retournée, et elle a vu à mon expression que je lui donnais raison, mais j'ai quand même répliqué :

"C'est peut-être vrai, mais ça se passait bien entre nous. A Møn aussi.

— Encore heureux que tu n'aies pas parlé de «rapport qualité-temps».

— Ça se passait bien entre nous, ai-je répété. Comme moi, Nathalie adorait vivre dans notre maison de Møn. On se détendait, là-bas.

— Toi, oui, Marcus. As-tu jamais demandé à Nathalie si elle n'aurait pas préféré voyager pendant ses vacances, voir autre chose ?

— Si. Elle ne voulait pas.

— C'est ce qu'elle disait, mais quelquefois, ce qu'on te dit n'est pas la vérité, la vraie réponse est dans le non-dit.

— Tu m'apprends que la vie qu'elle menait l'ennuyait ?"

Lisa m'a regardé, elle a détourné la tête et écrasé son mégot avant de me répondre :

"Tu étais si souvent absent que Nathalie devait aussi mener sa propre vie, ce qui ne veut pas dire qu'elle avait un autre homme. Il lui arrivait de penser que ç'aurait été amusant de voyager un peu, mais que tu voyageais tellement que tu préférais rester à la maison ou à Møn. Et puis, elle avait notre atelier, et son travail d'interprète et ses chers romans, et dans le courant de cette année, elle s'est beaucoup intéressée à son passé."

Lisa tournait autour du pot. Elle ne tenait pas à me révéler directement que Nathalie s'était ennuyée pendant ses années de mariage, mais elle le pensait. Or, il me semblait que pour quelqu'un de moderne, rien n'est pire que de s'ennuyer. Il est permis de mentir, de voler, de trahir et de baiser, mais pas de s'ennuyer. C'est le onzième commandement. Tu ne t'ennuieras pas, ai-je pensé, parce que j'ai brusquement compris que dans l'ensemble, notre vie de couple s'était déroulée en fonction de moi. Je ne voulais pas accepter de prime abord que Nathalie ait été insatisfaite. Jamais, en tout cas, avant ce fatal voyage, elle ne m'avait dit qu'elle voulait passer des vacances hors du Danemark, ni que je travaillais trop, ni que j'étais trop souvent absent. Mais y avait-il eu des signaux que je n'avais pas déchiffrés ? J'en doutais. Je n'étais pas convaincu non plus que Lisa me disait toute la vérité, mais il me semblait que ce n'était pas le moment de la questionner davantage. Je lui ai donc demandé :

"A son passé ? Qu'entends-tu par là ?

— Je ne sais pas vraiment. Nous ne parlions jamais de la Russie, en général, mais ces derniers temps, elle s'intéressait beaucoup à ce qui se passait là-bas, avec le terrorisme et tous ces événements tragiques. Je crois que ça l'intéressait de découvrir d'où elle venait. C'est tout à fait naturel, n'est-ce pas ?

— Que t'a-t-elle dit de son passé ?”

Lisa a un peu hésité et repoussé sa mèche de cheveux.

“Ce qu'elle m'a dit ? Qu'elle avait eu une enfance et une adolescence très dures. Que la Russie est un pays brutal, parce qu'il renferme énormément de souffrances et de morts. Quand elle parlait de la Russie, le terme de mort revenait souvent dans la conversation.

— Disait-elle qu'elle venait de Russie ?

— Comment ?

— Arrête, nom de Dieu. Disait-elle qu'elle venait de Russie… ou plutôt d'un tout autre endroit ?

— Là, je ne sais vraiment pas ce que tu veux dire.”

J'ai attendu un instant, puis je lui ai demandé :

“Est-ce que la Tchétchénie te dit quelque chose ?

— C'est une petite région de Russie qui se bat pour obtenir son indépendance.

— Les Russes les qualifient de terroristes.

— Je ne sais que ce que je vois au journal télévisé.

— Comment Nathalie appelait-elle les Tchétchènes ?

— Je ne crois pas l'avoir entendue mentionner la Tchétchénie.

— Tu ne le crois pas, ou tu ne le sais pas ?

— Nous parlions de beaucoup de choses, et nous avons sûrement aussi parlé des Tchétchènes. Quelquefois, c'était inévitable, quand il y avait une nouvelle attaque terroriste.

— Est-ce que Nathalie prenait le parti des Tchétchènes ?

— Comment ça ? Personne ne prend le parti des terroristes. Mais non. Nathalie était russe. Elle parlait de la Russie, elle disait que ce pays leur avait fait beaucoup de mal, à elle et à sa famille, mais qu'elle avait recommencé à en rêver. Elle n'entrait pas dans les détails. Pas autant que je m'en souvienne, en tout cas.

— OK, me suis-je borné à répondre, et j'ai demandé : Alors, tu as été étonnée quand elle t'a dit que nous devions aller en Russie ?

— Extrêmement étonnée. Jamais je n'aurais cru qu'elle réussirait à te convaincre de l'accompagner.

— Elle parlait de ce voyage depuis longtemps ?"

Lisa a allumé une nouvelle cigarette :

"Longtemps, longtemps, depuis six mois, peut-être."

Je suis resté muet. Nathalie m'avait montré la brochure du *Rossiya* début avril, en me disant qu'il s'agissait d'une idée soudaine, inspirée par une petite annonce dans un journal et un rêve, or, ce n'était pas vrai.

"Nathalie parlait donc déjà d'aller en Russie avant Noël ?"

Lisa a aspiré la fumée et détourné les yeux en me répondant :

"Ce doit être ça. Je ne m'en souviens pas aussi précisément. Nous parlions de beaucoup de choses quand elle travaillait ici et qu'il n'y avait pas de clients dans la boutique. Mais je crois que oui. Je crois que c'est juste avant Noël qu'elle m'a parlé de son grand projet : décider Marcus à l'accompagner en Russie."

14

De retour à la maison, j'ai beaucoup réfléchi aux propos de Lisa, surtout au fait qu'il était absolument clair que Nathalie préparait ce voyage depuis plus longtemps qu'elle ne me l'avait laissé entendre. Je ne comprenais pas. Cela ne ressemblait pas à Nathalie. Mon sentiment d'avoir été trahi a grandi, mais je me suis ressaisi en m'avisant que si la colère prenait le pas sur le sentiment de ma perte, je perdrais mon amour. Cela, je le refusais. Je me refusais à perdre cet amour qui m'avait porté à travers toutes ces dernières années. Nathalie me manquait. J'aimais Nathalie. Je voulais savoir ce qui lui était arrivé et pourquoi.

Avant de quitter la boutique, j'avais promis de faire en sorte de virer de l'argent sur le compte joint du magasin, pour permettre à Lisa de régler le loyer et tous les frais de première nécessité, mais je pensais surtout à ce qu'elle m'avait dit sur les rêves de Nathalie à propos de la Russie. J'étais persuadé que la clé du mystère devait être dans son ordinateur, qui me restait encore inaccessible. Heureusement qu'il ne s'agissait pas de cette nouvelle génération d'ordinateurs qui ne répondent qu'à l'empreinte digitale de leur propriétaire. Ces derniers faisaient leur entrée dans ma société, parce qu'on estimait ce code pratiquement impossible à briser, mais je m'apercevais que l'accès à un ordinateur était assez efficacement barré par code de modèle ancien.

J'ai ravalé mes scrupules et examiné son agenda-papier. Peut-être avait-elle dissimulé son code d'accès dans le petit Filofax brun ? L'agenda était totalement insignifiant et banalement quotidien. Petits rendez-vous de toute sorte relatifs à son travail d'interprète, anniversaires d'amies, un rendez-vous chez le docteur et mes nombreux, nombreux jours de départ et d'arrivée dans le cadre de mon travail. Pas de codes. Si elle les avait dissimulés dans ses numéros de téléphone, je ne pouvais pas les deviner, car les numéros des dernières pages de son agenda étaient beaucoup trop nombreux. Je pouvais tous les essayer, naturellement, mais je craignais que son ordinateur ne se bloque. Sur les feuilles vierges des notes, je n'ai rien trouvé non plus, à part des esquisses de chaînes et d'autres bijoux, rapidement et finement tracées, des idées de bijoux surgies à l'improviste et qui, à présent, ne se réaliseraient peut-être jamais. Il y avait le numéro russe. Je l'ai appelé, mais je n'ai entendu qu'une voix étrangement mécanique qui a débité, en russe, quelque chose d'incompréhensible. J'ai ouvert mon ordinateur fixe et envoyé un courriel à Olga pour la prier de vérifier ce numéro. J'ai aussi demandé comment elle allait et comment se portait le petit Sacha.

Sur une des dernières pages, j'ai aussi trouvé un nom de femme : Sara Flemming. A côté de ce nom, Nathalie avait écrit un numéro de téléphone et ces mots : "Semble bien informée sur la Tchétchénie quand elle écrit dans le journal, bien qu'elle paraisse jeune." J'ai appelé ce numéro et la réponse m'a surpris : "La rédaction de *Politiken*." J'ai demandé qu'on me passe Sara Flemming et une voix grave, agréable, a prononcé son nom. J'avais déjà entendu cette voix-là, et brusquement, je l'ai située.

C'était la commentatrice des nouvelles de Russie, à la radio et à la télévision. Nathalie et Lisa lisaient *Politiken*, auquel elles avaient abonné leur boutique, alors que je préférais des journaux comme *Børsen* et le *Financial Times*.

"Bonjour, Sara Flemming, lui ai-je dit. J'ai une question un peu étrange à vous poser. Mon nom est Marcus Hoffmann ; je suis le mari de Nathalie Hoffmann, que vous connaissez peut-être. Serait-il possible qu'elle vous ait téléphoné ? Ou qu'elle soit venue vous voir ?

— Pourquoi me posez-vous cette question ?

— J'ai trouvé votre numéro dans l'agenda de ma femme.

— Ha ha, et alors… ?"

Je suis resté calme, je n'ai pas perdu la tête. J'ai dit que j'étais l'un des principaux collaborateurs de ma société, qui est renommée, et j'ai poursuivi :

"Je vous ai dit que ma question était étrange, mais je peux vous donner mon numéro de téléphone, ce qui vous permettra de m'appeler. Je suis chez moi. Vous pouvez aussi vérifier mon identité en appelant ma société. Ce n'est pas pour m'amuser que je vous appelle.

— Vous pourriez aussi me passer votre femme.

— C'est pour cela que je vous appelle. Elle a disparu.

— Désolée, mais je ne crois pas pouvoir vous aider. Vous feriez mieux de contacter la police.

— Nous étions ensemble en Russie. Soudain, elle a disparu."

Elle est restée muette à l'autre bout du fil.

"Quand cela s'est-il passé ?

— Il y a deux ou trois semaines. Un peu plus…

— Je vous rappelle dans un instant, m'a dit Sara Flemming. Donnez-moi votre numéro."

Elle a appelé dix minutes plus tard, et nous avons pris rendez-vous pour le lendemain matin, au Café Norden d'Amagertorv car elle ne voulait pas parler du problème au téléphone. Sur le coup de dix heures, elle est entrée dans le café. J'ai tout de suite su que c'était elle. Je l'ai reconnue pour l'avoir vue à la télévision. Elle avait un peu plus de trente ans, des cheveux bruns frisés coupés court qui encadraient un visage mince, marqué par des yeux intelligents. Pas très grande, elle était trop mince, en fait, sous son pantalon gris et son chemisier fantaisie. Elle ne se maquillait pas et avait une poignée de main ferme et sèche. Je suis allé chercher du café et deux croissants et nous avons pris place à une table d'encoignure avec vue sur la place d'Amagertorv. Elle m'a tendu un paquet de cigarettes, mais j'ai hoché la tête en signe de refus. Elle en a allumé une. J'avais mal à la tête et la fumée ne me ferait pas de bien. J'étais resté debout presque toute la nuit à éplucher l'agenda de Nathalie et fouiller tous nos tiroirs pour n'y trouver que les choses les plus touchantes, banales et quotidiennes de notre vie commune, à Nathalie et à moi, et cela m'avait brisé le cœur.

Elle est allée droit au but :

“Dites-moi ce qui s'est passé.

— Avez-vous rencontré Nathalie ? Ma femme est-elle allée vous voir ?

— Marcus Hoffmann. Vous me dites d'abord ce qui s'est passé en Russie, ensuite je vous dirai ce que votre femme me voulait, OK ?”

Elle n'était pas très âgée, mais elle paraissait compétente : une de ces fortes femmes nouvelles, qui possèdent une bonne formation et sont de plus en plus présentes dans les médias et la politique.

“OK”, ai-je répondu, et j'ai entamé mon récit habituel. Je l'ai gratifiée de toute l'histoire, le Prince Noir, Victor T. et même le petit Sacha. Sara Flemming faisait partie de ces gens qui inspirent immédiatement confiance. Ce qui est peut-être, en fait, une partie du secret des journalistes à succès : ils savent écouter et, comme les grands séducteurs, ils ont le don de faire parler les gens. Pendant mon triste récit, elle n'a pas touché à son croissant, mais elle a bu son grand café au lait tout en fumant des cigarettes et en me réclamant juste quelques précisions.

Quand j'ai eu fini, elle m'a demandé :

"Que savez-vous, en substance, sur le conflit russo-tchétchène ?

— Pas grand-chose. Ce qu'en disent les médias. Ce que vous racontez à la télé et écrivez dans le journal, entre autres, ai-je répondu, avec un sourire puisqu'en fait, je ne lisais pas son journal, mais elle ne le savait pas.

— Certains considèrent que je suis pour une des parties.

— Je ne suis pas au courant. Qui par exemple ?

— Les Russes. Je n'obtiens plus de visa.

— Pourquoi ?

— Ils n'ont pas besoin de donner une raison, mais on peut toujours deviner.

— Oui. C'est un sale pays.

— Mais c'est aussi un grand et merveilleux pays. Je n'ai pas consacré des années de ma vie à apprendre sa langue et à étudier son histoire pour l'abandonner, même si, en ce moment, il recule de quelques pas pour retourner à un passé autoritaire.

— Vous êtes donc du côté des Tchétchènes ?

— C'est plus nuancé que cela. J'essaie de décrire les souffrances de ce petit peuple. J'essaie d'attirer l'attention du gouvernement danois et d'autres instances sur les monstruosités commises par l'armée russe en Tchétchénie. J'essaie de faire savoir que de nombreux Tchétchènes pensent qu'après la chute du communisme, ils ont le même droit à l'indépendance que l'Estonie et la Lettonie. Ils ne voient pas la différence et ne comprennent pas pourquoi ils doivent être massacrés pendant que le reste du monde tourne le dos avec indifférence.

— D'après mes informations, les Tchétchènes ne sont pas les derniers, en matière de monstruosités.

— C'est exact concernant certains Tchétchènes, mais on ne doit pas mettre tout un peuple dans le même sac. Une radicalisation s'est produite. Aujourd'hui, l'islam joue un rôle infiniment plus grand dans les questions d'identité et la vie quotidienne des Tchétchènes qu'il y a seulement cinq ans. La guerre en est la faute. L'islamisme est le produit de l'impuissance. On voit la même chose émerger dans le monde entier. Il y a quelques années, au Danemark, les immigrés se définissaient aussi d'après leur pays d'origine : ils étaient pakistanais, ou turcs, tchétchènes ou kurdes. A présent, ils sont musulmans et nous sommes les autres. C'est dangereux et c'est une menace. La Tchétchénie fait partie du grand réveil islamiste ; elle est un exemple de la façon dont nous persécutons et opprimons les musulmans, d'après les jeunes musulmans radicalisés de toute l'Europe. La Tchétchénie engendre le terrorisme. Comme naguère la Bosnie, et comme l'Irak et l'Afghanistan. C'est pourquoi je m'efforce de ne pas voir les choses en noir et blanc. Comme le font la plupart, malheureusement.

— Je ne vois pas non plus comment on peut sympathiser avec des terroristes qui tuent des enfants et autres innocents.

— Non. Ce n'est pas possible non plus. Comme je l'ai déjà dit. Ce n'est pas noir et blanc, mais n'est-il pas étrange que jusqu'au 11 septembre, nous ayons considéré les Tchétchènes comme des révoltés ou des gens qui luttaient pour leur liberté, et que d'un seul coup, du jour où les Russes se sont alliés avec nous pour combattre le terrorisme, les Tchétchènes soient devenus des terroristes ? Tous les Tchétchènes. Les Russes aussi massacraient des enfants, enlevaient des pères et des fils, les veuves, les sans-logis et les exilés. Or, un peuple tout entier, qui ne demande que sa liberté et son indépendance, a été proclamé terroriste et son pays a été rasé par les bombes, tandis que les soldats russes s'enrichissent grâce à la corruption et au chantage, et que le monde dit civilisé tourne le dos.

— C'est certainement vrai, mais cela m'intéresserait davantage de savoir ce que ma femme vous voulait."

Elle a soupiré et allumé une nouvelle cigarette.

"Vous voyez bien. Personne n'a envie d'écouter ça.

— Ce n'est pas ce que je voulais dire.

— Sûrement pas. Vous savez qui est Basaïev ?

— Un terroriste tchétchène", ai-je répondu, et Sara m'a adressé un sourire. Son visage n'était pas beau, mais il changeait et s'adoucissait quand elle souriait.

"Vous avez raison. Il a commis des actes horribles, mais c'est aussi un héros tchétchène, et un héros dans de grandes parties du monde arabe. Un soldat de la foi, nationaliste, qui terrorise les braves Russes. Je suis une des rares journalistes à l'avoir interviewé. C'est certainement pour cette raison que je n'obtiens pas de visa. Pour autre chose aussi, bien entendu. Votre femme m'a demandé si je pouvais la mettre en contact avec Basaïev.

— Quoi ! Pourquoi Nathalie voulait-elle entrer en contact avec un maudit terroriste ? Ça n'a aucun sens. Ça n'a absolument aucun sens. Nathalie ne s'intéresse ni à la Tchétchénie, ni à d'autres problèmes politiques. Ce n'est pas du tout son genre."

Sara Flemming m'a laissé m'exclamer. Nous sommes restés un moment silencieux. J'étais déchiré entre le désespoir et la furie. Je voyais se dérouler la vie quotidienne sur la place d'Amagertorv. Le train-train habituel des touristes et des jeunes qui attendent leur copain ou leur copine. C'est un endroit très populaire où l'on se retrouve pour un rendez-vous. J'ai pensé que beaucoup d'amoureux pleins d'espoir se donnaient rendez-vous ici et que si la personne qu'ils attendaient n'arrivait pas, ils pouvaient toujours trouver quelqu'un d'autre à qui demander directement : "On t'a aussi abandonné/e ? Si on sortait ensemble, à la place ?" Comme cette jeune fille, dans mon champ de vision, qui ne cessait de regarder sa montre et avait l'air de plus en plus contrariée et inquiète. Elle paraissait gentille et pourtant, elle restait seule. Je compatissais. Ne sachant que dire à Sara Flemming, je l'ai questionnée :

"Que lui avez-vous répondu ?

— D'abord que je ne le pouvais pas.

— Pourquoi pas ?

— Votre femme est russe, n'est-ce pas ? C'est ce qu'elle m'a dit la première fois, en tout cas. Je n'avais pas confiance en elle. Les Russes mènent une sale guerre en Tchétchénie. Tous les moyens et toutes les méthodes leur sont bons. Basaïev est devenu membre du gouvernement tchétchène en exil. Un acte stupide, du point de vue stratégique. Aucun gouvernement démocratique ne veut plus avoir la moindre chose à faire avec eux, mais leur désespoir est si grand que d'un chef de guerre, ils font un ministre de la Défense… Quand on est acculé dans un coin, on se défend par tous les moyens.

— Alors, vous n'avez pas rencontré ma femme ?

— Je n'ai pas dit ça, Marcus. J'ai dit que la première fois, j'avais nié purement et simplement avoir des contacts avec les rebelles tchétchènes. Je soupçonnais Nathalie d'être un agent du FSB, le nouveau visage du KGB.

— Alors, vous avez rencontré Nathalie ?

— Oui, j'ai rencontré votre femme plusieurs fois.

— Quand ?

— Dans le courant de l'automne et du printemps. Elle m'a posé des questions sur la Tchétchénie. Je lui ai proposé des titres de livres et des sites sur le Net. Elle m'a raconté son histoire personnelle, qui m'a touchée et intéressée. Mais vous la connaissez, n'est-ce pas ?

— Je n'en suis pas tout à fait sûr. Je ne suis plus sûr de connaître ma femme. Il y a chez elle, en tout cas, beaucoup de points obscurs.

— Tous les gens en ont.

— Ma femme en a un peu trop."

Sara Flemming a souri de nouveau :

"Je suis obligée d'acquiescer, selon l'expression des hommes politiques, de nos jours. Mais elle m'a raconté la tragédie de sa famille et m'a dit qu'elle souhaitait entrer en contact avec la partie tchétchène de sa famille ; mais vous ne connaissez pas ce côté de votre épouse ?"

Je le connaissais depuis l'enquête de Victor T. J'ai raconté brièvement à Sara Flemming ce qu'on m'avait appris à Moscou. En admettant que je n'avais pas eu connaissance, au préalable, de ce côté de l'histoire de Nathalie. J'avais toujours considéré comme acquis qu'elle était une Russe de Moscou, ou cette dénomination artificielle utilisée autrefois : citoyenne soviétique. Je ne l'avais jamais interrogée spécialement non plus. Nous nous étions rencontrés à un moment où nous étions chacun au creux de la vague, sentimentalement et mentalement, et nous avions ensemble remonté la pente pour nous en sortir. Nous avions tous les deux considéré notre rencontre comme un nouveau départ et il n'y avait aucune raison d'insister pour revenir sur le passé. Nous avions chacun notre lourd bagage, mais nous l'avions laissé sur le perron de la gare russe, dès que nous étions partis ensemble pour le Danemark. Ni Nathalie ni moi n'avions regardé derrière nous. Pas autrefois, en tout cas. J'ai sûrement parlé sur un ton un peu pathétique, mais elle l'a bien pris.

Pour prendre un peu de recul, je suis allé chercher deux autres cafés au bar. On ne chômait pas, dans cet établissement, fréquenté par beaucoup de jeunes et pas mal de Suédois, ce qui était bizarre, en fait, vu le prix d'une simple tasse de café, mais les gens déboursent volontiers pour se rencontrer et être vus dans les endroits à la mode. J'ai posé le café devant la journaliste tout en constatant, plutôt qu'en demandant :

"Vous avez procuré un contact à Nathalie.

— Pas la première fois. Vous trouvez peut-être que je suis paranoïaque.

— Absolument pas. Je viens de séjourner en Russie."

Elle m'a remercié en m'adressant un de ses rares sourires. Sinon, étrangement, son visage n'exprimait ni sentiment ni émotion. Seules ses lèvres minces bougeaient quand elle parlait, alors que le reste de son visage semblait figé ; pourtant ses yeux étaient vivants. Il y avait aussi autre chose que je ne réussissais pas à démêler, mais j'ai soupçonné Sara Flemming d'avoir peur, de savoir quelque chose qu'elle eût préféré ignorer.

"Je l'ai d'abord vue une ou deux fois. Je me suis un peu renseignée à droite et à gauche…

— Auprès de qui ?

— Je ne peux pas vous le dire.

— OK. Je comprends. Vous protégez vos sources.

— J'ai contrôlé votre femme, pour tout vous dire, et elle ne posait pas de problèmes. Je n'ai trouvé aucun lien entre elle et le FSB, ni d'ailleurs avec aucune autre organisation russe ou d'autres Russes. J'ai eu confiance en elle, petit à petit. J'en suis arrivée à penser qu'elle disait la vérité. Assez pour que je lui donne un numéro de téléphone.

— Celui de qui ?

— Je ne peux pas vous le dire non plus, mais celui d'un contact qui peut en entraîner d'autres. C'est un contact légitime, pour employer le vocabulaire des services secrets. Pas quelqu'un du milieu. En même temps, je l'ai prévenue de ce qu'elle s'engageait sur une voie dangereuse. Cette guerre se mène sur une quantité de fronts, on ne prend pas de prisonniers et la Convention de Genève n'est pas respectée."

J'avais noté le numéro de téléphone russe dans mon carnet de notes et je le lui ai montré :

"Pouvez-vous me dire si c'est ce numéro que vous avez donné à Nathalie ?"

Après l'avoir examiné, elle a levé la tête et m'a regardé dans les yeux. Elle a respiré profondément, et j'ai vu qu'elle pesait le pour et le contre, mais son silence était éloquent ; elle a fini par se décider :

"Oui, c'est ce numéro. Où l'avez-vous trouvé ?

— Dans l'agenda de Nathalie."

Sara Flemming a secoué la tête avec agacement et m'a dit, avec de la colère dans la voix :

"Je lui avais demandé de le détruire.

— Mais elle ne l'a pas fait. Nathalie n'a pas la mémoire des codes ni des numéros de téléphone, alors elle note tout, en général, mais vous ne le saviez pas, n'est-ce pas ?

— Non. Je lui ai demandé d'utiliser ce numéro et de le jeter, puis de tout oublier à ce sujet. Qu'il ait abouti à quelque chose ou non. Je lui ai dit que c'était tout ce que je pouvais faire dans la situation actuelle."

Je lui ai tendu mon téléphone portable :

"Voulez-vous essayer d'appeler ce numéro ? Vous savez le russe ?

— Non, il n'en est pas question, Marcus Hoffmann. Je n'appelle pas d'un café sur une ligne ordinaire, un numéro surveillé par tous les postes d'écoute de plusieurs services secrets. J'ai déjà suffisamment de problèmes. De plus, ce numéro est certainement abandonné depuis longtemps. Les Russes ont réglé le compte de plusieurs chefs tchétchènes en leur lançant un missile, après avoir localisé leur téléphone portable.

— Vous avez dit qu'il s'agissait d'un contact légitime.

— Je vous ai dit également que c'était une sale guerre, qui se livre sur beaucoup de fronts, et que la Convention de Genève n'est pas respectée. Je pourrais ajouter que dans notre pays non plus, la constitution n'est sûrement pas toujours respectée, quand il s'agit de la lutte omniprésente contre le terrorisme international.

— OK Nathalie prenait grand soin de ses affaires, par ailleurs. Pourquoi croyez-vous qu'elle n'a pas éliminé ce numéro, comme vous le lui aviez demandé ?

— Vous dites vous-même qu'elle n'avait pas la mémoire des numéros.

— Mais c'est aussi quelqu'un qui tient ses promesses, et si elle vous avait promis de jeter ce numéro, cela m'étonne qu'elle ne l'ait pas fait.

— Peut-être voulait-elle que vous le trouviez, comme elle a peut-être voulu que vous trouviez mon numéro."

Sara Flemming m'a surpris.

"Pourquoi me dites-vous cela ?

— Parce que la dernière fois que nous avons parlé ensemble, il y a un peu plus d'un mois, elle m'a dit que si je vous rencontrais jamais, non seulement je pourrais avoir confiance en vous, mais je devrais vous dire ce qui suit, et je crois que je la cite mot pour mot : «Vous direz à Marcus que je l'aime, que je l'ai toujours aimé et que je l'aimerai toujours, mais que les apparences sont parfois trompeuses.»

— Que voulait-elle dire par là ?

— Je ne lui ai pas posé la question. C'est vous, Marcus, qui êtes le mari de Nathalie. Si vous ne savez pas ce que veut dire votre femme, comment le saurais-je, et comment les autres le sauraient-ils ?"

15

“Allons, calme-toi, Marcus”, a répété mon père pour la vingtième fois, je crois. Nous discutions depuis plus d’une heure, mais je n’avais cure de la note de téléphone qui grimpait au rythme insensé du prix des appels internationaux. Je reconnais avoir plus d’une fois perdu la tête, au cours de notre conversation, crié et tempêté, en maudissant les Tchétchènes, Nathalie, la Russie et moi-même, parce que je n’avais pas su voir clair dans le réseau de mensonges qu’elle avait tissé autour de moi. J’avais raconté à mon père l’histoire dans tous ses détails, d’abord de façon décousue, puis plus méthodiquement, mais quand il m’avait dit une fois de plus de me calmer, j’avais quand même fini par crier et gueuler comme un adolescent exalté. Chaque fois que je répétais la phrase de Sara Flemming : “les apparences sont trompeuses”, je me laissais emporter par mon tempérament. Cette phrase rappelait aussi ce que Victor T. m’avait dit à Moscou.

“Mais bon sang, que voulait-elle dire, papa ? ai-je fini par demander d’une voix basse et résignée, comme si j’acceptais ma défaite et mon impuissance. Pourquoi ne m’a-t-elle rien dit ? De quoi m’a-t-elle tenu à l’écart ? Et pourquoi ?

— Je ne sais pas, Marcus. Mais je crois que Nathalie te contactera.

— Pourquoi dis-tu ça ?
— C'est une impression. Je crois qu'elle est quelque part, là-bas. Tu vas devoir patienter.
— C'est toi qui le dis. Ce n'est pas ta femme qui t'a quitté, abandonné et trahi. Qui est peut-être de mèche avec des terroristes. Et si elle s'était trouvé un amant ? Voilà une chose qu'on peut prendre en compte. C'est l'incertitude qui m'est insupportable.
— Je te comprends.
— Elle a parlé avec toi de son passé tchétchène.
— Je crois qu'il faut que tu viennes à Fayence. On parlera de cela ici.
— Elle en a donc parlé.
— Discutons-en de vive voix.
— Vous avez fait ça derrière mon dos.
— Marcus, ce n'est pas raisonnable.
— Qu'est-ce qu'elle t'a dit ?"
Je n'ai entendu que le faible souffle du câble ou du satellite, ou de je ne sais quoi, mon père qui tirait sur la cigarette qu'il venait d'allumer, et le bruit de la tasse ou du verre qu'il a posé sur la table. Je le voyais en pensée, assis à son grand bureau, entouré de son ordinateur, de son téléphone, de son fax, de tout ce qui le maintenait en contact avec le monde extérieur, ainsi que des photos d'Yvette, de Nathalie, de moi et de ses autres enfants. Sur la droite, les pages de son manuscrit empilées à côté de l'imprimante. A gauche, ses notes, lisibles grâce à son écriture si soignée. Et devant lui, bien rangés, les deux ou trois ouvrages sur sa chère Rome qu'il consultait d'ordinaire quand il écrivait. Mon père cultivait une image de loup solitaire qui voyageait seul et écrivait seul, qui n'avait besoin de personne et à qui son talent suffisait. A la vérité, il eût été incapable de survivre sans Yvette, que j'imaginais en train de lire, de regarder la

télé ou surtout, ce que mon père aimait le mieux, de s'affairer devant ses fourneaux. L'artiste travaillait ou conversait dans son bureau tandis que sa muse veillait jalousement à faire régner le calme autour du maître. Comme j'étais de mauvaise humeur, je me suis demandé si Yvette n'aurait pas pu être de sortie et transpirer, à cet instant même, dans le lit d'un jeune amant. L'ego de mon père n'y aurait pas survécu ; d'ailleurs, je ne croyais pas la chose possible. J'aimais mon père et je lui souhaitais tout le bien imaginable, mais il m'arrivait d'être las de ses comédies. Il avait réussi à convaincre les journalistes qu'il était un flibustier voué à son art, à la condition expresse qu'il vive seul. Que les femmes faisaient naturellement partie de sa vie, mais qu'elles devaient s'adapter à son art ou prendre le large si elles y faisaient obstacle. En réalité, il dépendait entièrement de la présence d'une Yvette auprès de lui. J'avais connu plusieurs de ses Yvette et il en avait épousé quelques-unes.

J'ai laissé régner un instant le faible souffle de l'espace cybernétique avant de répéter ma question, et il m'a enfin répondu :

"Elle a mentionné une seule fois, à propos d'un roman, qu'elle avait des ancêtres tchétchènes, mais qu'elle ne croyait pas que les gènes, ni d'ailleurs l'histoire d'une personne et ses expériences jouent un rôle aussi décisif que le croient certains écrivains. Selon elle, les forces qui dirigent en premier lieu notre vie quotidienne dépendent de notre volonté et de nos choix conscients, et non des diverses expériences vécues dans le passé ou des signaux inconscients provenant de nos gènes."

J'ai sifflé de colère :

"Une de vos discussions littéraires. C'est ce que tu me dis ?

— Peut-être bien, Marcus. Tu trouves qu'on perd son temps lorsqu'on a ce genre de conversation sur des livres, mais ce n'est pas l'avis de Nathalie. Tu ne lis pas, Marcus.

— Je lis de nombreux ouvrages spécialisés.

— Justement. Nathalie n'a pas la même forme d'intelligence que toi. Je ne crois pas que tu te rendes compte que Nathalie est quelqu'un qui cherche, qui s'interroge constamment et se pose des questions sur le sens de la vie. Ces dernières années, elle a surtout souhaité faire son devoir. Il y a des gens pour qui c'est important de pouvoir se regarder tous les matins dans la glace en se disant honnêtement : aujourd'hui, j'ai fait quelque chose de bien. Je n'ai pas vécu en vain."

J'ai recommencé à siffler de colère :

"Elle ne m'en a pas parlé.

— Non, Marcus. Quand tu étais enfin libéré de ton travail si exigeant, elle faisait ce qu'elle pouvait pour que tu te sentes bien et en sécurité. Et parce qu'elle savait que les conversations sur la métaphysique, et même la morale et la politique t'ennuient, ou alors elles t'échappent complètement.

— Tu ne me ménages pas, papa.

— Eh bien, va te regarder dans la glace et viens nous voir dans quelques jours.

— J'ai certaines choses à régler, ai-je répliqué froidement. Ma femme a disparu. Je dois tenir compte du fait qu'elle a disparu sans un mot. Je dois donc aller d'abord à la police, puis à la banque, et enfin parler avec mon chef pour savoir si j'occupe toujours un poste dans ma société.

Je ne crois pas qu'il s'intéresse beaucoup à l'aspect métaphysique de cette affaire. Mais bien entendu, quand je serai chômeur et sans le sou, j'aurai largement le temps de lire des romans et de discuter de grandes questions philosophiques avec de beaux esprits comme vous.

— Là, tu raisonnes comme un enfant déraisonnable, Marcus.

— Au revoir, papa. Je t'appellerai un de ces jours."

J'étais à la fois furieux et désespéré, et je devais m'habituer à l'être puisque, apparemment, cet état devenait prédominant dans ma vie.

J'ai encore mal dormi, et le week-end a traîné en longueur. Nikolaj étant en congé, je n'ai pas pu le joindre. J'aurais pu appeler plusieurs autres informaticiens, mais le courage me manquait. En outre, je me suis rendu compte que Nikolaj était vraisemblablement mon seul véritable ami et confident. J'avais une série de connaissances et de collègues de travail, mais à part eux, c'était Nathalie qui avait créé notre cercle d'amis. Quand j'étais à la maison, notre compagnie mutuelle me suffisait et je ne tenais pas à festoyer. Je disposais d'un réseau serré d'interlocuteurs relatif à mon travail, mais je me suis rendu compte que s'agissant d'une crise personnelle, les deux personnes avec qui j'aurais pu parler de mon état étaient absentes. L'une avait disparu, ce qui causait mon malheur, l'autre était en congé Dieu sait où. En un lieu, en tout cas, où il ne laissait pas son téléphone portable ouvert et ne relevait pas son courriel.

Le samedi, j'ai regardé à la télé des séries parfaitement nulles et observé le soleil qui, à présent, grillait la ville en vertu de la stabilité de la haute pression venue de l'est. J'ai refait le ménage de l'appartement et gaspillé de l'eau en faisant la plus petite lessive de blanc imaginable. Ma seule distraction a été un courriel d'Olga, qui m'apprenait que Sacha allait bien et parlait souvent de mister Marcus, en disant que c'était un brave homme, qui avait secouru Sacha. L'école du cirque était fermée à cause des vacances d'été, mais Sacha s'exerçait tous les jours ; il avait fait par deux fois un petit numéro dans un des cabarets de Victor T. Il vivait toujours dans l'immeuble où on lui avait donné un petit appartement et Olga le surveillait. Sacha avait un côté instable, écrivait Olga dans son anglais grammatical et presque trop correct, mais il paraissait quand même content. Pourtant, elle restait sur ses gardes, car il pouvait brusquement avoir envie de partir et de se sauver. On ne savait jamais, avec ce petit Sacha. A la fin des vacances, il logerait à l'école, mais ce n'était pas avant septembre. Olga avait aussi trouvé la trace du numéro de téléphone, un numéro de portable périmé. Celui qui l'avait eu s'était servi d'une télécarte, alors, impossible de le retrouver. Ce numéro n'avait servi qu'à l'envoi et à la réception de quelques appels. Un en provenance du Danemark, le deuxième de Moscou. Un troisième et un quatrième appel concernaient deux autres téléphones portables dont les numéros étaient également périmés, aussi appelés avec des télécartes. Olga écrivait que les terroristes et la mafia utilisent souvent des télécartes en les combinant avec des téléphones portables volés. Ils ne s'en servent que pour quelques communications avant de s'en débarrasser. Il est donc presque impossible de les retrouver. Il n'y avait malheureusement pas de nouvelles de Nathalie. Olga terminait en me souhaitant une bonne santé et en me disant de prendre soin de moi ; elle espérait que je maintiendrais le contact. Victor T. m'adressait des salutations chaleureuses de quelque part en Sibérie, où il séjournait pour un de ses interminables voyages d'affaires.

J'ai eu pitié de moi-même et ma gorge s'est serrée quand j'ai senti que c'était à Moscou que vivaient mes vrais amis. Je me suis rendormi sur le canapé et j'ai fait un rêve étrange : je pagayais dans un canot vert sur un large fleuve, Nathalie, assise à l'avant, ne portait qu'un slip et ses seins nus luisaient au soleil. Elle s'éventait avec une ombellifère étrange, couleur bonbon, et répétait tout le temps : "Si tu veux venir dans ma culotte, Marcus, rame plus vite." Quatre grands vautours planaient au-dessus de nous sans bouger, comme s'ils étaient peints sur les nuages bizarrement psychédéliques.

Le dimanche, je me suis secoué. Je me suis réveillé tôt ; quelques bruits seulement parvenaient jusqu'à moi par la fenêtre ouverte. J'avais peine à imaginer que je vivais dans une grande ville. Copenhague est une ville silencieuse, tôt le dimanche matin. D'après l'éclat du soleil, la journée allait encore être chaude ; soudain, je n'ai pas supporté l'idée de passer une journée de plus seul dans cet appartement ou ce voisinage. J'ai décidé d'aller dans notre maison de vacances. Nous n'avions pas grand besoin d'une voiture, en ville, puisque le siège de ma société se trouvait dans l'un des immeubles de bureaux bâtis près du port et que Nathalie n'aimait pas conduire, mais nous avions une vieille Toyota qui nous servait pour aller à Møn.

Je suis donc parti. J'ai roulé dans l'île de Seeland, verte comme sur une carte postale, si pleine de douceur et de charme qu'il y avait de quoi devenir tout à fait nationaliste en la traversant ainsi, la vitre ouverte et le coude à l'air, comme un adolescent étourdi. C'était presque trop, la vue de ces vaches qui paissaient, de ces oiseaux dans le ciel, avec ces senteurs d'herbe et d'été. Je me suis aussi aperçu que c'était trop dur d'arriver seul dans la maison de campagne de mon père, à l'est de Møn. Mon père, quant à lui, avait toujours su se ménager une vie agréable grâce à sa forte présence dans ses rapports avec autrui : il faisait sentir aux gens leur spécificité.

En règle générale, c'était sa volonté qui primait. Il pouvait faire du charme ou s'en abstenir, comme s'il ouvrait ou fermait un robinet. Le maire du village, autrefois, avait été suffisamment subjugué par le charme de cet écrivain pour lui louer cette jolie maison ancienne à titre perpétuel, sans obligation d'y vivre toute l'année. Avant de s'installer définitivement en France, mon père l'avait modernisée et dotée de meubles clairs et fonctionnels. Ces dernières années, c'étaient Nathalie et moi qui l'avions le plus habitée de sorte que je payais la moitié de ce loyer très modeste, ainsi que toutes les autres dépenses.

Cela m'a fait mal d'arriver dans cette maison adossée à la forêt, dont la façade donnait sur la plage. La mer était calme et bleue. Les meubles de jardin sortis. La maison sentait un peu le renfermé et il y avait une mouche morte derrière la porte. Une dame Petersen surveillait la maison et faisait le ménage de l'écrivain, comme elle le disait avec fierté. C'était mon père qui la payait. Cette vieille maison, où logeait autrefois un modeste cultivateur, avait des colombages bien entretenus, un toit de chaume décoratif et de petites fenêtres aux montants peints en bleu. Un motif idéal pour brochure touristique : autant de charme à l'intérieur qu'en promettait l'extérieur. Nulle part au monde je n'avais passé de moments plus heureux, ai-je pensé en la contemplant par ce temps ensoleillé.

J'ai ouvert portes et fenêtres et fait une tasse de café soluble. Des traces de Nathalie se voyaient partout : un pull sur une chaise, son chapeau de paille blanc, le chevalet et les pinceaux dont elle ne se servait qu'à Møn, ses sandales et ses vieux sabots, une grande photo d'elle et de moi, prise par mon père et accrochée au-dessus du poêle, les tiroirs contenant ses dessous et les vêtements qu'elle appelait ses sapes de la maison de campagne. Ici, son fauteuil préféré, dans lequel elle lisait devant le poêle, là une pile de ses livres, avec leurs marque-pages raffinés. Elle s'asseyait toujours là, à la table de la cuisine en bois massif, sa tasse de thé entre ses deux mains fines. Nous nous étions aimés des centaines de fois dans ce lit, et quand j'ai mis le nez dans son oreiller, son odeur m'a frappé, aussi puissante que si Nathalie venait de se lever après l'amour. Mon envie d'elle a été si forte qu'après une érection douloureuse, j'ai fondu en larmes. Pleurer est peut-être moderne et branché, dans le monde métrosexuel d'aujourd'hui, mais j'ai eu honte de ces larmes, dues à la fois au chagrin et à la colère et je me suis félicité que cette défaite soit sans témoins.

Je me suis levé, j'ai passé mon short de bain et je suis allé chercher mon tuba dans l'appentis – jadis une petite étable –, où je range aussi des bouteilles d'oxygène et une combinaison de plongée. L'entraînement à la plongée sous-marine faisait partie de ma formation militaire spécialisée, et je savais toujours plonger. Je n'ai pris que le tuba et les palmes, le couteau de plongeur et le harpon à air comprimé. Je n'irais pas jusqu'à plonger seul avec des bouteilles d'oxygène, mais j'avais besoin de m'éprouver physiquement, tout simplement. Je suis descendu sur la plage et je me suis assis dans l'eau ; elle ne s'était pas encore réchauffée, mais cela m'a fait du bien. J'étais seul sur cette plage malgré le beau temps ; une plage étroite, caillouteuse, d'accès un peu difficile pour les étrangers, qui étaient presque obligés de traverser notre jardin. Beaucoup d'autres plages, à Møn, sont infiniment plus agréables que la nôtre, mais nous avions apprécié d'avoir notre petite plage personnelle. J'ai enfilé mes palmes, craché dans le masque, je l'ai nettoyé et m'en suis coiffé avant de serrer les lèvres autour de l'embouchure salée du tuba et de me glisser dans l'eau, en espérant que les poissons des herbes marines tiendraient le monde à distance.

Naturellement, cela n'a pas marché, mais le mécanisme simple et compliqué malgré tout qui consiste à nager, à plonger et à retenir sa respiration assez longtemps jusqu'à ce que la vue se brouille presque, à chasser les poissons plats qui vivent près de la côte, tous ces rites familiers et pourtant si différents m'ont calmé et peu à peu fatigué physiquement. Je suis allé trop loin, en suivant le fond de la mer, des herbes marines ondulantes jusqu'aux algues d'où l'on passe à un fond plus pierreux. J'avais fait cela maintes fois, mais en combinaison de plongée. L'eau était restée glacée, après ce printemps froid. Quelques journées de chaleur ne l'avaient pas réchauffée notablement, mais je m'en souciais de moins en moins. Cette température atténuait mon inquiétude et anesthésiait mes sens, je me sentais léger et insouciant quand j'ai plongé pour chasser sans conviction un turbot qui ondoyait au-dessus des galets, en se croyant invulnérable et sans ennemis. Je savais que je ne devais pas tarder à rentrer bientôt, mais soudain, j'ai voulu l'avoir, bien que de nature, je ne chasse pas pour le plaisir de chasser, et que je n'aie pas eu l'intention de me faire un plat de turbot pour moi tout seul. On eût dit que le poisson avait senti que cette fois, c'était sérieux, une question de vie ou de mort, en quelque sorte. Il faisait mine, en tout cas, d'essayer de prendre le large et de se sauver. Finalement, je me suis suffisamment approché de lui pour le transpercer avec mon harpon et un sentiment de satisfaction libérateur m'a envahi, quand j'ai vu l'eau se noircir de sang autour du gros poisson. J'ai senti, en même temps, que mon propre corps tremblait de froid. J'ai ôté le harpon, laissé le poisson flotter au large et je me suis mis à crawler pour retourner vers la côte, tandis que la peur me prenait. Beaucoup plus frigorifié que prévu, j'avais moins de forces. Mes dents claquaient si fort que j'ai craché le tuba, incapable d'en retenir l'embouchure. J'approchais du stade où le corps se rend, où le froid devient si paralysant que les muscles lâchent prise et que l'on perd connaissance. On nous avait décrit ce genre de noyade pendant mon cours de plongée sous-marine. Ce serait facile. Il suffirait de ne rien faire, de prendre de l'élan une dernière fois, les jambes en l'air, et de plonger dans cette faille, au fond de l'eau, dont je savais qu'elle se creusait à une centaine de mètres de la côte. Je ne dirai pas que ça ne m'a pas tenté, mais je n'ai pas pu me décider à lâcher prise ; j'ai continué à crawler jusqu'à ce que j'aie pied. Tremblant comme une feuille, je suis resté longtemps au soleil, sur le sable chaud, à serrer mes bras autour de mes jambes, en me disant que si j'avais voulu flirter avec la mort, heureusement, au moment décisif, le courage m'avait manqué pour me laisser aller.

*

J'avais l'esprit étrangement brumeux et mal à la tête, quand je me suis retrouvé le lundi matin, à la préfecture de police de Copenhague, en train de raconter encore une fois mon histoire devant un inspecteur de la police judiciaire relativement indifférent. En chemise blanche à manches courtes, lui et moi transpirions dignement, bien qu'il ne soit encore qu'un peu plus de dix heures du matin. De nouveau, la journée s'annonçait chaude. J'avais avalé deux saucisses dans une station-service en revenant de Møn, et plus tard dans la soirée, bu presque toute une bouteille de vin rouge en prenant un morceau de fromage. J'avais très mal dormi et rêvé que j'étais coincé au fond d'un port, retenu par des cordages qui n'arrêtaient pas de se reformer, bien que je m'escrime à les couper avec mon couteau de plongeur. Dans d'autres rêves, je baisais violemment sans pouvoir conclure, avec Nathalie et avec une femme inconnue qui, dans un de ces rêves, s'est révélée être Olga. Je me réveillais chaque fois baigné de sueur et grelottant de froid malgré tout.

J'étais toujours mentalement absent au point que l'inspecteur a dû répéter une ou deux fois ses questions. Je détestais cet état et j'essayais de refouler mon expérience de la veille avec le snorkel. L'inspecteur s'était présenté : Peter Gerlev ; il avait environ trente-deux ans et des cheveux coupés court qui seyaient mal à son visage un peu long, mais c'était une coiffure très actuelle. Des bras solides, comme s'il suivait un cours de fitness, et une voix étonnamment haut perchée mal accordée avec sa carrure d'homme surentraîné. J'avais mal au genou et j'enviais sans doute tout bonnement cet homme, visiblement en bonne santé, qui semblait satisfait et content de son sort. Il remplissait des papiers avec une lenteur indolente qui m'a irrité et m'a dit, quand j'ai eu terminé mon feuilleton interminable :

“C'est noté, monsieur Hoffmann. Nous contacterons les Russes par l'intermédiaire d'Interpol.

— C'est tout ?

— Que faudrait-il faire de plus ?”

Je n'ai su que lui répondre.

“C'est vrai, me suis-je borné à dire. Vous ne semblez d'ailleurs pas spécialement intéressé.”

Il s'est redressé et a passé la main sur ses cheveux en brosse :

“Bien sûr que nous sommes intéressés, mais il arrive presque chaque jour que des gens disparaissent. Quelques rares personnes disparaissent réellement, mais la plupart réapparaissent. Vous verrez, ce sera le cas de votre femme.

— Ne le prenez pas de haut avec moi.

— Je ne le prends pas de haut, mais vous soulignez vous-même que nos collègues russes n'ont rien trouvé qui indique que votre femme ait été victime d'un crime ou d'un accident. D'après la manière dont vous m'avez présenté l'affaire, beaucoup d'indices laissent penser, en fait, que votre femme vous a quitté de son plein gré. Et ce n'est pas un acte illégal. Il faut être un peu patient.

— Et pendant combien de temps faudra-t-il que je sois patient, comme vous dites ? Avant que vous décidiez de prendre l'affaire un peu au sérieux."

Je ne lui plaisais pas non plus, il ne ressentait que mépris pour le cocu qu'il avait devant lui, qui pleurnichait parce que sa femme était partie avec un autre :

"Pendant dix ans, d'après la loi. Si vous n'avez pas eu de nouvelles de votre femme dans dix ans, on vous délivrera ce qui s'appelle une déclaration de décès, mais cela m'étonnerait que vous n'ayez pas de nouvelles d'ici là." Il a tapé sur les formulaires qu'il avait remplis et que j'avais signés :

"L'affaire est engagée. Soyez sûr que nous la suivrons et que nous vous contacterons si nous apprenons quelque chose. Ou quand nous apprendrons quelque chose, car il est certain que ce sera le cas.

— Vous êtes beaucoup trop aimable, ai-je répondu, sarcastique.

— Nous faisons de notre mieux, bien que nous soyons surchargés d'affaires réellement difficiles et criminelles", a-t-il insisté, et je suis sorti sans lui serrer la main, tant mon humeur était massacrante.

Cela ne s'est pas arrangé à la banque. Notre conseiller attitré, à Nathalie et à moi, était naturellement en vacances, comme la plupart des Danois en juillet. On se demande comment le pays réussit à fonctionner quand la plus grande partie de la population se met apparemment en congé en même temps. Peut-être n'ai-je pas eu affaire à la plus jeune des stagiaires de l'agence, mais quand j'ai commencé mon histoire, la jeune femme qui avait pris place devant moi n'a pas tardé à s'avouer incompétente : toute confuse, elle est partie chercher de l'aide. J'ai patienté dix minutes, derrière un paravent, dans le fond de la filiale de la banque, jusqu'à ce qu'un homme d'âge moyen, en chemise blanche, cravate et pantalon noir n'apparaisse et ne se répande en explications concernant une réunion qu'il n'avait pas pu quitter. Une fois de plus, j'ai raconté mon histoire, en servant la version courte et concise à cet homme aux lunettes étroites, dont le nom m'a échappé. Ma femme avait disparu en Russie, la police était prévenue, et non, aucun indice, aucune preuve n'indiquaient qu'elle ait été victime d'un crime ou d'un accident. Non, je ne savais pas ce qui s'était passé ni où elle était. Je l'ai répété plusieurs fois en me disant que si cet homme était le représentant le plus intelligent de cet établissement financier, j'avais lieu d'être sérieusement inquiet quant à la sécurité de mon argent et à l'avenir de la banque. Il a murmuré vaguement que c'était vraiment une terrible histoire, et s'est lancé dans un récit assez décousu sur une émission de télévision consacrée, justement, à des Danois disparus et retrouvés par un journaliste. Ce serait peut-être une solution de m'adresser à lui, même s'il s'avérait que Madame Hoffmann allait sûrement réapparaître. Ou en tout cas que "cela" s'éclaircirait, ainsi qu'il s'obstinait à qualifier la situation.

J'ai respiré très profondément en attendant qu'il ait fini de détailler les perfections de son émission télévisée, avant de lui dire :

"Ecoutez-moi. Ma femme et moi avons un compte commun sur lequel nous transférons l'argent de chacun des comptes personnels sur lesquels sont versés nos salaires. Ma femme possède également un compte commercial relatif à la boutique qu'elle dirige avec une amie. Elle a aussi un compte bancaire ordinaire et nous avons chacun des comptes de pension et des dépôts de titres communs. J'ai besoin de virer de l'argent du compte de ma femme relatif à la boutique sur le compte de cette boutique. Il faut que je puisse utiliser son compte commercial. De l'argent y entre. De l'argent en sort. Peut-être pas de grosses sommes, mais suffisantes pour que cela représente une charge si je devais tout financer à partir de mon compte personnel. J'ai aussi besoin de retirer de l'argent du compte de ma femme pour nos dépenses communes, que mon épouse soit à la maison ou pas.

— C'est assez clair, monsieur Hoffmann." Il a consulté l'écran de son ordinateur. "J'ai sur mon écran la liste de vos différents comptes dans notre banque. Vous êtes un bon client. Vous l'êtes tous les deux. Nous sommes heureux d'avoir de bons clients, alors, si vous avez provisoirement un problème de liquidité, nous vous prêterons de l'argent sans problème. Vous avez aussi un droit de dépassement de crédit auquel vous faites rarement appel. Nous pourrions sans problèmes en augmenter le montant.

— Comment cela ? Il y a de l'argent sur le compte de Nathalie.

— Oui, mais vous ne pouvez pas y toucher. Vous pouvez vous féliciter qu'on ne l'ait pas déclarée décédée…

— Et je m'en félicite, nom de Dieu ! ai-je lancé, furieux.

— Excusez-moi, je ne pensais pas à ça. J'ai employé le vocabulaire bancaire. En cas de déclaration de décès, nous serions obligés de fermer tous vos comptes. C'est le tribunal des partages qui l'exige. Dans votre cas, comme il s'agit simplement d'une personne absente momentanément, cela ne change rien. A moins, naturellement, que vous ayez une procuration qui vous autorise à prélever de l'argent sur le compte de votre épouse ?

— Je n'en ai pas. Nous n'avons jamais pensé que ce serait nécessaire.

— Non, on ne pense jamais à ce genre de choses avant d'en avoir besoin.

— Alors, que puis-je faire ?"

Il m'a regardé avec sympathie, mais aussi avec pitié. Je voyais ce qu'il pensait : grands dieux, ce pauvre homme. Sa femme l'a quitté et le voilà qui essaie de mettre la main sur son argent. Au lieu de me mettre en colère, je lui ai demandé :

"Pouvez-vous voir s'il y a eu des mouvements sur les comptes de mon épouse, au cours des quatre à six semaines passées ?

— Strictement parlant, je ne suis pas autorisé à vous le dire.

— Depuis plus de dix ans, nous sommes de bons clients de votre banque. Si mon conseiller habituel était là, il serait certainement plus coopératif.

— Malheureusement, Carsten est en vacances.

— Y en a-t-il eu ?"

Il s'est éclairci la voix et a repoussé ses lunettes sur son nez. Il a regardé l'écran et tapé sur une flèche.

"Non. Il n'y a eu aucune transaction ni aucun retrait par carte de crédit depuis un mois ou plus. La dernière transaction date du mois de mai, à l'aéroport. Dankort.

— Merci.

— Je ne vous ai rien dit.

— OK, mais merci quand même."

Il est sorti du programme. Il transpirait un peu et n'était pas fier de son laxisme, mais j'étais reconnaissant d'avoir trouvé un homme qui accepte de faire une entorse au règlement. Comme s'il lisait mes pensées, ou peut-être simplement pour mettre fin à ce silence embarrassé, il a déclaré :

“Ces situations sont difficiles. Au moment de la grande inondation, certaines personnes se sont étonnées qu'il soit si important de trouver et d'identifier les victimes. On veut toujours être sûr, je crois, mais pour beaucoup de gens, on savait bien qu'ils étaient noyés. Car même si vous avez vu un être cher se noyer sous vos yeux, ce n'est pas suffisant pour qu'on vous délivre un certificat de décès. Et si le cadavre n'est pas retrouvé, il faut attendre dix ans. C'est long. A propos du tsunami, les hommes politiques parlent d'ailleurs de promulguer une loi spéciale pour réduire ce délai à cinq ans au lieu de dix. Est-ce que ce sera mieux ? Peut-être. Cinq ans, c'est long aussi, n'est-ce pas ?

— Chaque jour passé dans l'incertitude est ressenti comme très long”, ai-je répondu en lui serrant la main.

16

Quelques jours plus tard, malgré tout, je suis descendu chez mon père, sous la menace d'un licenciement, telle une épée de Damoclès suspendue au-dessus de ma tête. Mon patron était très contrarié, c'est le moins qu'on puisse dire, mais j'avais besoin de m'éloigner de l'appartement d'Østerbro et surtout de ma propre compagnie. Je ne supportais pas d'être seul avec moi-même et je craignais réellement de devenir fou à force de ruminer ce qui s'était passé ou de rester des heures sur Internet, à surfer sur des images atroces et des textes haineux, dans le seul but de comprendre un peu ce que signifiait la guerre tchétchène.

Cette recherche ne m'avait guère éclairé, à moins de trouver que cela avance de visionner des crimes et des actes de violence, de constater par soi-même que les deux parties ne connaissent pas d'autre langage que celui de la haine et qu'elles sont si irréconciliables qu'aucune solution politique ne se profile. J'avais regardé des vidéos primaires du genre de la photo que Victor T. m'avait montrée à Moscou : des gens en train d'en égorger d'autres et de danser sur le sang des innocents. C'était à donner la nausée, et j'avais peine à comprendre que je vivais sur la même planète et dans le même siècle que les coupeurs de tête islamistes ou les brutes militaires russes qui traînaient une femme en la tirant par les cheveux ou détruisaient un village en le bombardant. Internet est un plaisir et une malédiction, mais aussi une vitrine de la folie et de l'effroyable méchanceté de l'être humain. Je ne pouvais pas admettre que Nathalie fasse partie de ce monde-là.

Mon chef m'avait accordé une semaine de congé supplémentaire, ensuite, je devais reprendre le travail. Il appréciait ce que j'avais fait au cours des années pour notre société, et récompensait mon travail en me versant un salaire assez coquet, mais la patience et la compréhension de la firme avaient des limites et je m'en rapprochais. “J'ai été très patient”, m'avait-il dit quand j'étais allé le voir.

Torsten Carlsen n'avait que trente-quatre ans, mais ayant déjà perdu presque tous ses cheveux, il paraissait plus vieux, même s'il choisissait des vêtements jeunes et chics. Il était habile et efficace, gentil quand cela lui chantait, mais aussi sans scrupules, ce qui lui avait permis de devenir patron. J'étais passé au bureau, mon ordinateur portable massacré sous le bras, pour voir combien de documents je pouvais récupérer sur l'ordinateur fixe de mon bureau, mais Torsten s'était emparé de mon IBM en me disant qu'il le remettrait au chef de la sécurité quand ce dernier reviendrait de vacances. Il avait exprimé sa compassion lorsque je lui avais servi la version courte de la disparition de Nathalie, mais son attitude ne cachait pas l'irritation que lui causait le vol de l'ordinateur de la société, et l'éventualité que son contenu ait été copié. De toute évidence, il me jugeait assez irresponsable de n'avoir pas su éviter ce vol, bien que je l'aie mis au courant des circonstances de mon agression. A un autre moment, il m'aurait peut-être complimenté d'envisager de travailler, même pendant les vacances, mais quand nous nous sommes vus, il jugeait que je n'aurais pas dû emporter mon ordinateur en voyage dans un pays aussi instable que la Russie.

Il ne me l'a pas dit directement, mais il semblait d'avis que j'aurais dû me secouer et que c'est en travaillant dur au service de la société que l'on résout le mieux ses problèmes personnels. Assis derrière un bureau débarrassé de ses papiers, parce qu'un bureau net est un signe d'efficacité, il pensait visiblement que j'étais un incapable. Je déchiffrais sa mimique, qui signifiait que même si votre femme quitte le foyer, vous devez continuer à travailler, l'oublier et en trouver une autre. Lui-même venait de divorcer, mais je savais qu'il devait se remarier en décembre. Il émettait donc des onomatopées compatissantes, tandis que son expression signalait que je deviendrais peut-être sous peu une charge au lieu d'être un *asset*, autrement dit un plus pour la société. *Asset* était l'un de ses nombreux mots favoris. Il appartenait à la race de ces nouveaux directeurs qui ne connaissent pas le mot problème, parce que tout est défi. J'étais un combattant blessé sur le champ de bataille des affaires, si je ne pouvais plus me battre, je devais quitter le front. Il ne me l'avait pas formulé nettement, mais il le pensait.

Dans l'avion de Nice, je me suis remémoré notre conversation, en m'avisant trop tard de tout ce j'aurais dû lui répondre. Mon job avait beaucoup d'importance pour moi. Naguère, j'aurais dit qu'il représentait à peu près tout, mais dans cet avion, en dépit des soucis concernant mon avenir, il me laissait indifférent d'une manière étrangement distante. J'avais pris du recul, mais pas au point de n'avoir pas cherché, sur le Net, un billet aller extrêmement bon marché et évité de retenir automatiquement, comme de coutume, une place en classe affaires. Je voulais partir, c'était nécessaire, sinon, je ne serais pas tranquille.

J'avais décidé de montrer à mon père, qui parlait le russe les documents de Victor T. J'avais des copies et des originaux en russe ainsi que des traductions en anglais. J'ignore d'où venait cette impression, mais quelque chose me tourmentait dans les rapports de mon père avec Nathalie. Quelque chose les liait, c'était clair. J'avais toujours remarqué qu'ils s'entendaient bien en matière de romans et d'autres genres littéraires, mais peut-être cette entente couvrait-elle aussi le passé de Nathalie, et par conséquent la Russie. Mes réflexions tournaient en rond et je tâchais d'éviter que mes analyses ne tournent à l'obsession.

J'ai loué une petite voiture à l'aéroport de Nice. Il faisait froid et il pleuvait à Copenhague, mais au bord de la Méditerranée, le soleil brillait et quand j'ai commencé à rouler dans les montagnes, la vitre ouverte, en direction de Fayence, la Provence fleurait son parfum caractéristique. Le paysage était parsemé de nouvelles maisons qui escaladaient les pentes gris-vert de la montagne. Des hordes de Danois, de Britanniques et autres Nordiques qui descendaient dans le Midi de la France pour trouver l'endroit idyllique et vierge, découvraient trop tard que les maisons et le béton s'étaient substitués à leur coin idyllique et que les habitants francophones étaient une minorité. Les Danois viennent résider dans le Midi de la France pour fréquenter d'autres Danois, regarder la télévision danoise par satellite et discuter de ce qui se passe au Danemark. J'avais en tête ces propos de mon père tout en roulant en direction du village où il s'était installé. Il n'était pas tombé dans le piège danois. Il ne traînait pas avec d'autres Danois, il vivait en milieu français avec sa femme française et regardait avec mépris les nouveaux arrivants, nantis de leur pension sur laquelle ils payaient peu d'impôts. Mon père était snob, mais il avait du style, et brusquement, je me suis beaucoup réjoui à l'idée de le voir et de lui parler. Il s'était lui aussi réjoui à l'idée de ma visite, bien qu'il soit sur le point de partir en Angleterre pour un voyage de recherche.

"Je ferai tout pour t'aider, naturellement, m'avait-il dit. Reste ici tant que tu voudras. Yvette te prépare ta chambre. Nous nous réjouissons de te voir." Il aurait voulu envoyer Yvette me chercher à l'aéroport, mais je préférais louer une voiture. J'envisageais de rouler un peu au hasard, peut-être d'aller me baigner dans la Méditerranée. Ayant rarement fait du tourisme, je ne savais pas vraiment ce que cela impliquait, mais j'espérais que mes réflexions perdraient de leur virulence si je passais quelques jours à me promener sans but et à nager longuement sur la côte, avant de me secouer et de reprendre mon travail.

C'est à cela que je pensais en longeant un lac miroitant tacheté de voiliers, tout en continuant à monter vers Fayence, dont les toits rouges s'élevaient comme une mitre d'évêque au sommet de la montagne. Mon père avait acheté, au centre de cette vieille ville, une maison qui datait de plusieurs siècles bâtie dans la rue jouxtant la place du village, à proximité des restaurants et des magasins. Sa maison avait trois ou quatre étages de guingois et plusieurs pièces auxquelles on accédait par des escaliers penchés. Il y faisait frais l'été et elle conservait la chaleur en hiver. Presque adossée à l'église, elle était romantique et artistique à souhait. Mon père avait investi pas mal d'argent et pas mal d'artisans français avaient passé de nombreuses heures dans cette maison. Je comprenais pourquoi il l'aimait et souhaitait y passer le reste de ses jours.

Je me suis garé sur la place, j'ai franchi les quelques pas qui me séparaient de la maison et sonné. Yvette m'a ouvert, et j'ai eu droit aux embrassades coutumières, à une quantité de "chéri" et à ses exclamations sur ma pâleur et ma maigreur dans son mélange de français et d'anglais. Elle était ravissante, comme de coutume, en chemisier beige et pantalon collant noir. Le vernis de ses ongles de pieds, chaussés de fines sandales dorées, était assorti à celui de ses mains et à la couleur de ses cheveux, relevés et retenus par un bandeau vert-bleu dont je croyais savoir que Brigitte Bardot avait lancé la mode autrefois, mais avec son visage et son physique, Yvette pouvait presque tout se permettre.

"Michel est sur le toit, viens, mon cher Marcus", m'a-t-elle dit en mettant son bras sous le mien pour me guider, par le long corridor, dans le labyrinthe de la maison et me faire passer par les escaliers pour monter à la terrasse, où mon père devançait sûrement l'heure bleue en prenant un verre. J'ai mis mon sac derrière la porte, non loin de la pièce claire qui avait toujours été notre chambre à coucher, à Nathalie et à moi, quand nous venions en visite.

La terrasse, sur le toit, ne représentait qu'un des nombreux charmes de la maison, mais c'était elle qui faisait immédiatement la conquête des visiteurs. D'une petite pièce équipée d'un poêle à bois et de meubles scandinaves de bois clair, les préférés de mon père, on sortait directement à l'air libre et l'on se sentait au sommet du monde. D'un côté, c'étaient les toits de tuiles rouges et brunes et les têtes des passants qui flânaient dans la ruelle, de l'autre, un superbe paysage provençal. Depuis cette terrasse, Fayence donnait vraiment l'impression d'être perchée au sommet de la montagne, parce que la vue portait très loin et qu'on découvrait un petit aéroport blotti au fond de la vallée. Nathalie et moi contemplions souvent le petit avion monoplan qui tirait dans le ciel bleu profond de fins planeurs blancs, avant de les libérer dans l'espace où ils volaient sans bruit, comme de grands oiseaux. Plus près de la terrasse, les martinets chassaient en tournant en rond, tandis que les deux chats de la maison les observaient, depuis leur poste de guet sur ces toits pentus et traîtres. Quand les oiseaux plongeaient, au-dessus de la terrasse, comme des pilotes de Spitfire dans les anciens films de guerre, Nathalie et moi avions plusieurs fois vu les chats essayer d'en attraper un, sans jamais y parvenir.

Quand je suis arrivé, mon père était assis dans un confortable fauteuil d'osier à haut dossier, à côté de la table de jardin marron. Il s'est levé et m'a embrassé, avant de me tenir un peu à distance pour m'observer, d'un regard plein de sagesse.

"Tu as l'air un peu négligé, mon garçon.

— Ce n'est pas tellement facile.

— Non ! C'est une sale situation. Assieds-toi. Veux-tu prendre un verre ?

— As-tu du vin ?"

Il s'est contenté de sourire en allant à une petite table à roulettes où étaient présentées différentes bouteilles, parmi lesquelles une bouteille de vin rouge entamée. Il m'a servi du vin rouge, un verre de vin blanc à Yvette et il a repris un whisky. Nous avons trinqué, dans la chaleur de cette fin d'après-midi, et échangé quelques banalités : à propos de mon voyage avion, qui avait été agréable, de l'astuce qui permet d'acheter un billet aller à bas prix, et de la liberté qui consiste à choisir sa date de retour. De ce temps merveilleux. De la pléthore des touristes en Provence. Et j'ai dit que j'étais allé à Møn et que je m'étais baigné, parce qu'au Danemark aussi, il faisait un temps superbe, en omettant cependant de parler de ma grossière irresponsabilité. Yvette a beaucoup parlé en français et mon père m'a traduit : elle allait nous laisser seuls pour nous permettre de discuter de la situation en danois avant d'aller dîner dans leur restaurant attitré. Elle m'a gratifié d'un nouveau "chéri" et m'a embrassé sur la joue, puis elle a quitté la scène avec sa grâce et sa fierté coutumières, suivie par un long regard attendri de mon père.

Nous nous sommes assis l'un en face de l'autre et mon père a allumé une cigarette en disant :

"Yvette se fait plus de souci qu'elle ne le laisse paraître. Elle s'inquiète beaucoup, naturellement, sur ce qui peut être arrivé à Nathalie, mais aussi pour toi. Elle a peur que tu flanches. Elle n'arrête pas de dire que «Marcus ne peut pas se passer de sa Nathalie».

— Et toi, que dis-tu ?

— Que Marcus ne peut pas se passer de son travail.

— Je m'en passe relativement bien, tu sais.

— Alors, je m'inquiète sérieusement.

— Je vais bientôt reprendre le collier.

— Bien.

— Tu trouves que c'est bien ?

— Oui. La vie doit continuer, Marcus. C'est ainsi.

— C'est plus facile à dire qu'à faire.

— Il est bien possible que ce soit plus facile à dire qu'à faire, mais cette histoire n'est pas encore terminée. Nous avons du temps. Pourquoi ne me la racontes-tu pas en commençant vraiment par le commencement ?

— J'ai quelque chose à te montrer. Je t'ai apporté l'histoire de Sarema", ai-je préféré lui dire en me levant pour aller chercher les documents de Victor T. dans mon sac. Je l'ai observé en prononçant le prénom tchétchène de Nathalie, mais il n'a pas réagi. Mon père avait encore rempli nos verres en mon absence, mais nous ne les avons pratiquement pas touchés pendant l'heure qui a suivi, durant laquelle il a soigneusement lu, en fumant des cigarettes, les rapports et les actes officiels russes. Il a surtout posé des questions concernant la chronologie, en s'abstenant de commenter le reste. Cela ne m'a pas surpris ; il était ainsi : au cours de ses recherches, il travaillait de cette manière. S'agissant d'affaires sérieuses, il n'aimait ni les bavardages ni les exclamations sentimentales. Certaines personnes, au Danemark – des envieux du monde littéraire, en général – estimaient que Mikael Brandt était un poids plume, à cause de son écriture en apparence si élégante et claire et de sa facilité à communiquer son vaste savoir, aussi bien dans ses écrits qu'oralement. Ils ignoraient le travail que ces qualités dissimulaient. Ils ne pouvaient pas imaginer le soin qu'il apportait à son travail. J'avais toujours admiré son autodiscipline et le sérieux avec lequel il considérait son métier d'écrivain. Mon père aimait bien son image médiatique publique de bon vivant et de dandy français, qui traversait l'existence en s'amusant, mais à la vérité il travaillait dur.

Je l'ai laissé lire en paix, j'ai répondu à quelques demandes d'explications en contemplant le paysage, sous la lumière changeante, et les chats qui chassaient en vain les prestes martinets. Ils me rappelaient beaucoup trop ma propre chasse infructueuse de la vérité, ou du moins ma recherche d'une explication. Valait-il mieux ou non qu'ils s'obstinent à essayer, même si leurs efforts paraissaient totalement inutiles ? Je n'en savais rien.

Mon père a posé les derniers documents devant lui et ôté ses lunettes de lecture.

“Savais-tu que son vrai nom était Sarema ?

— Non, je l'ignorais.

— Mais tu savais qu'elle était à moitié tchétchène, n'est-ce pas ?”

Il a bu une gorgée de whisky. Les glaçons étaient complètement fondus, mais fidèle à sa vieille habitude, il a agité son verre comme pour les faire teinter.

"Oui, je le savais."

J'ai senti monter ma colère, mais j'ai dit froidement :

"Et tu n'as jamais éprouvé le besoin de me le dire ?"

Il a poussé un soupir presque inaudible et s'est penché vers moi :

"Marcus. Je suis ton père et je t'aime. Et si cette conversation doit avoir un sens, il faut que tu comprennes et que tu acceptes le fait que je ne t'ai jamais menti et que je ne te mentirai jamais. Ce qui ne signifie pas que je te dis tout.

— C'est ce que je vois.

— Ne prends pas les choses ainsi. Nous sommes des adultes. Tous les adultes ont des relations de confiance avec différentes personnes, et par conséquent des secrets les uns envers les autres. Nathalie envers toi. Yvette envers moi. Toi envers moi. Moi envers mes amis. Nathalie avait besoin de me faire des confidences. Cela ne signifie ni qu'elle ne t'aimait pas ni qu'elle n'avait pas confiance en toi, mais elle pensait que tu ne l'écouterais pas. Elle ne voulait pas te déranger dans ton travail…

— Vous parlez toujours de ce travail, comme si j'étais marié avec. En ce moment, je crois que je suis en pourparlers de divorce, ai-je risqué, ce qui a fait sourire mon père.

— «Marcus est marié avec moi, mais il a une maîtresse : son travail, c'est à elle qu'il s'intéresse le plus passionnément», disait souvent Nathalie.

— C'est injuste, à mon avis.

— C'est possible, mais pour donner dans la banalité, tu n'es pas le premier à être forcé d'admettre que la vie et la justice ne vont pas toujours de pair.

— OK", ai-je dit. J'étais las et indécis, et je ne savais que dire. J'ai donc montré du doigt la pile de paperasses couvertes de cette écriture russe incompréhensible en lui demandant :

“Que savais-tu déjà de tout ça ?

— Très peu de choses. Nathalie m’a parlé de sa demi-sœur Zinaïda, parce qu’elle croyait l’avoir reconnue sur les images de la télé. Elle a trouvé, sur Internet, à la fois le reportage et d’autres photos, et elle était sûre qu’il s’agissait de Zinaïda. Tu étais à Los Angeles quand cela s’est passé. Elle était assez secouée. Elle m’a téléphoné et m’a dit qu’elle éprouvait les mêmes sentiments que le héros d’un roman face au peloton d’exécution, ou en train de tomber d’un gratte-ciel, ou bien quelqu’un dont l’avion va s’écraser au sol, et qui voit sa vie défiler dans sa tête en quelques secondes. Son passé, elle le connaissait, mais elle l’avait refoulé. Et tout refluait à sa mémoire. «Marcus m’a toujours protégée contre mon passé, mais son bouclier ne fonctionne plus. Je ne sais pas pourquoi. Peut-être parce qu’il n’est jamais à la maison», m’a-t-elle dit.

— Pourquoi n’est-ce pas moi qu’elle a appelé ?”

Mon père s’est borné à me regarder et il a poursuivi :

“Tu venais de partir et tu ne devais revenir qu’une semaine plus tard, alors je lui ai acheté un billet et elle est venue passer deux jours ici. Nous n’avons pas tellement causé, en réalité. Elle voulait simplement ne pas rester seule et se faire gâter par Yvette, tu sais qu’Yvette adore ça. Nous avons parlé littérature en tournant autour de son passé. Mais tourner autour est le mot juste. D’abord, parce qu’elle ne disait rien de très concret, ensuite parce qu’elle ne trouvait pas les mots justes pour décrire les sentiments qui l’agitaient. Mais je savais bien de quoi elle souffrait. De culpabilité. Elle se sentait extrêmement coupable d’avoir survécu à une famille qui, comme le dit très justement Victor T., est particulièrement marquée par la mort. Elle a vécu, dans une moindre mesure, ce que vivent les survivants de catastrophes naturelles ou de camps de concentration quand le temps passe. Le grand soulagement de se retrouver parmi les vivants est suivi d'un grand sentiment de culpabilité parce qu'ils ont survécu. Les images télévisées de sa demi-sœur ont déclenché, chez Nathalie, ce sentiment de culpabilité.

— Je ne comprends pas qu'elle ne m'en ait pas parlé.

— Non. Elle aurait dû le faire. Je lui ai demandé de le faire. Elle m'a dit qu'elle voulait d'abord ordonner le chaos qui régnait en elle. «Je suis totalement brisée intérieurement», m'a-t-elle dit, et ensuite : «Il faut que je recolle les morceaux avant de parler avec mon gentil Marcus. Tu sais bien que Marcus supporte mal l'agitation et les changements.»"

Je le savais bien, moi aussi, mais je n'appréciais pas pour autant de me l'entendre dire. Ma femme me disait assez clairement, par l'intermédiaire de mon père, que j'étais un égoïste qui ne pensait qu'à lui et n'avait pas de ressources pour prendre au sérieux les problèmes des autres. Nathalie ne disait pas que je l'avais lâchée, mais elle disait qu'elle était sûre de ne pas pouvoir compter sur moi. Elle avait raison. J'imaginais fort bien, hélas, la façon dont j'aurais réagi. Je l'aurais certainement écoutée, j'aurais dit que cela me faisait de la peine, que c'était triste pour Nathalie et pour sa sœur. Mes dossiers ouverts devant moi, j'aurais levé la tête et je les aurais écartés à regret. Mais aurais-je été vraiment présent ? J'en doutais. Je m'entendais lui répondre que nous avions notre bonne vie à nous, et que nous ne pouvions rien faire. Ou bien que Nathalie ne devait pas se sentir coupable de ce que sa sœur ait franchi la limite qui nous sépare de l'univers noir du terrorisme. J'aurais argumenté et répété, raisonnablement et avec pondération

– en l'interrompant – que nous avions notre propre vie et que c'était une bonne vie. Qu'il est inutile de gaspiller ses forces pour des choses qui ne dépendent pas de nous.

Mon père m'a laissé seul avec mes pensées. Il grignotait quelques olives qu'il prenait dans un petit bol posé sur la table, en sirotant son whisky. J'avais très soif, mais le vin ne me disait rien. Il y avait aussi une carafe d'eau ; l'eau n'était plus fraîche, mais je m'en suis versé un plein verre et je l'ai bu avec avidité. Les cigales s'étaient mises à chanter ; des bruits venaient aussi du village : le rire joyeux d'une femme, des talons trottant menu sur les pavés. Il faisait chaud et le calme régnait, cela sentait la lavande et le laurier. Un avion du club sportif a tiré un autre planeur dans l'espace, mais le village était si haut perché que nous l'avons d'abord vu faire de grands cercles en contrebas, jusqu'à ce qu'il parvienne à nous survoler et que la corde une fois lâchée, le planeur évolue librement. Les deux chats, immobiles, suivaient les martinets des yeux.

“Tu aurais bien pu m'informer un tant soit peu, ai-je déclaré au bout d'un moment.

— J'aurais dû le faire, oui. Je regrette même de ne pas l'avoir fait. Mais j'avais deux raisons. Premièrement, j'avais promis à Nathalie de ne rien dire. Deuxièmement, elle m'avait promis de te parler de ses sentiments et de te répéter ce qu'elle m'avait dit.

— Tu ne m'as même pas parlé quand nous avons dîné ensemble à Nice.

— Non. C'était une erreur de ma part.

— Tu as fait semblant d'être étonné que Nathalie veuille aller en Russie. N'est-ce pas vrai ?

— Je ne croyais pas qu'elle le voulait sérieusement.

— Qu'elle voulait quoi, sérieusement ?

— Nathalie m'avait confié, à l'aéroport, qu'elle voulait aller en Russie. Je lui ai répondu que c'était une très mauvaise idée. J'ai essayé de te dire la même chose à Nice ; indirectement, je l'admets. J'ai tâché de te faire un peu peur. J'espérais et je croyais fermement que Nathalie ne parviendrait pas à te décider. D'ordinaire, on n'arrive pas à te faire décoller du Danemark, pendant tes vacances, mais j'ai sous-estimé ton amour pour elle. J'ai appelé Nathalie le soir où nous avons dîné ensemble et je lui ai fait promettre de jouer cartes sur table avec toi. Elle m'a répondu qu'elle le ferait.

— Mais elle ne l'a pas fait.

— Non, elle ne l'a pas fait.

— Tu aurais dû me prévenir, papa.

— Oui. C'est vrai. J'ai sous-estimé la force du sentiment de culpabilité de Nathalie, sans penser que cette force la pousserait à vouloir délivrer sa sœur. La délivrer d'ellemême, des terroristes tchétchènes, de la Russie. Comme un chevalier, elle a voulu abattre le dragon et ramener sa sœur en sécurité au Danemark, de manière à expier la faute dont elle se sentait coupable en ayant survécu à sa famille.

— Je ne comprends pas.

— Non, Marcus, tu ne comprends pas, mais c'est ce qui a poussé ta femme à agir.

— Comment pourrait-elle sauver sa sœur ? Sait-on même si elle est en vie ?

— Je l'ignore. Elle n'en a pas parlé, mais Nathalie était persuadée qu'elle était en vie. Chose plus dangereuse encore, elle croyait fermement que Zinaïda voudrait être délivrée du mal russe."

De nouveau, je suis resté silencieux en me sentant soulagé, bien que ce soit irrationnel.

"C'est étrange, ai-je remarqué. Je suis très triste, mais je suis content quand même, parce que tu me démontres, en fait, que Nathalie n'a absolument rien à voir avec les terroristes. C'est un problème tout à fait personnel.

— Oui, c'est ce que je dis, mais il n'est pas sûr que les Russes le voient ainsi. Si elle s'est mise en contact avec des rebelles tchétchènes pour approcher sa sœur, elle est donc coupable aux yeux des Russes. Même pour une citoyenne danoise, cela signifie des années et des années de prison. Il suffit de fréquenter des terroristes. Cela peut aussi signifier la mort.

— La mort ?

— Tu n'as pas remarqué que les Russes prennent peu de prisonniers, dans cette guerre-ci ?

— Si, mais pourquoi ne pas m'avoir raconté tout ça au téléphone quand je t'ai appelé de Moscou ?

— Parce que même si le KGB est devenu le FSB, ses agents ont toujours de grandes oreilles, et que je craignais que tu aies des problèmes. Ce n'est pas une plaisanterie d'être arrêté en Russie. En fait, je croyais aussi que Nathalie donnerait de ses nouvelles sans délai. Si je m'en souviens bien, je t'ai dit de rentrer au Danemark tout de suite, mais tu es resté, et c'est ce type-là qui t'a aidé…" Mon père a de nouveau pointé le doigt vers la pile de papiers.

"Il est le seul, avec Sacha, à m'avoir aidé, ai-je rétorqué, avec de la colère dans la voix.

— Mais qui est donc ton ami Victor T. ? J'ai examiné la question d'un peu plus près, ces derniers temps grâce à mes contacts. Cet homme n'est pas tout à fait inconnu, dans nos parages. On l'a vu une ou deux fois dans les médias.

— Comment ça ?

— Tu connais la majeure partie de son histoire par l'ambassade ou par ce que Terekhov t'a dit lui-même. Mais ce bon Victor et l'ambassade ne t'ont pas tout dit.

Victor Terekhov est un produit classique de l'économie à haut risque dont vit la Russie depuis quinze ans. Une économie du quitte ou double, qui avantage les forts et élimine les perdants. Pour survivre, il faut du talent, du savoir-faire et du toupet, mais aussi des relations. C'est une économie gouvernée par les riches, les gens sans scrupules et corrompus. Là, Victor ne se distingue pas des autres, mais il a deux particularités : il est connu, dans le Midi, pour ses relations avec le crime organisé à Marseille.

— Qui te l'a dit ?

— J'ai mes contacts. Les journaux l'ont laissé entendre, mais on manque de preuves. Et puis quoi ? La plupart des nouveaux riches Russes ont traversé une zone d'ombre dans leur parcours. Quelle importance ? Non, ce qui est intéressant, c'est que notre ami Victor Terekhov est apparemment un ancien collaborateur du feu KGB. Je sais que les Français ont un petit dossier le concernant.

— Tu as réellement beaucoup de relations, hein, papa ?

— Oui, beaucoup, a-t-il répliqué sans ironie. Victor ne fait plus partie des services secrets, dit-on. Mais il leur rend toujours des services, dit-on. La sagesse veut que l'on soit en bons termes avec le pouvoir en place à Moscou. Alors, quels sont ses motifs réels pour t'aider ?

— Cela pourrait être, par exemple, qu'il pense ce qu'il dit : que je l'ai tiré d'un très mauvais pas et qu'il m'en est très reconnaissant. Ce pourrait être ça, n'est-ce pas ?

— Peut-être. Seulement j'ai peine à le croire. Qu'est-ce que ça lui rapportera ?

— Rien. D'ailleurs, il n'a pas besoin que ça lui rapporte, comme tu dis. Il est riche à millions. Il a tout l'argent dont il a besoin.

— Nul n'en a jamais assez. Et un tigre russe a toujours besoin de viande."

De nouveau, je suis resté sans voix. Comme d'habitude, j'étais plus troublé que lucide, plus en proie à la tristesse qu'à la colère. Je me sentais trahi à la fois par Nathalie et par mon père, mais ce qui me peinait le plus, c'était que ma femme ait fait preuve envers celui-ci d'une confiance qu'elle n'avait pas eue à mon égard. Un manquement de taille. Je pensais avant tout que si Nathalie revenait, notre vie devrait changer. J'ai remarqué que j'avais employé le mot "si", et non le mot "quand" ; je me suis aussi demandé si je l'aimais toujours ; il me semblait que oui. Sinon, pourquoi toutes mes pensées tournaient-elles autour de sa disparition, de sa trahison, que mon propre père l'avait aidée à mettre en œuvre ? M'eût-il dit la vérité que jamais je n'aurais permis à Nathalie de partir pour la Russie. Une idée irréaliste, certes. Nathalie était un être indépendant, aurait-elle voulu partir que je n'aurais pas pu l'en empêcher.

"Pourquoi fallait-il que je l'accompagne en Russie ? Pourquoi n'est-elle pas tout simplement partie ?

— Tu devais la protéger. Quelque chose a mal tourné. Je ne crois pas qu'elle voulait disparaître. Je crois que quelque chose a mal tourné. Je ne sais pas quoi. Selon moi, elle avait projeté de rencontrer quelqu'un, mais pas nécessairement à Uglitch. Il n'est pas impossible que soit les Tchétchènes, soit peut-être le KGB aient eu des agents à bord.

— Comment pouvaient-ils savoir que nous étions sur ce bateau ?

— Ils sont à l'écoute, Marcus. Nathalie a pris contact avec des terroristes qui étaient peut-être surveillés. C'est une pure supposition de ma part, mais qui est très vraisemblable.

— Je ne pouvais pas la protéger puisqu'elle ne m'avait rien dit.

— Non. Quelque chose a mal tourné. On peut aussi se représenter la protection dans un contexte plus large : la Russie d'aujourd'hui est nerveuse et souffre d'une paranoïa compréhensible. Nathalie a pensé que si elle partait seule, l'ordinateur du FSB déclencherait un signal. Que venait faire en Russie la parente d'une terroriste tchétchène ? Les services secrets auraient réagi devant une femme seule ayant un passé russe. Un couple voyageant au sein d'un groupe dans un voyage organisé ne suscite pas la même attention. Même le FSB ne peut pas surveiller tout et tout le monde. C'est ce qu'elle a pensé. Peut-être s'est-elle trompée.

— Mais bon sang, que voulait-elle faire en Russie, papa ? Quel était son objectif ? Pourquoi risquer de détruire tout ce que nous avons construit ensemble ? Je ne comprends pas.

— Elle voulait délivrer sa sœur. Elle avait trouvé un sens à sa vie. Les gens qui trouvent un sens particulier à leur vie sont inconscients et parfois dangereux. Crois-moi, Marcus, j'ai tenté de l'en dissuader. J'ai tenté de la convaincre de t'en parler, mais je lui ai aussi promis de ne pas trahir sa confiance en moi. Je l'ai regretté, mais je ne peux rien y changer. Je ne connaissais pas ses projets, mais elle m'a dit qu'elle avait un moyen grâce auquel les Russes laisseraient Zinaïda sortir de Russie si elle entrait en contact avec elle.

— Quel moyen ?

— Elle n'a pas voulu me le révéler.

— Tu vois bien que c'est sans espoir."

Mon père s'est levé et étiré. Il avait l'air las et un peu triste. Il a pris un des deux chats et l'a caressé, l'animal a fermé les yeux et je l'ai entendu ronronner. Mon père a dit :

"La dernière fois que Nathalie est venue ici, nous sommes aussi montés sur la terrasse et nous avons bavardé, regardé les chats et les martinets. Un martinet a été un peu trop imprudent, ou audacieux. Parfois, je crois qu'ils adorent, tout simplement, taquiner les chats en descendant à leur portée. Mais un martinet s'est trop approché de César, celui que je préfère. César a bondi et saisi l'oiseau dans ses griffes, au risque de tomber en sautant. Ce n'est pas la première fois que j'ai peur de le perdre, un beau jour, parce que sa proie peut l'emporter dans l'espace et qu'il risque de chuter sur les pavés. Mais je ne peux pas l'empêcher de faire ce que sa nature lui ordonne. Nathalie m'a dit : «Regardez, Mikael. Si vous êtes patient et que vous attendez le bon moment, celui où votre adversaire se croit sûr de lui, vous triomphez à la fois de votre adversaire et de la loi de la pesanteur. Je suis un chat et j'ai attendu longtemps, mais maintenant, le moment est venu de frapper. Parce qu'à présent, je crois que je peux voler. J'ai peur, je suis malheureuse et heureuse à la fois, mais je me sens plus vivante que je ne l'ai jamais été. Et ensuite, tout sera bien.»"

17

J'ai mal dormi dans l'ancienne chambre que Nathalie et moi occupions à l'époque, après un repas que je n'avais pas apprécié, au cours duquel nous avions parlé de tout autre chose, dans un mélange d'anglais et de français. Mon père et moi avions poursuivi notre dialogue sans avancer, mais il était décidé à examiner cette affaire à fond, peut-être à cause de sa mauvaise conscience, de son immense curiosité innée ou de son atavisme d'espion. J'avais cru qu'il partait en Grande-Bretagne pour se documenter en vue d'un futur roman pour la série consacrée à son sénateur romain, mais ce n'était que la raison officielle de son voyage. Mon père voulait voir le mur d'Hadrien, certes, ce grand mur romain que l'empereur avait fait construire au nord de l'Angleterre, mais il avait aussi un autre rendez-vous. Avec un vieux monsieur qui avait pris sa retraite dans un village situé très exactement au-delà de la frontière anglo-écossaise. Refusant de donner le nom de cet homme, il s'est contenté de me dire qu'il s'agissait d'un ami de très longue date, qui avait travaillé toute sa vie dans la section soviétique des services secrets britanniques, jusqu'à ce qu'il prenne sa retraite, presque au moment où s'effondrait l'empire communiste. Mon père m'a simplement dit qu'ils s'étaient rencontrés lorsque cet homme s'était présenté à Edimbourg, où mon père participait à la foire du livre de la ville. Tous deux s'intéressaient à l'Empire romain, en particulier à son déclin et à sa chute ; ils relevaient de nombreuses similitudes entre la fin de Rome en tant que puissance mondiale et l'effondrement de l'Union soviétique. Ils entretenaient par courriel une correspondance animée et passaient aussi du temps à discuter et à juger l'empire qui gouverne le monde de nos jours : les Etats-Unis, et les signes de déclin qu'ils décelaient en Amérique. Mais l'objet de leur réunion étant cette fois-ci Victor Terekhov et ses relations avec le KGB, ils préféraient ne pas avoir cette conversation dans l'espace cybernétique où de grandes oreilles sont à l'écoute, surtout depuis l'attaque terroriste du 11 septembre.

"Mon ami a plus de quatre-vingts ans, mais il a la tête parfaitement claire et une connaissance encyclopédique des hommes et des femmes qui peuplaient les corridors du KGB", m'avait-il dit en m'embrassant pour me dire au revoir. Il m'avait assuré que son double jeu avait pris fin et qu'il me tiendrait au courant. Je me rendais compte que mon père, étant jeune, lorsqu'il voyageait assez fréquemment derrière le rideau de fer, n'avait pas simplement participé à des conférences internationales d'écrivains, de toute évidence, il avait été un espion actif au service du Danemark et de l'OTAN. S'il ne l'admettrait jamais, il ne le niait pas pour autant.

Dans quelle mesure avais-je confiance en lui ? Nous nous étions embrassés, comme d'habitude, en nous disant au revoir, mais en éprouvant tous les deux une légère distance. Je me sentais vide et indifférent, comme si mes sentiments étaient enveloppés d'une pellicule. Yvette, tout comme mon père, m'avait invité à rester à Fayence, naturellement, mais j'ai pris la voiture pour descendre sur la côte, dans un petit village appelé Agay, où j'ai retenu une chambre dans un hôtel situé en bord de mer. Ce petit hôtel ne se composait que de deux bâtiments et d'un jardinet où l'on servait le petit déjeuner, mais il avait l'air confortable et propre et l'on parlait anglais à la réception. Par miracle, ils avaient une chambre qui donnait sur les eaux bleues de la Méditerranée, de l'autre côté de la rue. Agay me convenait, l'endroit n'avait rien de chic, à l'inverse, selon moi, de Cannes ou de Saint-Tropez. J'y étais déjà venu, une fois où Nathalie m'avait persuadé de faire un tour sur la côte, en ce début du printemps où nous avions fêté l'anniversaire de mon père. Les maisons n'étaient pas nombreuses, pas plus que les restaurants. Comme autrefois, dans une autre vie, j'avais traversé, au volant, des petits bois de cyprès, dépassé des terrains de golf, et le parfum des fleurs et la chaleur m'avaient tenu compagnie. Je voulais juste nager et être seul.

La mer était chaude et calme et la plage relativement peuplée de parents avec leurs enfants ; mais le niveau de bruit était acceptable, la puanteur de l'huile solaire supportable et la sensation du sable chaud entre les orteils agréable. Le soleil rôtissait la plage et quelques Nordiques pâles, d'âge moyen, qui laissaient rougir leur dos, allaient souffrir à la tombée de la nuit. J'ai d'abord nagé vers le large, puis parallèlement à la côte. J'ai retrouvé mon calme habituel avec cette impression de néant à mesure que j'avançais dans l'eau salée, à grandes brasses lentes et régulières. Au bout d'un moment, je me suis mis sur le dos et j'ai contemplé le ciel bleu avant de repartir en crawlant. Pour faire demi-tour, j'ai attendu de ressentir une agréable fatigue. A deux cents mètres de moi, un hors-bord s'est élancé, tirant un parachute qui a pris de l'altitude en emportant deux jeunes gens qui souriaient de bonheur en se tenant par la main. Après une douche à l'hôtel, j'ai acheté un livre de poche en anglais dans un petit supermarché et me suis installé dans un café où j'avais la vue sur la mer. J'ai bu un expresso en alternant l'observation des promeneurs et la lecture de mon roman policier. J'ai commandé une bière et tâché de ne pas trop réfléchir quand j'apercevais des couples qui se tenaient par la main et paraissaient si unis. C'était presque aussi dur que l'image de la sécurité et du bonheur que donnaient des parents en vacances avec leurs enfants. Je me sentais mieux en lisant mon roman ; l'intrigue se déroulait aux Etats-Unis, en hiver, et me transportait loin de cette plage quand je me laissais entraîner dans son univers fictif. Etait-ce de la grande littérature ? Rien ne me permet d'en juger, mais je comprenais pourquoi Nathalie pouvait s'immerger dans le monde littéraire. Ce livre a arrêté le temps et la réalité a disparu jusqu'à ce que des effluves de cuisine me rappellent que j'avais faim.

Je suis retourné à l'hôtel et on m'a donné une table dans le jardin. La soirée n'étant pas très avancée, il y avait beaucoup de place. J'ai commandé une soupe de poissons et un verre de vin blanc, suivi d'une entrecôte avec une demi-bouteille du vin rouge de la cuvée maison. La viande était tendre et délicate, rien à y redire ; à un autre moment, j'aurais mieux apprécié ce repas, le fumet salé du poisson, le chatouillis de l'ail et des autres épices venant de l'agneau servi à la table voisine. Mes pommes de terre étaient bien préparées et mon entrecôte bien grillée, exactement comme je l'aime. Mais ce repas ne m'a pas mis de meilleure humeur. Je suis resté emprisonné sous ma cloche en essayant de m'adapter à la situation. Une foule de réflexions tournoyaient dans ma tête, de moins en moins structurées. Je n'étais pas ivre, j'étais simplement fatigué. Pourtant, j'ai mal dormi, dans cette chambre où il faisait chaud, en rêvant de Nathalie et de Sacha. Ils ramaient sur un lac blanc et brillant, situé dans un cirque de montagnes violettes. Ils s'éloignaient de plus en plus de la rive. Nathalie maniait les rames tandis que le petit Sacha, une cigarette à la main, debout à l'avant, tirait de ses manches des cartes à jouer. Une chose impossible, en fait, puisqu'il ne portait qu'un short de bain. Ce qui ne l'empêchait pas de tirer des cartes à jouer, l'une après l'autre, de ses bras nus : d'abord du droit, puis du gauche. Il les jetait dans l'eau et quand elles touchaient la surface, l'eau blanche du lac devenait rouge sang. Je me suis réveillé en sursaut en comprenant que c'était le sang de Nathalie qui colorait l'eau. Le sang gouttait de ses mains et elle ne m'entendait pas quand je lui criais de cesser de ramer et de revenir sur la rive avant de perdre tout son sang.

Il était trois heures et demie. Un silence total régnait dans l'hôtel comme dans le village, à ce que j'ai constaté en sortant sur le balcon pour contempler la mer sombre. L'enseigne au néon du restaurant d'en face était éteinte ; plus bas, je voyais scintiller les lanternes colorées d'un autre restaurant de la plage et des réverbères luisaient faiblement sur le versant de la montagne. J'apercevais quelques points lumineux, au loin, sur la mer, autrement, elle était vide, comme moi à l'intérieur. J'avais terriblement besoin d'une tasse de café fort, mais je doutais qu'un établissement soit ouvert quelque part. Je goûtais pleinement la fraîcheur nocturne après avoir transpiré sous le drap. Je suis descendu sur la plage pour m'asseoir au bord de l'eau et j'ai contemplé la mer. Je suis resté là jusqu'à ce que les premières lueurs de l'aube éclairent la mer peu à peu et avec art, tandis qu'elle changeait de nuances, offrant une vision baignée de tant de beauté et de tranquillité. Je me sentais descendre dans un trou noir d'où il me serait impossible de jamais remonter. Je me suis vu assis au fond d'un puits profond et noir aux parois lisses et glacées, conscient qu'il serait inutile d'essayer de grimper vers la faible lueur que j'apercevais, très haut, parce que les parois du puits étaient trop lisses. Pourtant, je sentais que je devais essayer, même si je risquais de m'arracher les mains ou si, comme Sisyphe, je montais de deux mètres pour retomber à mon point de départ. Quand le soleil s'est vraiment levé et que la lumière est devenue vive et bleue, tandis que les senteurs matinales restaient intenses et délicates, cela m'a fait du bien. Des voitures ont commencé à rouler sur la route de la côte et un couple de gens âgés est descendu sur la plage. Après avoir posé leur peignoir sur le sable, ils sont entrés lentement dans l'eau et se sont mis à nager tranquillement, mais avec élégance, en traçant de beaux motifs sur la surface lisse de la mer étale.

Je me suis secoué, levé, et je suis monté dans ma chambre pour mettre un short de bain. L'eau était plus claire que la veille et sans déchets de plastique. Je me suis beaucoup éloigné de la côte, en battant l'eau de mes pieds avant de revenir sur la plage, fatigué, mais toujours sous l'emprise du même vide obscur qui menaçait de me plonger dans une dépression et me causait une peur mortelle, parce que je redoutais de ne jamais pouvoir m'en libérer.

Le petit déjeuner a été servi dans le jardin situé devant l'hôtel. De grands platanes tachetés dispensaient une ombre agréable et des fleurs rouges et violettes exhalaient leur parfum au-dessus des tables où d'autres clients arrivaient peu à peu. Beaucoup de Français, en ce mois d'août, mais aussi une famille suédoise, avec deux enfants grognons. Une jeune fille a apporté du café fort, du lait chaud, des croissants tièdes et de petits plateaux avec de la confiture. Un buffet, à l'intérieur, offrait des œufs à la coque, des jus de fruits pressés, du fromage et du jambon. C'était bon… et ça ne l'était pas ; je voulais retourner nager, nager assez loin pour être totalement épuisé et m'endormir. M'épuiser physiquement jusqu'à être incapable de garder les yeux ouverts. Dormir si profondément que le chaos de mes pensées cesserait de me torturer. J'ignore ce qui se serait passé si mon téléphone portable n'avait pas sonné pendant que je prenais mon petit déjeuner, seul devant la table blanche de ce jardin.

C'était mon chef, Torsten, qui m'appelait. Je gardais mon portable ouvert, à la fois pour sacrifier à une vieille habitude et dans l'espoir que Nathalie ou mon ami Nikolaj m'appelleraient. Mais c'était la secrétaire de Torsten qui m'a dit qu'elle me le passait. Il n'a pas perdu de temps en bavardages.

"Où es-tu, Marcus, bon Dieu ?

— En France.

— Les vacances sont finies, mon vieux. Tu rentres aussi vite que possible.

— Je ne sais pas si c'est possible.

— Tu n'as pas le choix.

— Je ne vais pas très bien.

— Ton contrat avec Asp Com à Tokyo ne va pas bien non plus. Il y a des problèmes et les Japonais veulent qu'ils soient résolus *as soon as possible*. Sinon, ils feront machine arrière, et nous perdrons dans les 100 millions. Tu connais le contrat et ils veulent que tu y ailles, et plutôt hier qu'aujourd'hui, n'est-ce pas ? Mais nous avons gagné un peu de temps. Ton partenaire japonais était obligé d'aller à Beijing, il ne sera pas prêt avant mercredi matin. J'ai déjà mis Lene au travail : elle prépare le dossier du contrat et s'occupe de ton billet.

— Quel jour sommes-nous aujourd'hui ?

— Quel jour nous sommes aujourd'hui ? En voilà une question ! C'est jeudi. Nous sommes en août, il est neuf heures quatre minutes au Danemark et je compte te voir au bureau le plus tôt possible. Il doit bien y avoir des liaisons aériennes qui partent de France, nom de Dieu ? Mais tout le pays est peut-être en vacances ? Les tiennes sont finies, en tout cas…

— Vous ne pouvez pas envoyer Claes ?

— Qu'est-ce qui te prend ? Bien sûr que non qu'on ne peut pas envoyer Claes. En voilà une question ! C'est toi qui as entamé ces négociations, c'est toi qui les finiras. Les gens d'Asp Com ont confiance en toi. En toi et… comment s'appelle-t-il donc, bon Dieu… ?

— Yamada. Il s'appelle Tetsuro Yamada.

— Vous avez déjà passé des centaines d'heures sur ce contrat. Bien sûr que non qu'on ne peut pas envoyer Claes.

— Je ne sais pas, Torsten…

— Je ne sais pas ! dit-il. Cette fois, tu te secoues. Et je n'ai pas envie de te botter les fesses, alors, ou tu arrives à Tokyo *bright and sharp* et bien préparé mercredi matin, *jappo time*, ou tu n'auras plus jamais besoin de te présenter au bureau. Je ne pense pas pouvoir te le dire plus clairement. Je te souhaite une bonne journée."

Il a raccroché et le téléphone dans la main, j'ai tâché de retrouver ma vieille cervelle du boulot. Autrefois, j'aurais immédiatement chassé tout le reste de ma tête pour repasser le contrat, en le visualisant comme s'il était réellement devant moi, sur la table ; j'aurais envisagé les objections potentielles de la partie adverse, décodé les problèmes, imaginé des scénarios possibles et des modèles de solutions. Dans la classe affaires de l'avion pour Tokyo, je me serais préparé, avec mes papiers et mon ordinateur, et j'aurais su exactement où seraient les nœuds du contrat, de sorte qu'une fois arrivé dans la tour d'acier et de verre de Tokyo, nul n'aurait pu me surprendre en train de faire une erreur grossière : dès la première seconde, j'aurais été prêt à passer à l'attaque. Et j'aurais adoré sentir la montée d'adrénaline que j'éprouve en me mesurant à des gens aussi retors que moi, mais qui souhaitent, comme moi, arriver à un résultat satisfaisant pour tout le monde, parce que chacun aura bien fait son travail. Ma vie avait toujours eu un sens quand je me levais, après des négociations difficiles, pour ranger le contrat signé dans mon attaché-case et recevoir la poignée de main de mon égal.

A Agay, en revanche, je regardais droit devant moi, en enviant les familles qui prenaient leurs vacances ici sans savoir apprécier la vie heureuse qu'ils menaient. S'ils avaient su avec quelle facilité ce qu'on croit éternel peut s'effondrer sans qu'on ait personnellement la moindre influence sur l'événement qui vous fait dérailler ! Mon portable, resté si longtemps muet, a sonné de nouveau. Les gens qui connaissaient ce numéro n'étaient d'ailleurs pas nombreux : la plupart de nos amis personnels appelaient Nathalie, pas moi. Sinon, c'étaient surtout des collègues du travail. Nikolaj avait ce numéro, naturellement, et c'était lui qui donnait enfin signe de vie.

"Salut, Marcus ! Dans quel coin du monde es-tu ?" En entendant la voix claire de mon meilleur ami, je l'imaginais très bien : soit dans son bureau, clair mais en désordre, soit armé de son portable devant le portail de son jardin, en train de surveiller leurs jumeaux de cinq ans, à Camilla et à lui. Ils avaient quitté la ville depuis deux ans pour s'installer dans une maison de Værløse, en grande banlieue. Je n'aurais pas cru possible d'éloigner Nikolaj de la ville, mais Camilla lui faisait faire presque tout ce qu'elle voulait et obtenait tout des jumeaux. Værløse valait mieux pour eux, même quand ils iraient à l'école. Ils y vivaient donc. Nikolaj et moi étions conscrits ; nous nous connaissions depuis plus de vingt ans. Il avait une tête de moins que moi, était un peu plus épais, ses cheveux clairsemés et une petite barbe encadraient son visage rond. Les ordinateurs n'avaient pratiquement pas de secrets pour lui, les grandes sociétés faisaient donc appel à lui et lui versaient des honoraires vraiment coquets. A la fin du XXe siècle, le monde entier avait craint une panne géante des ordinateurs, et même si elle ne s'était pas produite, il avait gagné un argent fou en tant que conseiller, en modifiant les programmes des ordinateurs des sociétés. Camilla était institutrice et elle avait du temps pour les enfants, ce qui était heureux, car Nikolaj était marié avec son travail, comme moi naguère avec le mien. Nous ne nous voyions donc que rarement, mais cela importait peu. Nous nous rencontrions en général au golf, nous faisions de la plongée sous-marine en été ou nous allions au stade. Nous n'étions ni l'un ni l'autre du genre à aller au café pour discuter, comme les femmes peuvent le faire. Ce que nous aimions avant tout, c'était de pratiquer un sport ensemble. J'ai été très heureux d'entendre sa voix.

“Je suis en France.

— Chez ton père ?

— Dans les environs.

— Comment se porte ce vieil écrivassier ?

— Comme un charme.

— Et toi, comment vas-tu, Marcus ?

— Pas très fort.

— Non. Camilla a appelé Lisa. Qu'est-ce que c'est que cette histoire ?

— Tu as le temps ?

— Bien sûr que j'ai le temps.

— OK, mais où étais-tu, bon Dieu ? Je t'ai écrit et…

— Oui, je sais. Ma boîte à courriels et mon répondeur étaient saturés d'appels désespérés de mon vieil ami. Je suis chez moi, maintenant", m'a-t-il dit avec bonne humeur. Non par manque de compassion, ni parce que mes problèmes le laissaient froid mais c'était sa nature, tout simplement. Comme beaucoup d'hommes, Nikolaj n'était peut-être pas l'être le plus sensible et le plus attentionné du monde, mais son comportement ne signifiait pas qu'il était superficiel : il résultait, comme le disait toujours Nathalie, de sa bonne humeur naturelle.

"Où étiez-vous ? ai-je redemandé.

— Marcus. Tu n'écoutes jamais ce qu'on te dit. Non, c'est vrai. Tu étais en voyage quand on en a parlé à Nathalie. Et elle ne te l'a pas répété. C'était notre grand projet de vacances. On a fait de la voile pendant six semaines dans les Caraïbes. Mais je t'ai envoyé un courriel à ce sujet. J'ai encaissé un bonus énorme pour ce programme IP, que j'avais fait. On a loué un bateau, avec un équipage, et tout. J'ai l'air d'un nègre. J'ai perdu trois kilos. Les gosses baragouinent un anglais de cuisine et on dirait qu'ils sortent de chez les Hottentots, et Camilla n'arrête pas de me dire qu'elle m'aime. Ça a été formidable. Pas de téléphone, pas d'ordinateurs. Rien que le soleil, la mer, le snorkel, le sable et les drinks glacés au coucher du soleil. Vous devriez faire ça…

— Avec plaisir, mais ça va être un peu difficile.

— C'est vrai. Excuse-moi. Je suis stupide. Raconte-moi tout ça."

Je ne lui ai pas tout dit, mais je lui ai fait un exposé précis et à peu près chronologique de la triste affaire Marcus et Nathalie. J'ai sauté tout le chapitre Sacha et Victor T., mais je lui ai parlé de l'implication tchétchène, ainsi que de la théorie de mon père, selon laquelle quelque chose avait tout à fait mal tourné, quand elle avait essayé de contacter quelqu'un pour faire sortir sa demi-sœur de Russie. Cela m'a fait du bien de le raconter. Je me suis senti un peu moins abandonné, bien qu'une voix intérieure me dise que ce n'était rien d'autre qu'une bouée de sauvetage à quoi je me raccrochais. Je ne supportais pas de penser que Nathalie m'ait quitté délibérément. Ni d'envisager qu'elle s'était ralliée à des terroristes. sans être moi-même convaincu, j'espérais qu'on l'avait emmenée de force, et cela m'a fait plaisir d'entendre Nikolaj me dire :

"Ça me paraît juste, ce que dit ton père. Nathalie ne t'abandonnerait jamais. Elle est folle de toi. Vous allez bien ensemble. Pourquoi te quitterait-elle ?

— Oui. Pourquoi ? Mais peut-être que tu vas pouvoir m'aider à trouver une réponse.

— Dis-moi.

— Je n'arrive pas à ouvrir son ordinateur portable. Elle l'a fermé avec un mot de passe. Ce qu'elle ne fait jamais d'ordinaire, tu le sais. Il faut que tu me l'ouvres. Est-ce que tu pourras le faire ?"

Il y a eu un moment de silence. Assis dans un coin du jardin, je n'entendais que le murmure spatial. Aux tables voisines, la plupart des clients étaient partis. Il ne restait qu'un couple d'Allemands qui prenaient le petit déjeuner. Sur la route, la circulation était intense, et la plage déjà bien peuplée. La journée s'annonçait de nouveau chaude et humide.

"Je t'ai demandé si tu pourrais, Nikolaj ?

— Peut-être que oui, quoique ce ne soit pas aussi facile qu'on le montre au cinéma. Mais c'est interdit. Ce n'est pas légal.

— Comment ça ? Nathalie est ma femme.

— Mais c'est son ordinateur. Et elle n'est pas morte, n'est-ce pas ? Ce n'est pas légal, Marcus. On n'a pas le droit d'ouvrir ça comme ça. Ce n'est pas moral non plus.

On doit respecter la vie privée d'autrui. Nathalie est mon amie. Ce n'est pas honnête. De temps à autre, on nous embauche pour le faire, quand quelqu'un est décédé en laissant un ordinateur sans donner le code à ceux qui restent. Avec l'attestation de décès, c'est autre chose. Ce n'est pas légal, Marcus.

— Alors, tu ne veux pas.

— Je n'ai pas dit ça.

— Si tu es mon ami, tu le feras.

— Tu n'as besoin de me le dire. Ça n'était pas nécessaire.

— Il y a la réponse dans cet ordinateur. J'en suis sûr. Tu ne veux pas essayer de l'ouvrir ? Tu ne veux pas ? l'ai-je supplié.

— Nom de Dieu, Marcus, j'essayerais bien. Ça sert à quoi, d'avoir des amis, si ce n'est pas pour pirater les ordinateurs des autres ? Quand rentres-tu au Danemark ?

— Je dois trouver un avion au départ de Nice aujourd'hui. Je rentre aujourd'hui. Tu ne pourrais pas venir ce soir ? Ou faut-il que je l'apporte chez vous ?

— Non. Je viendrai à Copenhague. Je dois aller chercher quelque chose au bureau. Appelle-moi quand tu seras à Kastrup.

— Merci.

— A charge de revanche, a-t-il ajouté en essayant de donner à sa voix l'ironie habituelle de nos conversations, mais il n'y a pas réussi, pas plus que quand il a poursuivi : Je suis sûr qu'il n'y a rien d'autre que des explications de tricot, sur ce disque dur.

— Pourvu que tu dises vrai."

Car je craignais de découvrir des aspects inconnus de ma Nathalie dans cet ordinateur, des aspects que je n'avais pas nécessairement envie de connaître, mais tout valait mieux que cette incertitude permanente qui menaçait de me paralyser.

18

Comme promis, Nikolaj a fait son apparition à dix-neuf heures. J'avais dû acheter un billet au prix fort pour avoir une place dans l'avion, mais je voulais rentrer. Je voulais savoir ce que Nathalie cachait dans son ordinateur. Nikolaj, bronzé et aminci, ma foi, avait des réserves d'énergie. Nous nous sommes embrassés et il s'est mis à me raconter leurs vacances et le bien qu'ils en avaient tous retiré. Il m'a tapé dans le dos, et m'a lâché en me disant que je ressemblais à un machin traîné par le chat dans la maison. Il n'arrêtait pas de répéter que des bourreaux du travail comme nous devraient penser plus souvent à prendre des vacances et à donner la priorité à leur famille. Il l'a redit maintes fois, comme s'il s'exprimait dans un magazine féminin ou un débat public à la télé, mais je l'ai laissé bavarder en lui faisant du café, et j'ai demandé gentiment des nouvelles de Camilla et des jumeaux, alors que j'avais surtout la tête pleine de mes soucis concernant Nathalie et mon job. Je me suis abstenu de dire à Nikolaj que mon travail ne tenait peut-être qu'à un fil. Je me réjouissais pour lui : il avait l'air content, plein d'énergie et son bronzage seyait à ses cheveux blonds coupés court. Il était, comme moi, en léger pantalon d'été et polo. Tandis que mon uniforme de travail était le complet-veston, Nikolaj, expert informaticien, portait presque constamment un jean et une chemise à col ouvert ou un tee-shirt. Nous faisions partie d'une génération qui s'habillait toujours comme si elle devait encore aller au lycée.

Il a posé le sac de son ordinateur dans mon bureau, à côté de l'ordinateur fermé de Nathalie et nous avons pris le café dans le séjour. Dehors, le vent s'était mis à souffler, mais il ne faisait pas froid. On entendait bruisser les feuilles du grand arbre et l'odeur du charbon de bois d'un grill, dans une cour voisine, m'a donné un peu faim, mais il n'y avait pas vraiment de quoi manger dans le frigo. Nikolaj a achevé le récit de ses merveilleuses vacances et m'a enfin questionné sur mon histoire. Je lui en ai servi la version extensive, qui comprenait à la fois le Prince Noir, Victor T., Sacha, la relation tchétchène et les théories de mon père.

Il a secoué la tête :

“Bon Dieu, Marcus… Quelle histoire rocambolesque ! Je pourrai raconter ça à Camilla ?

— Bien sûr.

— Elle s'inquiète beaucoup pour Nathalie et pour toi, et elle n'y comprend rien.

— Bien sûr qu'il faut le lui dire. Peut-être que tu comprends mieux pourquoi j'aimerais ouvrir le programme de l'ordinateur de Nathalie, maintenant.

— Oui, je comprends.

— Peut-être qu'il n'y a rien, mais il faut que je le sache, c'est tout.

— OK. J'ai accepté, n'est-ce pas, mais tu permets juste que je te dise quelque chose ? Avant d'essayer.

— Oui. Naturellement.”

Nikolaj s'est penché vers moi. Comme d'habitude, quand il s'échauffait, ce qui lui arrivait en général à propos de son travail : sa voix montait d'une octave et devenait claire, presque comme celle d'une fille. sans être porté sur les hommes, il avait quelque chose de féminin, provenant sans doute de sa voix, son corps replet, ses fins poils clairs et ses lèvres douces qui souriaient et riaient facilement. Sa bonne humeur, communicative d'ordinaire, et la légèreté avec laquelle il avançait dans la vie m'avaient souvent remonté le moral et il avait été un soutien inestimable pendant mon séjour à l'hôpital, après l'accident de mon genou, et par la suite, au cours de ma rééducation. Il ne me consolait pas avec de longues phrases. Il passait simplement tous les jours pour me raconter des potins et des blagues entendus dans sa boîte, et flirter avec les infirmières, au point qu'elles en piquaient presque un fard. Comme ma déprime n'était jamais loin, une dose de Nikolaj me faisait du bien quand je trouvais que le monde était une vraie saloperie.

Mais il ne plaisantait pas quand il m'a fait comprendre l'importance du fait qu'à beaucoup d'égards, l'ordinateur a remplacé les archives en papier et les classeurs qui regroupaient autrefois les documents personnels.

"Les affaires se multiplient, Marcus, m'a-t-il dit. Quand la mort vient boucler les mots et les chiffres d'un ordinateur, les parents des défunts sont souvent à la fois furieux et désorientés. Il arrive souvent, cela va sans dire, que lorsque quelqu'un est soudain victime d'un accident mortel, les parents se trouvent dans une situation impossible, mais si tu savais le nombre de ceux qui ont pensé à tout par ailleurs et qui oublient de laisser la liste des mots de passe de leur PC ou des PC de leur société ! Dans ce cas, les parents du défunt et leurs avocats doivent tâcher de trouver de quels mots de passe ils peuvent s'être servis, ou embaucher quelqu'un pour pirater les programmes. Cela nous donne de plus en plus de travail.

— Ça doit être assez difficile, du reste, de deviner ce que les gens ont inventé comme codes personnels.”

Il a ri comme si j'avais plaisanté, mais c'était sa nature :

“Mais non, Marcus, bon Dieu. Les gens sont tellement prévisibles ! On commence toujours par le prénom de l'épouse, par le prénom de l'épouse à l'envers, par le propre nom de l'intéressé à l'envers, le nom des enfants, son numéro de fichier d'identité dans des sens différents, le nom de son club de foot favori ou du genre de sport qu'il pratiquait, le nom du chien, s'il y en a un. Ça suffit, en général. Les gens ordinaires n'ont pas tellement d'imagination, heureusement.

— J'ai essayé différentes choses, mais j'avais peur de tout bloquer.

— Tu n'avais pas besoin d'avoir peur. Pas avec l'ordinateur de Nathalie. Je ne crois pas qu'elle s'y connaisse assez en informatique ; du moins, ce n'est pas un de ces nouveaux ordinateurs auxquels il faut l'empreintc digitale pour ouvrir le code. Là, c'est un peu plus compliqué.

— Dans ce cas-là, tu ne pourrais pas ?

— Je n'ai pas dit ça, Marcus. J'ai dit que c'était plus compliqué.

— Tu as raison”, ai-je répliqué sans pouvoir m'empêcher de me moquer un peu de lui. Depuis le jour où il s'était installé devant son premier ordinateur, il avait été mordu. Entre autres parce qu'il avait un sens extraordinaire du nouvel univers informatique qui s'était ouvert pour de bon au début des années quatre-vingt. Nikolaj n'avait pas été un très bon élève ; pendant les réunions de parents d'élèves, son père et sa mère avaient souvent écouté avec inquiétude des enseignants bien intentionnés dire que Nikolaj avait quelques difficultés à suivre dans tous les domaines : en classe, avec ses camarades, avec ses devoirs, avec les filles, bref, dans tout ce qui mettait en cause le manque de sociabilité de Nikolaj. Autrefois, ils auraient qualifié cela de bêtise et on lui aurait administré pas mal de volées, alors qu'à son époque et à la mienne, les punitions étaient verbales, mais pas moins cruelles pour autant. Les professeurs évoquaient des classes spécialisées et une formation technique, mais Nikolaj était quand même passé par le lycée pour en sortir avec un mauvais baccalauréat. Du jour où il a eu son ordinateur, tous ces problèmes sont devenus de l'histoire ancienne et Nikolaj a pu se moquer de tout le monde. C'est simple, il comprenait l'informatique immédiatement et d'instinct, il programmait, résolvait des problèmes en raillant tant qu'il voulait les emmerdeurs de son enfance et de sa jeunesse.

"Alors, où en étions-nous ? m'a-t-il demandé.

— Tu me disais que les gens veulent entrer dans les programmes.

— Ah, pour ça oui !

— Pourquoi ?

— Toi, tu as des raisons sérieuses, mais il y a aussi des raisons plus banales. De nos jours, toute la collection des photos familiales numériques se trouve souvent sur le disque dur. Il y a peut-être des chansons composées pour les anniversaires ou des films vidéo des enfants ou des petits-enfants. Existerait-il une dernière volonté ? Des lettres secrètes ? Avait-il une maîtresse ? Qu'y a-t-il dans sa boîte à lettres ? Et de nos jours, une quantité de documents importants se trouvent dans la messagerie. Les parents du défunt ont envie de les voir. Ils ont du chagrin, certes, mais si j'en crois mon expérience, l'être humain est un animal assez curieux. Un de nos avocats a réuni récemment certains de nos plus gros clients pour leur apprendre à quel point il est important de laisser ses noms de code. sans oublier de leur dire : “Vous pouvez être sûrs qu’après votre mort, quelqu’un éplucheravotre ordinateur personnel. Alors, si vous avez des secrets que vous voulez garder pour vous, détruisez-les. Convertissez-vous à la touche *suppr.* !”

J’ai souri de nouveau devant son ardeur.

“Ça t’arrive de ne pas réussir à ouvrir ?

— Ça arrive de temps à autre, mais j’ai mes méthodes.

— Alors, que faut-il faire ?

— Alors, on reformate le disque dur.”

Il s’est resservi du café et a refusé une bière ou un verre de vin. Il était très clair qu’il avait encore des choses sur le cœur :

“J’ai un peu hésité à accepter de t’aider…

— Tu m’as dit que ce n’était pas légal.

— Ce n’est pas légal… et ça l’est peut-être. Notre agence a une politique bien définie. Nous ne piratons pas sans l’accord écrit du propriétaire. Et si un client nous dit qu’il ou elle ne l’a pas parce que l’intéressé est mort, nous demandons à voir le certificat de décès. Notre avocat nous dit que le terrain sur lequel nous avançons n’est pas très propre. Qui est le propriétaire de ces documents électroniques ? Si on y trouve un manuscrit, par exemple, doit-il faire partie de la succession ? Il existe toutes sortes de complications qui me dépassent. Et pour finir, il y a aussi les gens qui espèrent que le défunt a dissimulé, dans son ordinateur, un petit document attestant qu’il a mis de l’argent sale de côté, quelque part, à l’insu de son percepteur. La petite description d’un coffre bancaire avec indication de l’endroit où se trouve la clé. Et puis, il y a les questions très personnelles. Un de mes tout derniers clients était une femme, mariée depuis vingt ans avec un homme qui a trouvé la mort dans un accident de moto. Tu sais que de nos jours, tous les gens de cinquante ans sont obligés d'avoir un hobby. Elle n'avait pas de problèmes d'argent, mais elle voulait ouvrir les documents Word codés de son époux qui lui disait, depuis cinq ans, qu'il écrivait un gros roman. Seulement, ce n'était pas un roman. Ses documents étaient des lettres d'amour ardentes et sexuellement très explicites adressées à une autre femme, sa maîtresse depuis cinq ans. Cette découverte a gâché la vie de la femme légitime, bon sang. Nous aurions bien mieux fait d'effacer cette cochonnerie."

Je l'ai regardé, et il a détourné la tête et tendu gauchement la main vers sa tasse de café. Je suis resté muet un instant avant de demander :

"C'est un avertissement, Nikolaj ?

— J'arrête de prêcher. J'en ai assez dit. Tu veux toujours entrer dans l'ordinateur de Nathalie ?

— Naturellement.

— *Okay, partner. It's your call. Let's rock'n roll**."

Il a d'abord essayé, comme je l'avais fait, de pénétrer dans Windows à l'aide de différentes combinaisons ; sans succès. J'ai approché une chaise pour voir comment il enlevait le disque dur de l'ordinateur de Nathalie pour le mettre sur le grand appareil qu'il avait apporté. Il avait des gestes sûrs et rapides et je constatais qu'il paraissait loin du monde, dans son univers de prédilection. Nathalie ne s'était jamais plainte, en fait, de mes absences si fréquentes, pour mon travail, tandis que Camilla se plaignait sans arrêt. Elle aurait dû observer son mari pendant qu'il travaillait : il était dans son paradis personnel.

"Je n'ai pas le courage de continuer à chercher comme ça. J'ai apporté un petit système que j'ai développé. On ne se sert pas de Windows, on passe le disque dur au

* OK, mon vieux. Tu l'auras voulu. Entrons dans la danse.

scanner et on crée une liste de mots. Mon appareil repère sur quelles touches on a tapé tout simplement. Et une fois la liste établie, il calcule quels sont les mots et les combinaisons de lettres les plus souvent utilisés, et à partir de là, en général, mon petit chou trouve le nom de code de l'ordinateur. Au début, il n'était pas tout à fait fiable, il a fait des dégâts une ou deux fois, mais je l'ai corrigé. Tu peux m'offrir une bière pendant qu'il travaille, à présent."

Cela a pris une demi-heure. Nous nous sommes assis à la cuisine et d'un commun accord, nous avons évité le sujet de la disparition de Nathalie. Nous avons un peu parlé football, de nouveau de leurs vacances. Nikolaj m'a parlé de tous les poissons qu'il avait harponnés et pour finir, je lui ai confié mes problèmes de travail. Là, il a été sans pitié. Il m'a dit, presque comme Torsten, que je n'avais qu'à me secouer, à me manier le cul et à partir au Japon. Il y a des gens qui disent que le temps est un remède pour tous les maux. Pour Nikolaj, la panacée était le travail. Par conséquent, ça ne lui disait rien d'écouter mes jérémiades. J'ai trouvé ça un peu dur, mais c'est peut-être à ça que servent les amis ? Heureusement, l'ordinateur a bippé dans le bureau. Nous y sommes allés et le maître a admiré son œuvre. Il s'est assis, a passé la liste en revue et m'a demandé :

"Est-ce que le mot – attends, j'épelle : z-i-n-a-i-d-a – te dit quelque chose ?

— C'est le nom de la demi-sœur tchétchène de Nathalie.

— C'est aussi son mot de passe. Je regarde si Zinaïda nous permet d'entrer, je me tire, et tu pourras fouiner tranquillement."

Il a tapé le nom et Windows nous a joué son petit air de bienvenue.

“Espèce de macho”, m’a-t-il dit quand le fond d’écran est apparu.

Il a ajouté qu’il voulait juste s’assurer qu’elle n’avait pas protégé certains documents en les codant et qu’elle n’en avait pas crypté d’autres, mais ce n’était pas plausible. Il avait toujours considéré Nathalie comme à peu près analphabète, en matière d’ordinateurs, du fait de sa réticence devant les codes ou les codes d’entrée, ainsi que de son incapacité à mémoriser les combinaisons de chiffres, même les plus simples. Il n’a pas trouvé d’autres codes, a fermé son ordinateur, sorti le disque dur de Nathalie et l’a replacé dans son ordinateur d’origine. Il travaillait vite, sans hésiter ; il a allumé l’appareil, tapé le nom du code, et Windows s’est déclenché comme d’habitude.

“OK. Voilà, c’est en ordre.”

Je l’ai reconduit et embrassé.

“Merci.

— Pas de quoi. Je t’enverrai la facture. Un déjeuner à Tivoli, avec tout ce qui s’ensuit.

— Entendu, mais mille mercis.

— Ta gueule, Marcus.

— Bonjour à Camilla.

— Et toi à Nathalie. Appelle-moi si tu veux que je t’efface ce qu’il y a sur le disque dur, et que personne, même pas moi, ne puisse y trouver le moindre petit bit.”

Je me suis assis pour regarder l’écran de Nathalie. Elle avait créé sa propre image d’accueil, qui m’a serré le cœur : c’était une photo de moi devant ma yole, l’été dernier, près de notre maison de Møn. Je ne portais que mon short de bain et une vieille casquette et je plissais les yeux sous l’ardeur du soleil. Je n’étais pas rasé et j’avais l’air merveilleusement “dur”, selon elle. Tout différent du Marcus toujours sage et poli. J’allais partir faire de la plongée sous-marine, mon couteau de plongée plaqué contre ma cheville et mon harpon à air comprimé dans une main. La photo devait dater de la fin des vacances, parce que j'étais bien bronzé ; elle m'a fait plaisir. Je ne pouvais pas m'empêcher de penser qu'une femme qui a cette photo dans son ordinateur ne peut pas projeter de quitter celui qu'elle y a si tendrement placé. Je l'ai regardée un moment, je suis allé me chercher du café et j'ai pensé, irrité, que je devais cesser de retarder mon enquête et chercher sérieusement. Il n'y avait sûrement rien.

Mais, il y avait bien quelque chose. D'abord, tout ce qu'on a d'ordinaire dans son ordinateur ; mais je constatais que Nathalie ne se servait guère du sien. Elle utilisait d'ordinaire notre ordinateur fixe commun. Elle n'avait même pas créé un compte informatique. Je lui avais acheté cet ordinateur portable parce qu'elle voulait en avoir un pour l'emporter à l'atelier, et quand elle avait des séances d'interprétariat en province. Elle s'était imaginé qu'elle s'en servirait pour planifier son travail, avec son agenda et sa comptabilité, mais au bout d'une courte période, elle était retournée à son agenda et aux carnets de notes traditionnels, sur lesquels elle dessinait ses esquisses de bijoux. Elle n'aurait eu aucune raison de bloquer cet ordinateur à l'aide d'un mot de passe s'il n'avait contenu un document qu'elle avait appelé : “Pour Marcus” et placé en évidence dans la liste des documents. Je l'ai ouvert et j'ai lu et relu sa lettre :

Mon Marcus, mon chéri,

Si tu lis ces lignes, c'est que quelque chose a très mal tourné. Je sais combien tu es doué, mon chéri, alors, je compte que tu demanderas à Nikolaj de t'aider. J'aurais préféré que tu ne lises jamais ces lignes. J'ai bloqué mon ordinateur parce que je ne voulais pas risquer que tu les lises par erreur, mais en ce moment, tu les lis, et c'est parce que ça a très, très mal tourné, et que nous ne sommes plus ensemble. Je sais aussi maintenant que j'aurais dû te parler, mais je ne voulais pas te mêler à ça, parce que c'était mon affaire, et une chose que je devais faire seule. Je me suis toujours appuyée sur toi. J'ai toujours vécu ma vie à travers toi. Cela, je dois le faire moi-même. Tu ne l'as sûrement pas remarqué – souvent parce que tu n'étais pas à la maison, mon chéri – mais à une certaine date chaque année, j'ai toujours allumé une bougie. Je l'appelais la bougie de la pureté. Mon instituteur, à l'école, m'avait dit que les cellules du corps des êtres humains se renouvellent complètement tous les sept ans. Sept ans après notre première rencontre, à toi et à moi, j'ai allumé la première bougie, parce que j'ai senti que ce jour-là, j'étais pure et nettoyée de la Russie. Je me sentais ressuscitée ; je me sentais lavée de toute la fange et de mon passé, mais ce que Dieu a créé ne fonctionne pas comme ça. Je ne vais pas te fatiguer en te racontant la terrible histoire de ma famille. Si nous nous revoyons, je te raconterai tout et il n'y aura plus de secrets entre nous. J'avais volontairement oublié cette histoire, ou je l'avais refoulée, jusqu'au moment où j'ai vu la photo d'un visage de femme, dans le journal. Cette photo n'a cessé de me poursuivre, même dans mes rêves. Ce visage ressemblait à celui de ma mère, qui m'avait affreusement lâchée en se soumettant à un méchant homme ; c'était à la fois étrange et effrayant de revoir sa mère après tant d'années, durant lesquelles elle n'avait peut-être été qu'une ombre dans mon âme. Mais je me suis aussi revue moi-même dans le beau, le si beau visage de Zinaïda et j'ai ressenti une honte indicible. La honte d'avoir échappé à une prison en abandonnant ma demi-sœur. Zinaïda portait un foulard, elle condamnait les Russes qui avaient assassiné son mari et son fils et jurait qu'elle mourrait en martyr.

Elle avait dit au journal qu'un jour, si Allah le voulait, elle commettrait un attentat-suicide dans la foule des Moscovites. Elle se qualifiait de veuve noire et elle vénérait la mort. Car la mort signifiait la délivrance.

Marcus, mon chéri. C'est la seule survivante de ma famille. Je sais que tu ne comprends pas cela, parce que ta nature est si rationnelle, mais je ne peux pas supporter que Zinaïda meure. Je ne sais pas si cela te dit quelque chose, mais parle avec ton père. Tu l'as peut-être déjà fait. Mikael me comprend un peu, mais il me conseille de ne pas partir, or, pour moi, c'est impossible. Je suis obligée d'aller en Russie. Et tu es obligé de venir avec moi, parce que si tu ne viens pas, je n'aurai pas le courage de retourner dans ce pays qui devrait s'appeler l'Enfer. Je ne suis pas fière de moi parce que je te trahis, avec mes secrets, mais je ne sais pas si j'aurais la force de résister si tu essayais de me convaincre d'y renoncer. En principe tout sera terminé à Moscou, et nous pourrons aller à Møn. Nous n'aurons pas besoin de prendre le bateau. J'ai un contact que quelqu'un de Copenhague m'a aidée à trouver. C'est une transaction très simple. Les Tchétchènes se battent contre infiniment plus forts qu'eux. Ce sont des terroristes cruels, désespérés, qui luttent contre un ennemi sanguinaire et le monde les a oubliés. Ils sont isolés et pauvres. Toujours à court d'argent pour poursuivre leur combat et leurs activités d'information en Europe et aux Etats-Unis. Je l'ai découvert quand j'ai commencé mon enquête. Ils sont à vendre, comme tous les autres, et je possède quelque chose qui peut leur rapporter beaucoup d'argent sans que personne n'en souffre. Sinon, je refuserais d'en être. Je veux acheter la liberté de Zinaïda et ils sont prêts à vendre un soldat pourvu que cet argent serve à former un nombre beaucoup plus important de rebelles. C'est un fardeau que je dois porter. Mais je préfère délivrer une seule personne plutôt que de vouloir, dans l'abstraction, délivrer une quantité d'inconnus. Mon ancienne patrie est pleine de victimes sans visage ; la nuit, il m'arrive de me réveiller et d'entendre des millions de cris muets, et de voir des bras de squelettes émerger de la dure coquille du permafrost. Alors, je te serre contre moi, et mes visions disparaissent, mais cela ne suffit plus. Ta chaleur n'a plus la faculté de maintenir les démons à distance. Si je dois me délivrer moi-même, il faut que je délivre Zinaïda.

Tu dors dans la chambre à côté, mon chéri. Tu dors profondément, parce que nous avons si bien fait l'amour. Je t'abandonne parce que je suis trop lâche pour me confier à toi. Bientôt, nous partirons et tout sera bien. Je suis obligé de le croire, mais je sais aussi que si tu lis ces lignes, cela voudra dire que tout aura mal tourné et que nous serons séparés, pour toujours peut-être. Mais tu dois savoir, mon Marcus, chéri, que je t'ai aimé dès le premier regard ; mon amour est inchangé, mais il ne peut pas exister seul. Je t'ai abandonné, mais je t'aime et je te remercie pour nos années de vie commune.

Ta Nathalie pour toujours.

Une bataille sentimentale se livrait en moi, c'est le moins qu'on puisse dire : j'alternais entre une colère folle contre moi-même et contre elle et un profond chagrin d'avoir perdu Nathalie. Je me sentais avant tout comme un petit garçon qui a perdu sa mère dans le plus grand des grands magasins du monde. J'arpentais l'appartement, je m'asseyais, je relisais sa lettre et je repartais faire un tour dans ce chez-nous si familier et pourtant si curieusement étranger, où j'étais seul, à présent. Car j'étais persuadé que Nathalie était morte. C'était un fait, il fallait que je m'y fasse. Aucune raison de continuer à m'imaginer qu'elle était en vie. Je n'ai pas pleuré. J'étais habité par le sentiment d'un vide oppressant et une colère rentrée, tournée contre Nathalie qui avait détruit notre bonne vie pour un rêve impossible et fou. Elle aurait dû m'en parler. Je l'aurais ramenée à la raison. Elle avait obéi à des obsessions. En réalité, elle avait été imprévisible, mais je n'avais pas découvert les signes sans doute manifestes de sa folie. J'allais et je venais ; au rythme de mes réflexions. Je ne dirais pas que je me sentais illuminé, mais je voyais ma vie sous un autre jour. Comme si je me contemplais du dehors, ainsi que cela se produit en rêve, ou plus couramment dans un cauchemar, quand on est acteur dans sa propre vie.

L'obscurité de la fin de l'été est descendue sur la ville ; j'ai fermé la fenêtre parce que les moustiques rentraient et pris les tasses et les verres pour les mettre dans le lave-vaisselle. Je suis allé chercher le courrier qui se trouvait dans l'entrée, sur une chaise où je l'avais empilé en arrivant chez moi. J'ai repoussé l'ordinateur de Nathalie et passé le courrier en revue. Il y avait des factures, une ou deux lettres de relance de la part des patrons de Nathalie qui lui demandaient de confirmer qu'elle pourrait interpréter le jour dit, et une lettre peu aimable du dentiste qui insistait pour qu'on annule son rendez-vous quand on était empêché. Mister Marcus tenait les démons à distance de la seule façon que Mister Marcus connaissait : en étant Monsieur Pratique. J'ai ouvert l'ordinateur fixe et écrit des lettres de la part de Nathalie en ayant recours à la formule suivante : "En raison d'événements indépendants de notre volonté, ma femme, Nathalie Hoffmann, ne pourra malheureusement pas, etc." Je n'osais pas dormir. Je n'osais pas boire de l'alcool. J'ai sorti mes chemises blanches et mes cravates discrètes, vérifié que mon costume noir était propre et bien repassé et ciré mes chaussures noires. Je me réjouissais d'endosser mon uniforme d'homme d'affaires et de retrouver l'anonymat et le Marcus que connaissaient la plupart des gens. J'ai bu trois verres d'eau et écrit un bref courriel à mon père en y attachant la lettre de Nathalie, avant de me brancher sur le site Internet de ma société. J'y ai trouvé le projet du contrat et les autres documents d'Asp Com, au Japon, et je les ai chargés sur mon ordinateur. Ils m'occuperaient toute la nuit, si bien que je ne souffrirais pas de l'inconscience traîtresse du sommeil.

J'ai tâché de m'abstenir de me poser des questions en me forçant à me concentrer sur les pièges et les problèmes de ce long contrat. L'ensemble était constitué de petits détails et l'on savait que j'étais capable de déjouer les pièges en perçant les détails, de façon à remporter les contrats. J'aurais voulu que la vie soit comme un contrat, que l'on puisse résoudre les problèmes en étant scrupuleux et travailleur. La nuit a passé et je m'en suis surtout tenu au contrat, interrompu de temps en temps, par l'apparition du charmant visage de Nathalie, quand les réflexions interdites s'imposaient à moi. Je ne pouvais pas m'empêcher de me poser la question que j'avais posée à mon père dans mon courriel : qu'est-ce que Nathalie avait à vendre ? Je n'avais plus le courage d'essayer de la comprendre, mais qu'avait-elle à vendre ?

J'avais scruté son ordinateur, sans trouver d'indice sur ce qu'elle pouvait offrir aux terroristes tchétchènes. Seule la lettre était inhabituelle, le reste contenait des photos numériques de notre vie commune, transférées du petit appareil que je lui avais offert à Noël, l'année dernière. Il y avait de la musique qu'elle avait transféré de son petit lecteur-MP3 ; elle ne se servait pas de la fonction agenda et n'avait jamais joué à aucun jeu. Elle avait aussi copié quelques photos probablement trouvées sur Internet avec notre ordinateur commun et transférées grâce à une clé USB : des photos d'objets qui ressemblaient à des icônes russes, des gros plans de bijoux antiques ou modernes ainsi que des photos d'œuvres d'orfèvres en or et en argent exposées sur le Net. Un ensemble de matériaux innocents dont elle s'inspirait pour créer ses propres bijoux, qui contenaient fréquemment des motifs religieux.

Je souffrais de devoir admettre que je ne connaissais pas la femme qui avait été mon épouse. J'essayais de ne pas considérer cela comme une défaite, mais quand j'ai dû renoncer, à trois heures du matin, et tomber sur mon lit tout habillé, les démons sont arrivés, pêle-mêle. Il était toujours question de Nathalie, en robe blanche sur la rive d'un fleuve, qui me faisait des signes avec sa lettre. Des arbres rachitiques poussaient derrière elle, ainsi que d'étranges cactus d'un vert criard. Je nageais sans cesse dans des eaux noires comme de l'encre, mais même en employant toutes mes forces, je ne réussissais pas à m'approcher de ma femme toujours souriante, qui secouait la tête avec mépris devant mon manque de moyens et mon impuissance manifeste.

19

J'étais déjà allé plusieurs fois au Japon sans connaître spécialement le pays, comme tous les autres endroits où m'avaient mené mes voyages d'affaires. Je me souvenais de Tokyo comme d'une ville monstrueuse, un paysage de verre, de béton et de néons, peuplé de millions d'êtres muets et bardés de rites compliqués qui constituaient souvent des obstacles cachés aux négociations. Je m'y rendais, mais de fait, peu m'importait la destination. J'allais dans un hôtel moderne anonyme d'une des métropoles du monde. Je n'avais jamais vu de temple et n'en verrais sûrement jamais aucun. Je rencontrerais mon interlocuteur, mon égal sur le plan professionnel, animé des mêmes sentiments que moi dans la fraternité internationale du monde des affaires, dans une salle de réunions fonctionnelle et moderne, je dormirais très haut, dans une chambre anonyme et fonctionnelle elle aussi avec vue sur des gratte-ciel qui ressemblaient à des montagnes, et deux jours plus tard, sur le chemin du retour, j'occuperais le même siège dans l'avion avec, je l'espérais, un scalp de plus à ma ceinture.

Et cela m'était égal, une nouveauté pour moi dans cette situation. Je faisais semblant de fonctionner et de vivre, dans la crainte perpétuelle que l'on me perce à jour et que l'on me proclame zombie. J'étais *a dead man walking*, comme on l'avait dit d'un Premier ministre danois qui avait perdu les élections, mais qui refusait de lâcher prise. J'avais l'air de vivre normalement, mais cela ne marchait que grâce à mon instinct et à mes habitudes.

Nathalie avait été présente, comme une compagne cachée, morte, durant mes réunions avec Torsten et sa nouvelle main droite et plus tard, dans la confortable cabine de l'avion de la SAS, pendant les onze heures du vol qui m'avait amené à Tokyo. Torsten, sa nouvelle découverte, Jane Svendsen, et moi avions eu deux réunions constructives, ce dont ils s'étaient assurément félicités après coup. Torsten avait séance tenante annulé ses rendez-vous en faveur de notre réunion stratégique, sans commenter le fait que je me trouvais bel et bien dans mon bureau à huit heures. Les problèmes personnels de ses collaborateurs devaient passer au second plan quand il s'agissait d'une commande de dix millions d'euros, qui pourrait en entraîner d'autres infiniment plus importantes, si nous faisions une sérieuse percée sur le marché chinois. Les Japonais raffolent des *soft drinks* aux couleurs et aux goûts étranges offerts par les distributeurs automatiques omniprésents. Nous deviendrions les principaux fournisseurs des nombreuses filiales d'Asp Com qui se dissimulaient derrière la structure d'entreprise opaque de ce mastodonte japonais. Nous fournirions les produits gustatifs et les colorants biologiques nécessaires à la promotion de ce nouveau type de boissons qui promettait aux sportifs de fortes prestations, bien qu'il ne s'agisse, en réalité, que d'eau colorée additionnée d'une infinité de produits chimiques innommables. J'avais deviné les objections d'Asp Com, concocté un plan de façon à contourner et élaboré quatre stratégies différentes qui devraient permettre à Torsten de se rendre à Tokyo pour la signature du contrat dans la quinzaine à venir. Torsten m'avait remercié pour ce bon travail et s'était déclaré satisfait que je sois revenu "à bord" avant de me souhaiter bon voyage. Devant lui, en chemise blanche, cravate classique et costume noir, j'avais souri comme un écolier qu'on félicite, en pensant qu'ils ignoraient à quel point je m'en moquais et que j'avais surtout envie de m'en aller.

C'est à cela que je pensais en contemplant la Russie obscure, à dix kilomètres au-dessous de l'avion. Les restes de Nathalie étaient là, quelque part dans ce royaume lugubre et infini. Quelque part, sur cette terre ensanglantée, avec les restes de ma bien-aimée, s'effondrait mon rêve de passer mes vieux jours avec elle sur le banc de notre maison de Møn. J'ai pris un cognac avec mon café, conscient du fait que j'aurais dû dormir et sachant que ce serait impossible. Il y avait un film et de la musique, des jeux et un téléphone à côté de moi, des papiers à lire et mon nouvel ordinateur portable avec son code à empreinte digitale, si je voulais travailler, mais le courage me manquait. Je regardais droit devant moi dans le noir en observant mon propre reflet jaune pâle. Je pensais à Nathalie et à notre brève vie commune, à Sacha qui avait la vie devant lui ; j'espérais qu'il saurait profiter de la chance que le hasard lui avait offerte. Que faisait-il en ce moment ? S'exerçait-il ? Etudiait-il ou regardait-il un de ses stupides jeux-spectacles de la télé ? Avait-il cessé de fumer et contrôlait-il sa fébrilité et sa bougeotte ? Se sentait-il en sécurité pour la première fois de sa vie ? Mon jeune ami avait-il un avenir ? Cette idée brillait comme une faible lueur dans l'obscurité de la Russie, sous les larges ailes de l'Airbus.

Nous sommes arrivés en fin de matinée, heure japonaise. J'avais dormi deux heures malgré tout et je me sentais à peu près bien. J'ai la chance de n'être pas spécialement affecté sur le plan physique par le décalage horaire, un facteur parmi beaucoup d'autres qui peut servir d'arme dans des négociations. Un chauffeur muet, en uniforme, est venu me chercher comme d'habitude à l'aéroport ; il s'est incliné cérémonieusement avant de prendre mon sac, de sa main gantée de blanc et m'a conduit à l'hôtel à travers les rues sans fin et d'une laideur sans fin des faubourgs de Tokyo. La circulation était intense ; comme les Japonais conduisent à gauche, il tâchait de ne jamais quitter la voie de dépassement de droite. Hoffmann-san était sûrement pressé. Les immeubles se dressaient tout près de l'autoroute et du réseau des voies ferrées où les trains filaient les uns derrière les autres. Les gratte-ciel vibraient, à l'horizon, dans la brume de chaleur, et j'apercevais les hautes montagnes vertes. On avait d'emblée l'impression d'être dans une capitale et, pourtant, tout différait. J'avais de la peine à comprendre les Japonais et il n'était pas facile de négocier avec eux. Ils se distinguent de toutes sortes de manières. J'avais remisé mon téléphone portable dans mon attaché-case puisqu'il ne fonctionnait pas au Japon. On pouvait en louer un à logiciel japonais à l'aéroport, mais ma société savait où j'étais et je ne devais communiquer avec personne d'autre. Le chauffeur conduisait sûrement et avec souplesse, les énormes gratte-ciel nous ont avalés et nous avons disparu au cœur de la ville.

Ma première réunion avec Tetsuro Yamada était déjà programmée à quatorze heures. Yamada-san, qui se trouvait au même niveau hiérarchique que moi, peut-être même un cran plus haut, était un des millions de *salarymen* qui constituent les troupes de choc des gigantesques conglomérats de l'immense armée japonaise. L'expression *salarymen* est japonaise et désigne les millions d'hommes qui ont épousé leur travail et consacrent leur vie à leur entreprise. Ils portent tous un costume bleu marine, une chemise blanche et une cravate sombre. Je me rappelais les avoir vus dormir, les deux fois où j'avais emprunté les transports publics de Tokyo, accrochés aux poignées du métro, épuisés par la longueur bien connue de leur journée de travail.

Tetsuro Yamada était un specimen raisonnable de cette catégorie. Il parlait couramment l'anglais, avait fait des études aussi bien à la London School of Economics qu'à Harvard Business School, et venait d'avoir trente-cinq ans. Il irait loin dans sa société, à moins qu'un arrêt cardiaque ne mette fin à sa carrière, comme cela arrivait de plus en plus souvent dans le Japon moderne. Face à face, aussi bien à Copenhague qu'à Tokyo, nous avions exécuté le rite masculin des Japonais, qui consiste à boire ensemble dans un bar d'hôtesses où des jeunes femmes souriantes servaient des hommes uniformément vêtus. Un rite fatigant, mais nécessaire. Le plus fatigant était peut-être l'impossibilité de se retirer pour aller se coucher. Personne ne pouvait quitter la table avant le chef, et le patron de Yamada adorait le whisky coûteux et les longues conversations. Les choses seraient donc plus faciles si nous étions seuls, Tetsuro Yamada et moi. J'aurais moins affaire au Japonais qu'à un économiste bien formé sortant de deux des meilleures écoles du monde.

Les premières négociations se sont bien passées en tête à tête avec Yamada. Nous avons parcouru toutes les clauses du contrat, l'une après l'autre, sans qu'aucun chef ne parlant que le japonais n'exige d'interprète qui aurait troublé notre rythme constructif. Yamada était mince, il avait des traits réguliers et les cheveux coupés court et portait, cela va sans dire, l'uniforme bleu marine des *salarymen*. Il ne perdait pas de temps. Cela me convenait vraiment bien et à ma grande stupéfaction, j'ai réussi, pendant les deux heures de notre réunion, à oublier Nathalie et à m'intéresser réellement aux nuances complexes du contrat. Nikolaj avait peut-être raison ? Le travail guérit toutes les blessures. Que ferais-je, toute la journée, sans un travail qui efface les heures ? J'ai refusé de prendre un verre après la réunion et Yamada n'a pas insisté. Il l'eût fait en présence de son patron ou s'il avait amené l'un de ses nombreux lieutenants, mais en fait, nos divergences n'étaient pas grandes et nous étions tous deux satisfaits de notre combat d'avant-poste.

J'ai adressé un courriel à Torsten. L'hôtel étant naturellement relié à l'Internet par satellite, il me suffisait d'ouvrir mon nouvel ordinateur et de me brancher. J'ai commandé un repas et une bière et contemplé l'océan de lumières de Tokyo depuis ma chambre au cinquante et unième étage. Cette immensité devait être visible de la lune. Des écrans plats de plusieurs mètres de haut déversaient à jet continu des publicités et des vidéos musicales et les hautes silhouettes des gratte-ciel se détachaient nettement dans la nuit. La contemplation, à travers les vitres épaisses qui isolaient de tous les bruits, de ces gratte-ciel et de toutes les lampes rouges qui clignotaient comme des yeux de cyclopes, dans la nuit brûlante de cette fin d'été, avait un effet tranquillisant. J'ignore si ces clignotants avaient été installés pour détourner les hélicoptères ou s'il s'agissait, simplement, de lieux d'atterrissage pour ces derniers. Je regardais, tout en bas, les millions de gens qui menaient leur vie, en pensant qu'à cet instant précis, des milliers de gens baisaient, d'autres milliers pleuraient, d'autres encore mouraient ou commettaient des actes de violence innommables, et que chaque être anonyme, microscopique, vu de cette altitude, était un individu à part entière. Pourquoi aurait-on la chance de rencontrer le point infime qui aurait une signification pour soi ? Et aurait-on plus d'une seule chance dans la vie ? Mon regard revenait sans cesse à ces clignotants rouges qui m'hypnotisaient et finalement, ça a marché : mes paupières se sont alourdies et j'ai succombé malgré tout au décalage horaire. Je me suis éteint comme une bougie et j'ai dormi sans rêver presque dix heures d'affilée.

La journée du lendemain a été longue. Yamada avait amené son chef direct, et deux lieutenants qui ressemblaient à des clones prenaient les mêmes notes sur de grands blocs identiques, quand ils ne tapaient pas discrètement sur de minces ordinateurs métallisés. Des femmes muettes, élégantes, qui semblaient glisser à travers la pièce, sans être vues et néanmoins présentes, nous servaient de l'eau, du thé et du café. Il y avait des fruits et malheureusement des cendriers. Yamada était un Japonais hors du commun entre autres parce qu'il ne fumait pas, alors que son chef le faisait, ce qui autorisait les lieutenants à fumer des cigarettes à la chaîne. On dirait que tout le monde fume, au Japon, partout, excepté dans les transports en commun. Cela me rappelait le Danemark des années soixante-dix. Je savais que je finirais la journée avec un mal de tête, mais je ne m'en suis pas mal tiré parce que notre réunion s'est exceptionnellement bien déroulée. Peut-être étions-nous d'accord, dans l'ensemble, mais les Japonais aimaient presser le citron. Peut-être parce que le plan que j'avais établi au Danemark tenait, grosso modo. Nous avons lâché du lest sur une clause prévisible concernant un financement qui aurait lieu dans un avenir lointain, et j'ai remporté le reste en fin d'après-midi, après le bref déjeuner de sushis qu'on nous a servi dans une pièce attenante, à

Yamada et à moi, et au cours duquel nous avons réglé les derniers détails. Les grands sourires et les nombreuses courbettes ont eu lieu tard dans l'après-midi, et Hoffmann-san a été prié d'honorer tout le monde en acceptant un modeste repas de façon à mettre un point final à une affaire constructive. On se réjouissait de voir arriver dès que possible à Tokyo l'honorable chef de Hoffmann-san. J'ai remercié et je me suis incliné le mieux possible en répondant que je préférais rentrer à l'hôtel, mais cela n'a pas marché.

Et mes craintes se sont vérifiées. En fait, nous étions tous fatigués. Je savais que Yamada avait une femme et un enfant en bas âge, quelque part dans les banlieues sans fin de Tokyo, et qu'il consacrait beaucoup de temps aux transports aller et retour, mais quand sa société l'appelait, la famille passait au second plan. Son chef était un petit homme épais, au grand front dégarni, aux yeux enfoncés et aux dents tachées par le tabac, qu'il montrait souvent. Le repas était excellent, naturellement. Nous avons dîné au sommet d'un gratte-ciel de bureaux et commandé un bifteck Kobé, qu'on a préparé et dressé devant nous avec des légumes et de l'ail. Le cuisinier était un artiste qui s'assurait que la préparation de la viande et de sa garniture était en parfaite harmonie. La soirée a pris fin au bar où nous avons, heureusement, pu nous limiter à quelques verres jusqu'à ce que le chef lui-même se sente fatigué et veuille rentrer chez lui.

J'ai demandé à Yamada si mon hôtel était loin. Il ne se trouvait qu'à cinq, peut-être dix minutes de là, en prenant la limousine qui nous attendait. J'avais mal à la tête, j'étais recru de fatigue néanmoins j'avais envie de marcher. Mon genou était douloureux après des heures de station assise, et un peu d'exercice lui ferait du bien, mais comme on me conduisait toujours en voiture, je n'avais aucune idée de la géographie de Tokyo. J'ai fait part à Yamada de mon intention de rentrer à pied, en lui demandant de m'indiquer la direction à prendre. Tokyo est l'une des plus paisibles métropoles au monde, presque exempte d'agressions et de violences criminelles, mais il était exclu, bien entendu, que l'honoré *gaijin* rentre seul à pied. J'ai insisté et Yamada a tenu en retour à venir avec moi, comme si j'étais une adolescente qu'il faut raccompagner chez ses père et mère.

Il n'y avait rien à faire, nous nous sommes donc mis en route. D'abord, j'ai eu des scrupules très danois en pensant que Yamada rentrerait encore plus tard auprès de sa femme et de son enfant, mais cela n'a pas duré. La ville était illuminée par les publicités, les écrans géants aux couleurs éclatantes, aux jacasseries pop et aux élégants idéogrammes incompréhensibles. Nous marchions à travers la foule qui avançait gracieusement, comme en dansant sous les ordres d'un chorégraphe, avec une telle souplesse que les passants ne se heurtaient jamais. Les gens étaient très bien mis, les jeunes comme les vieux, mais de temps à autre, nous rencontrions des *salarymen* assez ivres, qui avaient du mal à marcher droit. Un homme en costume trois pièces gisait sur le trottoir, dans un coin, entouré de deux messieurs tandis qu'un troisième lui tenait la tête.

“Vous ne verriez pas cela à Londres ou à Copenhague, Yamada-san”, ai-je remarqué.

Il s'est arrêté.

“Appelez-moi donc Tetsuro, Marcus. Maintenant que nous sommes seuls, nous pouvons nous passer des cérémonies japonaises. Du reste, tout est en ordre. Nous avons fait du bon travail, vous et moi.

— Merci”, ai-je rétorqué, et je lui ai serré la main, ce qui ne se fait pas au Japon. Il avait une poignée de main solide et sèche et les yeux un peu rougis par l'alcool et la fumée du bar. Le *salaryman* couché dans le ruisseau a gémi, mais il semblait être très loin de nous.

"N'est-ce pas une honte ? Et demain ? ai-je demandé.

— Demain, rien, m'a dit Tetsuro. Il y a un gène qui manque aux Japonais, ce qui fait qu'ils supportent très mal l'alcool, mais boire de l'alcool est un composant de la masculinité japonaise : les hommes doivent sortir avec leurs collègues de travail, mais ils prennent soin les uns des autres. La communauté compte beaucoup, pour les Japonais, ils relèveront cet homme. Demain, ce sera peut-être un de nos collègues qui succombera, et nous lui viendrons en aide. Le groupe est plus important que l'individu, Marcus. Le concept d'individu est très occidental, cet homme ne perdra pas la face vis-à-vis du groupe ni de lui-même. Puis-je vous offrir une bière ? Ou un café ?"

Je l'ai remercié. Nous étions précisément devant un café, bien éclairé et sympathique, comme de coutume, et l'une des serveuses nous a souhaité la bienvenue à voix haute, par un flot de paroles, comme si nous étions des vieux habitués depuis des années, en s'inclinant devant nous. Yamada a fait une courbette mesurée en retour, j'ai aussi hoché la tête et l'on m'a rendu un grand sourire. Nous avons pris place dans le coin des non-fumeurs, devant la vitrine. A toutes les autres tables, les gens fumaient gaiement à la chaîne. Au milieu de la pièce, les clients mangeaient ou buvaient autour d'un comptoir circulaire. Sur les six Japonais en uniforme de *salarymen* qui y étaient assis, trois avaient devant eux de petits ordinateurs portables blancs très chics. Ils buvaient du café en discutant, tandis que la fumée bleue de leurs cigarettes montait au plafond.

Yamada nous a commandé une petite bière japonaise ; il a un peu parlé du temps qu'il faisait et très brièvement de notre affaire ; nous étions tous deux satisfaits qu'elle soit achevée. Je lui ai demandé :

"Et votre famille ?

— Comment ça ?

— Vos journées sont-elles toujours aussi longues ? Vous ne leur manquez pas ?"

Il a souri, il avait un gentil sourire :

"Peut-être. Je ne parle de cela ni avec ma femme ni avec mon enfant. Ils savent ce qu'exige mon travail.

— On ne remet jamais le régime en question ?

— Si. De plus en plus de jeunes s'en démarquent. Ce sont ceux que vous voyez à Tokyo. Ils se peignent la figure. Ils se marginalisent, comme je crois que l'on disait, en Europe, dans les années soixante. Ou encore les *salarymen* congédiés, qui passent la nuit dans les parcs parce qu'ils ne supportent pas cette honte. Ils ont fait tout ce qu'exigeait le régime, le régime les a rejetés et ils n'ont pas le courage de se suicider. Peut-être que les jeunes renoncent, tout simplement. Ils sont harcelés dès l'âge de cinq ans, depuis leur plus tendre enfance, leur vie n'est qu'une succession d'examens et d'épreuves. S'ils échouent à un examen, il ne leur reste qu'une seule chance. Je les considère parfois comme des déchets de la société japonaise disciplinée. Dans l'esprit de mes parents, les jeunes n'ont tout simplement pas envie de travailler comme eux l'ont fait et comme nous le faisons, et c'est pour cela que les choses vont si mal. Tout le monde ne supporte pas cette vie-là."

J'ai regardé autour de moi. Deux jeunes femmes aux vêtements coûteux et élégants bavardaient en buvant chacune un café, leur indispensable téléphone portable devant elles, comme tous les autres. Tous ces portables étaient dernier cri, avec écran en couleurs et Dieu sait quoi, mais chacun, même les *salarymen*, y mettait sa note personnelle en y accrochant de petits pompons, des ours en peluche ou autres petits animaux.

“Les gens ont tout de même très bonne mine.”

Il a souri de nouveau.

“C’est peut-être là qu’est le problème. La plupart des gens estiment qu’il ne leur en faut pas plus et qu’il vaut quand même mieux profiter de la vie plutôt que de travailler.

— Mais ce n’est pas votre avis ?

— Non. Ce n’est pas l’avis des gens comme vous et moi, Marcus.”

Nous avons pris une gorgée de cette bière froide et amère. La fatigue se faisait sentir derrière mes paupières et j’avais une impression de vide dans la poitrine.

“Je n’en suis plus aussi sûr”, lui ai-je dit avec une sincérité surprenante. Je n’avais pas coutume de parler de ma vie privée et personnelle avec les relations d’affaires.

De nouveau, il m’a adressé un gentil sourire qui ne pouvait dissimuler la fatigue de ses yeux, et les premières traces de rides se voyaient nettement sur son visage lisse, sous la lumière crue du café.

“Non, Marcus. Vous faites toujours un très bon travail, mais je vois que vous n’avez plus l’ardeur d’autrefois. Elle est plus réduite, en tout cas. Vous ressemblez, excusez-moi de vous le dire, à quelqu’un qui a perdu quelque chose d’irremplaçable.

— J’ai perdu ma femme.”

Tetsuro a baissé la tête.

“Ça me fait de la peine, Marcus-san.

— Merci. Mais ce qui est arrivé est arrivé. Il faut continuer, lui ai-je dit sans conviction.

— Ce n’est pas si facile.

— Vous n’avez jamais de doute ? Vous ne vous demandez jamais si tout cela en vaut la peine ?

— Si. C’est arrivé, mais je lutte contre cela parce que je ne dois ni ne peux lâcher mes parents ni mes ancêtres.

Ma famille vient de la campagne. Mes grands-pères sont tombés durant la dernière année de la guerre. Ma grand-mère maternelle était à Hiroshima en cette journée atroce. Une fois par an, nous descendons là-bas pour voir apparaître son nom parmi les milliers d'autres qui s'affichent continuellement, en boucle. La grand-mère de ma femme est morte pendant la tempête de feu qui a rasé Tokyo. Mon père et ma mère ont travaillé comme des forcenés pour que je fasse des études. Jamais je ne les lâcherai, mais je fais peut-être partie de la dernière génération qui emploie sans rougir des mots comme «devoir». Je m'efforce de considérer les choses dans une perspective historique. J'ai fait mes études en Occident, mais je suis japonais, c'est au sein du groupe que je suis le plus à mon aise. Je comprends que le nombre des Japonais est tel que notre société ne peut rester intacte qu'à condition de maintenir une certaine discipline et de ne pas troubler inutilement l'harmonie du groupe. Mais naturellement, en cours de route, j'ai douté, Marcus.

— Dans ce cas, que faites-vous ?

— Dans ce cas, je vais dans un temple shinto, je frappe deux fois des mains et je prie les dieux de se réveiller et de me donner de la force, afin de ne pas finir comme le garçon dans sa chambre. Je crois que ni vous ni moi ne serions heureux de finir ainsi.

— Qu'est-ce que cela veut dire, «le garçon dans sa chambre» ?"

Tetsuro a bu encore un peu de bière, il a souri de nouveau, ce qui a un peu allégé le sérieux de nos propos ; son sourire était ainsi. Nous avons de nouveau entendu les voix des clients du café, celle haute et nette de la serveuse qui souhaitait la bienvenue à un autre honoré client. Tetsuro m'a dit :

"C'est un phénomène relativement récent. Quand un jeune homme échoue à un examen, par exemple, et par conséquent qu'il perd la face, en jetant l'opprobre sur lui et sa famille, il s'enferme dans sa chambre. Il n'en sort plus que de nuit, quand tout le monde dort. Il y a beaucoup d'exemples de jeunes gens qui vivent ainsi pendant des années. Il y a eu, parmi mes connaissances, un jeune homme d'à peine vingt ans ; après son échec à un examen universitaire important, il s'est ainsi claquemuré dans sa chambre en fermant sa porte à clé. Ses parents étaient ennuyés, évidemment, mais son père a accepté la décision de son fils et l'a laissé tranquille. Sa mère n'a pas résisté. Elle lui écrivait des lettres qu'elle poussait sous la porte de sa chambre. Elle mettait devant sa porte des mets auxquels il ne touchait pas. Trois années ont passé ainsi. La situation était dure pour le couple et ils ont divorcé. Ils l'ont dit à leur fils. Avec qui voulait-il vivre ? Il voulait vivre avec son père. La mère était désolée : «Mais mon cher fils, ton père ne te parle plus depuis trois ans, tandis que je t'ai parlé, je t'ai écrit et je t'ai donné de quoi manger.» «C'est pour cela, maman. Papa a respecté ma décision et m'a laissé tranquille.»"

Je l'ai regardé et je lui ai dit :

"C'est une des histoires les plus tragiques que j'ai jamais entendues. On devient donc un mort vivant.

— Vous voyez les choses ainsi. La plupart des Japonais trouvent aussi qu'il est fou, mais nous admirons également ce fils pour sa fidélité à ses principes et sa discipline. Nous voyons en lui la force sur laquelle se fonde notre société. Son sacrifice nous encourage à choisir de travailler encore plus. Et nous craignons malgré tout de finir comme lui."

Tetsuro m'a accompagné jusqu'à l'hôtel et nous nous sommes serré la main avant qu'il parte en direction du métro le plus proche. Le lendemain, à sept heures, il serait de nouveau dans son bureau. En montant mes cinquante et un étages, dans l'ascenseur rapide et silencieux, j'ai repensé à l'histoire du garçon reclus dans sa chambre. En réalité, c'était peut-être ce que j'avais le plus envie de faire : m'enfermer dans une chambre et ne jamais en ressortir. Aimer et respecter ceux qui me laisseraient tranquille et mépriser ceux qui voudraient pénétrer dans mon univers privé, pour me détourner de mon chagrin et de mon apitoiement sur mon sort.

J'avais toujours mal à la tête, mais selon une vieille habitude j'ai consulté ma messagerie. Trois courriels m'attendaient : un de Torsten, un d'Olga, de Moscou, et un de mon père. Je les ai ouverts dans l'ordre.

J'avais adressé un rapport à Torsten après la réunion en lui faisant part du résultat : le contrat était accepté et il pouvait se préparer à partir pour le Japon. Je finaliserais le contrat le lendemain matin, heure japonaise, et je l'initialiserais, mais il n'y avait plus de contentieux entre nous et Asp Com. Je rentrerais au Danemark le surlendemain. Il me répondait positivement, et n'avait pas pu s'empêcher de répéter que c'était bien de me voir fonctionner à nouveau. Mais ce n'est pas ce courriel qui m'a ramené dans le monde réel dont mon travail était censé me tenir à distance.

Olga m'écrivait :

Cher Marcus,

Je suis désolée d'avoir à vous apprendre que Sacha a disparu. C'est vrai qu'il paraissait un peu agité, ces derniers temps, sinon, je trouvais qu'il allait bien et avait du courage. Mais comme il a disparu depuis plus de vingt-quatre heures, je crains que nous ne soyons obligés de conclure qu'il s'est sauvé pour retourner à son ancienne vie. Nous le cherchons, naturellement et nous avons contacté les autorités compétentes. Je suis au regret d'être obligée de mentionner qu'il s'est approprié certaines choses qui ne lui appartiennent pas. Cela me chagrine et je suis désespérée, mais malheureusement, Victor T. considère que si l'on a trahi une fois sa confiance, on l'a trahie pour toujours. Il se peut que Sacha essaie de vous contacter. Si cela se produit, surtout dites-le-nous, pour nous permettre de faire le nécessaire. Pour poursuivre dans cette voie négative, il n'y a toujours pas de nouvelles de votre femme. Si vous avez besoin de renseignements, n'hésitez pas à me contacter. Je me permets d'espérer que vous êtes en bonne santé.

Votre Olga.

J'ai regardé ce courriel un moment avant de le digérer. J'ai appelé successivement les numéros d'Olga et de Victor T. sans joindre personne d'autre que des gens qui parlaient russe et qui raccrochaient dès que je commençais à parler anglais. J'étais vraiment ennuyé et je me suis maudit. J'aurais dû prendre le temps de faire des adieux convenables à Sacha avant de quitter Moscou, l'assurer que je ne l'oublierais pas et que je reviendrais, et en tout cas que je le surveillerais, pour lui montrer que je tenais à lui. Je me le représentais beaucoup trop bien : son petit corps malingre, son sourire crâne et ses mains prestes, mais aussi son visage apeuré et enfantin. J'espérais qu'il était reparti à Uglitch, étant convaincu que Sacha s'en tirerait beaucoup mieux en pays connu que dans la brutalité moscovite.

Le courriel de mon père ne m'a pas mis de meilleure humeur. Il écrivait qu'il avait des nouvelles décisives et m'apprenait de but en blanc qu'il partait pour Tokyo et qu'il arriverait le lendemain. Il avait d'abord quelques courses à faire en ville et me contacterait plus tard. Je n'avais qu'à m'occuper de mon travail. Il descendrait au même hôtel que moi.

Cela m'a mis en colère. Pourquoi fallait-il qu'il s'en mêle ? Pourquoi insistait-il ? Ne comprenait-il pas que Nathalie était morte ? Que cela ne faisait qu'empirer les choses de continuer à chercher une explication. Je ne savais que faire d'une explication de plus. Je n'avais pas envie d'avoir des détails. J'aurais voulu devenir comme le garçon dans sa chambre, mais puisque c'était impossible, je ferais comme si j'étais en vie et je m'occuperais de mon travail, en espérant que le temps encapsulerait ma douleur.

Je ne lui ai pas écrit cela directement. J'ai écrit qu'il ne fallait pas qu'il vienne. Je devais rentrer au Danemark malgré tout, et il n'y avait pas de raison de s'appesantir sur cette affaire. Cela ne faisait qu'aggraver le mal. Je lui disais aussi qu'il aurait au moins pu préciser de quelle nouvelle il s'agissait, au lieu de faire ces allusions étranges. C'était une lettre plutôt acerbe.

J'ai regardé l'heure. Il était un peu plus de minuit, c'est-à-dire un peu plus de quatre heures de l'après-midi à Fayence. J'ai appelé mon père et j'ai eu une Yvette désorientée qui a eu du mal à comprendre de quoi je parlais, puisque son Michel était en Angleterre, n'est-ce pas. Elle a dit une quantité de choses incompréhensibles en français et j'ai fini par l'arrêter. J'étais las d'avoir entendu parler, pendant aussi longtemps, toutes ces langues dont je ne comprenais pas un mot. Je l'ai interrompue :

“Est-ce que papa est parti pour le Japon ? Le sais-tu, Yvette ? lui ai-je demandé lentement en anglais.

— Chéri, je n'en sais rien. Mais si Michel a décidé d'aller au Japon, il le fera. Ce qu'Yvette ou le gentil Marcus en diront, ça n'aura pas d'importance. Michel, c'est

Michel, et il fait ce qu'il veut. Tu le sais bien, n'est-ce pas, Marcus ?"

Je le savais bien, et l'après-midi suivant, il entrait dans ma chambre pour me raconter son histoire.

20

Toujours irrité par son arrivée, je l'ai quand même embrassé comme d'habitude et d'ailleurs, j'étais content de le voir. Il avait l'air légèrement défait, après ce long vol de Londres à Tokyo et il dégageait un relent d'alcool et de fumée. Il était excité, comme on l'est parfois après un vol prolongé et qu'en fait, on est exténué. Il avait un sac à la main et sans perdre de temps, il a balayé d'un geste mes tentatives de bavardages, tiré de son sac des papiers et des photocopies d'images de saints russes et les a posés sur la table, devant la fenêtre. J'aurais voulu lui parler des succès que j'avais remportés à Tokyo en dépit de ma fragilité mentale, et j'ai tenté de le faire, mais comme d'ordinaire, mes affaires ne l'intéressaient pas.

J'avais une chambre non-fumeur, mais il ne s'en est pas soucié : il a fait comme chez lui et allumé une cigarette tout en commençant son discours. Incapable de protester, je suis allé chercher la soucoupe d'une tasse à café que le room-service m'avait apportée plus tôt, et il y a laissé tomber sa cendre sans me remercier. Il était vêtu d'un pantalon clair, un peu froissé et d'une chemise blanche à manches courtes, ainsi que de ce gilet à nombreuses poches qu'affectionnent les journalistes quand ils travaillent dans les pays chauds. Ses cheveux coupés court, sa peau bronzée et sa courte barbe grise auraient incité n'importe quel hebdomadaire à publier le portrait de ce globe-trotter pressé, au sourire charmeur et aux épaules lasses. Je l'ai malgré tout beaucoup aimé à cet instant-là, et je pouvais lui pardonner pas mal de choses.

"Marcus, mon petit, je vais te montrer quelque chose de très intéressant et d'encore plus mystérieux, mais qui fournit une sorte d'explication.

— Et alors, papa ? Nathalie est morte. Tu le sais et je le sais. Alors, à quoi bon ?"

Il m'a pris par l'épaule ; comme sa fumée me piquait les yeux, il a un peu éloigné sa cigarette en me disant :

"Il est toujours utile de savoir. S'il y a un mystère, je ne peux pas m'empêcher d'essayer de l'éclaircir. Quand on comprend, il est plus facile de gérer même l'insupportable. Et nous ne savons pas si Nathalie est morte ou simplement disparue.

— Arrête, papa.

— Nous n'en savons rien. Nous devons le supposer, mais tu ne dois pas confondre les suppositions et les faits avérés. Ecoute-moi donc. Nous sommes un peu pressés, nous avons un rendez-vous dans deux heures…

— Avec qui ?

— Pas si vite, mon petit. Tu es au Japon. Au Japon, la patience est une vertu très appréciée. Assieds-toi et écoute mon histoire."

Il parlait vite et avec précision, comme il savait si bien le faire. On sentait, chez lui, l'ancien professeur d'école supérieure ; il savait présenter une affaire avec vivacité, en ménageant ses effets dramatiques, peut-être parce qu'il prenait toujours plaisir à instruire les autres. C'était peut-être un des secrets de ses succès littéraires.

En Grande-Bretagne, mon père était allé voir son ancien contact et allié, dont il ne voulait toujours pas me dire le nom, parce que c'était inutile. Ce vieil homme sagace, qui vivait dans une petite maison de village, prenait soin de lui-même, de son jardin et du savoir encyclopédique qu'il dissimulait derrière son grand front, sous ses cheveux gris clairsemés, après les nombreuses années passées à la section russe des services secrets britanniques. Il était grand, m'a dit mon père, très distingué, et parlait avec l'accent britannique typiquement *"clipped"* des aristocrates de la vieille école. Il lui avait servi un whisky de choix et ils avaient bavardé et échangé des souvenirs sur leur passé commun et sur cette Russie que tous deux aimaient et craignaient à la fois, parce qu'en ce moment, si l'Ours russe avait l'air d'être blessé, il conservait toutefois une graine d'agressivité que le nationalisme pourrait faire germer ; or, si elle germait, ses voisins auraient intérêt à rentrer sous terre.

Un grand nombre de personnages intéressants évoluaient dans cette histoire, m'a dit mon père, mais en fait, le plus intéressant de tous était peut-être l'oncle, ou le père adoptif de Nathalie, qui s'était occupé d'elle quand elle s'était enfuie de Tchétchénie pour se réfugier dans sa famille moscovite.

Il fallait revenir en arrière, aux années décisives et dramatiques du règne de Mikhaïl Gorbatchev, arrivé au pouvoir en mars 1985. En accédant à toutes les informations, Gorbatchev n'avait pas tardé à découvrir que l'Union soviétique qu'il avait prise en charge était au bord de la faillite. Le réarmement épuisait le pays, la durée de vie moyenne de la population était presque aussi réduite que celle de certains pays africains, l'alcoolisme ravageait toutes les classes de la société, le travail effectué était inefficace et dépourvu de qualité. Un cauchemar. Gorbatchev avait enclenché des réformes et, pour les mener à bien, il lui fallait des gens aux mains propres. Les trouver à Moscou était aussi facile que de dénicher une vierge dans un bordel, Gorbatchev avait donc cherché dans ce grand pays. Il devait exister des cadres neufs que la corruption de la capitale n'avait pas encore abîmés, des gens encore jeunes qui ne pensaient pas uniquement au lucre, qui croyaient toujours aux idéaux communistes et seraient prêts à servir le Parti et la Patrie. Gorbatchev n'avait naturellement l'intention d'enterrer ni son pays ni son parti. "Non, affirmait mon père. Le déclin s'était produit parce le développement avait pris le pouvoir à sa place. Gorbatchev avait sûrement l'intention d'essayer de lancer un développement du genre de celui que la Chine a réussi à mettre en œuvre ces dernières années. De créer une dynamique capitaliste, tandis que le Parti conservait le monopole du pouvoir. Cela exige simplement que le Parti ne craigne pas d'avoir recours au pouvoir et la violence, comme les Chinois ont démontré en mai 1989, sur la place Tien An Men, qu'ils y auraient impitoyablement recours si la population faisait l'amalgame entre les réformes économiques capitalistes et la liberté politique. Mais Gorbi avait besoin d'un sang nouveau, de nouveaux cadres. Il a cherché, et parmi ceux qu'il a trouvés, il y avait le père adoptif de Nathalie et sa femme."

Mon père m'a regardé en allumant encore une cigarette.

"Tu me suis, mon petit ?

— J'y arrive tout juste, papa.

— A la bonne heure. Quand on garde son sens de l'humour, c'est qu'on n'est pas tout à fait perdu. Alors, il y a encore de l'espoir."

L'un des nouveaux agents repérés par Gorbatchev était donc Jevgenij Nikolajevitch Boutenko. Ingénieur de formation, il avait travaillé toute sa vie comme fonctionnaire, d'abord à la fédération des Jeunes Communistes, puis au bureau de la propagande du Parti Communiste de Togliatti, le site de construction des voitures Lada. Mon père m'a rappelé que Jevgenij Boutenko avait épousé la jeune sœur du père de Nathalie, comme si j'avais oublié le rapport de Victor T. et ses documents. J'étais malgré tout un homme d'affaires et ma faculté de mémorisation des petits détails de très longs contrats faisait partie de mes atouts. sans se laisser ébranler par mes faibles protestations, mon père a poursuivi son histoire.

Les temps étaient durs, au milieu des années quatre-vingt, quand les réformes de Gorbatchev n'avaient pas réussi à sortir la société russe de la crise. Au contraire, tout allait plus mal. Gorbatchev a fait venir Jevgenij et sa femme Ludmilla à Moscou en automne 1985, on leur a attribué un appartement dans l'un des beaux immeubles du Parti, au centre de Moscou, ainsi qu'une Volga avec chauffeur ; Ludmilla a hérité d'un job administratif au Comité central et Jevgenij a été nommé responsable de la formation et de l'organisation des nouveaux cadres, dont Gorbatchev rêvait qu'ils transformeraient l'Etat soviétique. Mais les choses sont allées de mal en pis. L'inflation rampante faisait augmenter les prix, la puissance de la mafia grandissait de jour en jour, il y avait des troubles dans les provinces de l'Empire et le Parti, autrefois si puissant, voyait son pouvoir s'éroder. On se moquait du vieux parti de Lénine. On n'y croyait plus. On disait que les communistes étaient les plus menteurs et les plus corrompus dans cette société uniquement fondée sur le mensonge et qui en vivait. Il n'était pas facile de conserver son intégrité, sa force et sa fidélité à ses principes quand tout le monde s'enrichissait, quand chacun avait l'air de penser qu'il s'agissait de s'assurer le plus de butin possible avant le naufrage du vaisseau soviétique. Jevgenij et Ludmilla, tout comme les autres apparatchiks désorientés, voyaient bien, en effet, que le vaisseau soviétique avait touché l'iceberg. On ne se demandait pas si le navire allait sombrer ou non, mais ce qu'on pourrait sauver avant qu'il ne coule avec son capitaine.

C'est dans cette famille que Nathalie est arrivée, qu'elle a été bien accueillie et s'est épanouie. A première vue, tout le monde faisait comme si de rien n'était, mais sous les honnêtes apparences soviétiques, les soucis couvaient et à mesure que la crise sociale se creusait plus profondément, de plus en plus de lézardes s'ouvraient dans la cuirasse soviétique. Il devenait de plus en plus difficile de maintenir les leurres. L'opposition entre la propagande et la réalité se renforçait chaque jour, la corruption gagnait les petites choses. La corruption commence toujours par les petites choses : des services innocents rendus entre amis – si on ne peut pas rendre service à sa famille ou à ses amis, à qui faut-il en rendre ? Jevgenij a accepté un peu d'argent pour aider l'ami d'un ami à obtenir un meilleur logement. Une recommandation était utile si le fils ou la fille d'une connaissance voulait faire des études dans une faculté donnée. Cela coûtait plus cher s'il fallait aider quelqu'un à obtenir un passeport de sortie. Avec de l'influence et les contacts appropriés, il était certainement possible de procurer à quelqu'un un job et un permis de séjour à Moscou. L'argent s'est vraiment mis à couler à flots quand Gorbatchev a autorisé la création de restaurants coopératifs et d'autres commerces. Là, même les membres du Parti les plus respectables avaient des devises étrangères, autrement dit des devises fortes sous leur matelas. Jevgenij s'est enrichi en assez peu de temps et il a vite compris que l'argent peut être plus important que les théories marxistes.

Jevgenij était un homme comme les autres. Ce communiste idéaliste voyait croître autour de lui le déclin, l'hypocrisie, la duplicité et l'appât du gain. Il est devenu vorace, lui aussi. Il ne pensait pas qu'à lui, mais à sa femme et à sa fille adoptive qui s'était installée chez eux et avait tant de gentillesse et de charme, bien qu'on sente que son âme avait profondément souffert, et que sa sombre beauté cachait une femme dure, qui aurait aimé se venger des outrages que lui avait fait subir son beau-père, en Tchétchénie.

Arrivé à ce stade-là, mon père devinait la suite, il l'admettait. L'écrivain, plutôt que l'analyste, construisait un roman sur une femme plus ou moins inconnue, la mienne, mais avec la conviction que son roman était aussi véridique que si son auteur avait pu le prouver par des documents officiels ou des rapports d'écoute. Ses théories reposaient sur le bon sens et ses conversations avec son ami anglais, auxquelles il reviendrait. Il allait et venait dans ma chambre et poursuivait son discours. Je ne sais si cette énergie fébrile était due à son histoire ou aux effets du décalage horaire.

Nathalie adorait ses parents adoptifs, qui la traitaient comme la fille qu'ils n'avaient jamais pu avoir. Ils l'écoutaient parler de ses problèmes d'adolescente, la soutenaient dans son travail scolaire et la consolaient, au besoin. Ils connaissaient les traumatismes de son passé, la laissaient se confier quand elle en avait envie, sans chercher à intervenir dans ses souvenirs ou ses cauchemars. Ils espéraient que le temps adoucirait ou en tout cas recouvrirait ses blessures.

Elle leur a prouvé sa reconnaissance en étant une bonne fille, qui ne créait pas de problèmes, et en faisant don à son père adoptif du secret de sa famille concernant le trésor du Japonais.

Mon père a levé la tête, mais je me suis abstenu de lui poser la question qui s'imposait. Je n'allais pas lui rendre les choses aussi faciles, néanmoins quand il a repris son récit, en m'adressant un sourire en coin, il savait que je lui vouais toute mon attention.

Jevgenij n'y avait pas résisté. Comme la société qui l'entourait, il était devenu avide. Il a vu la possibilité de s'enrichir à un point inimaginable le jour où il s'est rendu compte que le mystérieux ancêtre japonais était tombé par hasard sur un des trésors historiques disparus de la Russie. Ce soldat japonais, arrivé en Sibérie à l'âge dix-sept ans comme fantassin de l'armée impériale pour finir en ennemi du peuple dans les mines de nickel en 1949, cet homme pauvre, qui avait épousé la grand-mère de Nathalie et était mort misérable et épuisé, possédait un trésor dont la valeur était telle qu'elle dépassait tout ce qu'on pouvait imaginer. Pourtant, il s'agissait d'une valeur virtuelle, qui n'aurait jamais pu se concrétiser du temps de Staline et qui ne le pourrait absolument jamais aussi longtemps qu'existeraient le communisme et le contrôle de la société. Le Japonais l'avait caché jusqu'à ce que la police secrète vienne l'arrêter, en septembre 1945. Il en avait parlé à sa femme. Qui en avait elle-même parlé à Nathalie. Toutefois, elle a respecté la tradition, qui était de ne jamais en parler ni aux hommes ni à des étrangers à sa famille.

Jevgenij était un homme talentueux qui a su profiter des renseignements donnés par Nathalie. Trouver le trésor n'était pas tout à fait simple, mais il y est parvenu. Là, mon père a dû admettre une fois de plus que le romancier ressurgissait. Mais il était convaincu que le grand-père japonais de Nathalie avait caché le trésor dans le kolkhoze où il travaillait et avait rencontré la grand-mère de Nathalie, ou en tout cas quelque part à proximité, dans le Kazakhstan. Mon père supposait que Nathalie et son père ou sa mère adoptifs étaient partis ensemble. En ces temps-là, on manquait souvent de kérosène pour les avions. Le chaos avait frappé l'Union soviétique, mais avec la situation et les relations de Jevgenij, c'est-à-dire avec la carte de visite de Gorbatchev à la main, toutes les portes s'ouvraient encore. Ils ont rapporté le trésor à Moscou. Le problème, à présent, était de savoir ce que Jevgenij allait en faire. Il voulait le négocier contre des devises fortes qu'il placerait dans un pays sûr, en Suisse ou au Danemark, le cas échéant, pourvu que ce soit hors des frontières de l'Union soviétique qui partait en miettes. L'inflation rampante galopait ; chaque jour, le rouble perdait davantage de sa valeur, c'était chacun pour soi. Il s'agissait d'assurer son propre avenir et celui des siens : Jevgenij était obligé de s'adresser au crime organisé s'il voulait faire sortir le trésor du pays ou l'échanger contre de l'argent. Il n'y est jamais parvenu, puisque sa femme et lui ont été victimes d'un attentat à la voiture piégée. Se trouvaient-ils là au mauvais moment, comme l'affirmait Victor T., ou a-t-on affaire à un acte volontaire parce que le montant et la prime étaient très élevés ?

Mon père s'est assis et il a allumé encore une cigarette. Les fenêtres de la chambre ne s'ouvraient pas, mais la climatisation fonctionnait très bien, même si je craignais un appel de la réception, parce que des voisins se seraient plaints que l'on fume dans une chambre pour non-fumeurs. J'en étais arrivé peu à peu au point où je ne m'étonnais plus en découvrant de nouvelles strates de la vie secrète de ma Nathalie. Cela ne me touchait plus vraiment. En fait, peut-être n'était-elle pas seulement morte physiquement, mais morte pour de bon, car j'avais l'impression de ne plus la connaître. Comme l'histoire était assez excitante, j'ai fait plaisir à mon père en posant la question qui s'imposait :

"De quel trésor parlons-nous, papa ?

— Que sais-tu sur les icônes russes ?

— Rien. Ce sont des images de saints que les Russes adorent. De belles images d'hommes barbus et de la Vierge Marie portant l'enfant Jésus.

— C'est aussi une façon d'en parler, Marcus, quand on est un homme d'affaires sans âme. Les icônes sont l'expression d'un grand art. Elles ont leur vie propre ; les plus belles et les plus rares ont une âme à laquelle les croyants se sentent unis. Les plus grandes icônes, (et cela ne dépend pas de leurs dimensions) ont une force mystique qui grandit avec les siècles. L'âme et l'essence tout entières de l'église orthodoxe russe résident souvent dans les icônes. Elles incarnent tout ce que les Russes ont considéré pendant un millénaire comme spécifiquement russe. On les porte dans des processions, les soldats en conservaient des copies sur leur poitrine nue. Elles ont participé à la bataille de la Poltova et à Stalingrad, même si c'était contraire à la politique officielle. Les communistes connaissaient leur pouvoir et leur force ; ils ont essayé de les éliminer en les brûlant, en même temps que les quarante-cinq mille églises que Staline et ses successeurs ont fait sauter. Mais ils ont aussi essayé de se muer eux-mêmes en icônes. Lors des défilés du 1er mai ou les défilés militaires du 7 novembre, pour l'anniversaire de la révolution, les gens portaient en procession des images embellies des dirigeants communistes. Ces images athées divinisées n'existent plus, mais les icônes sont toujours là. Aujourd'hui, elles sont de retour dans les églises ; elles ont survécu à soixante-treize ans de communisme, parce que les gens les avaient cachées, parce que les hommes avaient compris leur sainteté et qu'ils recherchaient leur force. Toute ville de province a sa statue de Lénine, élevée en général à l'endroit où se trouvaient une cathédrale ou une église, jusqu'au moment où Staline a voulu gommer l'histoire d'un peuple et son âme, sans y parvenir.

— Il s'agit donc d'icônes ?

— Nous le croyons, mon ami anglais et moi. Tu m'as envoyé les images de saints de l'ordinateur de Nathalie, en même temps que sa lettre. J'en ai une photocopie ici."

Il a sorti de ses papiers une copie de format A4, pas spécialement bonne mais qui représentait trois images de saints : des icônes, ai-je supposé. Trois images différentes, pas très grandes, comme la réplique imprimée d'une photo de format standard, 18 x 13. L'un des saints barbus levait la main droite et semblait, de trois doigts, bénir celui qui le regardait. Mon père a pointé son doigt sur l'image en disant :

"Trois doigts, un pour Dieu, un pour le Sauveur et un pour le Saint-Esprit."

Il m'a montré l'image suivante : la Vierge Marie, ai-je supposé. Elle portait sur son bras un enfant trop grand en robe de brocard, la tête entourée d'une auréole jaune.

"La Vierge Marie et l'enfant Jésus." Quant à la dernière, elle représentait une lumière qui semblait sortir d'une coupole d'or en forme d'oignon et qui rayonnait dans toutes les directions.

"Le Saint-Esprit, m'a dit mon père. Ces trois petites images représentent, selon nous, les célèbres Icônes de la Trinité, peintes à Kiev en 1368 par un artiste anonyme. On les croyait détruites au cours de l'épuration des églises, dans les années trente. Brûlées sur le bûcher, pour ainsi dire. Pourtant, il existe un Japonais qui n'a pas cessé d'affirmer qu'elles avaient survécu. Dans la conscience russe, les Icônes de la Trinité sont le plus grand et le plus puissant symbole religieux de l'histoire millénaire de l'Eglise. Peut-être pas les plus belles du point de vue artistique, mais ce sont des centrales énergétiques religieuses, si l'on peut dire. Il existe d'innombrables légendes concernant leurs pouvoirs magiques : le pouvoir de guérir des maladies, de secourir la Mère Russie quand les temps sont durs. Elles sont inestimables, mais tout a un prix, un prix immatériel tout au moins, une valeur qui peut tout changer dans le climat fortement nationaliste qui règne dans la Russie d'aujourd'hui.

— C'est de la folie. Tu me dis que Nathalie sait où elles sont ?

— Je te le dis, oui. Je te dis qu'elle voulait échanger les Icônes de la Trinité contre la libération de sa sœur. Elle donne les icônes aux Tchétchènes, ils lui donnent sa sœur.

— Les Tchétchènes sont des musulmans, les icônes ne leur disent rien, j'imagine ?

— Non, mais elles constituent une monnaie d'échange inappréciable. On peut les troquer contre des armes, mais leur meilleur usage est d'en faire un moyen de pression. Il est bien possible que même s'il laisse mourir des otages, le président de la Russie s'en tire politiquement en abattant des terroristes, mais dans une Russie nationaliste, si les Icônes de la Trinité étaient brûlées devant des caméras de télévision, aucun président n'y survivrait. Ce serait un moyen de pression de très, très grande valeur.

— Ce ne sont que des conjectures, papa.

— Pas tout à fait. Parce que j'ai bien peur que ton soi-disant ami Victor T. ait découvert ce rapport et qu'il ait délibérément omis de t'en parler. Parce que Victor T. n'est pas tout à fait la personne qu'il t'a présentée. Il est passé maître dans l'ancien jeu du KGB : la *maskirovka*…

— Je ne sais pas ce que c'est", ai-je répondu avec lassitude. Car j'étais fatigué, fatigué en ce moment précis, mais fatigué par-dessus tout de toute cette affaire compliquée.

"Les faux-semblants, la désinformation, la manipulation de la vérité. C'est cela, la *maskirovka* du KGB, et je crois que Victor Terekhov t'en a servi sa propre version.

— Je ne crois pas. Il m'a aidé parce que je l'avais secouru. Je l'ai rencontré. Je le considère comme sincère. Il m'a aidé, bon sang. Il a été le seul à m'aider. C'est un pur hasard que nous nous soyons rencontrés à Nice.

— C'est clair, mais c'est un ancien du KGB. Mon ami anglais le savait. Son nom lui a rappelé quelque chose, et il n'y a aucun doute…

— Il y a toujours un doute", lui ai-je répondu.

Mon père a écrasé son mégot et m'a regardé de ses yeux amicaux, mais scrutateurs, comme s'il essayait de sentir dans quelle mesure je serais capable de comprendre sans m'effondrer. Car je me sentais aussi fragile qu'une porcelaine délicate qui se briserait en tombant simplement sur un épais tapis. S'il n'avait tenu qu'à moi, nous aurions abandonné toute l'affaire. Je me réjouissais de rentrer le lendemain au Danemark, mes affaires me paraissaient simples, tout à coup, mais mon père a insisté pour poursuivre son travail explicatif de maniaque dansle train qui nous emmenait chez le vieux Japonais qu'il connaissait.

D'ordinaire, je n'empruntais pas les transports publics, mais mon père m'a regardé comme si j'étais un peu fou quand j'ai proposé de prendre un taxi ou de demander à l'hôtel de nous procurer une voiture. C'est vrai qu'il savait ce qu'il faisait, naturellement. Je voyageais, tandis que mon père était un voyageur, comme il me l'a appris avec condescendance pendant que nous nous dirigions, dans la chaleur humide de l'après-midi, vers une station où il a étudié un plan immense fourmillant de noms de stations et de lignes multicolores. Je n'y comprenais rien. Je voyais, dans ce système incompréhensible de lignes et de correspondances qui s'entremêlaient, un miroir qui reflétait ma propre incertitude et mon trouble profond à propos de tout ce qu'on n'arrêtait pas de m'asséner.

Mon père gérait très bien la vie, les lignes de métro et les billets, et nous n'avons pas tardé à nous accrocher chacun à une poignée, dans un métro presque plein, où il a continué à me parler de ses théories concernant Victor T. Il avait commencé par me dire qu'il n'était pas poli de parler dans le train, mais il l'a fait quand même parce que le temps pressait. Il parlait à voix basse, mais on l'entendait facilement. Bien que la voiture soit pleine, le silence régnait. Les gens lisaient ou tapaient sans bruit sur leurs téléphones portables identiques, aux écrans identiques, mais aucun téléphone ne sonnait. J'ai compris que ç'aurait été une atteinte absolue à toute étiquette. Cela aurait dérangé le *wa* japonais dont me parlait mon père. L'Harmonie, qui importe plus que tout. Troubler l'harmonie du groupe était un crime inouï. J'écoutais ce que disait mon père en contemplant les lecteurs avec étonnement. Non seulement ils lisaient en commençant par la fin, mais je trouvais curieux que des adultes lisent d'épais recueils de bandes dessinées en étant accrochés à une poignée ou assis, chacun dans son univers. C'était une impression étrange de faire partie d'un groupe aussi nombreux où régnait un tel silence, où le son de la voix bien modulée de mon père semblait être le seul à couvrir le kling-klang des voies, lorsque le train s'élançait, après chaque station. Dehors, le paysage urbain filait à toute vitesse ; souvent, nous étions si près des maisons qu'on avait envie de tendre la main et de frapper à une vitre pour demander une tasse de thé.

Mon père n'y prêtait pas attention. Il surveillait les stations et parlait de Victor Terekhov et de son histoire.

Ce qu'il me disait de Victor correspondait, dans l'ensemble, à ce que m'avait raconté le diplomate danois, une éternité auparavant, me semblait-il, à l'ambassade de Moscou. Né à Smolensk en 1954, diplômé de l'université de Leningrad en anglais et en français, employé au Komsomol, il avait acquis sa première fortune au moment de la législation sur les coopératives, tout en ayant apparemment une carrière parallèle dont il ne m'avait pas parlé. Il m'avait même affirmé qu'il n'avait jamais été communiste, alors que malgré tout, il avait travaillé pour la Fédération des jeunes communistes. Il se pouvait qu'au cours des dernières années de l'Etat soviétique, les gens se soient inscrits au Parti pour promouvoir leur carrière, sans se considérer comme de véritables communistes croyants. Ou alors, que Victor, tout simplement, ait été un fieffé menteur.

En tout cas, mon père pouvait me dire que Victor avait déjà été recruté par le KGB pendant qu'il faisait ses études. Durant deux années, il avait été soi-disant attaché culturel à l'ambassade soviétique de Londres. Voilà de quoi s'était souvenu l'ami de mon père. Les Anglais ne l'avaient jamais dévoilé comme agent du KGB, mais ils étaient convaincus que c'était sa fonction réelle. Il avait suivi la carrière de Victor qui avait d'abord passé six mois à Bonn et, plus tard, une année à Washington. Victor avait quitté le KGB en 1990, juste avant l'effondrement du régime, mais comme d'autres officiers, il était déjà en train de mener des affaires pour lesquelles il profitait du vaste réseau souterrain. Victor T. m'avait parlé de l'influence des *siloviki*, en prétendant qu'il les craignait, bien qu'il soit peut-être un des leurs.

“Quand on a appartenu au KGB, on y reste, m'a dit mon père en se balançant au rythme du train. Même si l'animal change de peau, c'est toujours le même animal. Je crois que ton soi-disant ami a réellement voulu t'aider, mais que les Icônes de la Trinité sont apparues au cours de son enquête, alors la tentation a été trop forte. Il t'a donc donné des renseignements, mais sans tout te dire. C'est l'essence même de la *maskirovka*.

— Je n'ai pas envie de croire à ça", ai-je insisté.

Mais il a poursuivi, infatigable :

"Victor T. a de grosses difficultés avec le Kremlin. La majeure partie de sa fortune est liée à une société pétrolière sibérienne sérieusement hypothéquée. Il est en guerre contre un groupe mafieux dans sa ville natale de Smolensk, qui prétend que Victor a rompu un contrat selon lequel ils auraient dû investir vingt-cinq pour cent du capital des actions d'une nouvelle société, dans laquelle Shell aurait également investi vingt-cinq pour cent. Cette transaction n'a pas marché parce que le président est en train de renationaliser intégralement le secteur de l'énergie. Shell s'est retiré, de même qu'une banque allemande. Le Kremlin s'apprête à effectuer un raid dont il est coutumier : Victor T. risque d'être accusé d'une fraude fiscale de l'ordre d'un milliard. Il fera faillite et la bande de mafieux qu'il a méprisée va tâcher de finir le travail : c'est ce que tu as empêché à Nice, et Victor sait bien que pour lui, l'endroit le plus sûr ne sera pas un camp disciplinaire en Sibérie.

— Je hais ce pays, ai-je dit comme un enfant.

— C'est un pays très intéressant", a répliqué mon père sans ironie.

Sur le moment, je ne l'ai pas cru. Je l'aimais beaucoup, mais j'étais persuadé qu'il se laissait entraîner par son imagination d'artiste. Je ne considérais pas Victor T. comme un naïf et un innocent pour autant, mais je savais ce que je savais : il m'avait généreusement rendu service, ainsi qu'à Sacha. Que la nature de Sacha soit telle qu'il ne pouvait, apparemment, se passer de la vie nomade, ce n'était pas la faute de Victor. L'univers des espions n'était pas un monde que je comprenais bien, mais je n'ignorais quand même pas que le mensonge, la trahison et les faux-semblants y prospéraient et que la vérité était toujours déformée par des miroirs capables de transfigurer même la réalité la plus évidente. Je ne voulais pas me confronter à mon père. Disons plutôt que là, dans ce train, je n'avais pas le courage d'en entendre davantage, parce que j'avais peur qu'il me dise que Victor avait fait assassiner Nathalie ou l'avait fait disparaître, ou qu'il savait, en tout cas, ce qui lui était arrivé. Je n'aurais pas supporté que le seul être que j'avais considéré comme sincère s'avère être plus immoral et plus pourri que le Prince Noir d'Uglitch en personne. Je revoyais en esprit Victor et Olga et je n'arrivais pas à faire coller mes souvenirs avec ce que racontait mon père. Mes réflexions se bousculaient et tournoyaient, sans objectif précis. Mon père m'a laissé en paix jusqu'au moment où il m'a dit :

“On descend à la prochaine. Nous arriverons juste à l'heure pour la réunion.

— Avec d'autres maudits Russes ?

— Non. Quelque chose d'encore plus intéressant. Un Japonais qui parle le russe, la personne qui en sait le plus au monde sur les Icônes de la Trinité. Il a consacré tous ses loisirs et une partie de sa carrière professionnelle, pendant sa longue vie, à les rechercher. Ces icônes sont l'espoir de Victor. S'il les donne au président, celui-ci lui baisera les pieds et enjoindra la police fiscale de retirer ses griffes acérées des affaires de Victor. Tu as sauvé deux fois Victor : la première fois, à Nice, la deuxième, en le mettant sur la piste de Nathalie, qui l'a peut-être mis sur celle des icônes.

— Je ne sais plus que croire, en fin de compte. Tout ce que je sais, c'est que j'ai perdu Nathalie et que ma vie semble avoir perdu son sens", lui ai-je répondu, mais mon père n'avait pas l'air de m'écouter. C'était comme s'il considérait toute cette histoire comme un jeu. Comme une partie de sudoku, où les êtres humains sont des numéros à placer dans un ordre logique, alors que l'expérience montre bien que les équations de la vie sont rarement résolues.

21

Encore deux heures, dans un vide linguistique où j'ai dû me borner à faire des sourires idiots, puisque personne n'avait l'envie ni le courage de traduire, durant la conversation de mon père avec ce Japonais. J'ai naturellement réfléchi à cette réunion, durant les onze heures de mon vol de retour au Danemark, et à tout ce que mon père avait mis en œuvre. Je pensais aussi qu'au même moment, il était dans un autre avion à destination de Paris, satisfait sans doute, tandis que j'étais plus désorienté que jamais auparavant.

Mon père et le vieux Japonais m'avaient plus ou moins ignoré, ce à quoi mon père m'avait préparé : ici, j'étais un *kohai*, autrement dit le jeune homme, apprenti de son aîné. La société japonaise respecte les gens âgés et notre hôte japonais était extrêmement âgé puisqu'il approchait des cent ans, quoiqu'il ait l'aspect d'un septuagénaire bien conservé. Durant ces deux heures, il était resté assis par terre, sur le coussin de la natte, sans la moindre difficulté, et mon père l'avait plus ou moins imité, éveillant à la fois mon irritation et mon émerveillement. Il n'avait changé de position qu'une ou deux fois, discrètement et en prenant une gorgée de thé ou un soupçon de galette de riz. Ce thé ne m'avait pas plu et assis de cette manière, il n'avait pas fallu longtemps avant que mon genou me fasse mal et que mes fesses s'engourdissent. Le Japonais ne me regardait pas et j'avais ignoré les coups d'œil rapides et réprobateurs que m'adressait mon père chaque fois que je déplaçais mon poids. Une toute petite femme à la peau fine comme du parchemin, apparemment aussi âgée que son mari, apportait et remportait du thé ainsi que différents gâteaux, et pour finir, une bouteille de saké tiède. Dans un coin, deux petits chiens d'une race indéfinissable paraissaient aussi vieux que leurs propriétaires.

Mon père m'avait de nouveau impressionné par sa faculté d'adopter d'autres cultures et d'autres langues. Il m'avait montré comment m'incliner, plus bas que le vieux Japonais, tandis que lui ne s'était incliné que très légèrement plus bas que lui, les pieds un peu rentrés en dedans et les paumes des mains sur les cuisses. J'ai compris plus tard qu'avant de nous asseoir, ils avaient échangé politesses et banalités et que le Japonais n'avait commencé son histoire qu'après nous avoir servi le thé dans des bols élégants artistement décorés.

L'histoire était aussi dramatique que le pays et le siècle dans lequel elle s'était déroulée. Le personnage principal, un jeune soldat japonais, fantassin dans l'armée impériale du Japon, était arrivé en Sibérie en 1920. Après la guerre russo-japonaise de 1904, le Japon avait étendu son influence sur l'est de la Russie et la Mandchourie. A l'époque, les empires se battaient pour agrandir leurs territoires. Takada, comme beaucoup de jeunes gens, était un garçon sensible qui se cherchait, hésitant entre la vocation de moine dans un monastère shinto ou celle de poète, parce qu'il pouvait passer d'abord une semaine à imaginer un poème Haiku, puis une autre à jouir de sa beauté. Il avait décidé d'être soldat, car toute sa famille avait disparu dans un des nombreux tremblements de terre japonais. Le Japon traversait des périodes de famine et de misère et, selon Takada, il n'y avait pas d'avenir dans l'archipel. Au cours de ses réflexions existentielles avec lui-même, il était arrivé à la conclusion qu'il ne trouverait pas la réponse à sa recherche d'un sens de la vie dans la méditation spirituelle, mais dans les épreuves physiques qu'il rencontrerait dans un pays étranger et non civilisé *gaijin*, la Russie, où la guerre civile entre les Rouges et les Blancs était finie. Les pays occidentaux qui avaient soutenu vainement les Blancs contre les bolcheviks vainqueurs s'étaient pratiquement tous retirés, mais les Japonais étaient restés plus longtemps dans l'extrêmeorient russe, où le contrôle exercé par Moscou était faible et incomplet.

L'histoire du jeune Takada présente des lacunes, mais le vieux Japonais avait beaucoup travaillé et trouvé des renseignements dans les rares lettres adressées par Takada à un moine shinto respecté, de même que dans des documents russes et japonais. Takada avait déserté en 1922 pour partir vers l'Occident. La violence et les assassinats qu'impliquait le devoir d'un soldat l'écœuraient. La vue des enfants embrochés par des baïonnettes, des maisons brûlées et des prisonniers abattus lui inspirait une répulsion physique. Au lieu de les détester, il avait pitié des soldats russes blessés qui mouraient, exsangues, dans des hôpitaux de campagne crasseux. Il avait compris qu'il n'était pas fait pour être soldat, que le code d'honneur japonais, la virilité et les discours de ses camarades sur la beauté de tuer le répugnaient. Il s'était rendu compte qu'il devait aimer ses ennemis, parce que son nouveau Dieu lui disait que c'était la véritable manière chrétienne de considérer autrui. Il n'avait pas déserté parce qu'il se considérait comme un traître à sa patrie, mais parce qu'il était tombé passionnément et sans retour amoureux de la religion orthodoxe russe.

Cela avait commencé par la première icône qui représentait un saint montrant aux croyants le chemin de Jérusalem, mais cette image simple l'avait frappé au cœur. Il avait toujours apprécié l'ornementation ciselée japonaise et les multiples représentations des dieux dans les temples shinto ; il admettait que les dieux soient ici et là, partout, souvent trop occupés pour avoir le temps d'écouter les hommes, mais les icônes qu'il avait vues dans l'église d'une petite ville de province lui avaient montré le chemin qui menait au seul Dieu. Ses camarades d'armée ne s'en souciaient pas. Ils s'abritaient la nuit dans l'église, allumaient du feu devant l'autel et les icônes leur servaient de bois de chauffage. Il avait écrit dans une lettre qu'à sa grande surprise, son cœur s'était mis à pleurer, et qu'il avait su qu'il devait jeter son fusil et trouver le Dieu des chrétiens qui lui avait parlé si clairement par le biais de ses images. Que tel le saint de l'icône, il devait trouver le chemin de la Jérusalem mythique et lointaine. Et il avait compris que comme le Sauveur, il n'atteindrait Jérusalem qu'en partant au loin, à pied, pour apprendre ce qu'était la souffrance en la subissant lui-même. Avant d'être digne de la croix, il devait apprendre ce que cela signifiait d'en porter le fardeau.

Et le chemin avait été long, d'après mon père.

C'était dans les années vingt que Takada avait traversé à pied un pays où huit millions de personnes étaient mortes de faim en peu de temps. Lénine, devant la profondeur de la crise, avait réintroduit certaines pratiques capitalistes dans l'économie du pays, tout en allégeant sa pression sur les communautés religieuses. Dans les années vingt, l'église orthodoxe avait joui d'une certaine tolérance. On exécutait des évêques, mais la religion était autorisée, ayant trop d'emprise sur le peuple russe. Takada était allé de monastère en monastère, d'église en église, on l'avait hébergé, il avait appris le russe moderne et le slave ancien, la langue de l'église. Il se sentait transporté dans un océan de lumière céleste quand il entendait les chants religieux et respirait la fumée des encensoirs. Il sentait que les icônes, sur les murs, prenaient vie et lui parlaient dans une langue qu'il était le seul à comprendre. Il avait laissé pousser sa barbe et ses cheveux, portait constamment, été comme hiver, une longue robe et les bottes de feutre des paysans. On l'appelait l'Etranger Faiseur de miracles, car on disait qu'il guérissait les malades et rendait la vue aux aveugles. Les paysans russes, superstitieux et analphabètes, lui donnaient de l'eau et du pain et s'inclinaient devant sa sagesse sereine. En 1926, il était arrivé dans la ville des sept collines, Nijni-Novgorod, où depuis des jours il se sentait invité par la lumière de la cathédrale dorée, tandis qu'il marchait vers son destin.

Le chef de cette église, le métropolite Sergeï, avait été transféré à Moscou en 1925, lors du décès du patriarche, représentant la plus haute autorité de l'église. On ne l'avait pas autorisé à prendre le titre de patriarche, mais on lui avait permis de vivre à Moscou. Son départ avait laissé un certain vide à Nijni-Novgorod, où une fraction de l'église orthodoxe, qui se qualifiait d'Eglise Vivante, occupait une forte position. S'opposant à la hiérarchie traditionnelle, elle recherchait la foi des origines. Les bolcheviks soutenaient l'Eglise Vivante parce qu'ils la croyaient capable de diviser suffisamment l'église pour leur permettre d'éliminer la religion de l'esprit du peuple russe. Takada avait passé deux années d'études, de prière et de méditation au monastère de Nijni-Novgorod.

Sa seule compagnie avait été les Icônes de la Trinité. La fondation du monastère, qui datait du XIVe siècle, était de peu ultérieure à l'exécution des icônes par un peintre ukrainien. Ces Icônes avaient beaucoup voyagé en Ukraine et en Russie, jusqu'au jour où pour des raisons impénétrables, elles avaient fini, en 1798, au monastère de la Résurrection de Nijni-Novgorod. On pense qu'elles avaient été apportées dans la région par un noble, exilé par le tsar, lequel les avait vendues à un marchand de fourrures sibérien, et que ce dernier en avait fait don à l'Eglise, en échange de la promesse d'être sauvé le jour du jugement dernier. Comme la mafia russe actuelle qui, selon mon père, finance la rénovation des églises parce qu'il vaut mieux prendre une assurance en prévision de l'arrivée dans l'autre monde. Ces Icônes n'étaient pas spécialement considérées, malgré leur beauté particulière et les bruits qui couraient sur leur pouvoir curatif. Peut-être parce qu'elles étaient de petites dimensions et dues à un peintre anonyme. On avait donc autorisé Takada à les accrocher au mur de sa cellule, en guise d'autel personnel. Il leur parlait et il sentait qu'elles lui répondaient ; ces Icônes avaient infléchi son destin et l'avaient sauvé.

Un jour, elles lui avaient parlé ; dans une illumination, il avait vu ses frères, les popes et les croyants de tous bords engloutis dans une fournaise, bombardés de braises ou transpercés par les horribles baïonnettes dont il s'était servi lui-même et à cause desquelles il brûlerait momentanément en enfer. Il avait vu un jour de jugement dernier qui n'était pas celui de Dieu, mais des hommes, et cette vision l'avait submergé d'un tel chagrin et d'un tel désespoir qu'il s'était agenouillé pour prier en implorant d'être sauvé ; et les icônes lui avaient parlé en lui demandant de les sauver, pour sauver son âme et l'Eglise. Il s'était levé, avait enveloppé les Icônes de la Trinité dans la nappe d'autel d'une des chapelles latérales de la cathédrale, pris son vieux bourdon de pèlerin et ses bottes de feutre et s'était remis à cheminer.

Ce fut sa seconde grande marche, m'avait dit mon père en reprenant adroitement un délicieux morceau de bœuf Kobé dans une assiette oblongue, décorée avec art. Il nous avait emmenés dans le minuscule restaurant d'une rue latérale et avait commandé une série de petits plats délicats, servis par deux Japonaises menues, qui évoluaient autour de nous. C'était très, très bon, mais j'avais insisté pour que nous prenions place à la seule table de la salle, de façon à laisser les Japonais s'asseoir par terre. Mon père avait protesté, mais j'étais resté ferme. J'avais passé suffisamment de temps dans cette posture, mon genou ne le supportait plus. Mon père avait accepté, lui aussi avait l'air d'apprécier d'être assis à l'occidentale, il reprenait un morceau de viande et buvait un peu de saké tout en continuant son histoire.

Takada était reparti sur les longues routes. Cette fois, il marchait vers l'est, dans la Sibérie déserte et vide. Ceux qu'il avait rencontrés en chemin sur sa route lui avaient donné un nouveau surnom : le Saint aux Icônes. On dit que l'auréole de paix qui entourait ce petit homme maigre incitait les gens à le nourrir et les brigands à le laisser passer sans l'attaquer. Les mythes qu'il faisait naître dépassaient ses actes réels, ce qui est le propre des mythes. Il cheminait seul et ne rencontrait que peu de gens, mais ceux-ci propageaient sa réputation et plus le bouche-à-oreille fonctionnait, plus sa réputation grandissait.

La grande terreur qui frappait la Russie et les autres républiques soviétiques ne lui parvenait que comme un lointain orage à l'horizon.

En 1928, Joseph Staline abandonna la Nouvelle Politique économique de Lénine pour mettre en œuvre le premier plan quinquennal, qui donna le coup d'envoi à la transformation totale de la Russie et des autres territoires contrôlés par les bolcheviks. La guerre fut déclarée aux paysans et à la religion. On contraignit les paysans à former des collectifs et les adeptes de l'islam, du judaïsme et du christianisme furent persécutés et opprimés de toutes les manières. Ce premier plan quinquennal a fait plus de victimes que la guerre civile elle-même. Sur les quelque soixante mille popes en exercice en 1928, il n'en restait que cinq mille en 1941. Des millions de paysans trouvèrent la mort, des milliers d'intellectuels, d'officiers et de membres du Parti furent exécutés ou envoyés au goulag. Eglises et monastères furent fermés, incendiés, dynamités, quand on ne les transformait pas en casernes ou en entrepôts de marchandises. La grande guerre de Staline contre son propre peuple ravageait tout le pays sur son passage.

Takada ne s'en apercevait pas. En 1930, il était arrivé à la boucle d'un fleuve, dans la taïga, à l'est de la Sibérie, à l'endroit où la région d'Irkoutsk, dont la surface est celle de la France, est baignée par le fleuve Ust. Il y est arrivé exactement en même temps que le soudain printemps sibérien et s'est bâti une hutte où il a vécu presque onze ans. La réputation du Saint aux Icônes a commencé lentement à se répandre, malgré le régime qui persécutait les croyants. Les gens venaient le voir, il priait avec eux, et l'on dit qu'il guérissait les maladies et que les paralytiques marchaient en repartant de chez lui. Ils le révéraient si bien qu'ils n'ont jamais révélé son existence aux patrouilles rouges qui incendiaient les églises, violaient les religieuses et assassinaient les popes. Malgré la famine qui régnait dans leurs misérables maisons pendant la grande terreur stalinienne, ils lui apportaient des vivres et autres denrées de première nécessité.

Mais en août 1942, un peloton du NKVD, la police secrète, est arrivé devant sa maison, solide mais spartiate, et l'a arrêté. Un an plus tôt, ils l'auraient tué immédiatement, mais ils l'ont emmené en le laissant emporter ce qu'il possédait ; ayant exigé qu'il se coupe les cheveux et la barbe, ils ont vu apparaître un visage japonais, ce qui, apparemment, ne les a pas troublés outre mesure, l'Union soviétique étant peuplée de cent nationalités différentes. Takada, qui avait déclaré qu'il s'appelait Nikolaj Takada et que sa profession était celle d'Enfant de Dieu, a été envoyé au Kazakhstan, devenu République soviétique en 1936. L'ironie du sort a voulu qu'il soit sauvé par des nazis allemands qui, ayant attaqué l'Union soviétique en juin 1941, avaient pénétré jusque dans les faubourgs de Moscou. Staline, en effet, avait eu besoin de la puissance patriotique de l'Eglise et de toute la main-d'œuvre disponible, puisque la plupart des hommes se trouvaient mobilisés sur le front de la Deuxième Grande Guerre pour la Patrie. On n'exécutait plus les popes purement et simplement, on autorisait le Patriarche à parler à la radio pour stimuler les gens à se battre au nom de Dieu et pour la Mère Russie. Les popes bénissaient les canons, balançaient les encensoirs au-dessus des soldats et les aspergeaient d'eau bénite quand ils partaient au front.

Staline avait instauré en 1932 ce qu'on appelle les passeports internes, dont le port était obligatoire pour tous les citadins. Ces papiers indiquaient leurs noms, date de naissance, nationalité, religion et lieu de naissance, tandis que les paysans des kolkhozes ou des fermes d'Etat n'avaient pas droit à ce passeport, parce qu'ils étaient assignés à domicile. Ils étaient redevenus des serfs, non des tsars, mais du Parti Communiste. Takada est devenu *kolkhosniki* dans une misérable ferme collective de la steppe stérile du Kazakhstan. sans le soumettre à un contrôle, ils s'étaient bornés à l'envoyer avec des milliers d'autres, que l'on transférait dans les fabriques et les fermes implantées au-delà des monts Oural, loin des envahisseurs allemands. Sa maigreur les avait convaincus qu'il ne ferait pas un soldat. Peut-être même qu'il était trop vieux, mais il pouvait faire ses douze heures de travail, comme d'autres bons patriotes soviétiques.

Et les Icônes de la Trinité ? Leurs petites dimensions les ont peut-être encore sauvées. On l'a autorisé, en tout cas, à les emporter pendant le grand voyage ferroviaire qui le menait au Kazakhstan, elles étaient dans son baluchon, avec un demi-pain et une bouteille d'eau. Elles auraient dû renforcer sa foi, mais en chemin, il avait perdu sa confiance en Dieu. Une seule lettre a survécu, bien qu'elle ait entraîné sa chute, une lettre qui n'est jamais parvenue à son vieux mentor du monastère shinto, au Japon. Il eût d'ailleurs été inutile de l'envoyer, car ce moine avait été tué en 1943, en même temps que trois mille autres, au cours d'une attaque aérienne américaine. Dans sa lettre, Takada écrit simplement : *"J'ai vu des cratères là où de saintes églises s'élevaient autrefois, des squelettes dont les voix muettes remplaçaient les louanges à Dieu. J'ai vu des murs calcinés là où des frères et des sœurs Lui adressaient, autrefois, des prières incessantes. J'ai vu des millions de morts marchant éternellement, parce que la porte du Ciel était fermée, parce que Dieu s'était endormi. Je n'ai plus vu le Seigneur, je n'ai vu qu'un esprit qui riait de la folie infinie et de l'éternelle méchanceté des hommes. Je n'ai plus vu Jésus mourant sur la croix, mais Dieu expirant sur les bûchers des hommes. J'ai vu que la route de Jérusalem ne menait nulle part, parce que Jérusalem n'existe pas. J'ai eu ma dernière vision, qui m'a montré la mort de Dieu et m'a dit de retourner au Pays du Soleil Levant et au peuple élu des dieux. J'ai vu que mes Icônes, mortes à présent, devaient ressusciter dans le temple où toi, mon frère, qui me manque et que je n'ai jamais oublié, tu me montreras de nouveau la voie de l'humilité.*"

"Il était devenu fou. Ils l'avaient torturé si longtemps et à tel point qu'il avait perdu la tête, m'a précisé mon père. Et maintenant, il nous faut du thé vert.

— Quelle terrible histoire, ai-je platement remarqué.

— C'est un siècle terrible, et nulle part il n'a été aussi barbare qu'en Russie, si ce n'est peut-être dans l'Allemagne nazie.

— C'est étrange que ce soit l'histoire de Nathalie. Qui eût cru qu'elle avait un grand-père aussi bizarre, avec une histoire aussi incroyable. Crois-tu que cela fasse partie de ses gènes ?

— Oui, naturellement. Mais les histoires que nous entendons ou que nous racontons à nous-mêmes sont souvent plus importantes que les gènes.

— Je ne comprends pas.

— Non, tu ne comprends sûrement pas. Veux-tu aussi du thé ?

— Je préfère du café.

— Ici, on te donnera du thé. Il y a quand même des limites à ce que les *gaijins* peuvent se permettre.

— Quelle est la fin de l'histoire ?

— Les grandes lignes t'en sont connues grâce à Victor T." Pourtant, mon père m'a raconté la fin après avoir commandé du thé vert qui, à ma grande surprise, avait un goût merveilleux, et ne rappelait pas le moins du monde celui des sachets que Nathalie achetait d'ordinaire au supermarché.

C'était l'histoire que m'avait rapportée Victor à Moscou, une éternité plus tôt, me semblait-il. Takada avait travaillé comme les misérables agriculteurs, du matin au soir, dans cette ferme mal gérée. Il n'avait plus rien de saint, son unique particularité était de ne pas boire de vodka, ce qui surprenait les autres esclaves de cette coopérative. Ils ne comprenaient pas comment un homme pouvait survivre sans vodka. En 1944, la grand-mère de Nathalie, Khadsjad, était arrivée, déportée de Tchétchénie, et ils s'étaient mariés trois mois plus tard. Peut-être était-ce la sobriété de Takada qui avait d'abord attiré la jeune musulmane. Peut-être cette sérénité étrange, et cette aura émanant de quelque chose d'inexplicable et de spirituel décrit par un de ceux qui lui ont survécu, attiraient-elles les Russes superstitieux. Le travail était dur et monotone, mais alors que la mort fauchait partout dans le monde, ils survivaient. Ils avaient faim et ils gelaient, mais ils survivaient, et Khadsjad, enceinte de la mère de Nathalie, a accouché de Raïssa en octobre 1945, un mois après que le NKVD est venu chercher Takada, parce qu'on arrêtait tous les individus d'origine nippone. Un membre de la coopérative avait dénoncé Takada au bureau local du Parti ; il avait vu Takada en train d'écrire ce qu'il croyait être des signes étrangers, japonais, après avoir entendu à la radio que le grand Staline en personne avait déclaré la guerre au royaume impérial et impérialiste japonais, et encouragé le peuple à démasquer et à éliminer tous les ennemis du peuple. Cette dénonciation était une vengeance personnelle, parce que la jeune et belle Khadsjad s'était refusée à lui en lui préférant Takada. Sa longue lettre inachevée au moine shinto mort au Japon et son amour pour une jeune Tchétchène l'ont conduit à sa perte. Il n'avait supporté que pendant trois ans le travail forcé dans la mine de nickel.

Et les Icônes de la Trinité ? Elles sont restées à la ferme coopérative jusqu'à ce que Khadsjad les ait emportées en Tchétchénie. Une fin un peu étrange pour cette histoire, car pour une musulmane comme la grand-mère de Nathalie, elles n'auraient pas dû être importantes, mais d'après le vieux Japonais qui nous a raconté l'histoire, les Icônes, ainsi que la lettre inachevée de Takada, la reliaient à son mari. Ils avaient vécu un amour réel qui avait transcendé tout le reste. Elle l'avait aimé, il l'avait aimée, les Icônes et la lettre les ont maintenus liés, d'abord au-delà de l'enfer du goulag, puis, plus tard, par-dessus le gouffre de la mort.

Leur trace disparaît-elle là ? Oui et non. Elle disparaît en un sens, car nul ne sait comment la grand-mère les a transmises à la mère de Nathalie et nul ne sait comment il se fait que Nathalie en ait eu connaissance, mais le vieux Japonais était convaincu qu'à cause de leur importance mythique, surtout pour les femmes de la famille, il était vraisemblable qu'on ait raconté à Nathalie et l'histoire et l'importance des icônes. Car d'après ce Japonais, ce n'était pas au Kazakhstan que Nathalie et son père adoptif russe étaient partis à la fin des années quatre-vingt, mais en Tchétchénie, où Nathalie avait trouvé les icônes à l'endroit désigné par sa mère. Elle les avait apportées à Moscou, mais le Japonais ignorait où elles se trouvaient aujourd'hui. Il n'était sûr que d'une chose : elles revêtent peut-être actuellement plus d'importance qu'elles n'en ont jamais eu.

Elles n'étaient plus inconnues, on les considérait comme un des grands trésors culturels disparus. L'artiste était connu parce que ses œuvres ornaient la cathédrale rouverte de Kiev et qu'on en avait trouvé des descriptions dans des archives ecclésiastiques ukrainiennes. Il ne s'agissait plus seulement d'œuvres d'art religieuses ; elles avaient, pour les nationalistes russes, la même signification que l'Arche d'Alliance pour les juifs. Si on les portait en procession, la Russie se relèverait des cendres noires qui la recouvraient à l'époque actuelle et l'aigle russe déploierait à nouveau sa fière envergure. Les icônes seraient le catalyseur qui transformerait la Russie en une grande nation redoutée. Pour les nationalistes russes, les Icônes de la Trinité étaient le symbole qui chasserait pour l'éternité ses ennemis hors de la Mère Russie, la purifierait de ses éléments non-russes et soulèverait le peuple afin qu'il se batte pour la juste cause. Les nationalistes ignoraient que c'était un étranger qui les avait portées et sauvées des communistes. La vérité n'aurait pas correspondu à leur vision du monde, et même si on la leur avait apprise, jamais ils ne l'auraient admise. Ils avaient créé un mythe : un moine orthodoxe avait protégé et caché pendant des dizaines d'années ces symboles sacrés, jusqu'au jour où sombrerait le communisme impie. Ce moine russe les avait cachées en un lieu sacré et le jour où on les trouverait, la Russie bouterait les étrangers hors de son territoire et se relèverait de l'humiliation que lui avait fait subir le sionisme international.

"Le nationalisme, qu'il soit danois, français ou russe, est une sale affaire, avait déclaré mon père. Nous admirons le nationalisme danois quand nous entonnons notre hymne national, mais chaque fois qu'il sort sa vilaine tête, cela finit par une guerre.

— On ne peut tout de même pas comparer la Russie et le Danemark, suis-je intervenu.

— Naturellement non, comme le Danemark est un Etat lilliputien, notre propre version du nationalisme est plus innocente, mais elle repose sur les mêmes bases que la version russe : la peur de l'étranger, un repli sur soi et la propension à toujours rejeter la faute sur autrui. En Russie, la flamme est vive, le président est sans doute nationaliste, mais il est moderne, malgré tout. Ce sont d'autres forces qui sont constamment aux aguets, dans la noire Russie ; si elles s'emparaient du pouvoir, ce ne serait pas drôle. Le président doit craindre les nationalistes, poussés à la fois par leur patriotisme et leur appât du gain. Ils ne veulent abandonner ni l'un ni l'autre. Il ne s'agit pas de savoir si les Icônes de la Trinité ont réellement le pouvoir et la force qu'on leur attribue, la seule chose qui compte, c'est qu'il y ait suffisamment de gens pour croire qu'elles les ont. Les icônes sont un symbole de puissance que ton soi-disant ami Victor T. saura apprécier, du moins pour leur valeur marchande, sinon pour autre chose."

J'ai ignoré cette dernière phrase et je lui ai demandé :

"Où sont-elles, ces Icônes ?

— Nathalie le sait."

La nuit est tombée en moi.

"Papa, elle est morte.

— On n'en est pas sûr.

— Arrête.

— Nous n'en sommes pas sûrs, Marcus."

Nous sommes restés silencieux un moment. Il n'y avait, en un sens, plus rien à dire. Nous étions de petits pions dans un jeu impénétrable qui contenait toutes sortes de vestiges du XXe siècle. J'étais tombé amoureux de Nathalie à Moscou, et nous avions, à proprement parler, baisé comme des fous dès notre première rencontre. Cette attirance s'était muée en amour et en tendresse et je l'avais aimée de tout mon cœur. Je n'ignorais pas qu'à l'instar de nombreux jeunes de la génération de transition entre le communisme et la liberté, elle avait une histoire troublée qui remplissait sa tête d'un fatras de pensées et de sentiments, mais qu'elle me cache tant de choses, ça, jamais je ne l'aurais imaginé. Si seulement elle m'en avait parlé. Si seulement elle m'avait raconté l'histoire de sa famille ! Car j'étais convaincu qu'en l'exprimant par des paroles, elle s'en serait débarrassée.

Elle avait choisi, au contraire, de la refouler, mais le refoulement ressemble à des nodules cancéreux encapsulés. Ils restent en sommeil quelque temps, mais ils ne disparaissent pas, et leur prolifération mortelle s'enclenche au moment où l'on s'y attend le moins.

J'avais regardé mon père. Tout en tirant tranquillement sur sa cigarette, il avait l'air las et triste et paraissait son âge. Il avait salué poliment le vieux Japonais par de nombreuses révérences stylées et ils avaient échangé leurs cartes de visite. Comme tant d'autres avant lui, ce vieux témoin du siècle dernier avait succombé au charme de mon père.

Quand celui-ci m'avait rapporté leur conversation, j'avais vu et entendu qu'un roman se dessinait dans sa tête : une histoire secrète du XXe siècle dont le héros, un petit soldat japonais, avait nourri une passion inexplicable. Il avait vécu dans un univers éloigné du mien. Je ne comprenais pas les gens qui pratiquent une religion. Je ne comprenais pas pourquoi ils ne se contentent pas de la vie physique immédiate dont nous jouissons au jour le jour. Après la mort, il n'y a que l'obscurité et le vide, pourquoi consacrer tant de temps à rechercher un sens qui n'existait pas ? J'étais triste et fatigué ; je voulais rentrer au Danemark. Nathalie me manquerait toujours, et je ne savais pas si je me remettrais de sa perte. Soudain, au restaurant, j'ai douté que cela vaille la peine de vivre sans elle, et ce doute m'a encore plus effrayé que le Prince Noir d'Uglitch.

Mon père m'a regardé :

“Quoi qu'il en soit, cela passera.

— Il le faut bien.

— Pas nécessairement. Mais tu dois savoir ce qu'il en est. Sinon, ce sera difficile.

— Je crois que j'en sais assez.

— Tu le crois, mais ce n'est pas vrai.

— Et je saurai ?

— Je te le promets.

— Tu ne peux pas en être sûr.

— Je suis ton père, je peux te promettre presque tout", m'avait-il dit avec sa superbe coutumière, mais une fois de plus, lorsque Sacha m'a contacté de Moscou, il s'est avéré qu'il avait raison.

22

Ce qui fait que deux jours plus tard, j'étais déjà à bord d'un avion, cette fois à destination de Moscou, d'où m'était parvenue la voix de Sacha, à la fois suppliante et désespérée.

En ouvrant mon téléphone portable, après l'avoir sorti du sac de mon ordinateur, au contrôle des bagages de Copenhague, j'avais trouvé un message de lui sur le répondeur. Un message arrivé deux jours plus tôt, cela crépitait un peu, mais j'entendais distinctement ce qu'il disait, dans son drôle d'américain de cinéma :

"Mister Marcus. Ici Sacha, ton ami. De Uglitch et Moscou. Où es-tu, mister Marcus ? Sacha est à Moscou, endroit secret. Pas dire au téléphone. Essaierai plus tard. Ah, et mister Marcus, pas téléphoner Victor T. Victor T. méchant homme. Peut-être Olga OK, mais pas monsieur Victor. Téléphonerai plus tard. Sacha *signing out*."

Devais-je rire ou pleurer ? Sacha regardait trop de films américains, mais sa voix me disait qu'il était en difficulté. Il avait laissé un deuxième message, que j'ai écouté en attendant ma valise avec impatience, en m'efforçant de refouler ma fatigue. Ce message, à peu près le même, datait de la veille. Sacha ajoutait seulement qu'il appelait d'une cabine, pour que je puisse le rappeler moi-même. Il avait "organisé" une carte téléphonique, me disait-il, d'une voix enfantine qui m'a laissé la gorge serrée, parce que son désespoir transparaissait nettement sous la crânerie de sa phrase. Pourquoi n'avait-il pas "organisé" un téléphone portable, à la place ? Trop de films américains, peut-être. Il savait que les téléphones portables sont faciles à repérer. J'étais en train de devenir aussi paranoïaque que Sacha, mais lui, hélas, avait toutes les raisons de l'être.

J'ai pris un taxi pour rentrer chez moi et à peine avais-je posé ma valise dans l'entrée, à côté des journaux gratuits et des publicités, que mon portable a sonné. C'était Sacha, et la communication était d'une netteté stupéfiante :

"Hello, mister Marcus…

— Sacha, où es-tu ?

— Peux pas parler longtemps. Marcus peut venir à Moscou ?

— Tu es OK, Sacha ? Pourquoi t'es-tu sauvé ?

— Longue histoire, mais Sacha OK. Tu peux venir, mis-ter Marcus ?

— Je ne sais pas. Pourquoi ?

— Sacha sait où est Natacha", m'a-t-il dit, et la tête m'a tourné. J'ai eu un vertige, comme cela arrive lorsqu'on se lève trop vite.

"Que dis-tu ?

— Sais où est Natacha. C'est pour ça, Sacha sauvé de chez Victor T. Mister Marcus venir à Moscou, venir vite. Peux bientôt plus parler.

— Je viens", lui ai-je dit sans savoir comment je pourrais le faire. Le visa que m'avait procuré Olga était toujours valable, heureusement, mais j'ignorais comment réagirait mon chef si je disparaissais de nouveau.

J'aurais voulu questionner Sacha, mais soudain, il avait dit "Bye" et raccroché. Il avait juste eu le temps de me dire qu'il me chercherait tous les jours, l'après-midi, là où nous avions coutume de manger. Je n'avais qu'à tourner le dos et marcher tout droit entre les arbres. Cela ne me disait rien, mais avant que j'aie eu le temps de demander des explications, la communication était coupée.

Tout s'était arrangé avec une facilité stupéfiante, malgré mon agitation et mon énergie exigeante qui avaient, à coup sûr, irrité tout le monde. J'avais été à la fois surpris et heureux de trouver un Torsten très compréhensif quand je lui avais appris que ma femme était peut-être réapparue à Moscou. Non seulement il m'avait dit de partir tout de suite, mais il avait aussi demandé à ma secrétaire de me retenir, au Radisson, une chambre dont il garantissait le paiement. Ce devait être le montant considérable de mon contrat en euros ou en yens qui le radoucissait ainsi. Si j'avais cru en Dieu, je lui aurais rendu grâce de m'avoir permis de remporter ce contrat à Tokyo. J'ai appelé mon père de l'aéroport. Il a été assez excité, et je lui ai promis de garder le contact. "Plus de disparitions", m'a-t-il dit, ouvertement irrité par le fait que je ne pouvais pas lui en dire davantage.

*

Moscou n'avait pas changé, mais il faisait plus froid et les feuilles commençaient déjà à jaunir un peu. A mon arrivée, le temps était gris, et en avançant lentement avec mon taxi dans le flot dense des voitures, j'avais vu que les néons des publicités et les écrans géants plats faisaient tout leur effet. La quantité des voitures neuves et chères m'a de nouveau frappé. Les trottoirs fourmillaient de gens bien mis chargés de cabas. Après m'être présenté à la réception du Radisson, j'avais attendu mon passeport pendant un quart d'heure, porté ma valise dans ma chambre et enfin, demandé qu'on m'appelle un taxi qui m'a déposé à la place Pouchkine, à un peu plus de trois heures de l'après-midi, devant la statue qui fait face au grand McDonald's où Sacha adorait manger. J'étais content de la tenue que j'avais choisie pour venir car il faisait un vent frais et la pluie menaçait. Les jeunes femmes s'habillaient encore comme en été, en jeans moulants et hauts courts qui dénudaient le nombril et le ventre, et elles continuaient à siroter de grandes bouteilles de bière en bavardant et en tirant sur des cigarettes. Je portais mon jean noir, une chemise de forestier sur un teeshirt et la veste molletonnée bleue, assez longue, que Nathalie m'avait offerte pour Noël l'année précédente, ainsi que mes solides chaussures de ville, brunes à semelles épaisses. J'avais regardé la température de Moscou sur le Net avant de faire ma valise : pas plus de six à sept degrés la nuit et treize-quatorze pendant la journée. Je savais ce que cela voulait dire : une offensive de froid précoce venant du nord-est de la Sibérie.

J'ai tourné le dos au McDonald's en regardant autour de moi, tout spécialement une statue grise qui devait être celle de Pouchkine ; ce personnage, en tout cas, avait l'air à la fois poète et pensif. Sur la gauche, un grand bâtiment était entièrement recouvert d'écrans plats clignotants, où des vidéos musicales alternaient avec des pubs aux couleurs agressives. Sur la droite, la vue plongeait sur le centre commercial qui fait face à la place Rouge. A force d'arpenter le centre de Moscou, j'avais une certaine idée de l'endroit où je me trouvais. Devant moi, un grand bâtiment ressemblait à un cinéma, on y voyait, en tout cas, des affiches du *Seigneur des Anneaux* ; j'étais incapable de lire le texte, mais je reconnaissais les acteurs. Une allée bordée de vieux arbres courait entre deux chaussées à double voie, où la circulation semblait irrémédiablement paralysée. Les automobilistes klaxonnaient rageusement et plusieurs essayaient de reculer ou de changer de voie, ce qui aggravait encore plus le bouchon.

Je suis descendu en flânant en direction du cinéma et je l'ai dépassé. Le gravier crissait sous mes pas et le vent soulevait doucement les premières feuilles mortes. Une grosse femme en gilet jaune était occupée à les balayer. Elle les entassait soigneusement avant de les transférer lentement sur une petite voiture ; le vent en remportait un tiers. Quand les feuilles tomberaient pour de bon, elle aurait beaucoup de mal à garder la cadence. Il y avait de nombreux promeneurs et pas mal d'enfants en bas âge jouaient entre les arbres, tandis que les mères bavardaient. Assis sur les bancs malgré la fraîcheur, les gens lisaient ou fumaient. Je flânais en touriste en regardant autour de moi, mais sans rien remarquer qui puisse m'inquiéter. Je pesais le pour et le contre en me demandant si je devais appeler Victor T. ou Olga. Peut-être que Sacha avait été emporté par son imagination débordante. Mais en additionnant les soupçons de mon père et ses dires, j'ai décidé d'attendre d'avoir parlé avec Sacha. J'étais étrangement lucide, bien que mon sentiment du temps ait été plutôt bousculé par le décalage horaire d'abord du Japon, puis de Copenhague. Je revoyais sans cesse Nathalie, en me demandant ce que Sacha avait bien pu vouloir dire ; finalement, je me suis ressaisi et j'ai tâché de penser à autre chose. C'était perdre son temps que de se poser des questions sur une chose dont on ne savait rien et pour laquelle on ne pouvait rien.

J'avançais dans la grisaille lumineuse de ce fort bel après-midi : un soleil pâle tentait de percer la brume moscovite, mais le combat était inégal entre la nature et les gaz émis par les hommes. Je suis arrivé au bout du parc avant que Sacha m'ait contacté. Il y avait encore une statue à l'endroit où les arbres s'arrêtaient et où plusieurs voies se croisaient. De l'autre côté se dressaient, entre deux grues, un mur rouge et les coupoles dorées en forme d'oignon typiques d'une église russe. Je me suis approché de la statue argentée, plus singulière que belle, très russe par son expression sentimentale à l'extrême. Elle représentait un homme aux longs cheveux, la tête penchée en arrière et les bras écartés, presque comme un crucifié. Il portait une guitare sur le dos. J'ai essayé de déchiffrer le nom gravé sur le socle. Le feu du sémaphore a changé, les voitures ont tenté de traverser le croisement, bien que tout semble bloqué. Lorsque tout s'est arrêté, les klaxons ont repris, mais au milieu de cette cacophonie, j'ai quand même entendu la voix claire de Sacha qui criait :

"Ici, mister Marcus. Sacha est ici !"

Je l'ai vu de l'autre côté de la route, debout sous le portail du mur rouge qui semblait entourer une église ou un monastère. Sacha avait l'air petit et abandonné, avec sa courte veste de cow-boy, beaucoup trop légère, sur une des chemises que je lui avais achetées, tout comme le pantalon qui paraissait défraîchi et un peu crasseux. Aux pieds, il avait ses baskets et, sur l'épaule, le petit sac à dos que je lui avais également offert. Avec ses cheveux gras dépeignés, il ressemblait à ce qu'il était : un enfant qui vit dans la rue.

Je me suis faufilé entre les voitures pour le rejoindre devant le portail. Quand j'y suis arrivé, Sacha n'y était plus, il était entré sous le porche et baissait les yeux, comme s'il était gêné de me voir ou comme s'il voulait jouer au dur, mais cette attitude de commande n'a pas duré longtemps. Il a fait deux pas, a couru à ma rencontre et j'ai étreint ses maigres épaules et senti sa tête se serrer contre ma poitrine. Nous sommes restés un moment sans rien dire et j'avais la gorge serrée. Il tremblait quand il m'a enfin lâché et j'ai vu qu'il avait les yeux humides.

“C'est bon de te voir, mister Marcus. Sacha content maintenant.

— Je m'appelle Marcus, Sacha.

— Bon de voir Marcus”, m'a-t-il dit en me tendant mon portefeuille, qu'il avait naturellement sorti de ma poche, sans que je m'en aperçoive, et nous nous sommes mis à rire tous les deux.

En fait, je n'ai pas eu envie de rire quand il m'a raconté son histoire, dans ma chambre d'hôtel où je l'avais amené sans que la réception n'y prête attention. Je l'ai d'abord envoyé prendre un bain, même s'il a fait la tête parce que j'avais éteint la télé, alors qu'il venait de l'allumer. J'ai commandé du coca-cola, une assiette de sandwiches et une soupe, ainsi qu'une lessive express de ses vêtements. On a beaucoup d'avantages quand on a de l'argent et qu'on est dans un bon hôtel. J'ai dû payer double tarif pour faire laver ses vêtements immédiatement, et donner l'argent comptant à la femme de chambre mais elle m'a promis, en revanche, de le faire tout de suite. En plus des vêtements qu'il portait, j'ai aussi donné à laver les deux tee-shirts, la chemise, les deux paires de chaussettes sales et les slips tirés de son sac à dos. J'y ai aussi trouvé deux paquets de cigarettes et quelques papiers que j'ai regardés, mais comme ils étaient en russe, je n'ai rien compris.

J'ai pris une bière dans le minibar et contemplé le fleuve brun foncé qui coulait devant l'hôtel sous la passerelle kitch où passaient des gens pressés, tandis que le soir tombait et que j'entendais Sacha faire gicler l'eau dans la baignoire. Il avait toujours été mince, et il n'avait pas grossi pendant ces dernières semaines. Il n'a pas voulu me dire d'où venait une blessure presque guérie sur l'épaule. Il s'était griffé en passant par-dessus une clôture, dans une gare, m'a-t-il dit. Je l'ai enveloppé dans le peignoir beaucoup trop grand fourni avec la chambre, et je l'ai laissé manger la soupe et trois sandwiches avant de commencer à le questionner vraiment. J'avais peine à attendre, mais il paraissait trop affamé. Le repas a disparu à toute vitesse. Je n'ai pris qu'un sandwich au poulet et bacon en buvant le reste de ma bière et il m'a raconté son histoire, ce qui a pris un peu de temps. Son vocabulaire n'étant pas très étendu, j'ai dû poser beaucoup de questions et demander des explications avant d'avoir une idée de ce qui s'était passé.

C'était un matin. Il avait entendu Olga et Victor se disputer dans l'espace polo de la piscine. Victor avait fait son exercice de natation du matin, il était en short de bain et se frictionnait. Olga était arrivée. Ils n'avaient ni vu ni entendu Sacha qui était couché sur un transat, tout au bout du local. Il n'a pas pu m'expliquer pourquoi il ne s'était pas manifesté, se contentant de dire : "Peut-être un peu peur, mister Marcus." Olga, qui avait des papiers à la main, avait dit que le contrat était accepté. Le prix était de trois millions de dollars. Ils avaient fait baisser de deux millions le prix des Tchétchènes, mais désormais, ceux-ci ne descendraient pas plus bas. Sacha avait compris qu'ils n'avaient pas négocié directement avec les Tchétchènes, mais avec des gens que Sacha appelait mafia. J'ai pensé que c'était peut-être parce que les Tchétchènes n'avaient pas de liberté de mouvements à Moscou, mais je n'en savais rien. J'ai remarqué davantage qu'Olga avait dit : "Maintenant, il faut dire à Marcus que tu sais où est Nathalie. Tu ne peux pas le laisser plus longtemps dans l'ignorance, Victor." Victor s'était mis très en colère et avait crié que c'était exclu. La situation était assez difficile comme ça ; il fallait garder Marcus en dehors pour le moment. Olga avait crié : "Tu le lui dois, Victor.

— J'ai payé, et il y a trop de choses en jeu, femme. Mon avenir, entre autres, et le tien aussi, par conséquent." Olga avait encore essayé de le persuader, Victor l'avait frappée, elle avait jeté les papiers et était partie en pleurant. Sacha avait eu très peur. Il n'avait pas bougé d'un pouce. Victor avait ramassé les papiers et était sorti à son tour. Sacha était resté un moment, il avait réfléchi et pris une décision. Cela n'avait pas été si difficile. "Victor aime bien Sacha. Sacha sait amuser", m'a-t-il dit à l'hôtel, avec l'assurance naïve dont il faisait montre, souvent sans s'en rendre compte. Sacha portait de temps en temps le bel attaché-case de Victor, quand ce dernier s'en allait avec ses gardes du corps. Sacha avait facilement chipé sa clé, il la connaissait : c'était la seule que ce grand homme portait sur lui. Autrement, il avait ses gens pour ouvrir les portes, mais la clé du tiroir de son bureau, il la gardait toujours dans la poche droite de sa veste.

Sacha était bien connu de tout le monde dans l'immeuble, comme le petit chouchou déluré de Victor, qui devait commencer à l'école du cirque. Sacha connaissait l'immeuble comme sa poche et les nombreux collaborateurs de Victor avaient l'habitude de rencontrer partout ce petit vagabond. La femme de ménage n'avait donc pas été surprise de le voir monter dans l'ascenseur privé de Victor tout en lui racontant une de ses nombreuses histoires à dormir debout. Il n'avait pas le code de cet ascenseur. L'appartement de Victor était grand. Pendant qu'elle faisait le ménage de la salle de bains, il avait ouvert le tiroir du bureau et trouvé les deux morceaux de papier qu'il avait "empruntés", comme il disait. Il avait aussi "emprunté" un paquet de roubles et trois cents dollars.

"Où est cet argent, Sacha ? me suis-je enquis. Pourquoi ne t'es-tu pas acheté de quoi manger avec ?

— Donné argent à Renard Noir. Nécessaire. Sacha payer Renard Noir pour protection, n'est-ce pas, mister Marcus.

— Je ne comprends pas.

— Police stupide. Facile à tromper. Gardes de Victor aussi, stupides, faciles à tromper. Pas Renard Noir et sa bande. Sacha se cache où ils se cachent. Renard Noir prend l'argent en guise d'excuse. Frappé Sacha, mais pas beaucoup. Pas d'importance. Sacha se cache dans les bonnes cachettes avec les autres de la rue. Police stupide. Peut pas trouver."

J'ai secoué la tête et pris les papiers. Apparemment, je gardais mon calme, mais je maudissais le double jeu de Victor, sans en être, en fait, spécialement étonné. Il n'y avait plus grand-chose qui m'étonnait.

"Qu'est-ce qui est écrit ?" ai-je demandé à Sacha. Il avait les yeux fatigués, peut-être parce qu'il devait se concentrer pour parler anglais, mais certainement tout autant parce qu'il n'avait pas beaucoup dormi ces derniers jours, et jamais sans avoir peur.

Sacha a mobilisé son attention et regardé les papiers :

"Difficile expliquer en anglais. Manque les mots. Un papier a beaucoup de mots sur contrat. Trois millions dollars pour icônes chères. Pas gros billets. Comme au cinéma. Connais pas les mots pour nom des icônes, mais belles et chères. Terroristes tchétchènes ont icônes. Sais pas pourquoi.

— C'est Nathalie qui les leur a données. C'est une longue histoire.

— Ah, Sacha comprend maintenant. Victor acheter icônes, Victor a icônes, et Nathalie, et femme appelée Zinaïda. Nom tchétchène, mister Marcus.

— Où est Nathalie ?

— Ecrit sur autre papier. Dit où Nathalie est. Explication. Apporte argent, échange femmes et icônes. Assez loin de Moscou, mais pas si loin. Côté est. Pas très loin de ville appelée Mourom, mais pas là. Autre ville, petite ville appelée Koulebaki. Train OK pour première ville, pas pour deuxième. Juste à côté, endroit appelé Koulebaki 35. Là, les Tchétchènes, là, Nathalie.

— Y a-t-il une date ? A laquelle l'échange doit avoir lieu ?

— Pas directement, mister Marcus. Mais bientôt. Peut-être aujourd'hui, peut-être demain. Bientôt. C'est pour ça, il faut que toi vite venir à Moscou, hein, mister Marcus ?"

Je n'avais pas de carte de la Russie dans la chambre et Sacha n'était pas en mesure de m'expliquer avec précision où se trouvait Nathalie. Je lui ai fait écrire les noms des villes sur le bloc de l'hôtel, qui se trouvait à côté du téléphone pour les recopier ensuite sur une autre feuille. J'ai allumé la télévision et il s'est couché, heureux, sur un des deux lits de la chambre, tandis que je descendais à la réception pour me faire aider. Ils ont été assez coopératifs, mais je me sentais mal à l'aise à cause de deux types installés au bar situé à côté de la réception. Ils me regardaient un peu trop. Je ne sais si j'étais paranoïaque, mais d'un coup, je n'ai plus eu envie de demander à la réception de me louer une voiture. Cela ne me plaisait pas d'écrire des noms et des lieux sur un contrat de location, ni de donner des indications à un chauffeur. Mieux valait utiliser les transports publics. Cela ne me plaisait pas non plus de dire où je voulais aller à l'aimable femme souriante de la réception. J'ai préféré demander d'avoir accès au *business center* où je me suis connecté sur Internet. J'ai d'abord cherché le premier, puis le deuxième nom. Sacha ne les avait pas transcrits très précisément, mais suffisamment bien pour que je les trouve. J'ai aussi pu trouver un horaire des départs des trains sur le Net. On m'a donné une brosse à dents pour Sacha à la réception. Il y avait une galerie commerciale dans le bâtiment de l'hôtel, et la plupart des boutiques étaient encore ouvertes. Il n'existait apparemment pas de loi sur les heures de fermeture des magasins, en Russie. J'ai acheté un pull et une veste molletonnée pour Sacha. Je tirais fort sur ma carte de crédit, mais tant pis.

Sacha dormait quand je suis monté. Heureusement. Il en avait besoin. Il m'a réveillé une ou deux fois au cours de la nuit parce qu'il s'était découvert et qu'il gémissait, mais il ne s'est vraiment réveillé à aucun moment, et d'ailleurs, il avait l'air étonnamment frais et dispos quand j'ai interrompu son sommeil, à cinq heures, pour lui dire que nous allions à la gare de Kazan quand il aurait fini sa toilette. Il m'a adressé son sourire futé, sans m'honorer d'une réponse. S'il y avait quelque chose que le petit Sacha connaissait, c'étaient les gares et le réseau du métro de Moscou, aussi, à six heures quinze, nous sortions de cette gare haute de plafond, dans le soi-disant train express qui nous emmenait vers l'est. Dès le petit matin, le train avait cette odeur bizarre que je rattacherai toujours à la Russie ; une odeur pas vraiment désagréable, mais très spéciale et épicée. Cela sentait l'ail, la fumée du samovar chauffé avec des boulets de charbon, l'odeur des hommes pas lavés et les parfums forts des femmes. Plus tard dans la matinée s'y sont mêlées l'odeur des toilettes et celle des victuailles que déballaient nos compagnons de voyage. Nous étions dans un compartiment collectif. Le train allait jusqu'à Kazan, près du lointain Oural, mais notre trajet ne devait durer que cinq heures. Le train s'arrêtait souvent. J'ai demandé à Sacha d'acheter un petit pain, du fromage et du saucisson, de l'eau et du café à un vendeur, dans une des nombreuses petites gares. La plupart du temps, Sacha dormait, quand il ne sortait pas dans le couloir pour fumer tandis que j'essayais de regarder à travers la vitre passablement crasseuse. Il n'y avait pas grand-chose à voir : des bosquets de bouleaux interminables et de temps à autre, un petit village. Un troupeau de vaches a attiré mon regard. Les maisons, petites, avaient l'air de frissonner, par cette grise journée. Elles se recroquevillaient comme les êtres humains, et semblaient avoir peu d'importance, dans cette plaine sans fin. Pendant une heure, il a plu, et tout a disparu derrière le voile gris qui descendait sur le vert de ces prairies basses. Les hommes et les voitures étaient très rares. La Russie était un grand pays vide dès qu'on se trouvait à quelques kilomètres de Moscou. Je pensais à Nathalie, à la fois soulagé et inquiet. J'avais l'impression très nette que maintenant, je la trouverais, mais je ne comprenais pas ce qu'elle faisait à l'endroit où nous nous rendions.

J'avais cherché Koulebaki 35 dans Google et obtenu plusieurs réponses. Plusieurs connexions savantes décrivaient le goulag soviétique, ce vaste réseau de camps de concentration et de travail étendu sur l'Union soviétique tout entière. Des millions et des millions de gens avaient traîné des années de leur vie dans ces camps, pendant toute la durée de l'Union soviétique, jusqu'à ce que le président Boris Elstine ait fermé le dernier, mais pas avant 1993. Des millions et des millions de gens n'en étaient pas sortis vivants. Ils étaient morts de faim, de froid, d'épuisement à force de travail, de maladies sans nombre, ou tués par balle et jetés dans des fosses communes. Un chercheur avait écrit que la Russie moderne s'édifiait sur un héritage de sang et de squelettes. On ne pouvait s'empêcher de sentir comme une ombre invisible et pesante la brutalité qui régnait en Russie. L'individu ne comptait pas, l'individu n'était rien. Il y avait tant de morts que personne, apparemment, n'avait envie de les compter. Mais Eltsine avait fermé le goulag. Il existait toujours des camps de travail et des camps pénitentiaires, qui n'étaient plus destinés aux prisonniers politiques, mais l'Etat tout-puissant pouvait toujours envoyer ses sujets dans l'oubli du camp, d'où les gens revenaient rarement entiers. Voilà ce que craignait Victor T. : de devenir, malgré son argent et son pouvoir – ou peut-être justement à cause d'eux – un numéro de plus dans une statistique brutale. Ces prisons ne s'appelaient plus goulag et l'on ne qualifiait plus les prisonniers de "politiques", mais pour ceux qui y traînaient leur vie, cela ne faisait sûrement pas une grosse différence.

Je contemplais le paysage trempé de pluie, je ne voyais pas l'herbe verte, mais le sang caché sous le terreau. L'histoire de la Russie était un tel tissu de souffrance qu'un seul être ne pouvait la renfermer. Si l'on se mettait à y penser vraiment, on risquait de devenir fou. Il ne devait pas être facile de garder la tête froide et son goût de la vie, si l'on avait la force d'admettre l'inconcevable talent de l'homme pour la méchanceté.

Le Koulebaki 35, où Sacha croyait que se trouvait Nathalie, avait été autrefois un petit rouage de cette grande machine de mort. Sa description se trouvait dans un article de l'université de Harvard qui énumérait les camps du goulag de la partie européenne de la Russie, dans le cadre d'un projet de recherche américano-russe, qui s'efforçait, grâce à des fonds privés, de tracer le réseau largement ramifié du goulag. Le Koulebaki 35 avait abrité en son temps soixante-quinze prisonnières politiques, uniquement des femmes, il comptait donc parmi les petits camps et n'avait pas la réputation d'être parmi les plus durs, mais soumis au régime "normal", quelle que soit la signification de cette expression. Ces femmes avaient cousu des uniformes pour la police jusqu'à la fermeture du camp, sous le règne de Gorbatchev, en automne 1987. Le chercheur américain décrivait assez précisément et montrait sur une carte la situation géographique du camp, dans les marais qui séparent la grande ville de province de Mourom et le sud de la petite ville de Koulebaki. Il écrivait qu'y aller était difficile parce que, comme les autres camps du goulag, on l'avait bâti dans un lieu inaccessible, mais qu'un chemin menait à cet ancien camp. Ensuite, il fallait faire les derniers kilomètres à pied. Cependant, après toutes les chutes de pluie de la fin de l'automne, et au printemps, lors de la fonte des neiges, l'accès en était absolument impossible.

Le chercheur écrivait que le Koulebaki 35, comme tant d'autres camps, avait été démoli et n'existait plus, mais comme l'avait dit Victor T., peu de choses, en Russie, sont conformes à leurs apparences, pensais-je en arrivant à Mourom.

Il n'y avait pas grand monde dans la gare décrépite de Mourom. Quelques ivrognes tenaient leur salon dans un coin en compagnie les uns des autres et d'une bouteille de vodka. Mais j'étais heureux qu'il se soit tout de même passé quelque chose en Russie, ces dernières années. Rien que quelques années auparavant, nous nous serions fait remarquer en tant qu'étrangers aisés dans l'océan gris soviétique, avec nos vestes molletonnées bleues, nos jeans et nos bonnes chaussures, mais Mourom avait aussi sa classe moyenne, qui s'habillait comme nous. Un gros agent de police en manteau noir nous a jeté un coup d'œil, mais quand j'ai pris Sacha par la main et quitté la gare avec les autres voyageurs, il a regardé ailleurs. Les voitures étaient rares. Une statue de Lénine nous a salués de loin, la main levée. Dans les rues défoncées, on voyait plus de Lada et de Volga qu'à Moscou. J'avais mon plan, mais je ne voulais pas le révéler à Sacha. Il apprendrait assez tôt que saint Marcus allait l'encourager à la délinquance. Les rues de la ville étaient tracées au cordeau et les feuilles des arbres, jaunes et mouillées, baissaient de l'aile, mais il ne pleuvait plus. En bordure d'un parc, un petit café se dressait dans un bosquet de sorbiers, dont le soleil faisait briller les baies rouges. Plusieurs voitures étaient garées devant ce café.

"Tu as faim, Sacha ?"

Il m'a fait signe que oui. C'était une question idiote, ce gamin avait toujours faim.

L'intérieur du café était étonnamment sympathique et clair. Assis devant de petites tables aux nappes à carreaux bleus, des gens bien mis mangeaient de la soupe et de gros quignons de pain. Une table était libre près de la fenêtre. Je me suis assis et j'ai envoyé Sacha au bar pour nous commander de la soupe, du pain, du thé et un coca-cola. Le garçon a tout de suite apporté la soupe, grasse et épaisse, avec des carottes, des poireaux, des pommes de terre et de gros morceaux de viande grasse. N'ayant pas beaucoup d'appétit, j'ai pris un peu de soupe et j'ai laissé Sacha finir le reste. Nous ne parlions pas, ce qui n'avait rien d'étrange, car la plupart des clients mangeaient en silence. Il y avait deux hommes seuls, chacun à une table, et un jeune couple, dont la femme causait de temps à autre pendant que le mari avalait machinalement sa soupe. Seule une famille, les parents et deux adolescentes, bavardait à voix haute et gaiement, et j'ai envié leur satisfaction et leur bonheur évident. Le père, voûté, portait une veste de cuir claire, la mère un pantalon moulant bleu et un chemisier à fleurs dont les rouges étaient assortis à son épais maquillage. Leurs enfants, comme Sacha, étaient vêtus d'un jean, d'une chemise, d'un pull et de baskets. Je regardais par la fenêtre. Quand Sacha a eu presque fini le reste de ma soupe et de mon pain, j'ai repéré une voiture qui représentait la meilleure occasion possible jusqu'ici. Il y en avait eu d'autres, mais celle-ci était parfaite. En outre, je sentais que nous n'avions pas beaucoup de temps. C'était une Volga noire. L'homme qui en sortait était robuste, coiffé d'une casquette à carreaux écossais, et il portait un pantalon froissé et une vieille veste de laine sur un pull bleu. Il a mis ses clés de voiture dans la poche droite de sa veste. Il s'était garé tout au bout du parking du café, il suffisait donc de tourner pour prendre la route qui menait vers le sud, en direction de Koulebaki. L'homme est entré, il est passé juste à côté de notre table ; il dégageait une odeur de cigarette et de vodka. Mon ventre s'est comprimé nerveusement, mais comme il n'y avait pas de tables libres près de la fenêtre, il en a trouvé une dans un recoin éloigné. Il a tiré un journal de la poche de sa veste et l'a posé sur la petite table.

J'avais mauvaise conscience, mais cela ne menait à rien. Je me suis penché vers Sacha et lui ai dit à voix basse, pour que personne d'autre ne m'entende parler anglais :

"Sacha. Cet homme qui vient d'entrer et qui se trouve devant le bar. Ne le regarde pas. Ses clés de voiture sont dans sa poche droite."

Sacha m'a impressionné. Il a cligné de l'œil, mais il n'a pas bougé.

"Tu comprends ce que je te dis ?"

Il a fait signe que oui. Je lui ai donné quelques roubles.

“Va chercher un coca-cola pour toi et une tasse de café pour moi.

— *Da, papa. Spasibo, papa*”, a répondu Sacha à haute voix en se levant. L’homme robuste commandait plusieurs choses ; à ce que je voyais, il voulait apparemment prendre un gros repas. Je n’ai pas vu ce que faisait Sacha. Il s’est simplement placé à côté de lui pour attendre que son tour arrive. L’homme est retourné à sa table en emportant un demi-litre de bière pression et quelque chose qui ressemblait à un verre à dents de vodka. Il s’est assis pour attendre son repas, a pris son journal, allumé une cigarette et s’est mis à lire. Sacha a apporté le petit café express que j’ai bu sans tarder, mais pas trop vite. Sacha a dévissé lentement le bouchon de son demi-litre de coca-cola et en a bu une gorgée. Il n’a pas eu besoin de me faire signe et je n’ai pas eu besoin de lui poser de question. Quand on a servi la soupe à notre homme, nous nous sommes levés et nous avons quitté le café. J’ai eu l’impression que l’homme du bar nous suivait des yeux, mais il s’est borné à dire quelque chose en russe, et Sacha lui a répondu. C’était sûrement “Merci pour votre visite”, ou “Bonne journée”, ce qu’on dit en Russie dans ces cas-là. L’homme au journal n’a pas levé les yeux et la famille attablée avait assez à faire pour trouver des serviettes, car une des filles avait renversé son coca-cola, qui formait un lac sur la table et gouttait par terre. Dehors, Sacha m’a donné les clés sans un mot.

La Volga sentait la fumée et était très sale, mais elle a démarré au premier tour de clé ; je me suis faufilé dans la circulation, j’ai marqué l’arrêt à un feu rouge, repassé la première vitesse et nous sommes partis.

“Merci, Sacha.

— OK Mister Marcus. *Piece of cake. Don’t mention it*”, a-t-il répliqué, en imitant le ton d’une vedette de cinéma américaine.

23

Cela n'a été ni aussi difficile ni aussi risqué que je le craignais. Les deux fois où j'ai aperçu respectivement un agent de la circulation et une voiture de police, mon cœur a battu un peu plus vite, mais aucun ne nous a honorés d'un coup d'œil. Nous roulions dans une Volga noire parmi beaucoup d'autres. Comme le reste de la voiture, les plaques minéralogiques étaient si crasseuses qu'on avait peine à les déchiffrer. Sacha a repéré un panneau indiquant Koulebaki. Si la Volga était sale et plus toute jeune, elle n'en avait pas moins un réservoir presque plein et le moteur tournait à merveille. La suspension était dure et je n'avais pas conduit depuis longtemps une voiture sans direction assistée, mais compte tenu de la route défoncée et étroite, ce n'était pas si mal de rouler dans une voiture soviétique lourde et solide avec les qualités d'un tracteur. Je tâchais de m'abstenir de penser que désor mais, j'étais un délinquant et que j'avais incité un mineur à commettre un acte illicite.

Cela ne me disait rien d'aller jusqu'au centre de l'agglomération de Koulebaki qui, à distance, n'était qu'un assemblage de maisons de bois et de quelques immeubles délabrés. Sur un unique site Internet anglophone, on y mentionnait un parc, une fonderie et une maison de la culture, mais les faubourgs de Koulebaki donnaient l'impression d'une ville qui a abandonné la partie. Les temps modernes étaient représentés par deux affiches publicitaires, la première pour un poste de télévision Sony. Sur la deuxième, aux couleurs passées, on devinait une femme à demi nue qui vantait de la vodka. Je ne voulais pas entrer dans la ville car il était tout à fait sûr qu'à présent, l'homme du café avait fini son repas et déclaré le vol de sa voiture. J'ignorais comment ces choses-là fonctionnaient en Russie ; j'imaginais que la police n'était pas particulièrement efficace et que les agents ne transportaient pas, dans leurs petites Lada, des ordinateurs modernes sur lesquels ils tapaient immédiatement le numéro des Volga volées. Je me figurais et j'espérais qu'un agent rédigeait, sur une machine à écrire d'autrefois, un rapport que l'on distribuerait à l'occasion. J'espérais aussi que l'homme du café n'aurait pas le toupet de s'adresser à la police avant d'être dégrisé. Même en Russie, il était peut-être risqué de se présenter ivre dans un commissariat de police pour déclarer le vol d'une voiture qu'on venait de garer devant un café.

J'ai arrêté la voiture sur le bas-côté et envoyé mon fidèle éclaireur en reconnaissance. Durant l'après-midi, le temps s'était arrangé ; dans les jardins, des gens faisaient les bêchages d'automne ou récoltaient poireaux et oignons. Je comptais arriver à destination avant la tombée de la nuit. Bon nombre de ces petites maisons donnaient l'impression d'être vides, les fenêtres étant bouchées par des planches et les toits percés, çà et là, comme si les derniers habitants les avaient quittées depuis longtemps ou étaient morts. D'autres maisons témoignaient qu'on les entretenait et qu'on y vivait en arborant des rideaux blancs à fleurs et une barrière repeinte de neuf. Les poules en liberté s'aventuraient souvent sur la chaussée. Dans un jardin, devant une petite maison de bois bleue bien tenue, un cochon attaché m'a regardé fixement quand je suis sorti de la voiture pour me dégourdir les jambes. La température était encore tombée de quelques degrés, cela sentait l'automne et la terre fraîchement retournée, et je pensais à Nathalie et à notre maison de Møn, où les baies des sorbiers qui limitaient le terrain seraient bientôt rouge feu, et où celles du prunellier allaient commencer à foncer pour de bon, tandis que le jardin aurait perdu son odeur et ses couleurs estivales. A la troisième maison, cela a marché. Un homme âgé en est sorti, il fumait une cigarette dont il s'est servi pour indiquer une direction à Sacha qui a acquiescé d'un signe de tête avant de revenir en courant.

"Pas loin, mister Marcus, dix kilomètres, stopper voiture et marcher deux kilomètres.

— Bien, Sacha, très, très bien.

— Homme dit reste rien là-bas. Autrefois, camp pour femmes déchues. Maintenant, rien que des ruines.

— Nous verrons.

— Stopper voiture. Marcher chemin. Possible maintenant. Bientôt, plus possible. Quand arrive *bez doroshnije*.

— Qu'est-ce que c'est, Sacha ? Dis-le en anglais.

— Pas de chemins. Le temps sans chemins. Ici, en Russie, bientôt le temps sans chemins, aussi au printemps, quand beaucoup de neige fond très vite."

Nous l'avons trouvé du premier coup. La forêt de bouleaux et de résineux s'étendait à perte de vue, une rivière serpentait dans le paysage, l'eau paraissait dense et paresseuse, de couleur presque métallique. Nous étions d'abord passés devant ce qui avait dû être autrefois des champs cultivés, maintenant en friche, où les meules de foin effondrées pourrissaient après plusieurs années de neige et de pluies. Dans un autre champ, c'était un tracteur rouillé, dans un troisième, une herse rongée par les intempéries, dans un autre encore, une moissonneuse-batteuse noircie par un incendie. Le spectacle de ces épaves abandonnées après la grande faillite des plans quinquennaux était très déprimant. En garant la voiture en retrait du chemin, j'ai noté que la forêt se réappropriait déjà l'ancienne terre arable. D'autres voitures s'étaient garées là avant la mienne, car on distinguait dans la boue noire, entre des touffes d'herbes folles et des flaques d'eau où brillaient des taches d'huile multicolores, des marques très nettes de bons pneus neufs. Ce n'est qu'à cet instant-là que j'ai réfléchi à ce que je ferais quand j'arriverais à destination. Que ferais-je si Nathalie n'y était pas ? Et que ferais-je si elle y était ? Je n'y avais absolument pas songé, et maintenant c'était trop tard. Je voulais la trouver, voilà tout. C'était la seule chose qui comptait.

"Tu n'as pas besoin de m'accompagner, Sacha, ai-je déclaré. Tu peux m'attendre à la voiture. Tu en as fait plus qu'assez."

Il m'a lancé son coup d'œil dur qui signifiait "J'ai l'habitude de vivre dans la rue", a allumé une cigarette et inhalé profondément la fumée, histoire de me manifester son mépris, avant de me regarder de nouveau, de me tourner le dos et de s'engager d'un pas rapide sur le sentier étroit et boueux qui menait au cœur de la forêt. Il n'y avait aucun bruit ni aucun animal, rien d'autre qu'un grand silence au-dessus du clapotis des baskets de Sacha. J'ai secoué la tête en constatant mon impuissance et ma bêtise et suivi mon petit guide.

Nous avons fait un kilomètre environ avant de croiser un chemin forestier un peu plus large, où les traces de larges pneus comme ceux des populaires 4 x 4, étaient plus nombreuses. Nous avons fait une pause en nous demandant quelle direction prendre, et décidé de continuer par le petit chemin qui a commencé à monter légèrement un kilomètre plus loin. Avant de découvrir le camp, nous avons entendu un bruit de fond constant, qui rappelait celui d'un gros générateur de courant, nous avons donc avancé prudemment jusqu'à l'orée de la forêt pour observer, en contrebas, l'ancien camp pénitentiaire et de travail forcé, baigné par le soleil qui faisait briller les remous de la rivière. J'ai levé la main, Sacha s'est arrêté et comme moi, il a mis un genou en terre.

Des jumelles m'auraient été bien utiles, mais j'y voyais assez clair malgré tout. On n'oublie jamais certaines choses. Mon entraînement militaire m'est revenu sans peine avec la faculté de déchiffrer un terrain et de trouver ses propres points d'appui. J'avais passé deux années de ma vie dans l'armée et adoré cette atmosphère dès le premier contact, même pendant la période où j'étais une jeune recrue, tout particulièrement les épreuves de sélection et l'entraînement de chasseur, comme on adore souvent inconditionnellement ce pour quoi on est doué. J'aimais ce dur entraînement physique, la camaraderie, les exercices sur le terrain, l'infiltration et le sabotage. Le sentiment d'avoir une arme entre les mains et de savoir que je pourrais me servir de la plupart d'entre elles, même dans la nuit la plus noire. J'aimais être avec des hommes animés des mêmes sentiments que moi. J'avais failli me délecter de la figure scandalisée de ma mère, quand je lui avais parlé du plaisir que cela me donnait de tirer avec une mitraillette israélienne Uzi super-moderne. Mais je me souvenais aussi de ma douleur et du craquement de mon genou, quand un coup de vent soudain avait dérouté mon parachute en me plaquant sur le ciment, et de la lumière blanche, derrière mes yeux, qui m'avait aveuglé l'espace d'un instant, avant ma plongée dans le noir.

J'ai revécu brièvement ce jour fatal, tout en tâchant de me faire une idée générale de ce camp. J'entendais la respiration de Sacha, à côté de moi, en sentant sur ses vêtements l'odeur de sa dernière cigarette. Cet ancien camp du goulag me rappelait des dessins et des photos des camps de prisonniers de guerre vus pendant mon entraînement, ainsi que certains endroits, aux Etats-Unis, où l'on nous avait enseigné à questionner et à être questionnés dans des conditions réalistes.

Le Koulebaki 35 ne payait pas de mine. Il avait à peu près les dimensions d'un terrain de football, mais le quart du terrain à l'arrière s'était effondré et avait été abandonné à la rivière : il était sous l'eau et les miradors s'y dressaient comme des excroissances bizarres. Le toit existait toujours, mais la rambarde pourrie avait disparu. La clôture en planches qui entourait le camp et dont la peinture autrefois blanche tombait presque partout en plaques gris sale, était surmontée de fils de fer barbelés. Les trous de la clôture avaient été bouchés par d'autres fils de fer barbelés qui paraissaient plus récents. Deux des anciens miradors étaient intacts. Dans l'un d'eux, un garde fumait une cigarette en tenant son Kalachnikov négligemment sous le bras. A droite d'un large portail métallique, une maison de briques semblait être l'ancien bâtiment de l'administration et des admissions. Derrière cette maison, une série de bâtiments plus bas, que je supposais abriter des cellules et les anciens ateliers des prisonnières, étaient très délabrés et ceux de derrière à moitié immergés dans l'eau de la rivière.

A l'intérieur de la clôture en planches se trouvait une seconde barrière formée de fil d'acier tressé dans lequel on avait tissé du fil de fer barbelé. A l'intérieur du camp, une herbe drue poussait entre d'anciens débris de ciment et d'asphalte, ainsi que quelque chose qui ressemblait à de la ferraille. Deux 4 x 4 neufs stationnaient dans le camp, qui contenait aussi une série de cages où j'ai pensé qu'aux mauvais jours d'autrefois, les prisonnières condamnées à l'isolement faisaient leur promenade quotidienne.

Ma gorge s'est serrée et je me suis senti rougir. Deux femmes se tenaient à l'ombre, dans un coin de la plus grande cage, dont le toit, également en fil de fer, tressé en carrés de dix centimètres de côté permettait à la lumière d'y entrer. L'une d'elles était Nathalie, l'autre lui ressemblait, à distance et par sa stature en tout cas, et je savais que ce devait être Zinaïda. Elle était de la même taille que Nathalie, mais vêtue de noir de la tête aux pieds et les cheveux couverts d'un foulard.

Nathalie était en jean et portait un pull un peu trop grand pour elle. Je ne distinguais pas son expression, mais elle m'a paru terriblement maigre. Elle étreignait l'autre femme qui reposait sa tête sur son épaule.

Devant la cage, trois hommes fumaient. L'un tenait un Kalachnikov, le deuxième une arme automatique au nez camus qui pouvait bien être cet Uzi que j'estimais, moi aussi, comme étant la meilleure arme au monde pour les combats rapprochés. Le troisième avait tiré sa veste en arrière, j'ai donc vu qu'il était armé d'un pistolet dans un étui d'épaule. Ils ne ressemblaient pas aux terroristes tchétchènes que j'avais vus à la télévision, mais à des criminels plus endurcis. Deux d'entre eux, musclés, portaient des vestes de cuir noir, un jean bleu et les légères bottes militaires qu'affectionnent les parachutistes. Le premier avait les cheveux coupés tout à fait court, presque à ras, alors que le deuxième avait des cheveux longs, retenus derrière les oreilles. Il n'était pas grand et avait du ventre. Il a eu l'air de sortir un peigne de sa poche pour coiffer paresseusement ses longs cheveux. Le troisième était vêtu d'un costume gris bien coupé sur une chemise bleue, mais sans cravate. Comme si Sacha lisait mes pensées, il a chuchoté :

"Mafia, mister Marcus. Méchants hommes."

Je n'ai rien répondu, je regrettais d'être sans arme et souhaitais ardemment pouvoir me précipiter en bas pour serrer Nathalie contre mon cœur. La situation semblait sans espoir. Ils étaient quatre, autant que je puisse en juger, et peut-être y en avait-il d'autres dans l'ancien bâtiment administratif. De la fumée sortait par la cheminée.

"Qu'est-ce qu'on fait, mister Marcus ?

— Je ne sais pas, Sacha. On attend qu'il fasse nuit ? On retourne à Koulebaki pour contacter la police ?

— Marche pas, mister Marcus. Marche pas.

— Pourquoi pas ?

— Police, payée, mister Marcus. Police sait, mais payée. Mafia protégée. Marche pas."

Existait-il, dans ce pays, une seule chose qui ne soit pas à vendre ? J'ai envisagé d'appeler Victor T., mais je n'avais probablement plus cette alternative. Il valait mieux attendre qu'il fasse nuit en réfléchissant à un plan provisoire. J'avais mon téléphone portable dans la poche ; il était éteint, mais je pourrais peut-être avoir une communication qui me permettrait de contacter l'ambassade de Moscou pour leur demander d'appeler les services de sécurité russes, pourtant, j'hésitais. Il y avait aussi le problème de la Volga volée, mais peut-être fermeraient-ils les yeux sur un vol de voiture, si je les mettais sur la piste de Nathalie et de ses ravisseurs. J'ignorais aussi pourquoi c'étaient des types de la mafia qui gardaient Zinaïda et Nathalie au lieu des Tchétchènes, mais peut-être s'agissait-il de Tchétchènes ? Je croyais que tous les Tchétchènes avaient une longue barbe et correspondaient à l'image des terroristes donnée par la télévision, mais il se pouvait que mes préjugés soient seuls en cause. Sacha, en tout cas, voyait clairement la place de chacun dans la société russe. Et avant tout : Nathalie était-elle sous bonne garde ou était-elle ici de son plein gré ? Je ne savais que faire et je n'ai pas eu le temps de prendre une décision.

Le cinquième homme était arrivé sans bruit derrière nous ; il avait sûrement trouvé la Volga et suivi le sentier, en croyant peut-être qu'il s'agissait de deux curieux qui vivaient dans la région. Comme les deux hommes d'en bas, dans le camp, il portait une veste de cuir, un jean et des godillots militaires. Le pistolet qu'il pointait sur nous, d'une main sûre et entraînée, était le Markarov russe original à dix coups dans le chargeur, une arme à main puissante et mortelle quand on tire à bout portant. L'homme avait des traits marqués et le visage couvert de cicatrices des anciens boutonneux, la peau de son crâne luisait sous ses cheveux coupés ras. Il s'est lancé dans un long discours en russe.

“Debout, mister Marcus. Il dit debout, marcher devant et descendre au camp. Il dit maintenant, autrement, il tire.”

Nous nous sommes levés. Mon genou m'a fait mal quand j'ai déplié et j'ai chancelé légèrement. Il m'a enfoncé dans le dos le canon de son pistolet en répétant quelque chose en russe. Le sentier descendait en pente douce vers le camp. Sacha marchait devant. L'homme du mirador a tourné ses jumelles dans notre direction. Peut-être était-ce lui qui nous avait repérés ? Il s'est penché sur sa rambarde pour alerter les trois hommes qui se sont tournés vers nous quand on nous a fait entrer par le portail rouillé, comme des prisonniers de guerre, dans ce vestige du goulag. Nathalie et la femme, dans leur cage, se sont tournées de notre côté. Nathalie avait la figure maigre et nue, sans maquillage, et une joue enflée. En me voyant, elle a poussé un gémissement et courbé le dos, comme si le souffle lui manquait. La femme en noir s'est accroupie à côté d'elle et l'a prise dans ses bras. J'ai fait deux pas rapides pour m'approcher de la cage, mais je suis tombé par terre : l'un des gardes en veste de cuir m'avait frappé avec la crosse de son fusil derrière mon genou valide. Il m'a donné un coup de pied, et j'ai craint le pire, mais une voix a donné un ordre, le garde s'est ravisé et je me suis relevé. L'homme en civil, plus âgé que je ne le supposais, avait environ cinquante ans, mais il était noueux et assez effrayant. Il avait des yeux bruns et éteints, des lèvres minces, une cicatrice d'un côté de la bouche et une autre au-dessus de l'œil droit. Je n'ai pas pu déchiffrer le tatouage de sa main. Il s'est approché de moi avec nonchalance, a sorti mon passeport de ma poche intérieure, étudié mon visa et, curieusement, il l'a remis dans ma poche. Son acolyte aux cheveux longs est venu derrière moi et m'a palpé du haut en bas, de ses mains expérimentées et sûres. Il a sorti mon portefeuille et me l'a rendu. Il a gardé mon téléphone portable, la clé de la Volga et mon trousseau de clés personnel, auquel j'avais accroché mon petit couteau de poche. Il a palpé Sacha avec le même professionnalisme et lui a laissé son paquet de roubles, quelques dollars, son briquet et ses cigarettes. Ils étaient soit très sûrs d'eux, soit indifférents. Nous n'avions pas affaire à de petits voleurs, apparemment. Je gardais les bras baissés, j'entendais la respiration de Sacha, les sanglots de Nathalie et les paroles calmantes, incompréhensibles, de celle qui la tenait dans ses bras.

“*Well, well*, qu’est-ce qui nous arrive ici ? a dit l’homme en civil dans un anglais très distinct avec un fort accent russe. Le mari inconnu de la bonne Nathalie qui vient à la rescousse, avec son petit Sancho Pança. Ce doit être Sacha, le voleur, dont une connaissance commune nous a pas mal parlé. Mais il est trop tard. Parce que nous ne sommes pas des idiots.”

Il m’a surpris en me donnant une bonne gifle, et d’un même geste aussi rapide, il a giflé Sacha du revers de la main. Sacha est tombé et s’est mis à saigner du nez, mais je suis resté debout.

“Mais vous, vous êtes des idiots, a-t-il déclaré en allumant une cigarette. Qu’allons-nous faire de vous ?

— Laissez-moi partir avec ma femme. C’est la seule chose qui m’intéresse. Le reste, gardez-le, monsieur… ?

— Alexandre. Tu peux m’appeler Alexandre. Ou Sacha, pour être plus bref, comme ce petit coquin-là. Mais je préfère Alexandre.” Il a continué en russe et Sacha s’est levé, avec un air effrayé. Un petit filet de sang coulait d’une de ses narines jusque dans sa bouche, et il le léchait. Il avait peur, sans aucun doute, mais il y avait aussi du défi dans ses yeux.

“Mais ce n’est pas sûr que ta femme veuille partir avec toi, m’a dit Alexandre. Il se pourrait qu’elle préfère rester ici avec sa sœur et leurs autres amis terroristes tchétchènes.” Il s’est tourné à moitié et a crié quelque chose à Nathalie qui lui a répondu brièvement en russe. Je lui ai crié en danois :

“Nathalie. Qu’est-ce qui s’est passé ? Dis-moi quelque chose, Nathalie…”

La crosse du fusil m’a frappé dans le dos, et je suis tombé à genou. La douleur m’a paralysé un instant, mais je me suis relevé.

De sa voix grave, beaucoup trop calme, Alexandre nous a dit :

“Un mot de plus dans cette langue de merde incompréhensible, et la prochaine fois, tu ne te relèveras pas. Mais qu’est-ce que je vais faire de vous, nom de Dieu ? Ce n’est pas très pratique, cette arrivée justement ce soir.”

Il s’est tourné vers ses acolytes et s’est remis à leur parler en russe. L’un d’eux est allé ouvrir le cadenas de la cage de Nathalie et de Zinaïda, mais Nathalie a été la seule à sortir. Zinaïda s’est reculée dans la cage en nous fixant de ses yeux baignés de larmes. Elle aussi était maigre et avait la figure creusée, mais sa parenté avec Nathalie se lisait dans ses fins sourcils, la forme de sa tête et la minceur de son corps. Le garde l’a menacée de son arme, et Zinaïda a encore reculé. Nathalie est allée à l’homme qui se faisait nommer Alexandre. J’ai essayé de capter son regard, mais elle a détourné la tête. Ma femme était dans un état lamentable, pas seulement sur le plan physique, il ne restait plus rien de sa vitalité. Elle qui avait toujours été rayonnante de vie, avec cette aura sexuelle indéfinissable, n’était plus qu’une coquille vide, comme si elle se droguait. Elle s’est avancée comme un automate et s’est placée à côté d’Alexandre qui a passé son bras autour des épaules de ma femme d’un air de propriétaire me faisant bouillir de fureur et de jalousie. Mais parce qu’Alexandre me regardait, il n’a pas vu ce que je voyais.

Nathalie et moi avions souvent joué à nous parler “comme les sourds”, selon notre expression. C’était après l’amour, en général, quand nous faisions les fous et qu’elle essayait de m’apprendre ce langage de signes dont elle était l’interprète. J’avais appris pas mal de mots et en tout cas les trois mots que ses mains fines faisaient en ce moment : “Je t’aime.” Et le geste suivant, très rapide : “Pardon.”. Et le suivant encore : “Aide-moi”, ainsi que ses derniers signes discrets qui signifiaient : “Ne me quitte jamais.” Je suis resté impassible, mais cela m’a réchauffé le cœur en me rendant le mince espoir qui m’était nécessaire si je devais trouver une issue dans cette impasse. Alexandre a redit quelque chose à Nathalie, qui a attendu un instant avant de dire en anglais, sur un ton étrangement neutre, privé de sa musicalité coutumière :

“C’était idiot de venir, Marcus. Je n’ai plus besoin de toi. Je t’ai quitté. Je suis la femme d’Alexandre à présent. Tu n’aurais pas dû venir. Va-t’en !”

J’ai fait un pas en arrière, capté son regard qui exprimait le désespoir, et été heureux qu’elle m’ait parlé par signes. J’espérais simplement avoir bien compris sans trop interpréter en ma faveur, dans ses gestes rapides, le message que j’espérais.

“Nathalie, bon sang ! Qu’est-ce que tu veux…” n’ai-je pu m’empêcher de dire en danois, avant de succomber à la douleur une fois de plus, quand le type aux cheveux longs m’a frappé derrière la cuisse avec la crosse de son fusil. Je suis tombé à genoux en me soutenant des deux mains, dans le grossier mélange de gravats et d’asphalte. Sacha, hors de lui, s’est jeté sur le dos du truand qui a éclaté de rire en faisant un saut en avant, puis d’un tour de bras il a attrapé Sacha par la nuque, sans lâcher son Kalachnikov de l’autre main. Il l’a tiré et l’a jeté par terre, où Sacha n’a plus bougé, la respiration coupée. Le truand s’est approché et lui a donné un coup de pied. De nouveau, Alexandre a aboyé un ordre, et le truand s’est abstenu de donner un second coup de pied, il s’est borné à lui cracher dessus et à gronder quelque chose en russe. Alexandre a repris la parole, il a saisi Nathalie par le bras et l’a conduite vers le bâtiment administratif.

Les deux truands ont levé leurs armes ; l'ordre était sans réplique. J'ai aidé Sacha à se relever. L'homme qui nous avait arrêtés a suivi Alexandre et Nathalie. Ils semblaient former une équipe. sans comprendre leur langue, je voyais qu'ils communiquaient à la manière implicite d'un groupe d'hommes bien entraînés. Sacha me regardait avec une expression que je n'ai pas comprise. Il avait peur, mais je décelais autre chose que je n'arrivais pas à déchiffrer. Son pantalon était déchiré et il avait une écorchure qui saignait, mais par ailleurs, il semblait s'en être tiré. Nous sommes entrés dans la cage. Zinaïda nous regardait d'un air épouvanté. Elle était d'une pâleur effrayante, mais j'ai vu qu'elle avait la même couleur de peau olivâtre que Nathalie. Un des truands a fermé le cadenas avant d'aller, lui aussi, dans le bâtiment de briques. La nuit commençait à tomber, mais l'obscurité ne pourrait pas nous protéger, car deux projecteurs se sont allumés, éclairant la cage et la cour. Deux fenêtres du bâtiment administratif se sont aussi éclairées. Avec le crépuscule, un froid insidieux arrivait, annonçant que la nuit serait glaciale dans cette cage, si nous survivions jusque-là, car je considérais comme acquis qu'on finirait par nous tuer. Sinon, ils ne nous auraient pas enfermés avec Zinaïda, qui se recroquevillait dans le coin opposé. Sacha est allé à elle. Elle a un peu reculé sans pouvoir aller plus loin. Sacha a allumé une cigarette et la lui a tendue. Elle l'a prise d'une main tremblante, en a tiré deux courtes bouffées d'une manière inexpérimentée avant de la rendre à Sacha. Un moment plus tard, j'ai entendu qu'ils parlaient à voix basse. Le garde en faction sur le mirador pouvant suivre chacun de nos gestes à la lumière du projecteur, ils n'avaient pas besoin d'autres gardiens.

Sacha et Zinaïda ont conversé pendant un quart d'heure environ, puis Sacha est venu s'asseoir près de moi. Il a remonté la fermeture à glissière de son anorak jusqu'au cou et s'est secoué. Zinaïda s'est adossée contre le fil de fer de la cage en serrant son châle noir autour d'elle. Sacha a allumé une nouvelle cigarette et me l'a tendue, mais j'ai secoué la tête et je l'ai laissé fumer. Il en a fumé la moitié avant de me dire :

"Très mauvaises nouvelles, Marcus. Sacha et mister Marcus peut-être dans la merde."

Comme d'habitude, ça lui a pris un peu de temps de raconter la chose, bien que l'affaire soit assez simple, dans toute sa brutalité et sa cruauté. Nathalie et Zinaïda étaient arrivées neuf jours plus tôt dans ce camp désaffecté du goulag. Sacha n'avait pas demandé d'où elles venaient. Elles accompagnaient quatre hommes tchétchènes qui se battaient contre les Russes en Tchétchénie. Des rebelles, par conséquent, des terroristes, des bandits. Sacha leur donnait tous ces noms. Ils attendaient quelqu'un d'important qui venait de Moscou et qui apporterait beaucoup d'argent. En échange, on lui donnerait les icônes dont Nathalie leur avait parlé. Zinaïda avait mis des vêtements modernes, elle s'était maquillée, afin de ressembler à Nathalie, selon Sacha, et elle était allée chercher les icônes à la banque de Moscou, dans le coffre où Nathalie et son père adoptif les avaient déposées autrefois. Zinaïda ayant la clé et le code du coffre, la banque n'avait rien soupçonné. Pourquoi l'aurait-elle fait ? Maintenant, les icônes se trouvaient dans la maison où étaient Alexandre et les autres hommes.

"Mais ils ne sont pas tchétchènes, Sacha.

— Non, mister Marcus, ils sont mafia, comme j'ai dit."

Ils étaient arrivés tôt un matin, aux toutes premières lueurs du jour, quand les défenses des êtres humains sont au plus bas. C'était sage. Le garde du mirador s'était endormi, et on lui avait coupé la gorge ; les trois autres Tchétchènes avaient été tués par balle dans leur lit, croyait-elle. Sacha m'a montré du doigt le bloc de cellules à moitié immergé : c'est là qu'étaient les cadavres, dans les anciennes cellules d'isolement. Zinaïda avait dit à Sacha que Nathalie avait négocié avec l'homme riche de Moscou.

"Pourquoi ? Je ne le comprends pas." Mon désespoir devait s'entendre dans ma voix, car Sacha a posé une main protectrice sur mon bras.

"Nathalie doit faire comme disent Alexandre et les autres, sinon, Zinaïda morte. Nathalie aime sa sœur. Veut faire tout pour elle.

— Je ne comprends toujours pas. Elle a disparu depuis trois mois. Qu'a-t-elle fait pendant tout ce temps ? Pourquoi n'a-t-elle pas donné signe de vie ? Je ne le comprends pas.

— Non. Difficile comprendre. Très russe, mister Marcus. Des fois, pour Russes, très important sauver une âme. Pour gagner paix dans son âme. Peut-être pour ça. Peut-être autre chose.

— Je ne sais pas, Sacha.

— Pas de problème. Bientôt tout fini.

— Qu'est-ce que tu veux dire ?

— Homme de Moscou vient cette nuit, a dit Zinaïda vaguement.

— Victor T.

— Sûrement. Très sûr,Victor T. Croit trouver Tchétchènes ici. Victor rendez-vous avec Nathalie et Tchétchènes. Tchétchènes discuté très longtemps le prix et autres choses avec beaucoup de groupes. Difficile être tchétchènes, obligés faire très attention pour bouger. Faire attention téléphone. Victor T. croit il a rendez-vous avec Tchétchènes. Il croit ça. Alexandre grand homme ici, dans la région. Son père ami gouverneur. Alexandre protégé. Comme autres mafias. Victor T. arrive avec un homme, peut-être deux. Peut-être Olga. Alexandre les tue tous. Tchétchènes accusés. Ils font sauter Zinaïda, alors, tout le monde croit elle est veuve noire. C'est bien pour gouverneur. C'est bien pour président. Alexandre garde l'argent et donne saintes icônes à son père, son père donne au gouverneur, qui donne au Kremlin. Gouverneur garde son job. Aujourd'hui élu, mais demain, président donne les jobs. tre gouverneur, c'est comme fabriquer dollars. La Russie très contente : saintes icônes revenues. La Russie se fout des Tchétchènes morts, de Sacha mort, de mister Marcus et de Nathalie. On est dans la merde, mister Marcus."

Son cynisme m'a plus chagriné que tout le scénario qu'il m'avait beaucoup trop nettement dépeint, dans son anglais rudimentaire. Il était l'enfant d'un pays qui lui avait appris que l'homme n'est rien devant le pouvoir, que tout le monde est à vendre et n'a que la fraude en tête, et qu'un homme honnête est une chose inimaginable. Rien d'étonnant à ce qu'il ait aimé son grand-père. Ou qu'il se soit attaché à moi. Nous étions sûrement les deux seuls êtres qu'il ait rencontrés à n'avoir jamais essayé de le tromper.

Mais, comme le disait mon jeune ami, nous étions dans la merde ; cela m'était un peu égal, d'une certaine manière. Nous étions arrivés à un mauvais moment, mais aucun moment n'aurait été le bon. Peut-être qu'Alexandre ne nous avait pas tués tout de suite parce qu'il craignait l'arrivée de Victor T. et qu'il devait réfléchir un peu. Alexandre n'était guère du genre à prendre des risques. Il avait quelque chose de militaire ; c'était un tueur, mais il tuait de sang-froid, pas sous l'empire de la colère. Il avait besoin de Nathalie pour montrer à

Victor que tout était normal. Peut-être doutait-il qu'elle puisse garder le masque si elle avait vu son mari abattu sous ses yeux. Je l'espérais, en tout cas, sans en être sûr. Je me raccrochais aux quelques secondes de ce langage par signes que je ne comprenais pas spécialement bien. Nathalie avait dû obtenir la promesse qu'elle et sa sœur seraient libérées. Elle devait se raccrocher à cet espoir. Mais Nathalie mourrait, sinon cela n'avait aucun sens. Et je mourrais aussi, mais je n'étais pas sûr qu'une vie sans Nathalie vaille la peine. Ce serait une série de jours successifs, comme ceux que je connaissais depuis sa disparition. Le temps passerait, mais ce ne serait pas une vie. Cela ne me ressemblait pas vraiment de renoncer d'avance, mais j'étais incapable de réfléchir. Je pensais, comme un enfant, que j'aurais voulu que mon père soit ici, avec nous, dans ce camp.

Il a commencé à faire vraiment froid, mais après une heure passée dans la cage, les deux truands sont venus nous chercher. Ils nous ont conduits dans la maison. Nous sommes entrés dans un étroit couloir avec un guichet sur la droite et un ancien sas de sécurité. Plus loin se trouvait une salle de douches dont tous les objets métalliques avaient disparu depuis longtemps, volés et vendus sous forme de ferraille, et, plus loin, encore un guichet avec des étagères pourries sur le mur. Ainsi devait-on réceptionner les prisonnières, autrefois : elles étaient visitées, baignées et revêtaient l'uniforme de la prison avant de passer des années derrière les barreaux et les fils de fer barbelés. J'ai senti le canon du Kalachnikov dans mon dos, et traversé encore une pièce qui menait à un nouveau couloir. Tout sentait la pourriture, l'humidité et le renfermé, comme une maison de campagne restée sans chauffage tout l'hiver. Le couloir descendait très bas et je distinguais une lumière, dans le lointain. Une porte ouverte donnait accès à une pièce nue, avec un vieux banc le long du mur et dans le coin, un trou qui avait servi de W.-C. et dans lequel un rat a filé quand le garde a allumé une faible ampoule couverte d'un treillis, plaquée contre le plafond. Pas de fenêtre. Le garde nous a fait signe d'y entrer. J'ai vu le dos de Zinaïda et sa figure à moitié détournée quand la porte a été fermée et la clé tournée à l'extérieur. C'était une serrure ancienne avec un gros trou, comme celles qu'on voyait au cinéma, dans les prisons des temps anciens.

Sacha est allé dans le coin et il a uriné sans se gêner. Enfant de la rue, il n'était pas aussi délicat que moi, mais quand il a eu fini, j'ai quand même suivi son exemple. Si je devais mourir, ce serait avec en tout cas la vessie vide. J'avais faim, mais surtout soif. Sacha m'a regardé de son air insolent et il a mis les mains dans ses poches :

"Tu sais te battre, mister Marcus ?

— Je l'ai su, autrefois.

— Je pensais bien.

— Mais il n'y a personne pour se battre. Ils ont des armes, et nous sommes enfermés.

— Pas longtemps, mister Marcus, pas longtemps", m'a-t-il dit en tirant triomphalement de sa poche un de ces peignes en fer au petit manche pointu à la mode au Danemark dans les années soixante et qu'utilisaient toujours, en Russie, les membres de la mafia qui cherchaient à ressembler à des acteurs américains. Sacha me l'a montré triomphalement, et tout à coup, le peigne n'était plus là. Il a étouffé un petit rire avant de le faire réapparaître.

"Arrête de faire le clown, Sacha. Où as-tu trouvé ça, bon Dieu ?

— Agressé gardien. Vu ce peigne-là dans sa veste.

— Comment vas-tu ouvrir avec ça ? ai-je demandé d'un ton dubitatif.

— Limer un peu, sur mur de brique. Alors, ça marche. Vieille porte, vieille serrure. Grand-père sait ouvrir serrures. Grand numéro au cirque. No problemos pour Sacha. Grand-père m'a tout appris. Sacha ouvre. Mister Marcus se bat. *No problemos*."

24

J'aurais dû être touché par sa confiance en mes facultés mais, à dire vrai, même si j'avais appris dans ma jeunesse la plupart des méthodes utilisées par les hommes pour s'entretuer, ce n'était que de l'entraînement. Jamais je n'avais pris part à un vrai combat. Le sauvetage de Victor, à Nice, était ce qui s'en rapprochait le plus. Je n'avais jamais fait appel aux qualités que les instructeurs avaient exercées chez moi ; nous les avions tous considérées comme sportives et ludiques. De surcroît, cela datait de vingt ans. Le Danemark n'envoyait pas ses soldats à la guerre, à l'époque.

Nous avons attendu environ un quart d'heure, Sacha et moi. J'ai collé l'oreille à la porte : pas un bruit, à part un battement qui semblait être celui d'une contrebasse. D'après mes calculs, j'espérais qu'ils étaient en train de manger dans la pièce où j'avais vu de la lumière filtrer sous la porte. Sacha a ouvert la porte en moins de cinq minutes ; jamais je n'avais vu un pareil doigté, si ce n'est au cirque. J'étais très impressionné, mais il m'a dit que cela lui avait pris beaucoup trop de temps. Son grand-père l'aurait apparemment fait en trente secondes et il l'aurait grondé pour sa lenteur. J'ai ouvert la porte avec précaution. Une seule lampe, très haut placée, éclairait une partie du couloir dont le reste était dans l'ombre, mais il n'y avait personne en vue. On entendait plus nettement, sur la gauche, la musique d'un groupe de rock quelconque. A droite, de la lumière filtrait sous la porte. Par la fenêtre du couloir, j'ai aperçu le mirador, où le gardien avait relevé son col et mis un bonnet de fourrure. La place était illuminée par les projecteurs.

"Dire Straits, a dit Sacha. Bon groupe. L'homme joue très fort."

Il me fallait une arme, avant tout. Et un téléphone. Quelles qu'en soient les conséquences, j'étais décidé à appeler l'ambassade, à Moscou, pour leur dire de contacter la police. Rien ne pouvait être pire que notre situation actuelle. Nous avons pris à gauche, le couloir par lequel on nous avait amenés un peu plus tôt. Il y avait de la lumière devant le sas de l'entrée et la musique a augmenté de volume. J'ai levé la main, et Sacha s'est arrêté sans bruit derrière moi. Je me suis agenouillé prudemment pour regarder de l'autre côté de la cloison. Le gardien qui nous avait trouvés à la lisière du bois, tranquillement assis sur une chaise qu'il avait basculée contre le mur, mangeait un gros sandwich, une bouteille brune d'un demi-litre de bière posée devant lui. La musique des Dire Straits sortait des haut-parleurs d'une grosse radiocassette posée sur le vieux comptoir usé où les prisonnières politiques, autrefois, avaient laissé ce qu'elles possédaient avant de devenir des numéros dans le système. Impossible de voir le pistolet du gardien, mais il m'a semblé repérer, à côté de sa chaise, le canon d'un Kalachnikov. Je ne voyais pas non plus son téléphone, mais il l'avait peut-être dans la poche de sa veste. J'ai essayé d'évaluer l'adversaire. Comme les autres, il était musclé, mais pas exagérément. Pas très grand non plus, et il était assis. J'ai pensé au visage maltraité de Nathalie et à ses yeux sans vie, à la respiration silencieuse de

Sacha derrière moi et aux conséquences qu'entraînerait mon inaction. Je devais passer devant le gardien, sortir et descendre de l'autre côté du bâtiment pour entrer à l'endroit où ils tenaient peut-être Nathalie prisonnière. Pour ensuite traverser le bois et partir. Ou passer sur l'autre berge de la rivière.

J'ai respiré profondément, je me suis relevé et j'ai donné un coup de pied presque en un seul mouvement. L'homme a basculé bruyamment par terre, la bouche pleine. Quand il s'est relevé sur un genou, désorienté, je l'ai frappé très fort sur le côté du cou, sans lui laisser le temps ni de cracher ni d'avaler. Il a rendu tout ce qu'il avait dans la bouche et tout son corps s'est ramolli. Sa tête a tapé contre le mur et il saignait du nez, mais j'ai senti à sa gorge que son pouls battait toujours.

“OK mister Marcus, OK, c'est bien”, m'a dit Sacha, mais je l'ai ignoré et j'ai cherché fébrilement un téléphone portable dans les poches de sa veste. Il sentait la bière et les aliments non digérés et respirait de façon irrégulière. Il n'avait pas de téléphone, mais j'ai pris son pistolet. Je connaissais bien ce Markarov, j'ai fait sortir le magasin, j'ai vu qu'il était chargé et je l'ai rentré en vérifiant machinalement le cran de sûreté avant de l'enfouir dans la poche de ma veste. Ces gestes me revenaient avec un naturel incroyable, comme s'il s'agissait d'un exercice répété maintes fois. J'avais aussi la même impression de distance envers tout cela qu'autrefois, pendant l'entraînement. Je me concentrais totalement sur ma mission, sur chacun de mes pas en avant, en excluant toute distraction. La conscience du risque encouru n'entravait pas les actes nécessaires.

J'ai pris la ceinture du gardien pour lui lier les mains dans le dos, j'aurais voulu le bâillonner, mais comme je n'osais pas le faire, j'ai pris les lacets de ses brodequins pour lui lier les chevilles ensemble. J'aurais dû lui mettre une chaussette dans la bouche puisqu'on me l'avait appris, mais le courage m'a manqué. Cette pratique était trop lointaine, j'ai eu peur de l'étouffer. Il suffisait, d'ailleurs, qu'il soit neutralisé pendant un moment. Nous ne disposions que de peu de temps. J'ai pris son trousseau de clés et je l'ai lancé à Sacha qui l'a attrapé et fourré dans sa poche. J'ai aussi pris son couteau court à cran de sûreté et un couteau suisse que j'ai donné à Sacha. J'ai récupéré la torche qu'il avait posée sur la table. Il respirait toujours un peu irrégulièrement. Je me suis emparé du Kalachnikov debout contre le mur, dont le chargeur était plein, lui aussi, et qui était prêt à tirer. Il y avait un chargeur de réserve sur la table, à côté de la radiocassette et de la bouteille de bière presque vide. Les restes du sandwich gisaient par terre, un mélange peu appétissant de margarine, de saucisse, d'oignon cru et de moutarde. Combien de temps resterait-il inconscient, je n'en avais aucune idée. Notre instructeur nous avait dit entre cinq minutes et une demi-heure, et il avait ajouté qu'en se réveillant, la victime de ce coup-là aurait la tête brouillée et très mal au cou. Je n'étais pas fier de moi, mais pour ne pas prendre de risques, je lui ai donné un coup de poing sur la tempe. Sa tête a reculé avec un bruit sec, il a ouvert les paupières un instant, ses yeux se sont révulsés et il a perdu connaissance, mais je sentais toujours le pouls de son cou.

"Allons-y, Sacha, ai-je proféré, d'une voix neutre et inexpressive.

— OK, mister Marcus, OK"

La porte qui s'ouvrait derrière le comptoir donnait accès à une pièce qui avait été autrefois, selon moi, une sorte de salle pour le personnel. Meublée d'une vieille table et de quatre chaises, elle baignait dans la lumière pâle et jaunâtre de la lampe de secours. Une porte, au fond de ce local, ouvrait sur un long couloir. Sur les ampoules grillagées du plafond, deux seulement éclairaient, mais j'avais l'impression que ce couloir menait à la section des cellules, ce qui confirmait d'ailleurs mon observation du camp depuis la lisière du bois.

J'avançais rapidement, Sacha sur mes talons. Un rat s'est sauvé devant nous pour disparaître dans un trou du ciment effrité du sol. Cela sentait la vétusté et la pourriture et l'eau sourdait des murs tandis que des gouttes tombaient d'un trou du plafond. Une porte épaisse située au bout du couloir n'était pas fermée à clé. On entendait toujours Dire Straits dans le lointain, mais le grincement des gonds de la porte nous a fait sursauter, et nous sommes restés un instant comme des statues de sel. Derrière la porte, tout était noir. J'ai allumé la torche et découvert un nouveau couloir de prison dont les murs, autrefois blanchis à la chaux, s'écaillaient et ressemblaient, sous le faisceau de la lampe, à des personnages fous peints par un artiste insensé, qui se tordaient et ondulaient sous nos yeux. Il y avait une drôle d'odeur, de sang séché, comme dans une boucherie, mais aussi de déjections et d'urine humaines. Le plafond était bas et étroit. De chaque côté s'alignaient des cellules vides et à mesure que nous avancions en balayant les murs du faisceau de la torche, nous voyions que certaines étaient spacieuses. J'ai senti que Sacha s'était accroché à ma veste. D'autres cellules s'avéraient minuscules, et deux d'entre elles, dont la porte avait disparu, étaient si petites qu'un être humain ne pouvait s'y tenir que recroquevillé. Des cellules d'isolement ou des cellules punitives, ai-je pensé avec horreur, en imaginant les malheureuses jetées là, dans le noir, et les douleurs de leurs membres de plus en plus gourds. Cette puanteur mortelle a augmenté, mêlée à celle de l'eau croupie. Nous nous étions peut-être fourvoyés dans une impasse, mais je sentais aussi un courant d'air froid, comme s'il y avait un trou quelque part.

Je progressais lentement quand j'ai aperçu les rats juste avant les cadavres. Ils étaient dans l'avant-dernière cellule ; j'ai senti monter ma bile et je me suis retenu de vomir en serrant le Kalachnikov contre moi.

"Ne regarde pas", ai-je dit, mais Sacha avait déjà tout vu derrière mon dos, je l'ai entendu haleter, mais lui non plus n'a pas vomi. On avait jeté là les cadavres de deux hommes nus, dont les rats s'occupaient depuis longtemps. Quelques-uns de ces gros démons reculaient devant le faisceau lumineux, mais la plupart s'en moquaient et j'ai dû me faire violence pour ne pas vider sur eux le chargeur de mon arme. J'ai préféré tourner ma torche en direction du courant d'air que j'étais sûr, maintenant, de sentir sur ma figure, et j'ai eu un choc magistral en entendant soudain une voix dans le noir, à l'endroit où le couloir des cellules tournait sur la gauche. J'ai découvert un morceau de la lune qui brillait au-dessus d'un trou du mur. Je me suis aperçu tout à coup que mes chaussures étaient mouillées. Une mince couche d'eau recouvrait le sol. La voix a retenti de nouveau, une voix enrouée, grossière et suppliante, mais je ne comprenais pas le russe. Sacha avait aussi sursauté. Cramponné à ma veste, il a dit quelque chose en russe. Une deuxième voix d'homme s'est fait entendre, toute proche, mais s'orienter dans le noir n'était pas facile, et je craignais irrationnellement qu'un rat me saute ou me tombe dessus, de ce plafond bas. J'avais l'impression qu'ils étaient partout, dans cette puanteur mortelle qui semblait étouffer tout l'oxygène de l'air. Mon cœur battait la chamade et je soufflais comme si j'avais couru longtemps. Sacha a recommencé à parler. La première voix d'homme a répondu.

"A droite, Marcus", m'a dit Sacha d'une voix tendue, enrouée et tremblante. J'avais peur, sans nul doute, mais le petit Sacha était fou de terreur. A la lumière de la torche, j'ai aperçu sa pâleur et sa main qui tremblait en me montrant une cellule aux barreaux intacts.

"Que disent-ils, Sacha ?

— Ils appellent au secours. Mais attention, Marcus. Ils disent qu'ils sont tchétchènes. Tchétchènes bandits, terroristes. Attention, Marcus."

J'ai posé le Kalachnikov sur ma hanche droite et passé la torche de ma main droite à ma main gauche avant de sortir le gros pistolet russe et d'ôter le cran d'arrêt. La lumière jouait sur les barreaux rouillés, mais un solide cadenas neuf gardait la porte fermée. Les deux hommes se tenaient au fond de la cellule, l'une des plus grandes, dans laquelle il y avait peut-être eu, autrefois, quatre ou six grabats pour les femmes. Il en restait un seul, boulonné au sol, et les deux hommes étaient enchaînés avec des menottes à chaque bout du lit. Barbus et sales, ils sentaient l'urine et la merde. Ils n'étaient pas spécialement grands, la peur se lisait dans leurs yeux et ils grelottaient de froid. J'ai compris à qui j'avais affaire : c'était la chair à canon d'Alexandre. On les trouverait morts, les armes à la main, des boucs émissaires tout indiqués pour les médias et la police russe, tandis qu'Alexandre s'en irait, en emportant l'argent et les icônes. C'était sa seule raison de les garder en vie. Alexandre avait menti à Zinaïda, il n'en avait tué que deux. L'un des survivants semblait en meilleure forme que l'autre. C'était la première voix que j'avais entendue. Il a gardé la main devant ses yeux jusqu'à ce que j'aie détourné le faisceau de la torche et s'est remis à parler.

"Qu'est-ce qu'il dit, Sacha ?

— Je parle l'anglais. Qui es-tu ? a-t-il questionné à travers sa barbe noire en broussaille.

— Je suis le mari de Nathalie. Tu sais qui est Nathalie ?

— Que fais-tu ici ?

— Ça n'a pas d'importance. Et vous ?

— Nous attendons la mort. Ouvre-nous. Ouvre-nous, donne-nous un pistolet, qu'on tue ces chiens d'infidèles.

— Vous ferez ce que je vous dirai, sinon, je vous laisse où vous êtes.

— Ouvre-nous. Au nom d'Allah le Miséricordieux, nous ferons ce que tu nous diras.

— Pourquoi devrais-je vous croire ?

— Ecoute, monsieur Nathalie. Nous vous aiderons. Nous aidons Nathalie. Ouvre-nous. Sur l'honneur du Prophète. Qu'Allah me protège, nous ferons ce que tu nous diras."

Je n'avais pas le choix. Je ne pouvais pas les laisser, c'était impossible, tout simplement, ç'aurait été une erreur. D'ailleurs, j'avais besoin d'alliés adultes, même s'ils semblaient être en piteux état. Ils paraissaient mourir de faim et de soif, je voyais leurs lèvres desséchées et gercées sous leur barbe.

"Tu peux ouvrir la porte, Sacha ?

— Sûr, mister Marcus."

Il a pris le trousseau de clés du gardien, a trouvé la bonne, ouvert le cadenas, l'a tourné et a fait un pas de côté. Les portes des cellules s'ouvraient vers l'extérieur. J'ai levé le pistolet en disant :

"Sacha va ôter vos menottes. Vous resterez sans bouger, c'est compris ?

— Nous sommes tes amis. Tu ne comprends pas ?

— Faites seulement ce que je vous dis."

Sacha a de nouveau trouvé la bonne clé et ouvert les menottes. Les hommes se sont levés. Ils avaient les jambes en coton, ils puaient et je n'avais pas envie de les toucher, je me suis donc contenté d'éclairer la main tendue avec ma torche.

"Ibrahim, s'est présenté celui qui était le moins éprouvé. Et lui, c'est Aslan, mon cousin.

— Marcus. Et c'est Sacha. Venez, il faut sortir. Nous avons besoin d'aide.

— Donne-moi le Kalachnikov. Je suis ton ami", m'a dit Ibrahim.

Je l'ai regardé. Je n'avais pas d'autre solution que de lui faire confiance. Il m'était déjà arrivé de tirer avec un Kalachnikov, mais j'ai pensé qu'il s'en servirait mieux que moi. De près, je préférais d'ailleurs tirer avec le Markarov. Et nous étions très près l'un de l'autre dans cette section étroite et basse de plafond de la prison. Je ne voulais pas qu'il reste derrière moi.

"Passe devant, Ibrahim. Ensuite, Aslan. Dirige-toi vers la lumière. Tu sais où mène ce couloir ?

— D'abord dans la partie du goulag où les prisonnières isolées faisaient leur promenade. Celle des cages en fil de fer, qui ont été détruites. Derrière, il y a les anciens ateliers. Le reste, c'est la place de l'appel, devant le portail principal. A droite, la rivière a tout envahi.

— Après toi, Ibrahim", lui ai-je dit en lui tendant le Kalachnikov. Il l'a pris d'une main experte, a tourné le chargeur, vérifié qu'il était rempli, l'a remis à sa place, a vérifié que l'arme était réglée sur un coup et que le cran de sûreté était mis. Il avait l'odeur d'un clochard, mais son entraînement militaire était irréprochable. J'ai tendu le couteau à cran d'arrêt à Aslan qui l'a pris sans mot dire. Il avait le regard éteint et semblait avoir perdu tout espoir et tout courage. Ils n'avaient pas brisé Ibrahim, mais de son cousin, ils avaient fait un mort vivant.

Nous sommes sortis à la lumière de la lune. La température ne dépassait pas quatre à cinq degrés ; j'avais éteint la torche. Ibrahim et Aslan étaient en pantalon de toile grise et en chemise ordinaires, mais on eût dit que l'adrénaline leur faisait oublier le froid. Ils ne tremblaient plus, et même Aslan avait l'air plus réveillé. Leurs figures portaient les traces des coups reçus, ils n'étaient plus enflés, mais Aslan avait un œil infecté et Ibrahim une blessure encore ouverte à la joue droite. Il avait perdu une dent de devant et avait un sourcil fendu.

En rampant à travers les grands trous de la clôture en fils de fer fixée sur les poteaux pourris, j'ai vu que la partie submergée du camp s'étendait à ma droite, comme un miroir métallique. Les petites cours-galeries étaient couvertes de grillage. Au sommet du mirador qui se dressait au loin, le gardien avait l'air de s'être endormi, mais il a sauté à pieds joints et s'est battu les flancs pour se réchauffer. Cela faisait du bien de sortir en plein air et de s'éloigner des rats. Cela faisait aussi du bien de sentir que l'air frais de l'automne atténuait la puanteur de nos nouveaux alliés.

Nous sommes restés à l'ombre des anciens ateliers. Nous devions faire une assez piètre figure. D'abord Ibrahim, puis Aslan, puis moi, et enfin Sacha, qui se cramponnait de nouveau à ma veste. J'ignorais quel plan nous avions, s'il en existait un, mais il allait de soi que nous devions entrer dans l'ancien bâtiment administratif pour tenter de surprendre Alexandre et ses hommes et les mettre hors de combat. Toute la situation paraissait sans espoir, mais en l'occurrence, je me moquais de plus en plus du risque encouru.

Or, nous n'avons pas eu le choix. Nous avons entendu le ronflement de l'hélicoptère avant de le voir arriver, à basse altitude au-dessus des arbres. Le gardien l'a entendu, lui aussi, et a tourné ses jumelles dans sa direction. C'était un hélicoptère civil bleu, sur lequel s'inscrivaient des chiffres et des lettres. Il appartenait à la société pétrolière et gazière de Victor T. Il a survolé le camp, tourné tranquillement au-dessus de la rivière et refait le même tour une seconde fois. Nous nous tenions debout contre le mur, dans le noir, hors de la portée des projecteurs. Alexandre et ses hommes allaient donc trouver le gardien inconscient, s'il ne s'était pas déjà levé de son propre chef. Ils devaient le prévenir afin qu'il se prépare à attaquer par-derrière. L'hélicoptère a lentement survolé le camp. Nathalie est sortie avec Zinaïda ; on leur avait fait mettre des vestes de ski modernes un peu trop grandes pour elles. Nathalie a levé la main et fait un signe à l'hélicoptère que le pilote faisait planer à quelques mètres du sol. Le projecteur jetait des ombres allongées, on eût dit qu'un puissant insecte venu de l'espace s'apprêtait à investir une forteresse. Les passagers de l'hélicoptère ne pourraient pas voir ce que nous voyions : Alexandre derrière Nathalie, et derrière Zinaïda, le truand aux longs cheveux qui pointait un pistolet sur la tête de Zinaïda. Victor a dû être satisfait, puisque l'hélicoptère est descendu pour atterrir. Le pilote était expérimenté et l'a posé en douceur devant le bâtiment administratif. Alexandre s'est approché avec ses deux gardes du corps, ainsi que Nathalie et Zinaïda. Ils marchaient calmement, cependant ils paraissaient tendus. Il leur manquait un homme, mais en ce moment, ils ne pouvaient rien y faire. Tous portaient des vestes molletonnées bleues. Comme je sentais l'impatience d'Ibrahim, je l'ai pris par le bras.

"Attends, Ibrahim, attends."

Je me demandais à ce qu'Alexandre allait faire. Il pouvait envoyer un homme nous chercher, mais il nous savait armés. Il devait penser que nous nous étions sauvés. Je n'imaginais pas qu'il ait envoyé quelqu'un dans les cellules pour vérifier si les Tchétchènes y étaient. Pourquoi l'aurait-il fait ? Le plus naturel, pour Sacha et moi, était de prendre la fuite. Nous n'avions pas de téléphone, et les voitures étaient ici. Je voyais qu'ils avaient aussi amené la Volga dans la cour. La priorité d'Alexandre devait être de s'assurer le contrôle de Victor T., et de se demander ensuite où nous étions, Sacha et moi. J'ai misé sur le fait qu'il nous croyait déjà loin, ou en tout cas en train de fuir de toute la vitesse de nos jambes.

Les hélices du rotor ont tourné de plus en plus lentement, la porte latérale s'est ouverte et Victor est sorti, suivi de son garde du corps, que j'ai reconnu. Je crois qu'il s'appelait Igor. Ils se ressemblaient tous, avec leurs cheveux coupés ras, leur veste de cuir et leur jean. Victor avait un grand sac à la main. L'argent ? Derrière Igor, Olga est sortie, elle semblait petite et frêle, avec son pantalon moulant et son élégante veste de ski.

“Venez”, ai-je dit. Les yeux de tous, y compris ceux du gardien du mirador resteraient fixés sur l'hélicoptère et sur ceux qui en sortaient. Nous avons couru le long du bâtiment pour atteindre la barrière et la longer, dans l'ombre, de manière à nous rapprocher de l'hélicoptère dont le moteur était arrêté ; seul restait le bruit des hélices qui tournaient de plus en plus lentement avant de s'arrêter. Sur les côtés, la cour était pleine de déchets : des débris de murs, une vieille brouette, une cloison renversée, une carcasse de voiture brûlée. La campagne russe était un immense dépotoir. Je me suis agenouillé derrière un pan de mur effondré et j'ai fait signe aux autres de m'imiter. Nous nous trouvions à droite de l'hélicoptère, et la lumière m'a permis de voir le pilote s'étirer et se caler sur son siège. Sacha était à côté de moi. Je sentais l'odeur d'Ibrahim et d'Aslan de l'autre côté. Nous entendions les voix, mais je ne comprenais rien. J'imaginais que Victor T. demandait où était Ibrahim. Ce que Victor ne voyait pas, contrairement à moi, c'était qu'Alexandre sortait son pistolet pendant que le plus grand de ses deux acolytes ouvrait sa veste et tirait son Uzi à canon court. Alexandre a dit quelque chose qui a fait lever la tête à Victor pour regarder le garde du mirador, lequel s'était placé en position de tir et visait l'hélicoptère et ses passagers. Quand Victor a retourné la tête, le truand aux cheveux longs avait sorti un second Uzi de son manteau. Nathalie a fait un pas en arrière et passé un bras autour des épaules de Zinaïda. Alexandre a parlé, je voyais bouger sa vilaine bouche mince.

"Tu peux t'occuper de celui du mirador, Ibrahim", ai-je chuchoté. Je ne comptais pas sur Aslan, et à cet instant-là, je ne comptais pas sur Sacha non plus.

"Bien sûr. En tout cas, il se baissera", a-t-il murmuré. J'ai entendu claquer le cran de sûreté du Kalachnikov.

"Mais attends. Attends un peu. Quand je me lèverai. Pas avant.

— Compris."

Cela m'inquiétait de les voir armés de ces Uzi. Ces petites armes, efficaces et extrêmement fonctionnelles crachaient plus de projectiles par seconde que je ne l'aurais souhaité. D'un autre côté, c'était maintenant ou jamais, avant qu'ils ne désarment Igor. J'ai ôté le cran d'arrêt de mon pistolet, je me suis levé et j'ai hurlé, le plus fort possible en danois :

"Nathalie, jette-toi par terre. Jette-toi par terre..."

Mes oreilles ont tinté quand Ibrahim s'est levé pour se mettre à tirer sur le mirador. Tout s'est passé incroyablement vite et en même temps. Sacha voulait se lever, mais je l'en ai empêché et les deux mains sur le pistolet, je l'ai pointé sur le type aux longs cheveux, qui a réussi à tirer un coup avant que mon projectile ne l'atteigne et le fasse tomber sur Alexandre qui l'a repoussé, furieux. Igor, qui n'avait sorti son pistolet qu'à moitié, s'est plaqué contre Olga. Nathalie et Zinaïda étaient restées debout, comme pétrifiées. Igor, à genoux, a relevé son pistolet et s'est mis à tirer sur Alexandre. Il ne l'a pas touché, mais la figure de Zinaïda a disparu dans un nuage de sang et à travers le vacarme, j'ai entendu Nathalie hurler, mais au moins, elle a essayé de retenir Zinaïda, et elles sont tombées toutes les deux. J'ai entendu un cri guttural : c'était Aslan qui avait perdu la tête. Le couteau à cran d'arrêt à la main, il s'est lancé sur Alexandre et son acolyte. Ce dernier, abandonnant Igor à Alexandre, a tourné son Uzi sur Aslan d'un geste paresseux et professionnel et l'a arrêté, d'une salve courte et précise qui a arraché la poitrine du Tchétchène en le faisant rouler par terre comme un gibier abattu. J'ai appuyé sur la détente, mais en vain. La balle s'était coincée dans le chargeur. J'ai senti l'air comprimé quand le Kalachnikov a martelé à côté de moi, et j'ai vu le grand acolyte s'effondrer et Alexandre se prendre le bras en lâchant son pistolet.

Ibrahim a sauté par-dessus le petit mur et couru sur Alexandre qui s'était agenouillé pour ramasser son pistolet.

"Non, Ibrahim, non !" ai-je hurlé, mais trop tard. Il a d'abord tiré une balle dans la tête d'Alexandre, puis dans celle du type aux cheveux longs que j'avais touché et qui gémissait par terre. Il les exécutait, ni plus ni moins, de deux balles dans la tête. J'ai tiré le levier de mon pistolet pour ôter la balle coincée et la remplacer dans le chargeur.

"Pose ton arme, Ibrahim. Immédiatement !" lui ai-je crié à travers l'odeur de la poudre, dans un silence étrange uniquement brisé par les sanglots déchirants de Nathalie.

“Pose ton arme, Ibrahim, ai-je répété. Tout de suite. Sinon je t'abats, nom de Dieu.”

Malgré ses traits inexpressifs, Ibrahim avait l'air d'un fou aux yeux vides. Il m'a regardé et a levé son Kalachnikov quand les balles l'ont touché, au cou et à l'épaule, et il s'est effondré. Igor, presque couché, avait un genou en terre ; il souffrait, mais ses mains qui tenaient le pistolet ne tremblaient pas. Olga est allée se cacher la figure sur l'épaule de Victor T. Elle tremblait de tous ses membres, incapable de se contrôler. Je sentais aussi que mon pouls battait beaucoup trop vite et que ma tension menaçait de me faire éclater la tête. Toute la scène se dessinait comme à travers un tunnel de lumière : le pilote de l'hélicoptère, qui s'extirpait de son siège, la forêt, sombre et silencieuse. La lune, dans le lointain. Deux oiseaux noirs effrayés. Les morts, par terre et le sang qui coulait. Le gardien du mirador était à moitié couché sur son garde-fou, son sang coulait goutte à goutte, noir sous le projecteur. Tout cela avait duré moins d'une minute.

“Tu es OK, Sacha ?” ai-je demandé en le regardant, d'une voix que je ne connaissais pas. Sacha, recroquevillé par terre, a levé la tête et m'a dit :

“Sacha OK, mister Marcus. Sacha très peur. Sacha mouillé pantalon, mais Sacha OK.”

25

Je détestais cordialement Victor, mais j'ai été forcé d'admirer son efficacité et son sang-froid, dans cette situation insensée.

Nous étions dans la cuisine du bâtiment administratif, ou une sorte de salle commune qu'Alexandre et ses hommes avaient essayé de rendre un peu agréable. Douze chaises entouraient une imposante table en sapin, il y avait un grand poste de télévision accompagné d'un lecteur de DVD et d'un ordinateur, une cuisinière à gaz moderne devant laquelle Olga, pâle comme un linge, faisait du thé, et des bouteilles d'eau. Sacha et moi en avons bu presque un litre chacun, mais ma bouche restait sèche et comme pleine de sable. Nathalie était traumatisée, impossible d'entrer en contact avec elle. J'essayais de lui parler en danois, mais elle ne répondait qu'en russe, uniquement par monosyllabes, et après avoir proféré un ou deux mots, elle s'est tue. Elle criait comme un bébé quand je l'avais arrachée au cadavre de Zinaïda, traînée et portée dans la cuisine, pour nettoyer sa figure du sang de sa sœur. Elle était assise au bout de la table, une tasse de thé devant elle, le regard absent. Olga, assise à côté d'elle, essayait de lui faire boire son thé et avaler un morceau de biscuit en lui parlant comme une mère à un enfant qui s'est fait mal. Sacha, avec le don miraculeux qu'il avait de récupérer, était le seul à manger un des sandwiches tout prêts conservés dans le réfrigérateur.

Je ne me sens redevable de rien envers Victor T., mais sans lui, sans son maudit argent et son influence, nous ne serions jamais sortis de la boucherie du Koulebaki 35 qui, bien que désaffecté, avait une nouvelle fois servi de cadre à des souffrances et à la mort. Les gens de Victor l'ont fait sauter avant d'y mettre le feu et de faire disparaître les preuves d'une bataille de plus entre bandes, sur laquelle aucune autorité n'était capable d'enquêter davantage. C'est ainsi que les choses ont été présentées. Une bande mafieuse et un groupe de Tchétchènes en étaient venus aux mains pour une question d'argent et d'armes. Tout le monde savait que l'armée, la police et la mafia livraient des armes aux Tchétchènes. Cela ne marchait pas toujours bien, cependant si cela permettait d'éliminer quelques truands, tant mieux. Je ne m'étonnais plus du cynisme et du mépris de la vie humaine qui sévissaient dans la Russie moderne. On comprenait sans peine qu'un héritage lourd et brutal pesait sur un pays qui avait créé le Koulebaki 35 et des milliers d'autres camps similaires, où des millions d'êtres humains avaient trouvé la mort. J'en étais arrivé au point que cela m'a étonné de voir Victor épargner le gardien que j'avais mis hors de combat. Je m'apprêtais à devoir défendre son droit à la vie, mais Victor T. a déclaré :

“Ce n'est qu'un soldat. Il tiendra sa langue. Je le paierai pour ça et il trouvera sous peu une autre organisation à servir. Ce n'est qu'un troupier dans de sales guerres. Tu lui en as mis une bonne dose, il a une mauvaise commotion cérébrale.”

Est-ce que je crois ou est-ce que j'ai cru à cette version-là ? Je n'en sais rien. J'ai peur de devenir fou si je me mets à penser qu'ils l'ont emmené dans l'hélicoptère dans le seul but de le faire disparaître dans le grand néant russe. Je garde mes doutes, mais je veux aussi garder mon espoir et un brin de confiance dans ce que me disent mes semblables. J'aimerais conserver une certaine humanité.

L'hélicoptère avait décollé avec Igor et le garde inconscient que j'avais frappé. Igor survivrait, malgré le sang qu'il avait perdu. Le projectile lui avait traversé le bras. Une heure et demie plus tard, l'hélicoptère est revenu, accompagné d'un plus gros appareil et de six des hommes efficaces et silencieux de Victor. Ils ont enlevé les corps et ont déroulé des fils pour les relier à des détonateurs et à des explosifs. Victor avait voulu me serrer la main, mais j'avais refusé de la prendre. Il n'a pas insisté. Je regardais Nathalie, son visage crasseux et laid, ses cheveux plats et ternes, et quand j'essayais de retenir son regard, je ne trouvais rien. Il faisait chaud dans la cuisine, mais elle avait gardé son manteau molletonné et avait l'air de geler. Je lui ai souri, sans aucune réaction de sa part. Je lui ai dit des mots absurdes en danois, toujours sans aucune réaction de sa part. Seule Olga m'a répondu :

"Donnez-lui du temps, Marcus. Elle est blessée dans son âme."

Un grand homme maigre est entré avec Victor, qui avait disparu pendant environ un quart d'heure. Il lui a dit quelque chose et Victor a acquiescé de la tête. Victor avait un sac de toile à la main. Il l'a mis sur la table et a pris la bouteille de vodka qui s'y trouvait aussi. Ensuite, il a rempli deux verres, en a poussé un vers moi et a levé le sien en disant :

"Tu es très fatigant, Marcus. C'est la deuxième fois que tu me sauves la vie, mais vous êtes très fatigants tous les deux, toi et ce petit chenapan.

— Tu ne me dois rien et je ne te dois rien.

— Moi si. Heureusement pour toi et ce petit voyou, sinon, vous auriez fait partie des restes de squelettes parmi d'autres, dans ce trou des temps révolus. Mais je suis un homme d'honneur.

— Tu es un menteur et un traître. Tu savais dès le début où se trouvait Nathalie.

— Pas dès le début, mais depuis quelque temps, oui. Tu ne veux pas que je te dise où je l'ai trouvée ?"

Je me suis borné à le regarder. Il a bu un peu de vodka en prenant un petit morceau de concombre salé dans un bol posé à côté de la bouteille de vodka.

"Nous l'avons trouvée dans les montagnes de l'Ingouchie, tu sais, à côté de la Tchétchénie. Ils la gardaient prisonnière. Elle n'était pas enfermée, mais ils détenaient Zinaïda à un autre endroit, et le marché était clair : elle faisait ce qu'ils voulaient, sinon sa sœur deviendrait martyr.

— Tu veux dire qu'ils la tueraient.

— Non, Marcus. Je veux dire martyr. Je ne sais pas ce qui attend les femmes dans le paradis islamique, mais elle voulait y aller. C'était une veuve noire ; elle avait tout perdu. Les Russes lui avaient pris son mari, son frère et ses enfants, alors, elle voulait emmener le plus grand nombre possible de compatriotes avec elle en allant au paradis. Et puis, il y a eu la transaction avec ta femme. Si Nathalie obéissait, Zinaïda serait autorisée à faire ce qu'elle voulait, et si Zinaïda n'avait pas rempli les conditions requises, on les aurait abattues Nathalie et elle. Elle ne mourrait donc pas en martyr, elle ne serait qu'un numéro dans les statistiques d'une guerre absurde, ce qu'elle refusait d'être. Elle souhaitait ardemment être martyr et avoir une place aux côtés d'Allah.

— C'est pathologique."

Il a repris un concombre et une gorgée de vodka.

“La vodka et les concombres salés, voilà une creation du bon Dieu. Heureusement qu’on n’est pas musulmans. Goûte-les, Marcus.”

Je n’ai pas touché aux concombres, mais j’ai pris un peu de vodka ; elle était forte et elle a brûlé ma gorge sèche, mais j’ai aussi senti un peu de chaleur se répandre en moi. Victor a poussé vers moi le bol qui contenait les petits concombres verts, mais j’ai fait signe que non en reprenant un peu de vodka.

“C’est pathologique, a poursuivi Victor, mais c’est ainsi. Un pacte que le diable aurait pu imaginer.

— Je ne comprends pas pourquoi Nathalie, tout d’un coup, a eu ce rapport avec une demi-sœur qu’elle ne connaissait pas. Je ne comprends pas pourquoi elle l’a choisie à ma place.”

Victor m’a regardé avec quelque chose qui ressemblait à de la compassion, mais qui contenait aussi de l’étonnement ou du mépris. La figure très peu ridée, il était, comme de coutume, bronzé comme un mannequin. On voyait toujours nettement, sur son crâne lisse, la cicatrice qui datait de Nice. Son court anorak et son pull à col roulé d’un beige discret avaient sûrement coûté une fortune. Il s’est penché au-dessus de la table :

“Ce n’était pas son idée. Selon elle, tout aurait dû être arrangé en quelques jours. C’était cet accord qu’elle avait conclu au téléphone avec les Tchétchènes, j’imagine. Mais ils en ont voulu davantage, tout le monde en a voulu davantage. Il y a eu des enchères, des groupes sont entrés en lice. Soudain, la politique a commencé à jouer un rôle. La politique nationale. On se bat pour les âmes, en Russie, nous nous battons pour contrôler l’avenir du pays. Allons-nous devenir semblables à une marionnette, comme ces pays avec lesquels les Etats-Unis jouent selon leur bon plaisir ? Ou deviendrons-nous de nouveau une nation fière et redoutée ? Dans notre pays, la politique tient une place égale à l'argent et au nationalisme. Le prix a augmenté, alors ils l'ont séquestrée. Elle devait leur être utile, mais c'était à eux de décider à quel moment ; entre-temps, elle devait leur obéir en tout. Et je dis bien, en tout, Marcus. Elle était à leur disposition.

— Ferme-la, ai-je répliqué.

— Oui, j'aurais dû la fermer, excuse-moi. Mais le prix a augmenté, et le bénéfice aussi.

— Rien de ce qui s'est passé ne vaut ce prix-là. Rien.

— Si, mon ami.

— Je ne suis pas ton ami.

— Si, Marcus, ce que j'ai là vaut tout cela."

Il a ouvert le sac de toile et en a sorti trois objets plats, empaquetés séparément dans des linges d'où il a délicatement sorti les Icônes de la Trinité. Jaunies et passées, elles faisaient piètre figure. Des vieillards barbus, une femme portant un bébé trop grand et la lumière dorée d'une auréole surdimensionnée. Etait-ce vraiment tout ? Victor les a caressées comme il l'aurait fait d'une peau de femme douce et fine. A quoi m'étais-je attendu ? A une transfiguration ? A ce qu'elles diffusent une aura magique ? A un pouvoir comme dans les films d'Indiana Jones, capable de nous transporter loin de cet endroit atroce ? Ce n'était rien, de vieilles peintures un peu tristes et sans valeur ni importance pour moi. Je ne comprenais pas la pulsion mortelle qui animait Zinaïda ni ce qui poussait Victor et les autres vers ces vieilles reliques. Je ne comprenais ni la foi ni le fanatisme. Victor devinait ce que je pensais, car il m'a dit :

"Je ne te demande pas de le comprendre. Cela dépasse ton entendement. Moi, je comprends leur force. En tant que russe, je comprends leur force. Je comprends qu'il existe quelque chose de plus que la vie que nous possédons ici et maintenant.

— Tu comprends que tu peux sauver ta société et ta peau au lieu de finir dans la version moderne d'un endroit comme celui-ci", lui ai-je répondu.

Victor T. a ri. Olga a levé la tête et Sacha a ouvert de grands yeux. J'ai vu qu'il fumait une cigarette. Victor a emballé soigneusement et délicatement les icônes en disant :

"Tu es intelligent, Marcus. Elles peuvent me servir. Mais elles ne m'appartiennent pas, elles appartiennent à la Russie et je sais que la Mère Russie apprécie les gens qui lui rendent des services inestimables.

— Alors, tu as économisé cet argent ?

— Oui, mais ce ne sera pas tout à fait bon marché de vous faire sortir de ce camp et disparaître, de payer les autorités locales pour qu'elles n'interviennent pas et de faire en sorte que toi et Nathalie sortiez indemnes de Russie. J'ai beaucoup de monde à payer pendant les deux jours qui viennent, et il y a pas mal de services dont je dois m'acquitter. J'ai une dette envers toi. Je te fais sortir et nous serons quittes. La prochaine fois, tu ne survivras pas, Marcus.

— Je veux emmener Sacha.

— Vraiment ? A mon avis, tu n'es pas en situation d'avoir des exigences.

— J'emmène Sacha et je la boucle sur toute cette affaire.

— Vraiment ? Qui te croirait ?

— Je ne suis pas comme toi, je tiens parole.

— Vraiment ?" Victor a aboyé quelque chose en russe à Sacha qui a sursauté, puis souri et fait oui de la tête en répondant aussi en russe. J'ai compris à sa mimique et à ses signes d'acquiescement excités qu'il irait volontiers avec mister Marcus dans ce lointain Danemark inconnu.

"Alors, tu veux bien m'accompagner au Danemark, Sacha ?" lui ai-je demandé en anglais.

Il a aspiré la fumée :

"Oui, mister Marcus, Sacha veut bien. Mister Marcus a dit ils ont cirque au Danemark. D'abord Danemark, après USA, n'est-ce pas ?

— Il y a des conditions, ai-je ajouté avec l'esquisse d'un sourire. Tu cesseras de fumer, et tu cesseras de m'appeler mister Marcus. Je m'appelle Marcus."

Sacha a ri, il a passé sa main gauche sur sa main droite et m'a montré ses paumes : la cigarette avait disparu.

"Bien sûr, mister Marcus. Au Danemark. Mister Marcus est seulement Marcus et les cigarettes parties toutes seules. Mais maintenant, en Russie…" De nouveau, des gestes prestes, et la cigarette est réapparue dans sa main. J'étais incapable de rire, mais ni Victor ni moi n'avons pu nous empêcher de sourire en le voyant tirer sur sa cigarette avec satisfaction. Allais-je seulement réussir à le faire entrer au Danemark et serait-il autorisé à y rester ? Je l'ignorais, mais à Koulebaki, la stricte législation danoise concernant l'immigration était le cadet de mes soucis. Autrement, il faudrait que nous allions en France, chez mon père, pour lui demander de faire jouer son amitié avec le maire. L'essentiel était d'emmener Sacha hors de Russie, ce serait un commencement. Dans son pays, il ne s'en tirerait pas, j'en étais convaincu. Ma décision de le sauver était peut-être aussi irrationnelle que le désir qu'avait eu Nathalie de sauver sa sœur inconnue. Les actions et les motifs des hommes sont souvent impénétrables.

J'ai regardé du côté de Nathalie et d'Olga. Olga souriait, elle aussi, mais la figure de Nathalie restait inexpressive, on eût dit qu'elle n'avait aucune idée de ce qui se passait autour d'elle. Je ne savais pas ce qu'elle pensait, elle était privée de contact avec le monde extérieur. J'ai craint sérieusement pour sa raison ; on avait abusé d'elle physiquement et moralement ; elle me répugnait et je l'aimais en même temps. Elle m'avait trahie, mais cela me donnait-il le droit de la trahir ?

Le grand homme maigre est revenu et a posé sur la table un grand livre de cartes géographiques en disant quelques mots à Victor, qui a acquiescé d'un signe de tête et donné un nouvel ordre avant de m'expliquer comment nous allions sortir de Russie sans que Sacha et moi ne finissions en prison.

"J'ai beaucoup d'influence, m'a-t-il dit, mais je ne peux pas vous faire sortir directement du pays. C'est trop risqué. Je dois vous emmener ailleurs, et de là, en Europe. Tant que nous sommes sur le territoire russe, je peux régler les choses en payant. Ce sont les pots-de-vin qui font tourner ce pays, n'est-ce pas, Marcus ?"

Il m'a montré sur la carte ce qu'il avait imaginé. J'étais incapable de juger si son projet était réalisable, mais faute d'alternative, j'ai dû accepter sa proposition. Je détestais être obligé de lui faire confiance. Je détestais dépendre à nouveau de lui mais je ne pouvais rien y faire. J'ai sorti mon téléphone portable pour appeler mon père, mais Victor m'a tendu le sien.

"Il est brouillé, a-t-il précisé. La toute dernière technique. Appelle avec celui-ci.

— Où faut-il que mon père nous attende ?"

Victor m'a indiqué la carte et m'a remontré l'itinéraire. De Moscou, nous prendrions le train de transit dans un compartiment fermé pour traverser la Russie blanche et la Lituanie avant d'atteindre l'enclave russe de Kaliningrad. C'était légal. Là, mes papiers étaient valides, et Victor se débrouillerait pour ceux de Sacha et de Nathalie, parce que nous ne quitterions jamais officiellement le territoire russe. Il existait une convention spéciale entre l'Union européenne et la Russie concernant le transit par la Lituanie, nouveau pays européen et l'enclave de Kaliningrad, un vestige de la Seconde Guerre mondiale. Pendant la guerre froide, Kaliningrad, coincé entre la Pologne et la Lituanie, était un port important pour les navires de guerre. La flotte russe de la Baltique occupe toujours cette enclave qui représente une île de pauvreté dans la mer aisée de l'UE, m'a expliqué Victor avant de poursuivre :

"Je compte que nous pourrons le faire sans que vous deviez montrer vos papiers. Sinon, il y aura au moins une chance pour que ça marche avec un peu d'argent. Regarde ça : là, du côté lituanien, juste sur l'autre rive de la Neman, la petite ville de Pagegiai, qui fait face à la ville russe de Sovietsk. Ton père ou tes assistants devront se trouver à Pagegiai à partir d'après-demain soir. Nous tâcherons de vous faire traverser le fleuve. Quand vous serez de l'autre côté, vous serez dans l'Union européenne, alors, il n'y aura plus aucun problème, n'est-ce pas ?

— Je ne sais pas. Ça m'a l'air risqué.

— Tout a un risque, mais ce petit segment de la rivière est un paradis pour les fraudeurs d'alcool et de tabac. Alors, pourquoi pas trois personnes ? Pas de problème du côté russe, les gardes-frontières et les douaniers auront leur part. C'est autre chose pour les Lituaniens, sur l'autre rive de la Neman. Ils prennent très au sérieux leur nouvelle responsabilité d'Etat courageux sur la ligne de front de l'UE. Mais ce n'est pas un problème, n'est-ce pas. Nous comptons sur vous pour vous faire connaître à la police locale, n'est-ce pas ?"

Il m'a regardé. Etait-il sarcastique ou sérieux ? Il a pris son verre et l'a vidé. Je me suis levé pour aller m'asseoir à côté de Nathalie. J'ai pris sa main humide et froide sans obtenir de réaction, mais elle ne l'a pas retirée.

Je lui ai dit en danois :

"On rentre à la maison, ma chérie ? Est-ce qu'on ne devrait pas rentrer chez nous ? Ce voyage a duré beaucoup trop longtemps."

Elle n'a toujours pas répondu, mais j'ai senti qu'elle me serrait un peu la main, et ce petit geste m'a touché. Je le lui ai rendu, j'ai gardé sa main dans la mienne, puis je me suis tourné vers Victor T. et je lui ai dit en contrôlant ma voix :

"Tu as tous les atouts en main, alors, partons."

Victor ne nous a pas accompagnés. Il nous a laissés à Olga qui, en soutenant Nathalie, nous a conduits jusqu'au plus petit hélicoptère. Victor descendait l'escalier du bâtiment administratif. Je me suis retourné pour le regarder. Il a fait un pas en avant :

"Nous serons bientôt quittes, Marcus.

— Nous ne nous devons rien. C'est toi qui es à l'origine de tous mes problèmes.

— Moi ? Ta femme ne serait-elle pas partie de toute façon ? C'est elle qui a fait le premier pas vers la catastrophe. Je suis arrivé par le flanc, mais était-ce ma faute ? Peux-tu me répondre sincèrement ?

— Je n'en sais rien.

— Cesse de te ronger, Marcus. Ce qui est fait est fait. La vie continue.

— C'est facile à dire.

— Peut-être." Il m'a tendu la main : "Bon voyage. Que Dieu t'accompagne."

Je n'avais pas vraiment envie de lui serrer la main, mais je l'ai fait.

"Adieu,Victor. J'espère que je ne te reverrai jamais."

Il a lâché ma main et s'est mis à rire :

"Moi de même. Parce que je ne crois pas que tu aies d'autres vies en réserve, Marcus. La prochaine fois, tu te feras tuer."

Nathalie me tenait par la main quand l'hélicoptère a décollé et que nous avons vu le Koulebaki 35 disparaître sous la lumière des projecteurs. Un moment plus tard, il exploserait et brûlerait. J'ignorais ce qu'ils avaient fait des cadavres et je ne l'ai jamais demandé, je ne sais donc pas où Zinaïda a été enterrée, si elle l'a été.

Lorsque l'hélicoptère a survolé d'abord la clôture pourrie et délabrée, puis les bois et les prés, en prenant la direction de Moscou, Victor T. a disparu au-dessous de nous, comme un point sous la lumière des projecteurs. Nous avons atterri à l'intérieur d'une autre clôture, après avoir aperçu dans le lointain la mer des lumières de Moscou. La grande maison de briques rouges, à encorbellements et sur plusieurs plans décalés, était entourée d'un mur de deux mètres de haut. Deux hommes armés montaient la garde devant le portail. Sacha avait dormi pendant presque tout le trajet, alors que Nathalie regardait droit devant elle, tout en me tenant la main. Comme son appartement à Moscou, la maison de campagne de Victor était grande et luxueuse, mais impersonnelle, comme s'il avait consulté un magazine d'architecture intérieure haut de gamme et tout acheté clés en mains.

J'ai soudain été gêné et inquiet en pensant que j'allais devoir partager ma chambre et mon lit avec Nathalie. Elle était ma femme, mais une étrangère malgré tout. Olga m'a sauvé :

"Je crois qu'il vaut mieux que je m'occupe de Nathalie cette nuit, m'a-t-elle dit. Il y a un médecin ici, un très bon médecin. Je vais lui demander d'examiner votre femme. De lui donner un calmant. Elle a besoin de sommeil. tes-vous d'accord, Marcus ?"

J'ai accepté. Je n'avais pas envie de protester, en tout cas, et je me suis laissé conduire, avec un Sacha très fatigué, dans une vaste chambre avec deux grands lits. Sacha est allé aux toilettes avant de se jeter sur l'un des lits tout habillé et il s'est endormi sur-le-champ. J'ai pris une douche. J'étais meurtri et fatigué et je me sentais si sale que ni les multiples savons ou shampoings offerts sur les étagères n'auraient pu me purifier. Mon sac ainsi que celui de Sacha nous attendaient dans la chambre. Nous les avions laissés à l'hôtel, à Moscou. Victor était un homme efficace, j'étais sûr qu'il avait aussi payé la facture. J'ai déshabillé Sacha, ses vêtements sentaient la fumée, l'urine et la sueur de la peur. Il a un peu gémi sans se réveiller, et n'a émis qu'un grognement quand j'ai installé son petit corps maigre sous la couverture. Il s'est allongé sur le côté et a sombré tout à fait. Je me suis couché sur l'autre lit en laissant la lumière allumée. La maison était très calme. Quelque part, dans cette grande demeure silencieuse, il y avait ma femme. Pour la première fois depuis des mois, je savais où elle était, je savais qu'elle était en sécurité et entre de bonnes mains, mais l'angoisse ne me quittait pas car je n'étais sûr de rien : était-ce toujours ma Nathalie ? Je me suis endormi et j'ai rêvé que des rats gros comme des bassets me dévoraient la jambe gauche. Chaque fois qu'ils en avaient dévoré la moitié, ma jambe repoussait. Chose curieuse, je ne souffrais pas, et je me moquais de ces rats, même si j'étais mort de peur, parce que Nathalie, debout sur l'autre rive d'un large fleuve, me faisait des signes de la main.

Comment allais-je pouvoir traverser ce fleuve à la nage avec ces gros rats qui n'arrêtaient pas de me dévorer la jambe ?

26

Le lendemain, il pleuvait. Fidèle à ma vieille habitude, j'ai pensé qu'une basse pression profonde s'était creusée, et qu'elle pourrait rester stable pendant plusieurs jours. Les nuages bas enveloppaient d'un voile gris les arbres et les feuilles en train de se faner. Une femme silencieuse vêtue d'un kimono d'inspiration japonaise nous a servi le petit déjeuner, au bord de la piscine que comprenait naturellement la maison de Victor. Sacha avait mis des vêtements propres et retrouvé son naturel farceur. Il a mangé de bon appétit du bacon, des œufs et du pain, tandis que je me contentais d'un peu d'œufs brouillés et de jus de fruits. J'avais faim et pas faim à la fois. Dès que Sacha a eu fini, il a sauté dans l'eau. Le toit de la section piscine étant vitré, j'entendais le chant monotone des grosses gouttes de pluie qui se déversaient sur le verre, couvrant le bruit du barbotage de Sacha et son monologue en russe. Je me sentais en même temps reposé et très fatigué. Les événements des vingt-quatre heures précédentes paraissaient irréels et lointains, comme s'ils étaient arrivés à un autre, ce qui n'était pas vrai, puisque je ne cessais de revoir les figures mortes d'Ibrahim et de Zinaïda, et que je me souvenais des rats dévorant les cadavres, dans la cellule d'isolement. J'ai regardé Sacha qui plongeait dans la partie profonde de la piscine, en me demandant d'où il sortait sa force. Peut-être que le choc se manifesterait lorsqu'il se sentirait pour de bon en sécurité. Peut-être que la vie dans la rue lui avait donné une force brute et une cuirasse contre les sentiments qui le protégeaient mentalement.

Je me suis resservi du café en pensant à Nathalie quand Olga est arrivée en compagnie d'une femme d'environ cinquante ans. Olga portait un pantalon clair, à taille basse et un chemisier à manches courtes. Elle s'était maquillée, avait lavé ses cheveux courts et semblait fraîche et séduisante. Elle sentait bon également quand elle m'a embrassé sur la joue en me disant bonjour.

"Je vous présente le docteur Svetlana Sergeïeva Gorbatchova, m'a-t-elle dit.

— Je ne suis pas parente avec le Gorbatchev que l'on connaît mieux", m'a dit la femme dans un anglais précis en me tendant la main. Elle avait une poignée de main solide et sèche et sa blouse blanche dissimulait un corps plantureux.

"Où est Nathalie ?" lui ai-je demandé.

Le docteur Gorbatchova s'est assise.

"Elle dort. Une infirmière est auprès d'elle. Je lui ai administré un calmant. Elle est très malade.

— Qu'a-t-elle ?

— Qu'êtes-vous prêt à entendre ?" Elle avait des yeux gris amicaux et de fines rides autour des yeux. Elle donnait l'impression d'être quelqu'un de très compétent et d'efficace, mais je ne pouvais que le deviner, naturellement.

"J'aimerais qu'on me dise la vérité.

— La vérité ? C'est un concept relatif, mais je peux vous donner une partie de la vérité. Pour comprendre de quoi souffre votre femme, il faudrait la faire hospitaliser pendant un certain temps, mais on me dit qu'il est nécessaire que vous partiez cet après-midi.

— De quoi souffre Nathalie ?”

Le docteur Gorbatchova s’est servi du café et en a servi à Olga qui grignotait un croissant de ses douces lèvres rouges. Gorbatchova a bu un peu de café et s’est penchée en avant. Nous entendions la pluie et Sacha qui a crié une chose à laquelle Olga a répondu. Elle lui avait sûrement demandé de se taire.

Gorbatchova a déclaré :

“Physiquement, votre femme est sous-alimentée et assez déshydratée. Je crois qu’elle a eu une légère commotion cérébrale. Son corps porte la trace de deux blessures récentes et de quatre cicatrices anciennes. D’autres signes indiquent qu’on a abusé d’elle et qu’elle a été maltraitée pendant assez longtemps.”

J’ai eu un malaise. Le café me brûlait l’estomac. Gorbatchova a posé sa main sèche et chaude sur la mienne et a poursuivi :

“Marcus Hoffmann, votre femme est en mauvais état physique, mais ce n’est pas dans son corps qu’elle est détruite pour de bon. Comprenez-vous ce que je vous dis ? Bien. Physiquement, Nathalie n’a rien de grave, la nourriture et la boisson, les soins et l’amour, les médicaments et le repos vont suffire pour la guérir. Cela prendra du temps, mais le temps guérit les maux corporels. C’est plus grave en ce qui concerne son état mental. Votre femme souffre d’un sérieux choc post-traumatique. Pour éviter les termes médicaux, je dirai que l’âme de Nathalie a été martyrisée et qu’elle a volé en éclats. Comme celle des réfugiés qui fuient des guerres et des catastrophes, ou celle des victimes de tortures.

— Et c’est incurable ?

— Je n’ai pas dit cela, Marcus. Je dis que je ne le sais pas, parce que je n’ai pas eu assez de temps, et parce que Nathalie ne communique pas. Elle s’est enfermée dans son âme. Elle rejette le monde extérieur. Il faudrait l'hospitaliser, mais si je comprends bien, ce n'est pas possible.

— Elle sera soignée au Danemark, lui ai-je dit.

— Je suis sûre qu'il y a de bons médecins et psychiatres au Danemark, alors c'est une excellente idée, naturellement, et c'est tout à fait nécessaire.

— Mais… ?

— Mais cela ne suffira pas, Marcus. Pour guérir, elle aura besoin de vous. De votre patience et de votre amour. Ce n'est peut-être pas très professionnel, médicalement parlant, mais je crois que l'amour pourrait être la clé qui ouvrira la porte de la prison de son âme torturée. J'espère et je crois que vous avez cette clé, Marcus Hoffmann."

Je me suis adossé à ma chaise et j'ai levé la tête pour regarder la pluie qui coulait sur les vitres. Les Russes étaient des sentimentaux, même lorsqu'ils paraissaient très pratiques, je l'avais enfin compris.

"Je l'espère aussi, lui ai-je répondu.

— Très bien, a-t-elle dit, puis elle a poursuivi sur un ton plus pratique : J'ai déclaré, bien entendu, qu'il était tout à fait irresponsable de faire voyager Nathalie, mais personne ne m'écoute." Elle a adressé un regard sévère à Olga qui a détourné la tête. Le docteur Gorbatchova a posé un flacon de cachets devant moi.

"Voilà des calmants. Je vais lui faire une piqûre dans un petit moment. Donnez-lui un cachet trois fois par jour. Si elle a de graves crises de tremblements ou d'angoisse, essayez de lui donner un cachet de plus. Je ne crois pas que vous puissiez la faire manger, mais essayez de la faire boire. De l'eau, du jus de fruits, du thé. Peu importe. Mais il faut qu'elle boive. On lui a fait un goutte-à-goutte cette nuit, il faudrait poursuivre ce traitement pendant quelques jours. C'est tout à fait irresponsable de la laisser partir, et je décline toute responsabilité à ce sujet, mais Victor Terekhov n'a jamais écouté la voix de la raison. Je vous souhaite une bonne journée, monsieur Hoffmann."

Elle s'est levée et elle est partie sans se retourner. Olga ne voulait toujours pas me regarder, mais elle m'a accompagné pendant la dernière partie du voyage, ce dont je lui ai été reconnaissant.

Nathalie est descendue après le déjeuner. Olga lui avait procuré des vêtements propres et neufs. Un pantalon noir, un chemisier blanc, un cardigan noir et un anorak blanc, neuf et imperméable. Quand je me suis levé pour aller l'embrasser sur la joue et serrer sa main inerte, j'ai vu son extrême maigreur, et qu'elle avait toujours le regard éteint.

Une voiture aux vitres teintées nous a conduits jusqu'à une gare obscure. Il continuait de pleuvoir à seaux. Un long train éclairé était à l'arrêt le long du quai et j'ai senti l'odeur du charbon quand Olga, sans hésiter, nous a fait traverser la foule pour nous conduire jusqu'à une voiture et dans un compartiment de quatre lits qui comprenait de petites toilettes séparées et un lavabo. Un des gardes du corps de Victor portait un grand sac réfrigérant avec des sandwiches, de l'eau et des thermos contenant de la soupe, du café et du thé. Un autre nous ouvrait le passage. Sacha pour une fois, gardait le silence. Peut-être était-il en train de comprendre ce dans quoi il s'était lancé. Peut-être était-ce le mauvais temps, ou la tension, qui pesaient sur notre groupe. J'ai vu l'un des gardes du corps donner une enveloppe à la grosse conductrice avant de fermer la porte, sans un sourire, et Olga a tourné la clé et tiré les rideaux. Cinq minutes plus tard, le train s'est lentement mis en marche et la vitre n'a pas tardé à être zébrée par la pluie.

Pendant les dix-huit heures, très longues, de notre voyage en train vers l'ouest, nous sommes restés enfermés, soit à sommeiller soit à regarder les magazines en papier glacé apportés par Olga, soit à manger un peu ou à parler de tout et de rien. Olga a évoqué son enfance de fille d'agent du KGB, ses voyages et son intérêt pour l'art. J'ai parlé de mon père et de son détective romain. Olga avait lu récemment deux de ses livres traduits en français et les avait trouvés passionnants. Deux heures ont passé ainsi. Nous nous efforcions d'être normaux, en apparence, dans une situation anormale. Assis à côté de Nathalie sur la couchette, je lui tenais la main, sans aucune réaction de sa part. Elle était obéissante et silencieuse. C'est Olga qui s'est occupée de lui faire prendre son cachet ; ce que c'était, je l'ignore, mais cela marchait : elle dormait la plupart du temps, ne mangeait rien et buvait peu. Nous sommes restés longtemps à l'arrêt à la frontière de la Russie blanche, et j'entendais des bruits sourds et des voix, mais grâce à Victor, ou à l'argent de ses gardes du corps, nul n'a ouvert la porte de notre compartiment où l'air devenait lourd et saturé, même quand nous poussions au maximum le dispositif d'air conditionné. Les fenêtres du train de transit étaient fermées à clé. Sacha s'est énervé parce qu'il n'avait pas la permission de fumer et qu'il ne devait sous aucun prétexte sortir du compartiment. Sa mauvaise humeur n'a pas duré très longtemps. Il a essayé de faire rire Nathalie, à un moment où elle était réveillée, quelque part en Russie blanche, en faisant disparaître des objets, puis réapparaître, sans obtenir de réaction de sa part. Et puisqu'Olga, comme moi, nous contentions de sourire devant ses tours de magie, il a renoncé et s'est couché pour dormir. C'était un triste échantillon de la Russie qui traversait la nuit, en passant par la Lituanie où le train ne s'est pas arrêté, pour arriver à Kaliningrad, où il pleuvait aussi des cordes.

Olga ayant apporté un guide, j'avais pu me documenter sur Kaliningrad. Heureusement, car il n'y avait rien à voir quand nous avons quitté la ville, dans une autre voiture aux vitres teintées. Il y avait eu à la gare un contrôle frontalier et un contrôle des passeports, mais Olga et ses gardes du corps nous l'avaient fait contourner. Une enveloppe de plus avait changé de mains et nous étions sortis par l'arrière de la gare, où nous attendait une grande fourgonnette Chrysler. L'un des gardes du corps muets s'est installé sur le siège avant, l'autre a disparu sans un mot d'adieu. Le chauffeur était déjà là. Olga a pris place avec Sacha sur la première banquette arrière et je me suis assis derrière eux, la main inerte et froide de Nathalie dans la mienne. J'ai aperçu des bâtiments délabrés en béton gris et des gens noirs, sous la pluie battante. Kaliningrad, qui s'était appelée Königsberg jusqu'en 1945, était une tête de pont prussienne. La surface de la région de Kaliningrad est de quinze mille kilomètres carrés, d'après le guide, et l'ensemble avait été totalement rasé pendant la Seconde Guerre mondiale. Tous les Allemands avaient été tués ou déportés. Plongée dans une sorte de limbes nationaux, coincée entre la Baltique, la Pologne et la Lituanie, la région constitue un fragment misérable de la Russie, dans un *no man's land* qui avait été fermé et militarisé pendant la guerre froide. Un certain nombre de militaires russes occupaient toujours la région, mais elle n'était plus interdite. J'avais repéré Sovietsk sur la carte : la ville se trouvait au bord de la Neman, non loin de la mer Baltique. Sur l'autre rive du fleuve s'étendait la Lituanie, avec la petite ville de Pagegiai, dans un secteur boisé et marécageux, disait-on.

J'en étais réduit à croire ce que j'avais lu, car il n'y avait pas grand-chose à voir quand nous avons quitté la ville pour traverser la campagne, sous une pluie noire, en passant par des bois, des prés en friche ou des marécages. De temps à autre, on distinguait de petites maisons blotties craintivement les unes contre les autres, sous la pluie. On voyait rarement âme qui vive. La route n'a pas tardé à devenir étroite et défoncée, et le chauffeur, encore un clone, devait donc faire des zigzags et rouler lentement. Des agents de la circulation nous ont arrêtés par deux fois, mais Olga ou le chauffeur ont résolu le problème avec leurs enveloppes habituelles. C'était un pays sans problème pour les riches et les gens influents. J'aurais voulu envoyer un SMS à mon père, mais avec ces cahots, je n'ai pas réussi à taper le bon numéro. J'ai donc éteint mon portable. Sacha et Olga bavardaient devant moi. Leurs voix cahotaient, comme la voiture. Nathalie s'appuyait contre moi, mais je ne sais si c'était consciemment ou à cause de cette route lamentable.

Nous sommes arrivés à l'endroit qui devait être Sovietsk et avons tourné à gauche. Les lampes de la ville valsaient sous la pluie et une publicité au néon montrait le cow-boy des cigarettes Marlboro. Nous sommes ressortis dans la campagne. Il faisait très sombre à présent, et comme la route devenait encore plus étroite, nous ne faisions pas plus de dix à quinze kilomètres à l'heure. Après la traversée d'un bois de sapins, nous sommes sortis dans une petite clairière où la Chrysler s'est arrêtée. Deux hommes attendaient, éclairés par les phares de la voiture. Vêtus d'imperméables de la tête aux pieds, ils avaient l'air de pêcheurs débarqués sur la terre ferme. Ils ont mis le bras devant leurs yeux aveuglés, et le chauffeur a baissé les phares pour ne laisser que les feux de position. Les deux hommes ont allumé leur torche.

Olga s'est retournée :

"La rivière est là. La Neman. Venez. Nous n'avons pas beaucoup de temps. Nous avons acheté un peu de temps, mais vous devez traverser tout de suite. Nous sommes en retard, nous n'avions pas pensé à l'état des routes."

J'ai remonté jusqu'au cou la fermeture éclair de mon anorak et celle de Nathalie et je suis descendu sous la pluie pour l'aider à sortir. Il pleuvait un peu moins, heureusement, mais la pluie tombait en rafales, portée par le vent. Il faisait froid, mais cela n'avait pas d'importance. La pluie contribuait à aiguiser les sens et j'ai senti une montée d'adrénaline.

"Regarde, mister Marcus, m'a dit Sacha. Voilà la rivière. Là-bas, c'est la liberté.

— C'est la Lituanie, en tout cas, Sacha.

— Non. La liberté. D'abord Lituanie. Après Danemark. Après USA, mister Marcus.

— On verra."

J'ai vu la rivière. Il y avait un peu de lumière sur l'autre rive, deux lampes clignotantes. Un village, peut-être, ou des gens équipés de lampes puissantes. La rivière avait au maximum trois cents mètres de large. Je me suis assis dans la voiture et j'ai allumé mon portable qui a bippé tout de suite. Un SMS de mon père, qui disait : "Attendons à l'est de Pagegiai." J'ai répondu : "Sommes sur la rive russe. Traversons bientôt."

Olga est venue me chercher :

"Venez, Marcus. Il faut que vous traversiez.

— Comment ?

— Comme les fraudeurs. Dans un canot pneumatique. Ce n'est pas tellement loin. Certains fraudeurs traversent à la nage avec un tuba et une tenue de plongeur, en tirant derrière eux des caisses étanches pleines de cigarettes. Ce n'est pas tellement loin, mais il faut y aller."

J'ai éteint mon portable, je l'ai mis dans la poche de ma veste et j'ai remonté une nouvelle fois la fermeture éclair. J'ai pris la main de Nathalie et nous nous sommes mis en route. L'eau était d'un brun noir, sous la pluie et le courant paraissait fort. Les deux hommes en imperméables nous ont tourné le dos pour nous précéder sur la pente, vers la rive boueuse où poussaient des herbes et des roseaux, et j'ai senti l'eau monter dans mes chaussures. Sacha avait l'air petit et déjà gelé, mais il était tout sourire, comme si l'aventure était amusante. J'ai tiré Nathalie par la main. Le canot pneumatique attendait, noir, avec des planches dans le fond et un moteur hors-bord. Je connaissais très bien ce genre d'embarcation que j'avais utilisée maintes fois. Les corps d'élite du monde entier se servaient de Zodiac de ce genre pour s'infiltrer en territoire ennemi. L'un des hommes en imperméable a crié quelque chose en russe et fidèle à mon habitude, je me suis tourné vers Sacha, mais c'est Olga qui a traduit :

"Il va vous pousser. Vous mettrez vous-même le moteur en marche, quand l'eau sera assez profonde. OK, Marcus ?

— OK

— Vous savez manœuvrer ce genre de canot, n'est-ce pas ?

— Oui, Olga."

Elle s'est mordu la lèvre et m'a regardé.

"Sacha, ai-je dit, tiens Nathalie par la main." J'ai lâché sa main pour m'approcher d'Olga, qui a levé la tête pour me regarder. Son charmant visage était trempé par la pluie et son mascara n'y résistait pas. J'ai posé les mains sur ses épaules :

"Merci pour tout, Olga.

— OK. De rien." Elle s'est levée sur la pointe des pieds pour m'embrasser sur la bouche, ses lèvres douces et mouillées avaient le goût de la pluie. Sa langue a effleuré la mienne d'une manière très érotique, pendant une fraction de seconde. J'ai quitté ses lèvres.

"Prenez soin de vous, Olga.

— Vous êtes un brave homme, Marcus, m'a-t-elle dit, comme l'écho d'un lointain passé.

— Pas tant que ça.

— Prenez soin de Nathalie et de Sacha", a-t-elle ajouté, mais je m'étais déjà retourné pour prendre l'autre main inerte de Nathalie et la tirer sur la rive. Les deux hommes en imperméable ont aidé Sacha à monter dans le canot pneumatique, et je lui ai fait signe de s'asseoir tout au bout, à l'avant. J'ai porté Nathalie avec précaution dans le canot ; elle n'a manifesté aucune résistance, mais j'ai cru voir un peu d'angoisse dans ses yeux. C'était le premier signe de vie.

"Il n'y a pas de gilets de sauvetage ?

— Non, a répondu l'un des deux hommes, qui comprenait donc un peu d'anglais.

— OK", ai-je dit en m'asseyant et en prenant le levier de commande du hors-bord de la main gauche et le cordon de la mise en marche de la droite. Ils ont poussé et le canot pneumatique a glissé sur l'eau qui est devenue profonde à deux mètres du bord. Le moteur est parti au deuxième essai et j'ai dirigé le levier vers l'autre rive. Le courant était fort, mais pas autant que je l'avais craint. J'ai plissé les yeux pour éviter la pluie et entamé la traversée du fleuve noir.

Sacha, assis à l'avant, s'accrochait à une grosse corde tirée tout autour du canot. Il regardait souvent derrière lui. Nathalie, assise au milieu, avait les yeux fixés droit devant elle. Nous filions à bonne allure et il nous restait un bon quart du trajet à faire ; je pensais à la facilité de cette traversée en me réjouissant de voir mon père, si efficace, quand Nathalie a tourné la tête vers moi, lâché la corde, s'est déplacée sur le siège, m'a regardé longuement et s'est laissée tomber de côté, par-dessus le bord du canot pneumatique.

J'ai hurlé :

"Bon sang, Nathalie ! Non, il ne faut pas."

Il y a eu un petit plouf quand elle a touché l'eau et elle a sombré tout de suite, mais elle est remontée. Je distinguais sa veste blanche dans l'eau noire. J'ai appelé Sacha qui avait vu Nathalie se laisser tomber, déjà prêt à la rejoindre. Il était pâle, les yeux agrandis.

"Prends la barre, Sacha. Prends le moteur. Viens ici ! lui ai-je crié en enlevant ma veste. Va directement à la rive. Va à la rive, tu m'entends !

— Non, Marcus, non.

— Vas-y ! Va en Lituanie. Vas-y tout de suite", lui ai-je crié en me laissant glisser de côté dans l'eau. Le canot pneumatique a tout de suite tourné pour suivre le courant qui menait à la mer. Je me suis soulevé et débarrassé de mes chaussures pour suivre le courant en crawlant, guidé par la veste blanche de Nathalie qui disparaissait et réapparaissait. Elle ne luttait pas, mais tant qu'il lui resterait de l'air dans les poumons, elle remonterait à la surface. L'eau était froide et avait un goût métallique. Je nageais de toutes mes forces, mes poumons se donnaient à fond. Je l'avais presque rattrapée quand elle a disparu à nouveau. J'ai respiré profondément et plongé. Je ne voyais rien, mais en tendant les bras, j'ai senti sa veste, puis elle a disparu et j'ai dû remonter pour respirer. J'ai avancé un peu en crawlant et replongé en espérant la devancer. Je suis tombé directement sur elle, j'ai attrapé sa veste et je l'ai soulevée. Quand je suis arrivé derrière elle et que j'ai commencé à la ramener vers la rive, elle était inerte et sans vie, lourde comme une poupée. Près de la berge, le courant a diminué, mais les soixante derniers mètres m'ont paru une éternité. J'étais épuisé et je voyais ses yeux ouverts, sans vie, dans son visage blanc comme de la craie.

"Je ne te permets pas, Nathalie, je ne te permets pas de faire ça", lui criais-je en nageant, jusqu'à ce que je sente la vase molle sous mes pieds, et que je la tire sur la berge, dans l'herbe boueuse. Je l'ai giflée doucement en lui criant :

"Reviens, Nathalie. Je ne te permets pas de me quitter. Tu n'as pas le droit. Reviens tout de suite. Je ne te permets pas !"

J'ai commencé à lui faire la respiration artificielle par le nez, sans qu'elle réagisse au début, puis j'ai senti sa poitrine se soulever et elle s'est mise à tousser. J'entendais que l'eau glougloutait dans sa gorge. Elle a ouvert les yeux et les a refermés. J'ai recommencé à la gifler doucement sur les deux joues, à plusieurs reprises, sans m'arrêter de crier :

"Reviens. Je ne te permets pas. Reviens donc, Nathalie. Tu veux vivre ! Tu le veux ! Je ne te permets pas de mourir. Je ne te le permets pas."

Je lui ai fait à nouveau la respiration artificielle, et j'ai senti la chaleur m'envahir quand elle s'est mise à trembler et qu'elle a été prise d'une toux violente qui a fait gargouiller l'eau et les glaires dans sa gorge. Je l'ai couchée sur le côté en lui tenant le front pour la laisser expulser de l'eau, et encore de l'eau et de la bile. Quand elle a eu fini, je me suis assis dans la boue et j'ai pris sa tête sur mes genoux. Elle avait l'air petite et enfantine. Ses yeux étaient fermés, mais sa poitrine se soulevait et s'abaissait d'elle-même et je sentais son pouls sur sa gorge, un pouls pas très régulier, mais son cœur battait et elle respirait. J'ai entendu des bruits de course, et aperçu, plus loin sur la rive, les faisceaux de plusieurs lampes. Sacha arrivait le premier, en courant, suivi de deux hommes coiffés de casquettes d'uniformes et vêtus de longs imperméables gris. Mon père arrivait en dernier. Il avait du mal à suivre le mouvement, mais j'ai remarqué son sourire inquiet.

Il s'est arrêté en soufflant, s'est mis à croupetons pour nous regarder, et son sourire s'est éteint.

“Ça va, papa. Ça va. Elle est fatiguée, c'est tout.

— Moi aussi, bon Dieu”, a-t-il répondu, et nous nous sommes mis à rire.

Sacha nous a regardés sans comprendre :

“Pourquoi vous rire, mister Marcus ? Quoi c'est drôle ?

— Sacha. Combien de fois faudra-t-il te le répéter ? Je m'appelle Marcus.

— OK Marcus. Quoi c'est drôle ?

— Je te le dirai une autre fois.”

Nathalie a ouvert les yeux. Elle m'a regardé et a souri. Il pleuvait à verse sur sa figure, mais c'était un beau sourire. Un sourire que je reconnaissais. J'ai écarté de son front une mèche de cheveux mouillés et emmêlés et je lui ai rendu son sourire :

“Salut, Marcus, m'a-t-elle dit d'une petite voix faible. Je voudrais rentrer chez nous maintenant. Tu ne crois pas que tu pourrais t'en occuper ?

— C'est sûr, ma chérie. Compte sur moi pour te ramener chez nous.”

Le Koulebaki 35 est la réplique d'un des camps tristement célèbres du goulag : le Perm 36, dont j'ai fait la visite il y a quelques années. Le Perm 36, l'un des rares camps encore existants du vaste réseau de camps de concentration de l'Union soviétique, est aujourd'hui un musée. Les personnages et les événements de ce roman sont le fruit de mon imagination, mais je tiens à remercier, sincèrement et de tout cœur, Ulla, Otto, et Hans Henrik, ainsi que Thomas, qui m'a fait part de tout son savoir sur le Japon et m'a fait visiter le pays.

BABEL NOIR

Extrait du catalogue

275. JOSEPH PÉRIGOT
Le Dernier des grands romantiques

276. FRÉDÉRIC H. FAJARDIE
Gentil, Faty !

282. JEAN-PIERRE BASTID
La Tendresse du loup

307. GÉRARD DELTEIL
Schizo

318. JEAN-FRANÇOIS VILAR
Bastille-Tango

319. SÉBASTIEN LAPAQUE
Les Barricades mystérieuses

321. THIERRY JONQUET
Du passé faisons table rase

346. FRÉDÉRIC H. FAJARDIE
Querelleur

347. ANNE SECRET
La Mort à Lübeck

375. FRANCIS ZAMPONI
Mon colonel

376. THIERRY JONQUET
Comedia

377. GUY DARDEL
Un traître chez les totos

410. SERGE QUADRUPPANI
Colchiques dans les prés

411. JEAN-PAUL JODY
Stringer

421. GÉRARD DELTEIL
Dernier tango à Buenos Aires

422. FRANCIS ZAMPONI
In nomine patris

475. JEAN-PAUL JODY
Parcours santé

479. ÉRIC LEGASTELOIS
Adieu gadjo

487. DOMINIQUE LEGRAND
Décorum, journal d'Alexandre Davos assassin

491. FRANCIS ZAMPONI
Le Don du sang

Nouvelle série

1. FIRMIN MUSSARD
Fausse passe

2. ALAIN WAGNEUR
Terminus Plage

3. PHILIPPE COLIN-OLIVIER
Festival de came

4. PASCALE FERROUL
David sur ordonnance

5. MAURICE ATTIA
Alger la Noire

6. PATRICK DELPERDANGE
Coup de froid

7. MICHEL MAISONNEUVE
Le Chien tchéchène

8. DOMINIQUE SIGAUD
L'Inconfort des ordures

9. PETER MAY
Meurtres à Pékin

10. KERSTIN EKMAN
Crimes au bord de l'eau

11. LUIZ ALFREDO GARCIA-ROZA
Le Silence de la pluie

12. HERVÉ CLAUDE
Mort d'une drag-queen

13. MAURICE ATTIA
Pointe Rouge

14. ALAIN WAGNEUR
Hécatombe-les-Bains

15. PETER MAY
Le Quatrième Sacrifice

16. MICHÈLE LESBRE
Une simple chute

17. MICHÈLE LESBRE
Que la nuit demeure

18. ANDREW MCGAHAN
Derniers verres

19. PETER MAY
Les Disparues de Shanghai

20. JEAN-FRANÇOIS VILAR
C'est toujours les autres qui meurent

21. FRÉDÉRIC H. FAJARDIE
Gentil, Faty !

22. A. D. G.
J'ai déjà donné…

23. FRANÇOIS MURATET
Stoppez les machines

COÉDITION ACTES SUD – LEMÉAC

Ouvrage réalisé
par l'Atelier graphique Actes Sud.
Achevé d'imprimer
en février 2009
par Normandie Roto Impression s.a.s.
61250 Lonrai
sur papier fabriqué à partir de bois provenant
de forêts gérées durablement (www.fsc.org)
pour le compte
des éditions Actes Sud
Le Méjan
Place Nina-Berberova
13200 Arles.

Dépôt légal
1re édition : mars 2009
N° impr. : 090437
(Imprimé en France)